水晶

路文彬 著

版 武汉出版社

（鄂）新登字 08 号
图书在版编目（CIP）数据

水晶 / 路文彬著 . — 武汉：武汉出版社，2022.3
ISBN 978-7-5582-5118-4

Ⅰ . ①水… Ⅱ . ①路… Ⅲ . ①长篇小说 – 中国 – 当代 Ⅳ . ① I247.5

中国版本图书馆 CIP 数据核字（2022）第 036969 号

著　　者：	路文彬
责任编辑：	李　俊
封面设计：	肖　黄
出　　版：	武汉出版社
社　　址：	武汉市江岸区兴业路 136 号　　邮　　编：430014
电　　话：	（027）85606403　　85600625

http://www.whcbs.com　E-mail: zbs@whcbs.com

印　　刷：	武汉楚商印务有限公司　　经　　销：新华书店
开　　本：	787 mm × 1092 mm　　1/16
印　　张：	22.75　　字　　数：450 千字
版　　次：	2022 年 3 月第 1 版　　2022 年 3 月第 1 次印刷
定　　价：	79.00 元

版权所有・翻印必究
如有质量问题，由本社负责调换。

水晶
SHUIJING

第一章 …………… 001
第二章 …………… 027
第三章 …………… 062
第四章 …………… 084
第五章 …………… 114
第六章 …………… 153
第七章 …………… 185
第八章 …………… 231
第九章 …………… 262
第十章 …………… 297
第十一章 ………… 318
尾声 ……………… 350

第一章

从收到大学录取通知书的那一刻起,水晶的爸爸妈妈便开始欢天喜地地急着为她报到的那一天做着精心准备了。他们几乎每天都要拿"晶晶,你还需要这个吗?""晶晶,你还需要那个吗?"这样的问题骚扰上她无数遍。他们表现得远比水晶本人要兴奋得多,这是水晶从未见识过的兴奋,不过其中歇斯底里的性质她倒是常在他们彼此争吵的时候领教。

"晶晶,吸尘器需要吗?"

"晶晶,电饭煲需要吗?"

"晶晶,饮水机总该需要吧?"

"晶晶,微波炉总该需要吧?"

……

"不需要、不需要、不需要、不需要……即使我需要,也不能弄个集装箱去吧。即使能弄个集装箱去,寝室里也搁不下吧。动脑子想想,那是五个人一间的寝室,不是我的私人别墅。"

水晶从来没有见识过父母这样的热情,这样的热情让她实在有些受不了。她本以为等录取通知书到了,自己的心也便终于可以安了,至少可以过上一段自由清静的日子了。一直以来,她梦寐以求的就是这样的日子,无人过问,一觉睡到自然醒。拉开窗帘,哪怕外面就是荒原或者沙漠。然而没有想到,事情的结果竟是这样。她的大学录取通知书意外创造出了家庭的一个节日。

爸爸一向是在深更半夜才回家的,可现在却是每天不到下班的点儿就早早赶了回来,家俨然开始比公司对他有了更大的吸引力。而且,爸爸还主动担当起了做饭的义务。长这么大,水晶还是第一次吃爸爸做的饭。爸爸祖籍重庆,有嗜辣的遗传,她早跟着习惯了这样的口味。妈妈籍贯山东,曾经总是为吃饭的问题跟爸爸吵架;后来,不知不觉地就妥协了,如今成了全家最能吃辣的人。

爸爸问:"我做的水煮鱼是不是比饭店的好吃?"

"好吃。"水晶一个劲点头。

她刚要接着说"真没想到你还会做饭",可话到嘴边又咽了回去。

"那就多吃点儿,在你走之前,只要想吃,爸随时都可以给你做。"

水晶抬起头,瞥了一眼爸爸那满脸慈祥的微笑,心里的某处似乎突然就被辣着了,嘴里的鱼肉顿时有了一股苦味。

吃完饭,水晶一头扎进自己屋里,半躺在床上拿起了枕边的小说。还没等翻到要看的那一页,就听见妈妈喊她吃水果。她应了一声,并没有动。紧接着,爸爸又敲起了门,很温柔地叫她。水晶只好起身,到客厅匆匆用牙签插了一片火龙果,转身又回到了床上。

她希望爸妈别再关心她了,赶紧干他们自己的事去吧,这种关心有点儿像暴力。还好,爸妈像是听见了她的心声,没有再对她千呼万唤。她把那片火龙果贴在额头,闭上眼睛长舒了一口气。

爸妈看起了电视,两个人甚至还讨论开了电视剧的情节。因为她的这张大学录取通知书,他俩的关系现在似乎也有了明显改善,尽管彼此之间的话语倒未见比从前多出多少。

"现在的女人真是贱!"她听见妈妈说。

"现在的男人也是贱!"她又听见爸爸说。

接下来就一直只剩下了电视里的声音,一直都是争吵的声音。这种声音她非常熟悉,也非常厌恶。中国的电视剧好像没有争吵就进行不下去了,男人和女人之间的争吵、男人和男人之间的争吵、女人和女人之间的争吵……生活是不是没有争吵也就进行不下去了呢?正想着,她忽然便不耐烦地朝门喊了一嗓子:"声音小点儿!"

电视的声音即刻小了下去,她完全听不见了。

此时的权威感依然令她觉得不够满足,小时候自己无数次地央求过爸妈不要吵了,却一次也没有奏效过。相反,由于她的介入,他们往往会吵得更凶,谁也不想当着她的面败下阵来。他们总是在争吵中热闹着,而她总是在这种热闹中落寞着。

水晶调整了一下背后的靠枕,开始续读那本英国小说。小说的主人公名叫克丽斯特尔,英文就是"水晶"的意思,出场时的年龄也和她一般大。她

第一章

喜欢克丽斯特尔，不仅是因为她们之间有着这些相似之处；最重要的，是她以为克丽斯特尔的性格同她尤其相像。

克丽斯特尔要去伦敦寻梦，而不久她也要去北京寻梦了。想到寻梦，水晶不免又有些黯然。克丽斯特尔一开始的目标很清楚也很坚定，她就是要成为一名卡拉斯那样的歌剧演员。可自己的目标究竟在哪里呢？她要成为什么呢？必须要成为什么吗？

一牵扯到这个问题，那个让她神往的城市形象便不再那么清晰了。她放回书签，将小说合上。

蓝色封面上的克丽斯特尔是背对着她的，一头男孩似的短发，前方弯曲着一条通往大海的小路。最初吸引住她的，就是这本书的封面，她没看内容便决定把它买下。

买回家后，才发现封面克丽斯特尔背在身后的手上掐着一根不易察觉的香烟。这根香烟让她爱上了香烟。于是，她偷拿了爸爸的一包香烟，点燃了自己人生的第一根烟。那一年她刚上高二。

封面克丽斯特尔的右肩处有一块破损的痕迹，那是妈妈跟她争抢时撕裂的。发觉她在看与课本无关的书，妈妈气得简直丧失了理智，冲上来就抢。水晶也不要了理智，一把掐住妈妈的脖子，一副要和她拼命的样子。女儿这阵势一时把妈妈给吓傻了，她松开手，咕哝出一句"对不起"，目光掉在书桌上的那半根正燃着的香烟上停留了一下，什么也没敢再说，只管仓皇离去。

水晶捡起她的《克丽斯特尔》继续若无其事地读，又捡起香烟继续若无其事地抽。白色的书桌上出现了一处香烟的烫痕，她盯着看了片刻，又在旁边烫出一道痕迹，为了不再那么孤单。

一根烟抽完，她接着点着了另一根；情不自禁的，也接着在桌子上烫出第三道痕迹。正端详着，那三个褐色的斑点便一下子模糊起来，跟着鼻子就是一阵酸痛。这时，她听见了妈妈的哭声，但那无比委屈的哭声反倒让她立即坚强了起来。

风暴在午夜爸爸回来的时候刮起，他们将她从梦中叫醒，狠狠批斗了她一个小时五十分钟。妈妈的控诉声泪俱下，仿佛自己是比窦娥还要不幸的一个女人。批斗结束后，在妈妈的示意下，爸爸搜走了她藏在书架里的香烟。

多年来，水晶一直遗憾他们二人之间没有任何一致的地方，而此刻她终于认识到，在对待她学习的这个问题上，这两人可是有着惊人的一致。在他们一致的时候，就都成了她万分痛恨的敌人。

批斗归批斗，声讨归声讨，为了表示抗议，水晶在他们走后索性就不睡了。她找出"克丽斯特尔"继续阅读，并把扔在窗台上的那个烟头捡起来重新点着。天亮时，一本厚厚的"克丽斯特尔"正好读完。

最终，克丽斯特尔并没能成为一名歌剧演员，而是阴差阳错成为一名优秀的外科医生。这个结局令她倍觉感伤。但是，她依然热爱着克丽斯特尔，克丽斯特尔在她最孤独的时候来到了她的身边。水晶喜欢克丽斯特尔所选择的生活方式，尽管她的选择有时会让她充满困惑。

克丽斯特尔一生几乎没有什么朋友，她只是拥有无数的病人。水晶也没有任何朋友，她拥有的只是无尽的孤单，但她渐渐就把克丽斯特尔当作了自己唯一且不可替代的朋友。她相信克丽斯特尔就生活在这个地球上的某一角落里，她们总有一天会碰面的。她一定会找到克丽斯特尔的。

你在哪里？克丽斯特尔。

我在这里。

最难过的时候，只有克丽斯特尔能够忠实地陪伴在她的身旁。

王雪涵自杀后的那段日子便是她最难捱的。

这个女生是全年级成绩最好的，好得都让她感觉有些神秘。表面上看不出她有任何过人之处，并且平常总是一副没睡醒的样子。有人和她说话时，她总要先"噢"那么一声，满脸刚从梦中惊醒的表情。有些好奇的水晶一直挺想接近她，却又不知该如何接近她，生怕自己的搭讪会吓着她。

一天放学后，水晶发现王雪涵和自己同在一个车站上等车，等车的王雪涵还在埋头朗读英语课文。见大巴开来，水晶矜持着喊了她一声。王雪涵没有听见，水晶只好上前拍了一下她的肩膀。这一拍吓得王雪涵一哆嗦，书掉在了地上。水晶赶忙替她把书捡起，推着她一起上了大巴。

大巴上的王雪涵好像惊魂未定，浑身还在不时地哆嗦。水晶看着不免心生内疚，却也不知道说什么好，只是站在她的身边琢磨着应该对她说些什么。过了好几站，水晶还是未能开口，王雪涵也是一言不发，仿佛根本就不认识她这个人似的。

看到王雪涵开始往车门口挪，水晶知道她要下车了。自己还有两站，但是没有多想，她也跟着下了车。王雪涵走得极快，水晶小跑着撵了上去。

第一章

"你家住在哪里呀?"水晶终于这样同她说出了第一句话。

王雪涵猛地转过头来,又是一副吃惊不小的样子:"噢——中兴村啊。"说完,仍自顾自地朝前走,但速度却略微慢了下来。

水晶一时找不到要和她说的话,只好继续跟着她走,一直走到她的家门口。这时,王雪涵似乎意识到了什么,停下脚步回头看了看水晶。这回该轮到水晶如梦方醒了,她也像王雪涵那样"噢"了一声,说道:"再见吧。"

"你……进来吧。"王雪涵竟然向她发出了邀请。

水晶愣了一下,然后便乖乖地跟她上了楼。

一个中年女人为她们开了门,水晶礼貌地说了一句"阿姨好",而她只是拘谨地冲水晶笑了一下,把拖鞋递给她,便转身消失了。水晶感觉她不像是王雪涵的妈妈。

王雪涵的房间和她的房间差不多大小,但要比她的房间凌乱多了,墙上到处贴的都是英语单词、历史名词、时事要闻等与高考有关的纸条。一股硝烟弥漫的味道。一进屋,王雪涵好像就忘记了水晶的存在,打开书包,做起了数学作业。

水晶在她身后尴尬地站了一会儿,然后走到墙角的那排书架前。她发现满满一书架装的都是各科学习用的参考书和习题集,连一本课外书都没有。

她回头看了一眼伏在书桌上的王雪涵,发觉她的后脑勺上已经有了好多白发。她问道:"你每天几点上床睡觉?"

王雪涵俨然又受到了一次不小的惊吓,手忙脚乱地跳起来,上上下下奇怪地打量着她:"噢……你还在这里呀……你刚才说什么?"

"我说你每天几点上床睡觉?"

"一两点钟吧。"

这让水晶十分惭愧,她一般是不超过十一点钟就要上床熄灯的。

望着王雪涵那弱不禁风的娇小身架,水晶曾经对她既有钦佩又有可怜,而眼下则只剩下了可怜。

她问:"这么拼命学习有意思吗?"

"你说什么?"王雪涵显然觉得她的这个问题太不可思议,脸上的表情诧异而又迷茫。

水晶没有重复自己的问题,她担心这个问题会被对方误解。她想,她们之间终究是大不一样的,没有必要让对方也认同自己的想法吧。她明白了,自己对王雪涵的兴趣也就到此为止了。她是不可能成为自己的朋友的。

这么想着的水晶摇摇头，说："没什么，你学习吧，我回家了。"

王雪涵站着没动，目送她走了出去。

那个中年女人见水晶要走，急忙过来为她开门。还没等水晶走出去，又走进来一个中年女人，戴着一副红框眼镜，和王雪涵的那副眼镜一模一样。水晶猜测，这一定就是王雪涵的妈妈啦，便朝她笑了笑，说了句"阿姨好"。

王雪涵的妈妈对于水晶的出现表现得相当惊讶，当即问道："你是……涵涵的同学吧？"

水晶点了下头。

王雪涵的妈妈疑惑着朝王雪涵的房间喊道："涵涵，怎么也不知道出来送送同学呀？"

王雪涵已经关上了屋门，什么反应都没有。

王雪涵妈妈的脸上随即现出一丝无所谓的微笑，说："她在学习呢，不理她了，等高考完了你再来玩吧。"

水晶匆匆换好鞋子，支吾着出了屋。没走两步，王雪涵的妈妈又追了出来。

"你的成绩在班里排第几名啊？"她问。

这是个叫水晶挺难堪的问题，她犹疑了一下，应付道："反正比王雪涵差远了。"她瞟了一眼王雪涵的妈妈，这个比她矮大半个头的女人正居高临下般地看着她。

水晶也不知道自己的成绩在班里排第几名，只记得高一的时候，她排过一次第三名。此后，她开始厌学，成绩一落千丈，也就再没关心过什么排名了。人人都那么在乎的高考逼迫得她憎恶起了学习。一直以来她就是这么一种心态，人人都抢的东西，她就不想要了。她喜欢清静，不喜欢热闹。就像她曾经是那么的迷恋印度瑜伽，后来却发现这玩意一夜之间就在中国变成了所谓的时尚，甚至连她妈妈都开始练了起来。于是，她只好不屑地把瑜伽给冷落了。

说起来，高考也许不是个坏东西，但如果人人都开始为它发烧，那它肯定就成不了什么好东西。瑜伽自然是个好东西，但如果人人都掺合进来，那便必定要把它弄得面目全非啦。水晶就是这么想的，她只愿相信她自己，而不愿相信大多数人。因为她很早就认识到，大多数人往往都是跟她想得完全不一样的，他们仿佛是在有意和她做着对。

为了自己心仪的大学，水晶一开始对高考可是充满期待的，早早地就进入了备战状态。但是学着学着，疑虑就取代了向往，不安就取代了兴奋，水晶的学习劲头因此渐渐懈怠了下来。她发现，因为高考，同学们之间的关系几乎紧张到了剑拔弩张的地步，彼此处处设防处处小心。甚至连她和妈妈之间曾经还算融洽的关系，也由此变得紧张敏感起来。除了学习还是学习，难道这就将是她高中时代生活的全部回忆？

她希望自己的高中时代能比初中时代多些色彩，发生一些有意思的故事。为了这样的故事，她纵容自己对班上的一个男生萌生了那么点儿好感。后来，她还鼓起勇气约那个男生去看了场电影。但自始至终，那个男生就没摘掉过耳机，一直都在听着英语录音。水晶和他说话时，他便掀开离她最近的那个耳机，有一搭没一搭地应付着：

"Ok."

"No problem."

"Yeah."

真是没劲透啦。

高考把这帮本来挺可爱的家伙一个个全都弄魔症啦，她水晶可绝不想这样！

在水晶去过王雪涵家的第二天早上，她一来到学校，就突然感觉校园里的气氛有些不大对劲。人们三三两两地在窃窃议论着什么，还有警察在走动。来到教学楼前，水晶果然看见不远处的台阶上有一摊血迹，血迹旁边拦着一条黄色的警戒线。她的心立即沉了下去，并又随之浮出几分恐惧来。

直到走进教室，水晶才知道发生了什么事情。同桌带着极为诡秘的表情告诉她，王雪涵跳楼啦；说完，还如释重负般地长叹了口气。水晶一时没有反应过来，看看四周，怀疑自己是在梦里。突然，她又有些喘不过气来，教室里的空气让她感觉窒息。她想出去，刚走到门口，又被班主任挡了回来。

一脸凝重的班主任正式宣布了这个不幸的消息。

水晶瞬间没有了意识，等她恢复过来，发现老师正在讲课，同学们也都在聚精会神地听课，好像什么事情也没有发生过。水晶用力晃了晃脑袋，想确认自己刚才是不是睡着了。再朝左前方看去，王雪涵的座位的确是空着的。她又开始心慌得厉害，不由自主地站了起来。

"老师，王雪涵呢？"她使出全身的气力才说出了这句话。

被打断的老师愣了一下，又像是在思索着什么，反问道："你……怎么了？水晶。"

"老师，王雪涵呢？"她又有气无力地问了一遍，眼睛里滚动着泪水。

"你没事吧？水晶。"老师向她走过来，摸了摸她的额头。

水晶将老师的手一把推开，拎起书包朝教室外面走去。

她想再看看台阶上的那摊血迹，可是血迹已被保洁工清洗得干干净净，警戒线也已经撤掉了。操场上有人在上体育课，不时爆发出热烈的喝彩声和大笑声。

血迹不在了，王雪涵不在了，一切却照旧在继续着。血迹和王雪涵与眼前的一切都没有关系。似乎，血迹本就不曾存在过，王雪涵也不曾存在过。

水晶走出校园，漫无目的地在大街上蹓跶着。这时，一个人向她问路，她才注意到自己已经走到了荒郊野外。兜里的手机正不停地在震动，掏出来看了看，是妈妈打来的。她没有接。有好多个未接电话，都是妈妈和爸爸打来的。她明白，一定是老师通知了他们。

水晶开始往回走，来到街上的一家花店，买了一束鲜花，又去超市买了一盒蜡烛。从超市里出来，夕阳把她堵在了门口。那红红的夕阳令她感到一阵眩晕，台阶上的血迹开始流淌，流淌到了她的面前，染红了她的鞋子和裤子，还有她的上衣。

水晶又返回了学校，校园已是空空荡荡。她将王雪涵的课桌搬到了教学楼外台阶上那个有过血迹的地方，把鲜花摆放在桌面上，又在两边各点燃了一排蜡烛。然后，她开始在桌前低头伫立。

很快，一名保安走了过来，但他并没有轻举妄动；看了看眼前的情景，便躲到一旁打起了电话。接着，校长就出现了，身后还跟着她的班主任。

班主任径直来到水晶的面前，尽量温和的语气里仍有掩饰不住的严厉和气恼："水晶，我今早不是在班里说过了吗？这件事情不能声张，不要让它影响大家的情绪，你们还有二十三天就要高考啦。这件事情只不过是个意外。"

校长上前一步，语气比她的班主任更为和蔼："是啊，这只不过是个意外，水晶同学。我们都很难过，但……"

"这不是意外！根本就不是意外！"水晶歇斯底里地打断了校长先生的话。

第一章

"水晶！"有人在高声喊她。她没有回头。她的爸妈正从车里出来，火烧火燎的样子。

"你跑哪儿去啦？啊？打了无数个电话也不接，你到底是想干什么呀？这都什么时候啦，你还有心思搞这些……"妈妈一上来就是一通劈头盖脸的斥责。

"走，赶快给我回家去！"爸爸不容分说，一只有力的大手抓住她的胳膊就开始强行拉拽。

被迫转过身去的一刹那，水晶瞥见王雪涵的课桌里躺着一个笔记本，她挣扎着将它拿到了手里。

爸爸负责开车，妈妈负责骂她。一路上，水晶一声不吭，不停翻弄着王雪涵的笔记本。王雪涵的课堂笔记记得真细，字写得真好啊，就像小鸟留在雪地上的爪印。

回到家里，妈妈停止了数落，爸爸却来劲了，开始跟她没完没了地讲道理，讲高考之于前途的重要性，讲目前就业的艰难和生活的巨大压力。妈妈让他别讲了，好好吃饭，终于把他给惹火了，两人又大吵了起来。第一次，水晶觉得爸妈的争吵同自己无关，只顾狼吞虎咽。她已经饿了一整天。

吃完饭，水晶回到自己的房间，拎起书包，感到一阵莫名的厌倦。她索性把书包撂在地板上，自己躺到了床上去。迷蒙之中，她看见王雪涵从六层高的教学楼顶朝自己跳下来。水晶吓得大呼一声，便从床上跳到了地上。她左右看看，看到了书桌上王雪涵的那个笔记本。再看看闹钟，已经十二点了。她懒得洗漱了，准备直接入寝。

脱完衣服，她关掉台灯，但紧接着又把台灯打开了。她犹豫着躺了下去，可一闭上眼睛，王雪涵就又出现了。水晶只好坐起，去卫生间将省略的洗漱补上。洗漱完毕，她坐到客厅的沙发上，把电视打开。没看几分钟，突然听见入户门外有开锁的声音，水晶一阵恐慌，不由得抱头尖叫起来。

灯亮了，进来的是爸爸："怎么回事？晶晶。"

睡眼惺忪的妈妈也闻声光脚跑了出来，沙哑着嗓子惊问道："你在这儿干什么呢？怎么还没睡觉啊？都几点啦？"

水晶闭着眼睛继续尖叫，脑门上沁出了一层汗珠。

"这孩子可能是被吓到啦。"说着，妈妈把水晶的头搂在怀里，并不停地拍打她的后背。

爸爸走上前来，正要伸手，却遭妈妈呵斥道："一边去！"

过了许久，水晶持续的叫声才间断下来，时断时续，最后总算完全停息。

"要不要去医院看看？"爸爸问。

妈妈没有理他，扶着水晶回到床上重新躺下。她自己也在一旁躺了下来。床不够宽，妈妈紧紧贴着水晶，不过这种贴护倒是给了水晶某种所需要的安全感。她的两只手抓着妈妈的臂弯，很快就睡着了。

一觉醒来，发现自己依偎在妈妈的怀里，水晶很是不好意思。她赶忙转过脸去，和妈妈分开。

"晶晶，你没事吧？那我就做饭去啦。"原来，妈妈醒着。

"我没事。"水晶小声道。她回想起了自己夜里的高声尖叫，同样感觉有些不好意思，也有些不可思议。

妈妈起床离开后，水晶从衣兜里摸出一根香烟，去了卫生间。坐在马桶上，她一边抽烟一边揣测着王雪涵的心理。但想来想去，就是想不明白王雪涵为什么要这么做。她实在没有理由这么做啊。她的成绩是那么的好，又是那么的酷爱学习，而且眼看着就要参加高考，就要苦尽甘来了啊。她越想越觉得蹊跷，怀疑是有人蓄意谋杀了王雪涵，因为嫉妒。很有这个可能。她有那么多的对手，况且没有一个对手是能够跟她相匹敌的。水晶越想越激动，恨不得马上就去报案。

当她把这个想法告诉妈妈时，妈妈大不以为然，马上变了脸色，说："不要再想这件事了，这件事与你无关。你只需要好好想想你自己的学习，想想高考还剩下几天，想想考不上又该怎么办？"

水晶对妈妈的这番话同样也大不以为然，她可懒得去想自己的学习，懒得去想高考还剩下几天，更懒得去想考不上又该怎么办。她只想让高考赶快滚他妈的蛋，赶快滚出自己的生活。然后，她才可能好好想想自己应该怎样开始崭新的生活，应该如何去寻找那属于自己而不是大伙的什么东西。

克丽斯特尔，告诉我，我应该去寻找什么？什么才是属于我的？

眼看要迟到了，所以妈妈开车把她送到了学校。远远的，学校那座教学主楼就映入了水晶的眼帘，她死死盯着楼顶，想象着王雪涵是如何从那上面纵身一跃的，想象着王雪涵的身体是如何同地面接触的，想象着接触的那一刻会是怎样的疼痛。

第一章

课堂上,她继续琢磨着王雪涵的死,继续在困惑里徘徊。这时,班主任将她从死胡同里拽了出来。

跟着班主任来到她的办公室,水晶看见一个警察迎了上来。

"派出所需要向你了解点儿事情,你去配合一下。"班主任说。

"什么事情?"水晶的心跳猛然加速。

"去了你就知道啦,耽误不了你多长时间,也不用担心什么,就是了解点儿情况而已。"年轻的警察说着,向她亮了一下自己的证件。

这个动作非但没能打消水晶的顾虑,反倒加剧了她的恐慌,她扫了一眼证件,什么也没有看清。长这么大,水晶还是第一次被警察找上门来。她向班主任投去求助的眼神,但班主任只是平静地看着她,似乎这的确不是什么大不了的事情。

看到警车,水晶稍稍平缓下来的心跳又开始加速。她怯怯地对警察说:"我想给我妈打个电话。"

警察掏出了手机。

水晶摇摇头,拿出自己的手机。听到妈妈的声音时,她竭力克制着自己的情绪,说了警察找她的事情。妈妈要求和警察通话,水晶把手机递给了他。

警察走到一边,低声和妈妈说着什么。水晶隐约听见他提到了王雪涵的名字。

和妈妈通完话,警察把手机还给水晶,并替她打开了车门。水晶把手机放到耳边,想听妈妈再说些什么,可妈妈已经将电话挂了。她只好收了手机,乖乖坐进车里。

警车开到派出所时,水晶的妈妈已经在门口等着了。看见妈妈,水晶的心里踏实了一些。但没等妈妈和水晶说话,那名警察便告诉妈妈先去接待室等着,随即将水晶领进一间办公室。

办公室里还有一名警察,头发已经花白,手里握着一支签字笔,面前放着一沓稿纸。他俩隔着桌子坐在水晶的对面,这让水晶感觉有点像是审问犯人,心里好不舒服。

年轻的那名警察正要开口说什么,忽然有人敲起了门。他起身打开门,水晶回头看见妈妈出现在门口。

"对不起,你们是不是能换一名女警官在这里,我想这样比较好些。"水晶的妈妈坚持道。

两位警察面面相觑片刻之后,那个头发花白的警察扔下手中的笔,走了出去。不一会儿,一个年轻漂亮的女警察走了进来,坐下来后,还冲水晶笑了笑。水晶顿时觉得屋里的气氛没那么紧张了。

"你跟王雪涵平常的关系怎么样?"男警察开门见山道。

尽管水晶的心里已有所准备,但一上来的这个问题还是让她感到有些不妙。一时间,她不知如何作答,犹豫了一下,才支吾着说:"还……行吧。"

"还行是什么意思?"

"就是一般吧。"

"你说王雪涵坠楼不是意外,这是什么意思?"

"我什么时候说过这话?"

"就在昨天傍晚,想起来了吗?"

水晶呆呆地望着问话的这位警察,一个劲地摇头。

"王雪涵出事的前一天傍晚,你曾去过她家,是吗?"

水晶点点头,心想,怎么啦?他这是怀疑我谋杀了王雪涵吗?水晶的情绪顿时激动起来。

"你们在一起待了多长时间?"

"没多长时间。"

"好好想想,没多长时间是多长时间?"

"最多不超过二十分钟吧。"

"你们之间都谈了些什么话题?"

"没谈过什么话题。"

"好好想想,二十分钟的时间里不会一句话也不说吧?"

水晶开始专心回忆,但就是想不起来那天自己和王雪涵究竟都说了些什么。望着男警察那充满疑问的眼神,她又气又急;既生警察的气,也生自己的气。

"她一直就在埋头做数学作业,根本不搭理我,我后来好像是跟她说过一句什么话,但现在实在是想不起来了……"水晶越说越感到委屈,声音哽咽了,"但我绝对没有任何要害她的想法啊!"

男警察一下子瞪大了眼睛,道:"你干吗这么想?我们没有这个意思啊,只是了解一下相关情况而已,这是我们必要的工作程序。好吧,你可以回去了，等到想起来你对王雪涵说过什么话，希望你能再告诉我。谢谢。"说完，他走上前来递给水晶一张名片。

水晶还愣坐在那里，没有伸手去接。

男警察道："这是我的名片，你想起什么来了就请给我打电话。"

水晶忽然回过神来，霍地站起，接过名片，转身就去开门。拧了几下把手，才将门打开。妈妈正在她的面前站着。

她显然是早就等得不耐烦了，拉上水晶便走。

走到车跟前，妈妈先替水晶打开了副驾驶座位的门。但是水晶毫不领情，走到另一侧，坐到了驾驶座位的后面去。

妈妈一边发动车子，一边没好气地埋怨道："都什么时候啦，你还要干这些节外生枝的事情。"

车子驶离派出所，水晶悬着的心终于放松下来。她全神贯注地盯着窗外的街道，以便不去听妈妈的一路唠叨。现在，她的脑海里开始浮现的已不再是王雪涵的形象，而是王雪涵妈妈的形象。是不是她怀疑我谋害了王雪涵？

此时，水晶已不敢再想是有人蓄意谋害了王雪涵。她无论如何想不到，有人会把王雪涵的死和她本人联系在一起，也从来没想到过，自己那天同王雪涵的偶然接触竟可能会成为她想不开的原因。那天，她到底对王雪涵说过什么呢？虽然暂时还回想不起来，但是水晶已经隐隐觉得王雪涵的死也许不是和自己一点儿关系都没有了。

随后的水晶一直有些惴惴不安，等待着警察什么时候再来找她。除了克丽斯特尔，她什么都看不下去。若不是迫于父母方面的压力，今年的高考她根本就不想参加了。对她来说，进考场不过就是个形式，是她所能给予父母的一个无奈交代罢了。

然而奇怪的是，考完最后一科，稀里糊涂地告别考场之后，一回到家里，瞥见扔在桌角的那个笔记本，水晶便忽然就回想起了那天自己在王雪涵家里说过的话来。那仅仅就是一句疑问啊，出自她的不解和同情，不带任何恶意，它怎么可能有力量直接让王雪涵走上六楼一跃而下呢？就算她的话对王雪涵真起到了些许作用，那也应该是积极性的呀。她是认为，像王雪涵那么聪明的人，把全部精力都耗费在高考上，的确是得不偿失啊。她应该有更高层次的追求才对，就像她水晶这样，虽然她尚不清楚自己更高层次的追求是什么，但总之她可是有着更高层次追求的。王雪涵想过她话里的意思吗？更高层次的追求当然不是爬到六楼跳下去啊。

高考总算结束，无聊的日子终于可以告一段落啦。水晶希望王雪涵引起的风波也在她的生活中就此了结，她暗示自己，她和她本就是没有什么关系的。她又想到了那个警察的交代，可却不想和他再有什么联系。所以，水晶找出他的名片看了看，便随手丢进垃圾桶里。很好，那个警察从此也像他的那张名片一样，在她的生活里彻底消失了。他再没有找过她。

水晶不需要等待什么高考结果，高考结果对于她而言是明摆着的，她要爸妈也不要心存任何幻想，可他们却俨然在执拗地等待着一个结果。两人每天看她的眼神都是焦躁不安的，他们的火气也比往常大了不少，彼此动不动就要发生口角。为了逃避这样的日子，水晶提出想去别的地方散散心，随便哪个地方都行。

爸爸建议去上海，妈妈同意了，但坚决不同意他也跟着去。水晶其实希望他们两个谁也别去，就让她一个人去。有妈妈的唠叨，还能散得了心？可妈妈还是比水晶坚决，当天就订好了两个人的机票和酒店。

本来计划要在上海至少玩一个星期的，但总共只待了三天。人多车多，听不懂上海话，也吃不惯那里的饭菜，加之时刻都要跟妈妈待在一起，水晶觉得一点儿意思都没有，干脆早早跑了回来。

回来后，天气一直是酷热难耐，水晶便整天闷在自己的房间里看小说，同时也在想着今后的出路。想来想去，始终想不出，除了高考还有什么更好的出路。

这天下午，突然一阵惊雷，降起瓢泼大雨。水晶关掉空调，推开窗户，大口呼吸着涌入的清新空气，心情骤然舒畅了许多。雨越下越疯，永远停不了似的；那砸在树叶、地面上的声音排山倒海一般，仿佛这个世界就要毁灭，一个崭新的世界即将诞生。毁灭吧，毁灭吧……水晶一阵莫名的兴奋，冲到院子里，张开双臂，任由雨瀑冲击着自己。全身凉意激发出的震颤让她不由得放声大叫起来，像是狂喜，又像是痛苦。叫声惊动了正在屋里网购的妈妈。

"你这是发什么疯呢？快回来！"

水晶毫不理会妈妈，依然忘我地站在疾雨里大笑。

气恼又担心的妈妈顺手从卫生间里操起一个塑料盆罩在头上，冲进雨中将水晶硬拖了回来。

第一章

"你最近是不是有点儿不大正常啊？"妈妈奇怪地打量着水晶。

水晶意犹未尽，走到钢琴前，掀开琴盖，莫扎特的奏鸣曲、肖邦的幻想曲、李斯特的狂想曲……站在那里就弹个不停啦。她浑身的雨水滴了一地。

妈妈用毛巾给水晶草草擦了擦，然后便紧急去找拖把抢救她的实木地板。狠狠唠叨了几句，怎奈水晶的钢琴声太大，她只能作罢，在心里默默犯着嘀咕。

水晶已有好多年没摸过钢琴了，自从拿到十级证书之后，她便发誓再也不碰钢琴了。她厌恶钢琴，那完全是妈妈硬逼着她学的。那不是她的钢琴，是妈妈的钢琴，十级证书也是她替妈妈拿的。她喜欢音乐，但不喜欢钢琴。钢琴跟她曾经想象的太不一样。看到琴键，她不是想去弹它，而只是想去砸它，狠狠地砸。她觉得许多中国人都不是在弹钢琴，而是在砸钢琴；钢琴让他们学到的不是爱，只是恨。

砸完了那破风箱一样的钢琴，水晶转过身，见妈妈正坐在沙发上满面愁容地望着她。

"明天我去补习班报名。"她平静地说道。

"你说什么？"妈妈不由自主地站了起来。

"我决定复读，放心吧，明年一定给你们一个交代。"

妈妈没有吭声，脸上的表情十分复杂，像是欣慰又像是悲哀。

水晶走进卫生间，打开淋浴，不知为何，泪水也如淋浴一般喷洒了出来。

把"克丽斯特尔"连同所有她最爱看的书都束之高阁，水晶说服自己将全部身心投入到了那些她难以忍受的教科书当中。耐心。耐心。耐心。水晶默默告诫自己，此刻耐心就是她的希望和拯救。

水晶开始发愤了，规定自己每天必须在午夜一点钟之后才能上床睡觉。她要像王雪涵同学学习。

发愤的水晶真的给了爸妈莫大的欣慰，他们的争吵开始迅速减少。尽管最终出来的高考成绩让他们觉得实在没脸面对同事和亲朋，但也还是保持住了最大限度的克制，没有让偶尔憋不住的怒火烧到水晶。甚至在得知薛叔叔的儿子忠泽被澳门大学录取的消息时，沮丧到了极点的他们仍在强作欢颜表示祝贺。

薛叔叔是爸爸最好的朋友，也是公司的合伙人。他们两家算是世交。

一直以来，水晶都以为自己的爸妈很强势，现在忽然发现原来他们很弱势。怪可怜的。

很快，薛叔叔就安排好了在全市最高档的海上花酒楼单独宴请他们一家。水晶的爸妈只好再强作欢颜一次啦。他们试探着问水晶想不想去，没料到水晶竟然极爽快地答应啦。水晶的这种态度让他们的心里也多少好受了一些。

其实，水晶本来就没什么好在乎的。忠泽考上澳门大学她一点儿也不羡慕，自己什么都没考上她早在意料之中。她和忠泽从小就常在一块儿玩，非常了解他，忠泽的爸妈一直可是拿她当忠泽的学习榜样的。对她来说，问题的关键不是能否考上什么名牌大学，问题的关键是考上了名牌大学又能怎么样呢？她只想看清自己前方的道路，那条穿越大学通往尽头的道路，那条她愿意为之忠实走完一生的道路。这些近视的人们啊，他们根本就读不懂她的心。

见到忠泽，水晶差点没认出他来，又高又胖的，不仅戴上了眼镜，还长出了小胡子。水晶马上意识到，自从上了高中他们便再没见过面了。整整三年。小时候，她经常拿忠泽开心，不知为什么，一见他那肥嘟嘟的大脸盘就有想掐的冲动。忠泽呢，像有受虐癖好似的，还蛮喜欢她的捉弄，从来都是不急不恼、一副笑嘻嘻的样子。忠泽的妈妈总爱开玩笑说，将来他们俩倒是挺合适的一对，一个愿打一个愿挨，省了吵架。忠泽的爸妈在一起也老是吵架。不过，那时的水晶心里在想，将来我才不结婚呐。爸妈的婚姻早就叫她受够了。婚姻是比高考还折磨人的东西。

水晶这是第二次来海上花吃饭，同样是在四十层的状元厅，她考上重点高中的那一年，爸妈也请薛叔叔一家在这里吃过饭。每年的暑假，这里都是全市最紧俏的地方，至少得提前一个半月预订才行。相同的地点，相同的人，心情却正好调了个个儿。那一年，水晶考上了全市最好的高中，而忠泽险些连离家近一点儿的普通高中都没能进去。三年的时间，从里到外，他们都发生了不小的变化。除了陌生，还是陌生，忠泽甚至连嗓音都变得让她不习惯了。

忠泽的妈妈田阿姨特意让水晶跟忠泽坐在一起，弄得两个人都有点儿不好意思，忠泽一个劲地咳嗽，似乎是想说什么，可又迟迟不开口。

为了尽快摆脱尴尬，水晶拿起桌上的一瓶葡萄酒给忠泽斟上，接着又给自己斟上。

田阿姨提醒道："忠泽，应该是你给晶晶倒酒呀。"

听话的忠泽立即就来抢水晶手里的酒瓶和酒杯。

"不用不用。"水晶嘴上这么说着，还是松了手，因为忠泽压根就没有让步的意思，眼看着把她刚倒入杯里的那一点儿酒都弄洒了。这股子呆气倒还是跟从前没啥两样。

"祝贺你！"水晶朝忠泽举起了杯。

大家都紧随着倒酒举杯，向忠泽表示祝贺。忠泽只是腼腆地笑，什么话也不说，一口将杯中的酒全干了。

"你可真实在，小心喝醉啦。"田阿姨提醒道。

"没关系，今天就随他去吧。"薛叔叔说。

"就是就是，今天高兴，人生难得几回醉嘛。"水晶的爸爸附和道。

水晶的妈妈瞟了丈夫一眼，欲言又止。

水晶见忠泽把酒干了，自己也拿起杯子干了。

这回，忠泽有了眼色，拿过水晶的杯子要给她倒酒。

水晶赶忙抢回自己的酒杯，说："不要，我想喝啤酒。"

"水晶，"妈妈瞪了她一眼，"你怎么还来劲了？"

"来了不就是要喝酒的嘛。"水晶挑了一下眉毛，妈妈这种在公开场合指指点点的样子最让她反感了。

"晶晶说得对，来了就是要喝酒的。"薛叔叔向站在一旁的服务员吩咐道，"请来一箱啤酒，最好的。"

"混着喝容易醉。"爸爸小声提醒道。

"你明天还要上课。"妈妈的声音也低了下来。

水晶强忍着不快，用餐叉和筷子将盘中的一块牛肉撕扯得稀碎。

服务员拿来了啤酒，正要给水晶倒，忠泽急忙起身拦住，说："我来。"

趁忠泽给自己倒酒的工夫，水晶从眼角打量了他一眼，又觉得他好像是没那么呆气了。

看到啤酒，水晶便想起了克丽斯特尔。克丽斯特尔曾经说过，她这一生的最爱就是歌剧、诗歌、啤酒和香烟。可惜，现在她不能抽烟。

爸爸礼节性地问起了澳门大学的情况，水晶不想听，抿了一口啤酒，冲忠泽道："干吗要去那么个弹丸之地啊？学费又那么贵。国内不有的是大学吗？"

"澳门也不是国外啊。"

忠泽这不动声色的一句话顿时把水晶给噎住了，没想到，他的政治意识还挺敏感。

忠泽随即憨憨地笑了一下，又说："大陆大学里的垃圾课太多，而且食堂吃得也不大安全。"

"你怎么知道？"

"我做过一些调查。"

水晶愣住了，看来还真不能再用老眼光去看他了。几年不见，这家伙竟变得有想法了。

"我不管，反正我就要在内地上大学。"水晶赌气似的说道。

忠泽呵呵一笑，没有作声。

几杯酒下去，水晶感觉到了头晕。她撂下餐巾去找卫生间。

洗完脸出来，不想直接回去，水晶就来到走廊尽头的落地窗前，俯瞰着城市的夜景。黑色的海洋，星星点点，像在飞翔，又像是在远航。目光移向脚下时，水晶的心里蓦地一阵悸动。她又想到了王雪涵，她想知道如果从这里跳下去，那该会是怎样的一种体验。这个极具诱惑力的想法瞬间令水晶感到了害怕，她的两腿甚至都开始有些发软了，不得不紧急收回目光。

透过玻璃的反光，水晶看到了自己。一个陌生的自己，头发快要齐肩了。她好久没留过这么长的头发了，正想着明天什么时候去剪一下，就看见忠泽朝她走来。水晶转过身去。

她以为忠泽要和她说什么，但忠泽似乎并没有要开口的意思，他只是径直走到她的旁边，趴在栏杆上，也看起了夜景。

水晶问："你要学的是什么专业？"

"工商管理。"

"你喜欢这个？"

忠泽摇头："我妈喜欢。"

水晶听了很是不屑，道："那你自己喜欢什么呀？"

忠泽想了想，又是摇头，说："我也不知道我喜欢什么。"

水晶立刻瞪大了眼睛，简直无法忍受他的回答。她真想说："你还是不是人啊？"是人怎么能都不知道自己喜欢什么呢？我喜欢小说、喜欢音乐、喜

第一章

欢啤酒、喜欢香烟，喜欢许多许多东西。当然，我也不喜欢许多许多东西，比如考试、比如奥数、比如英语、比如钢琴，等等。

忠泽大概看出了水晶对他的鄙夷，于是又补充道："其实，我还是蛮喜欢计算机的，可惜我的数学和物理都不太好。"

水晶心想，你是喜欢上网玩游戏吧。没出息的！

她打算离他而去，他们之间根本就没什么好谈的。正要走，就看见自己的爸妈和忠泽的爸妈都出来了，妈妈拿着一个厚厚的红包硬塞到了忠泽T恤衫的口袋里。

之后，水晶和忠泽就没再见过面，但水晶收到过两张他寄自澳门的明信片。不过，水晶一张也没回，复习的节奏始终绷得很紧，她根本就顾不上搭理他。

直到两天前，他们才又在海上花的状元厅见了面。这次聚会是皆大欢喜，每个人的心情都非常的不错。当然，水晶的爸妈多少还是有点儿遗憾，他们强烈希望水晶学的是金融或者法律专业，可她坚决不肯，非要学什么哲学。最后，经过几个昼夜的博弈，双方都作了让步，水晶折中性地选择了中文系。

经过一年大学生活熏陶的忠泽看上去比以前帅气多了，也大方了不少，动不动就和她搭话。只是，水晶依旧觉得自己同他没什么可说的。一个学工商管理的，一个学中文的，以后恐怕更是无话可说了。但当田阿姨将一个厚厚的红包塞到她手里时，却在她耳边悄声说道："你们俩以后可要经常交流啊。"

有人敲门，试探性地，敲得很轻。水晶立即假装熟睡，没有理会。

门轻轻开了，又轻轻合上了。水晶估计是妈妈。

妈妈也去卧室休息了，客厅里没了人。水晶坐起来，把事先打印好的那张纸贴到自己的房门外：

距离入学报到尚有 41 天
报到仅需携带人民币（信用卡亦可）

这招还算管用，爸妈关于她入学问题的唠叨收敛了许多。他们开始只关心她每天想吃什么，想到哪里去玩。

水晶 SHUIJING

水晶不得不又在门上贴了张告示：

每天饮食随便安排，本人无任何要求
本人哪里皆不想去，只求在家中清静

后来，水晶又用毛笔在新贴的告示下面补充了四个更大号的字：

谢绝打扰

无奈的爸妈每天见到水晶只好是欲言又止或是客客气气地笑，而水晶除了吃饭的时间，基本上就是把自己关在屋里睡觉，睡醒之后就是读小说和在网上下载外国电影看。她还看了不少克丽斯特尔提及的歌剧，在看到《茶花女》中的薇奥莱塔于弥留之际的绝唱时，水晶泪如雨下。

啊，一切终有了结局，
这一切终有了结局啊！
这欢乐即将结束，
这痛苦也将结束，
而坟墓就是凡人最后的归宿！
我的墓前没有眼泪和鲜花，
也没有那刻着名字的十字架，
十字架呀，鲜花，啊！
上帝请把微笑赐给邪路上的女人，
给她以原谅宽容，
请接纳这个女人！
啊！一切终有了结局，
一切终有了结局啊！

尽管她听不懂薇奥莱塔的语言，但她完全听得懂薇奥莱塔的心声。这一幕她已经在克丽斯特尔那里非常熟悉了，少女时代的克丽斯特尔就经常在自家的阳台上演唱这一段，邻居们因此都喜欢称呼她"我们的小茶花女"。

第一章

有感于薇奥莱塔的悲怆命运，水晶用一个星期的时间写完了一个三万字的剧本《爱与死》，并在心中把自己的这部处女作献给了克丽斯特尔。

死亡让我们学会相爱，爱是给予死亡的谢礼。
爱期待着永生，死亡却告知我们，爱就是永生。
因为爱，死亡已不再是死亡，死亡就在爱中活着。

什么是爱？克丽斯特尔说过：爱是智慧。什么是死亡？克丽斯特尔说过：死亡就是自由的终结。水晶从来没有想过死亡的问题，她一直以为自己是不会死的。王雪涵的死给了她意识上的重重一击，内心某种曾经无比坚固的东西霎时坍圮。是的，就是因为整日生活在不自由之中，所以王雪涵选择了死亡。肉体的毁灭仅仅是一种形式，精神上的王雪涵其实早已经死亡。活着是美好的，因为自由是美好的。她要永远自由地活着。

看看日历，距离入学的日子不到半个月了。水晶决定去看海，她想亲自感受一下克丽斯特尔的生活环境。离开医学院后，克丽斯特尔没有留在自己当初那么向往的伦敦，而是回到了家乡。那是一个美丽的海滨小城，克丽斯特尔说，只有生活在那里，她才能感觉到自己是自由的。手术刀、歌剧、诗歌、啤酒、香烟，还有海水里的畅游，这就是克丽斯特尔生活的全部。

这次水晶的态度极其坚决，她要一个人去看海。如果爸妈不同意，那她就选择偷逃。再一次对这个女儿感到无可奈何的他们终于意识到，孩子的确是已经长大了，他们必须放手了。分离的时刻也许应该就此正式开始了。

惆怅不已的妈妈问水晶："那你想到哪里去看海呢？"

"去三亚吧，"爸爸说，"现在人们都喜欢去三亚旅游。"

水晶一听"人们都喜欢"，立马没了兴趣，摇摇头。

她打开地图册，食指沿着海岸线自北向南滑动，最后又折了回来，在一个湾角处停下。

"就到这里吧。"她说。

爸妈同时凑上前来：威海。

"嗯，这个城市不错，我去过。"爸爸道。

"很秀气，很干净，也很安静。"妈妈说。

"你也去过？"

水晶 SHUIJING

妈妈瞪了爸爸一眼，一脸的冷笑。他竟然忘记了，他们俩是在度蜜月时一起去的威海。从青岛经过烟台到达了威海，接着又去了曲阜和济南。想想生命中那段倍感幸福的旅程，此刻的她又恍然觉得那不过就是一场充满反讽意味的人生骗局。

听爸妈这么一说，水晶不再犹豫，放下地图册就要去火车站买票。

爸爸说："还是坐飞机去吧，如果有的话。"

"也是，省时间。"妈妈说。

"不，坐火车更像是旅行。"

可是，并没有直达威海的火车。在售票员的建议下，水晶买了一张当天晚上前往青岛的车票。

妈妈发现水晶买的是硬座票，要求她把票退掉，重新买张卧铺票。水晶不同意，十个小时的车程算不了什么。

妈妈不再坚持，开始上网为水晶物色青岛和威海的宾馆，用了不到半个小时的时间就在电话里全部搞定了。接着，她又开始为水晶准备行囊，一个拉杆箱让她塞得满满的，全是吃的东西。水晶嫌重，拿出去一大半，她又执拗地一一都给塞了回去。水晶只好趁妈妈不注意的时候，再次把它们清理出去。

火车快要开了，妈妈赶紧又重复一遍那已经重复了不知多少遍的千叮咛万嘱咐，然后恋恋不舍地下了车。

车窗在他们面前缓缓移动时，水晶借着昏暗的灯光，忽然看出了爸妈的苍老和弱小来。以前，这两个人可一直是她心目中的巨人啊。

"要不就别去威海了，在青岛看看就行了。"爸爸追上来对水晶说。

"嗯，好的，我看情况。"水晶的声音涩涩的，显出从未有过的温顺。

爸妈很快就在她的视野里消失了，夜色吞没了眼前的一切。她曾无比热爱的夜色表现出了无情的一面。水晶感觉自己好像就此再也见不到爸爸和妈妈了，强忍着，但眼泪还是倔强地流了出来。水晶不喜欢这种情感，她悄悄用手指揩了下泪痕，起身打算去趟卫生间。

青岛在刚刚破晓的时候出现在了水晶的面前，第一次单独出门的水晶有点儿兴奋，又有点儿紧张。她在站前四下里观察了几分钟，平静一下心绪，然后才开始朝出租车走去。

在去宾馆的路上，水晶看见了海。那仅仅在画面和她的想象里出现过的

第一章

大海，此时是那么不同地闯入了她的眼帘。墨绿的颜色，宛若固体，如此安静，这不是她曾经以为的海，这是睡梦中的大海吗？它的无边无际对于水晶仿佛一种召唤，她真想立即扑入它的怀抱。

水晶见过草原，见过沙漠，但唯有大海是令她最为激动的。咆哮和安详、狂妄和矜持、深邃和热烈、欢乐和悲伤……大海蕴涵着生命最全面最真实的元素，对了，正是普希金所说的"自由的元素"。

办完入住手续，把行囊放进房间，没作停留，水晶就匆匆离开了宾馆。在路人的指点下，水晶很快便来到了海边。起风了，翻卷着白沫的海浪欢呼着向她涌来。

我一心渴望的国度啊，大海！
一次又一次，在你的岸上
我静静地，迷惘地徘徊，
苦想着我那珍爱的愿望。

啊，我多么爱听你的回声，
那喑哑的声音，那曲深渊之歌，
我爱听你黄昏时分的静谧，
还有你任性脾气的发作！

普希金这是在和大海告别，而我，水晶才刚刚来到你的面前。这是一次迟到的相会，这是一次承载着超重思念的相会。大海，你好吗？我来了，我叫水晶。

手机响了，水晶蓦地意识到忘了先给妈妈发个短信，报声平安。

"妈，我到了。你听，大海的声音……"水晶将手机对着大海，继续朝前走去。

在青岛同大海朝夕相处了两天之后，水晶决定还是要去一趟威海。她想看看这两个城市的海究竟会有什么不同。青岛给她的感觉很不错，可惜还是有些过于繁华了，像是刻意在抢大海的风头。她想，克丽斯特尔的家乡一定不会是这个样子的吧。

于是，水晶坐上了开往威海的大巴。

妈妈对于威海的描述一点儿没错：很秀气，很干净，也很安静。这里的海似乎比青岛的海更加幽深，也更加神秘。她沿着滨海公园漫无目的地走着，不时在遇到的雕塑前流连一会儿。吸引她的已不仅是身边的大海，还有这座依海而建的城市。沙滩、松林、青山，以及掩映于其中的红色屋顶，水晶相信克丽斯特尔应该就生活在这样一座城市里。

等着我，克丽斯特尔，四年后我也将到这里来生活。

水晶忽然回想起自己食指在地图上的滑动，莫名其妙地就停留在了这里。一切犹如冥冥之中的注定，似乎是命运指引她到这里来的。

四天后离开威海的时候，水晶认定自己还是要回来的，好像她已经提前属于这座城市了。这么想着想着，就又想到了克丽斯特尔。事实上，克丽斯特尔当初离开家乡的时候，可从未想过她还要回去。那时的她信念坚定，目光执着，总是一副勇往直前的英姿。她水晶也一直在为她加油，向梦想的巅峰挺进，创造出属于自己的光荣。她的克丽斯特尔是从不服输的，没有谁能够征服她。然而，就在人生繁花绚烂的那一刻，克丽斯特尔却毅然决定离开全国最好的那家医院，舍弃掉所有光环和优厚待遇，回到家乡新建的一所医院。水晶对于克丽斯特尔的这一选择一时间完全无法理解，难道一个人的成功不就是要获得众人的瞩目及拥戴吗？回到那样一座默默无闻的小城，她还可能有出人头地的机会吗？如果是为了回去，那当初又何必离开呢？可克丽斯特尔说，离开正是为了回去。否则，离开便失去了意义。生活不在别处，它就在你心灵的故乡。

克丽斯特尔，是不是我也必须要回到自己的故乡呢？在我离开多年之后。

那是你心灵的故乡吗？

我不知道。那……阿卡是你心灵的故乡吗？

是的。

为什么呢？

只有在那里我才能感受到安宁和自由。

你如何定义故乡呢？

能让你的心灵感受到安宁和自由的地方。

也许，北京就能让我感受到安宁和自由。也许，北京就是我未来的故乡。谁说我不久后的离开不正是回去呢？

第一章

我回来了。

列车缓缓驶入站台时，水晶忽然记起班主任曾经这样说过她：你到底是属于早熟还是属于早衰呢？总是想得那么的遥远，这些都是我这个中年人在退休之后才会去想的事情。

是啊，我还未曾出发，却已在想着归来的事情了。似乎，我的眼睛总是在向后看着的。我没有前方吗？所以，我没有动力吗？所以，我提前衰老了吗……？

"水晶！"妈妈正在站台上朝她挥手。

妈妈仔细端详了一下她，一把将她紧紧搂住。爸爸则接过了她手中的拉杆箱。水晶始终不太适应妈妈这种公开场合下的亲热举动。

"哈，一身的海腥味。"妈妈吸了吸鼻子道。

爸爸也跟着吸了吸鼻子，说："我怎么闻不到？"

"你那满鼻孔的烟味，还能闻到啥？"

妈妈简直把水晶当成了一个失而复得的宝贝，一刻也不离开她，一会儿问这一会儿问那，好像她们有多年没见了似的。

爸爸见到她虽然也挺高兴，但看上去有点发蔫，一脸的倦容。水晶猜测自己不在的这几天，他们俩可能又发生什么大战啦。她觉得爸爸挺可怜的，屡次挑起战争，屡次都是以偃旗息鼓而告终。可是获胜的妈妈又能怎样呢？气得满脸惨白、浑身哆嗦、泪眼婆娑。水晶不知道自己究竟应该同情谁，站在哪一边。其实，她谁也不想同情。有时，她觉得这两个人都够可恨的。明明不适合生活在一起，可又为什么偏偏要赖在一起呢？离婚的夫妻有的是呀，她的同学有好多不都是属于单亲家庭的吗？他们俩这辈子干别的都不认真，就是彼此吵嘴认真，豁出命的认真。对啦，还有在对待她学习的这件事情上，那也是认真得够厉害的。

她深感人生不自由的就是无法选择自己的出生，她不想出生在这样的家庭里。她羡慕克丽斯特尔的家庭，父亲是建筑设计师，母亲是中学音乐教师。没有争吵和哭泣，只有歌声和欢笑。克丽斯特尔之所以会放弃伦敦选择阿卡，多少也是同她曾有的这种家庭记忆有着必然的因果联系吧。而她本人则可能会由于这样的原因重返家乡吗？唉，如果有一天轮到她组建自己的家庭……不，不，不会有这一天的。她不会结婚的，她永远无法整日面对一个爸爸那样的丈夫。她的生活里不能没有自由。

水晶将贴在门上的告示一一揭下，入学的时刻终于来到了。

水晶表示她要一个人去报到，妈妈听了竟然哭了，爸爸也流露出了忧郁的目光。

"你妈没有上过大学，你就给她一次机会，让她去你的学校看看呗。"

"你少多嘴！"妈妈极不耐烦地呲了爸爸一句。

水晶想了想，让步道："好吧，如果你们非要送我去不可的话，那就去吧。但我必须明确告诉你们的是，你们想要的大学我已经替你们考上了，专业我也做出了一定的牺牲。我希望从今以后，你们能够完全尊重我自己的选择，我不想再一切都听从你们的了。我已经19岁了，可以为自己负责了。"

爸妈都愣愣地望着她，没有说话。气氛霎时变得非常的严肃，这是水晶需要的气氛，她想让他们认识到，她这是在跟他们谈一件极其严肃的事情，他们必须要百分之百地认真对待。

第二章

一进家门，没等放下行李，楚文丹就哭了起来。家里实在是太冷清了，她受不了。她的心还和女儿在一起呐，恨不能马上再回到女儿的身边。女儿空空的房间让她心慌得厉害，让她觉得这个家已经变成了废墟，让她丧失了继续在这里待下去的勇气。忽然间，她想到了丈夫，想让他马上回来；但打完电话又不免茫然，不知道为何要让他回来。

接到妻子电话的水明居听见她哭哭啼啼的，吓了一大跳，以为家中发生了什么不妙的事情，赶紧将车调头。从车站回来，他没有和妻子一同进屋，而是直奔小区地下停车场把车开了出来，公司里的会计正在等着他去签字报账。

水明居担心家中是不是有窃贼光顾了，脑袋里迅速挨个过滤着家中所有值钱的东西。别的都不算什么，只要他那72块石头不被偷走一个就好。家中最值钱的也就是这些玩意啦，那可是他一个个从全国乃至世界各地淘来的，费了不少银子，费了不少力气，也费了不少心思。但愿那不是个雅贼，压根就不懂他的这些宝贝。想到这里，水明居真的就认定家中确是遭了贼了，越发揪心他的宝贝，接连两个红灯都没有注意到。

一看见妻子，水明居便紧张地问道："都丢了什么东西？"然后就直接扑向客厅博古架上的那些石头，接着又逐个查看了一番摆放在地上的石头。看来看去，没发现什么异常，这才也将心里的那块石头落了地。

"到底丢了什么呀？"他回过头来，又向妻子问道。

楚文丹冷冷地看着他，说："你的石头丢啦。"

"我咋没发现？是哪块石头啊？"他的心立即悬到了嗓子眼。

"你的心就是一块石头。"

"胡说什么呀，你叫我回来是什么意思？我公司还有事呐。"

"没什么意思，你去公司吧，这里不需要你啦。"

"你神经病啊！"

"你才神经病呐！赶快滚吧，这里不需要你。"

"你给我滚！"

"行，我滚，正好我也不想在这个家里待了。你就和你的那些石头去过吧。"说着，楚文丹摔门而去。

摸不着头脑的水明居蓄积满了一腔快要爆炸的无名怒火，冲着门就是一句厉声大骂，犀利的声音穿破厚厚的金属门，精准刺入楚文丹的耳膜，随即在她的五脏六腑里轰然爆响。

石头，石头，石头，该死的石头，该死的男人一样的石头，该死的石头一样的男人。

楚文丹一边在心里狠狠地诅咒着，一边在小区里胡乱地走着。有人和她打招呼，她也没能注意到。她想找个没人的地方坐坐，可所有的角落里都是老人和孩子。这个小区就刚入住时清静了那么一阵子，第二年一眨眼的工夫便冒出了许多的老人和孩子。都过去快十年了，还有这么多的老人和孩子。

不过，小区的密度过大才是拥挤吵闹的最根本原因。一个三线城市有必要盖这么高的楼吗？这是给人居住的吗？看不到任何的美感和舒心，看到的只是开发商们的贪婪和无耻。她不止一次地告诉过水明居，别再盖这么难看的楼了，钱可以少赚一点儿嘛；人死了钱又带不走，而他开发的这些楼房还得继续待在世上遭人骂呀。这些愚蠢的男人们啊，就是丑陋的钢筋和水泥，浑身上下从里到外一点儿柔软的东西都没有。

她一心只想住别墅，认为那才叫人住的房子。事实上，他们在南山脚下的确也有一栋别墅，是三年前在她的力主之下买的，水晶也曾跟着积极响应。但别墅至今仍空着，还是毛坯。水明居始终不敢去住，说住在那里太惹眼，容易遭人打劫。自从他的一个同行被绑架撕票后，水明居就受了刺激，天天担心有绑匪惦记着他。楚文丹最看不起男人的这一点，既贪财又怕死。她想干脆哪天我找人把它装了算啦，他不住，我一个人去住，我不信住别墅就一定比住在这蜂窝似的楼洞里危险。

在小区里转完一圈，楚文丹也没能找到一个可待的地方，她只好走出小区。她想给女儿打个电话，可拨通了却又赶紧挂了，不知该对女儿说些什么，又生怕她嫌自己烦。看见一家网吧，没多想她便走了进去。一落座，这才发现前后左右全是些跟自己女儿年龄相仿的孩子，弄得楚文丹很有点儿不好意思。好在他们谁也没有注意到她，都戴着耳机在专心致志地玩游戏。

楚文丹点击开那家她几乎天天需要浏览的购物商城的网页，正在琢磨着买点儿什么，手机咕哝了一声。

是女儿的短信：

有事吗？

楚文丹当即回复了过去：

你干吗呢？
看书。
在哪里？
寝室。
寝室里的同学都怎么样？
不了解。
噢。
还有事吗？
没什么事。
再见。
嗯，再见。

楚文丹心有不甘地搁下手机，发了会儿呆，然后开始继续浏览网页。她先是给自己订了两件上衣，觉得家里没有合适的鞋子可配，又接着订了两双鞋子。这家网上商城正在搞化妆品限时促销，满五百减一百，很划算，她毫不犹豫，又挑了五百多块钱的化妆品扔进购物筐里。果汁也在限时促销，洗衣液也在限时促销，大米也在限时促销，橄榄油也在限时促销……她觉得都比往常便宜，所以抓紧时间尽收囊中。想了想家里还缺什么，她又一一找来添放到购物筐里。

网络真是太方便啦，用不着去超市啦。疯狂购物的楚文丹心里已然畅快了许多。

水明居则坐在沙发上不慌不忙地抽完了一根闷烟，才匆匆离家向公司奔去。一出门他就把刚才的不快全忘了，他的脑子里装不下两件事情。现在，他需要盘算一下今天是去找朱行长商谈贷款的问题，还是去土地局咨询南山湖土地招标的事宜。唉，这边要找米，那边还得找锅，全都指望他一个人。

多年以来，他水明居一直就处于这样一种状态，既孤独着又伟大着。整个世界上没有谁能理解他，妻子理解不了他，女儿理解不了他，就连水明居也理解不了他。他就是一个必须始终转动着的马达，永远停息不下来。他也不敢停息，停息会让他感到恐惧，感到被这个世界抛弃的滋味。作为马达，只有在运转的时候才是具有价值的。他只能马不停蹄地忙忙碌碌，体验着自己的被需要，意识到自己是一个世界的核心。

楚文丹总好问他一个愚蠢的问题：挣那么多的钱干啥？这是个问题吗？活着干啥？你得去问上帝。是马达就得发动起来，是人就得忙碌起来，这是上帝安排给人类的命运。别无选择。静止就意味着生锈，停歇就意味着倒退。不是没有出路，死亡也是一条出路，但忙碌却是遗忘死亡的最佳方式。我忙碌着，所以我活着。

楚文丹无法领会这样的人生真谛，也无法享受这样的人生真谛，她是一紧张就要晕头转向，一忙碌便得生病住院。结果，她只能把自己闲置下来，让自己的生命在白日梦中度过。在他看来，楚文丹是一个可怜至极的女人，因为没有人需要她。丈夫不需要她，女儿不需要她，两个哥哥也不需要她；或许父母还会需要她，可惜他们早已经不在这个世上。

恰是因为楚文丹无人需要，所以他水明居才只好自己留着，否则早就跟她离婚了。他可怜她，这不正是孤独的他的一个伟大之处吗？当然，还因为女儿，为了给女儿保留一个完整的家。他曾在两个重组的家庭里生活过，饱尝了其中的恩恩怨怨，让他宁愿选择在孤儿院里生活。可以说，为了这两个女子，他做出了一个普通男人难以做到的巨大牺牲。她们不知道，在他的背后簇拥着多少渴望嫁给他的女人啊，而且个个年轻貌美，这给他造成了多么巨大的诱惑压力呀。圈内像他这等身价的男人没离婚的还有几个，但是没有情人的就没听说过了，而他水明居可是从来就没有过一个情人的。不是他没有这样的欲望，是他的理智帮他遏制住了这样的欲望。他清楚那些女人都是什么样的货色，为了金钱可以出卖一切，根本就不值得你为了她们而付出金钱。

第二章

年轻貌美又怎么样呢？当年的楚文丹不就是这个样子吗？他不就是被她的这个样子迷惑住了吗？结果呐，除了后悔他又得到了什么呢？年轻貌美不过就是女人的一种伪装，虽然他水明居至今还不能确定自己需要的究竟是怎样的一个女人，但至少他可以确定自己绝不会再把女人的年轻貌美视为一种需要了。女人的性感不在外表而在性格，真正性感的女人应该懂得如何激发和释放男人的欲望。田媛远不及楚文丹漂亮，但她就是比楚文丹性感，她能让一个男人感受到自己的价值，能让一个男人强烈地需要着一个女人。

初次在薛威那里碰到田媛时，她竟敢当着男友的面说："我就喜欢水明居这样的男人，可惜认识晚了一步。"那时，水明居的全副身心都正沉浸在楚文丹刚刚恩准给他的温香软玉里，尚无暇欣赏田媛对于自己的欣赏。他还认识不到这个小眼睛、黑皮肤女人表象背后深藏着的无穷魅力。他是在楚文丹的温香软玉渐渐冷却之后，才开始慢慢发觉田媛身上那时刻要喷薄而出的热量的。

有田媛出现的场合，气氛总是无比的活跃热烈，令人心潮澎湃，斗志昂扬。和田媛在一起的时候，水明居征服世界的渴望总是无法按捺，与此同时，他还渴望着被这个女人所征服。当然，前提是他必须先行将她征服。如果不是碍于好友之妻这一禁忌的话，水明居和这个女人之间可能早已经发生点儿什么了。

他不能不承认，从精神到肉体，他都非常需要这个女人。他已有五年没碰过楚文丹的身体了，准确地说，是有五年没碰过女人的身体了。不是他不想女人的身体，他只有在精神上依恋这个女人，才会被她的身体所吸引，才会放心去面对她褪去一切伪装的真实模样。这也正是他拒斥色情场所的原因所在，他无法同一个陌生的女人做爱。尤其是一个可以随意和任何男人发生关系的妓女，想起来都会叫他觉得恶心。他理解不了其他那些男人们的性行为，总是一副饥不择食的嘴脸。只有在事业上，他才会表现出如此的贪婪来。

当初，也多亏了田媛的激励和支持，水明居才勇敢迈出了人生极为重要的一步，毅然接下他们这个濒临破产的建筑公司。当时的水明居是这家公司的会计，单位已有一年多开不出工资，一家三口的生活全仰仗着在市委办公室打字的楚文丹来支撑。楚文丹对现状除了抱怨，没有任何建设性的意见。薛威和田媛倒是想借助他们在市政府的人脉帮水明居调调工作，可是水明居毫不领情，坚决不肯接受他们的好意。

水明居和薛威是中学同学，成绩一直在薛威之上，毕业后他考上了重点大学，而薛威只勉强上了个电大。但最终的毕业却让两个人的结局发生了戏剧性的变化，薛威先水明居一年毕业，通过亲戚的关系进了市审计局；水明居由于自信没找关系，结果被分配到了区建筑公司。单位头两年的效益还有保证，第三年便开始走下坡路，没多久就只发半年的工资了，直到一分钱也发不出来。这对水明居来说已经是个奇耻大辱，再让薛威两口子为他张罗工作，他觉得自己今后在这个世界上存活的最后一点儿底气都该彻底丧失了。无论如何，他不能领受他们的这份同情。

忍辱负重的水明居继续在家里默默承受着妻子的埋怨，卧薪尝胆，摩拳擦掌，谋划着如何打它个翻身仗。他一度想到了考研，可楚文丹极力反对；这意味着她至少还要辛苦上三年，既要一个人养家，又要一个人照顾孩子，她可绝对没有这个实力。他又想到了去深圳打工寻求发展的机会，但这一念头同样被楚文丹给否决了。

就在水明居一筹莫展之际，田媛突然跑来告诉了他一个她在第一时间得到的消息，他们建筑公司可以承包给个人，每年只要向上级主管部门象征性地缴付一点儿管理费即可。这个消息一开始并未能打动水明居，他对自己单枪匹马去主宰一个中等规模建筑公司的前途命运可是一点儿也不看好。一想到市场、资金、人员等等这些问题，他的心里就不由得要一个劲地打怵。然而，田媛却要他相信这些都不是问题，她高屋建瓴地给水明居详尽分析了中国建筑市场黄金时代即将到来的可能，有理有据，充满诱惑力。田媛认定这是一次不可多得的机遇，并认定他水明居能够担当得起这个机遇。

"就想想你的名字吧，多像一座住宅楼盘的名字啊。"她说，"这就是命定的缘分，你肯定行的，要是我家薛威那肯定不行，不然我肯定就鼓动他去干啦。如果你愿意干，我肯定让薛威辞职去给你当副手。在机关里混一辈子有啥出息啊？当不了大官，也发不了大财。"她兴奋地望着他，目光殷殷，就差直接苦苦哀求他了。

顿时，水明居深受感动，就算前方是刀山火海，他也不可能再作推辞了。为了这个女人的信任，什么结果都不再重要，重要的是必须当即拍板，拿出对方所期待的那种男人气魄来。水明居一直被迫压抑在心底的那股子傲气刹那间全被激发了出来，他猛地站起来，狠狠地盯着田媛的眼睛，直想一把将她狠狠地搂进自己的怀里。然而，他只是狠狠地用拇指和食指捻灭掉了尚未抽到一半的香烟，一瞬间的灼痛感赐予了他空前悲壮的力量。他这就要去公司找经理谈谈，甚至认为这件事情都没有必要再征求一下楚文丹的意见了。他一个人完全可以做主。

但是，田媛却拦住了他。你以为你想承包人家就让你承包呀，你怎么知道别人没有同样的想法呢？难道现任的经理会拱手相让吗？他应当比谁都更清楚这种承包背后潜藏着的巨大利益啊。这件事情需要运作，也就是说，她得动用自己在人事局可能支配的相关权力去促成此事。只要他水明居有心去做，她田媛便有能力保证让他而不是别人坐到那个位置上去。

我绝对看好你，水明居！

果然，想要接手这个烂摊子的还真是大有人在。看来，他们都有让它起死回生的信心。那么，水明居的信心就更不成问题啦，那些人的能力他一个也瞧不上。水明居不动声色地递上了申请和标书，接着就不动声色地成为这家建筑公司的总经理。一个月后，薛威辞职，来到他的公司做了副总。四年后，他又摇身一变为明居置业有限公司的董事长，薛威则继续做他的副董事长。

此时此刻，正如田媛多年前所预料的那样，中国的房地产事业仍然在如火如荼、蒸蒸日上地发展着。水明居的事业也是如日中天，前景一片灿烂，空间盛得下他不管多大的胆量。这一切怎能不归功于田媛的眼光啊，若不是她看准了水明居，若不是她看准了未来中国的建筑市场，他可能至今还在郁郁不得志吧。简直不敢想象。所以，水明居永远感激这个女人，感激这个好友的妻子。在所有重要事情的决策上，除了自己，他只听田媛一个人的。尽管他同田媛几乎没有什么私下的联系，但在自己内心的最隐秘处，他始终给这个女人保留着一个位置。一个难以被任何人取代的位置。

女人的智慧也是一种性感，像田媛这么有头脑的女人在这个时代可是不多。薛威常向他抱怨田媛的控制欲太强，那其实都是因为他这个男人在智力上胜不了田媛这个女人的缘故。否则，田媛会情愿接受他的控制。女人控制男人的欲望只是一种假象，实际上她更渴望被控制，条件是那个男人得有令她甘心服从的力量。他相信，如果自己是田媛的丈夫，控制对于他们就不可能成为问题。他们会彼此服从，互相欣赏对方的力量。唯有弱者才会惧怕对方显示出来的力量。一个真正自信的男人必然也会喜欢一个女人在他面前所表现出的自信。他没有成为田媛的丈夫真是遗憾，她没有成为自己的妻子真是遗憾。错误的时间、错误的地点、错误的邂逅，制造着一个又一个错误的姻缘，人生的遗憾总比圆满多得多。更为不幸的是，人类有的是纠错的理由，却很少有纠错的自由。犯错的不是人类而是上帝，所以，他水明居愿意原谅一切凡人的过错。

车子驶过一大片高层建筑，这是他开发的，属于本市最早的高层住宅之一，十一层，曾是轰动一时的明星楼盘，如今已略显颓废和寂寥。接着，眼前又出现了一座建筑群，让人恍若来到了法国的波尔多葡萄庄园，那也是他开发的。是他一趟欧洲旅游考察的成果，完全照搬了法国波尔多农庄的古式城堡，算是这座城市的又一道风景，引来很多人拍照留念。可惜，当时市场调研做得不够充分，完全低估了人们的购买能力，导致价位定得过于保守。结果，开盘的当天上午便被一抢而空。不过，这次充满遗憾的经历却让他看清了自己未来房地产事业的方向，他的思路由此变得更加明晰了。千万不要担心别人买不起，只需担心你楼盘的位置和品质就足矣。如今的中国人有的是金钱和虚荣心，只要能瞄准他们的虚荣心，你就一定能有想象不到的收获。用不着花费心思去琢磨中国人的实际需要，只需钻研如何激发出他们的虚荣心就万事大吉。最大的市场正是眼下中国人民的虚荣心。

打那之后，水明居开发的基本上都是高端楼盘，他的楼盘以价格高昂而著称。只是这几年政府对别墅用地有了严格限制，他才不得不又重新着手开发一些普通住宅项目。普通住宅涉及的户数多，工期长，相当琐碎，赚的钱实际上又不比高端项目多，对他来说，已经有了鸡肋的感觉。而且，他开发的所有高层楼盘都要遭到楚文丹的鄙夷，她一概把它们称作马蜂窝。的确，比起他的那些别墅来，这些房子就不配称作房子。但又有什么办法呢？只有这样的房子才能装得下十三亿中国人啊。

放眼望去，南淮河的对岸点缀着几处金碧辉煌的房屋，那是八年前他斥巨资打造的地中海风格别墅，模仿的是西班牙巴塞罗那海边的度假寓所。这个城市处处都留有他的印记，看着这些建筑，水明居的满足感是无以言表的，仿佛这整个城市都是属于他的。楚文丹理解不了他的这种心理感受，这不仅仅是与钱有关的事情。他在创造着永恒，他在谱写着不死的神话；百年之后，你在这个地球上再也找不到水明居了，但是你还能找到这座城市，而这座城市就是我——水明居。所以，马达依旧必须不停地转动下去，因为我要遗忘死亡，我更要战胜死亡。

怎么回事？水明居的大脑跟着右脚同时来了个急刹车，踌躇满志立马变成了惶惶不安。他的公司门前正围着一伙人，其中还有几个披麻戴孝的。不等他从车里出来，那群人便围了上来。两名保安还算机警，迅速冲到车门前保护住他。

"这是怎么回事？"

"一号工地的一个工人从楼顶上摔下来啦。"

天呐，那可是二十五层楼啊。水明居极力控制着自己的大脑，禁止它去想象一个人从二十五层楼顶摔到地面上的情形。

"什么时候？"

"今早一开工的时候。"

"你是董事长吧？你可得给俺们做主啊！"一个民工模样的中年男人说着就给他跪了下来。

水明居赶紧将他扶起，他最接受不了中国人这种下跪的习惯啦。像是告求，又像是要挟。

"你放心，我一定会尽力的，有什么困难你们尽管说。但都围在这里也不是解决问题的办法，还是先派两个代表跟我去办公室谈吧。"

这时，其中的一名保安说道："水董，死者的父母正在薛董的办公室里谈着呐。"

"噢，既然是这样，"水明居冲面前的这个中年男人说，"那你们就都先到会议厅里去坐坐吧，我们会尽快给出一个交代的。"说完，他吩咐保安立刻将这十几个人领进会议厅招待一下。

水明居不明白薛威是咋想的，这么大的事情也不跟他通个气，并且就让这么多的人在门口晾着，影响该有多坏啊。甭说媒体啦，万一有个好事者拍张照片发到网上去，全国人民马上都该知道了。身处互联网包围的时代，居然还这么缺乏舆论的敏感性。

水明居没等电梯，径直从楼梯快步登上了四层，上气不接下气。

薛威办公室的门开着，里面却只有他一个人。

"人呢？"

看到水明居额头一层细密的汗珠，薛威笑了一下，赶紧宽慰他道："噢，你知道啦。没大事，人刚被我打发走。"

"都死人啦还不叫大事,那啥叫大事?"水明居极力克制着心里的不悦。

"这又不是第一次啦,照着合同走就是。他们找咱们,咱们找施工方,不存在任何的纠纷可言。该谁的责任就是谁的责任,反正咱们是不需要负什么责任。赔偿是施工方的事情,咱们只要帮着督促一下,让死者家属尽快拿到钱就 OK 啦。"

"你以为我怕赔钱啊?我怕的是出人命,怕的是影响。"

薛威耸耸肩膀,摺给水明居一支香烟,道:"现在的中国人大多数都是在拿命换钱,有钱,命就无所谓啦。"

"你是这样的吗?"

薛威又耸了一下肩,未置可否。

水明居冲薛威递过来的打火机摆了下手,刚要转身,又停了下来:"死者是什么情况?"

"郊县农民,二十六岁,有三个孩子,最大的四岁,最小的两岁。"

"通知财务部,给死者家属一笔抚恤金吧。"

"多少?"

"你定吧。"

"老水,你的菩萨心肠又发作啦。"

"另外,立即把安监部的负责人辞掉,叫他滚蛋。"

"这个……你是不是再考虑一下。"

"考虑什么?"

薛威不再说话,他知道水明居的脾气,出口的就不可能收回。

"算他倒霉吧。"水明居补充了一句,转身离去。

走进办公室,屁股还没坐稳,手机响了,是二哥打来的。水明居一听,就坐不住了,从沙发椅上站起,不耐烦地"嗯嗯嗯"三声,便把电话挂掉。

母亲又住进了医院,昨天夜里是大哥陪护的,今天夜里该二哥陪护,明天无疑就轮到他啦,后天当然是属于老四的。如此循环往复,直到她老人家出院为止。这老太太一年至少要住两次院,几年来,他们兄弟四个就是这样自觉遵守着全靠默契达成的约定。谁都很忙,谁都有抽不开身的理由,所以谁都别指望谁替谁。即便谁实在有抽不开身的特殊情况,那也得自己想办法,临时找个替身。四个儿媳都做不了这个替身,因为四个儿媳都跟婆婆不共戴天;要让她们伺候婆婆,婆婆的病情准保加重,甚至是一命呜呼。

第二章

水明居也不是没想过请护工，把四兄弟都解放出来。但彼此的意见却达不成一致，大哥觉得这样做有失孝心，二哥则怕别人说闲话，老四压根不发表看法。那么，水明居便只好硬着头皮尽孝下去了。不过，赶上必须出差或者忙得不可开交的时候，水明居也只能找护工来帮下忙。四个兄弟当中他是最忙的，要显示孝心，要避免别人说闲话，那他干脆就啥也甭想干啦。

去他妈的孝心，孝心都是做给别人看的，只有责任才是最真实的。只要我把责任尽到了，我也就可以问心无愧啦。大哥动辄挂在嘴上的孝心叫水明居觉得特别虚伪，他若真是那么充满孝心的话，为啥连多陪护老太太一夜都不肯呢？二哥是个没主意的懦夫，没有孝心却不敢承认，又唯恐人家说他不孝。老四别说孝心，就连起码的责任心都够呛。作为家里的老小，他吃的苦最少，得到的照顾最多，到头来却成了家里最没出息的人；已经三十五岁，干啥啥不成，五年前找他借了十万块钱，说是要买车跑运输，至今没看到他的车在哪里，钱也一直没有要还的意思。

这三个兄弟，水明居全都不大看得惯，平常和他们少有来往。他们呐，则都嫌老三财大气粗，爱摆架子，因此也尽量对他敬而远之。母亲那边若不出什么事情，水明居几乎就感觉不到自己还有三个兄弟。母亲那边若有了什么事情，老大有时会出面把几个兄弟召集到一块共同商讨办法。除此之外，一年当中他们只有大年初一这一天才会在母亲家里碰个头。这是一个谁都不好意思破坏的仪式，有些无奈，也有些无聊。嘻嘻哈哈的气氛里，大家一心想的就是赶紧吃完午饭，然后立即各奔东西。

这两年春节母亲都是在医院里度过的，所以他们兄弟四个便再也没怎么聚过了。继父负责白天的陪护，水明居早晚交接班时，只能和继父匆匆打个照面，其余三兄弟他一个都见不着。正好，他也一个都不想见。尤其是不想见老大，因为老大总喜欢给他上道德课，动不动就说什么"子欲养而亲不待"的古训。他不敢直接批评水明居不孝，便一味大肆诋毁水明居雇用的护工，说他们如何如何无能，如何如何偷懒，又是如何如何冷漠。水明居对此虽心存不满，却也不好怎么发作，索性抱定我行我素的态度，任他说去。包括母亲和继父在内，谁怎么看他，他都无所谓。他相信情感，相信理性，只要他的行为符合自我的情感和理性原则，水明居就认为自己是可以问心无愧的。

走自己的路，让别人说去吧。会说这句话的人有的是，但真会这么做的人却少得很，而他水明居就属于这宝贵的后者之一。他扮演不了孝子，也没这种情感需求，可是理性告诉他，在他和母亲之间缔结着某种摆脱不掉的责任关系。那么，他就履行这种责任好啦。还有什么可说的呢？

母亲常在他们面前夸老大最孝顺，那是因为老大最会表演。每次去看望母亲，老大总要拎上大包小包的，在邻居们面前招摇过市。尽管拎的都是值不了几个钱的东西，有时可能就是几包卫生纸而已，但却让母亲的虚荣心得到了极大满足。老二、老四也如法炮制，所以也颇能博得母亲的欢心。

水明居虽给母亲的钱最多，却从没让母亲觉得满足过，但他一点儿也不感到委屈。他根本就不在乎母亲的感受，这老太太一辈子就是稀里糊涂活过来的，从不知道动用自己的脑子，凡事总是随着感觉走，或者跟在别人的屁股后面走。你关心她的感受就等于关心别人的感受。她那么介意的孝心在水明居看来，纯粹就是一种勒索和挥霍。而且，一个母亲夸耀自己的儿子孝顺，这样的行为总给水明居一种恬不知耻的感觉。

爱不是强求的，孝却是可以强求的，这令他很不自在。平心而论，水明居觉得他并不怎么爱自己的母亲，但他以为这并非自己的过错。爱永远是相互的，平等的，倘若母亲给予过他真正的爱，那他便不可能没有回报给母亲的爱。回报是爱固有的本能，得不到回报的爱一定不是真正的爱。母亲给过他真正的爱吗？一个没有头脑的人懂得什么是真正的爱？她所提供的那个家，对于他们这些孩子更像是一个免费的旅店和食堂。饿不死你，冻不死你，她就算是一个合格的母亲啦。等你长大有了能力，她便可以永远居功自傲啦。

爱无需炫耀，那是因为爱属于自由而幸福的付出，且这付出本身便包含了收获。孝道里匮乏的恰恰是这样的自由，所以才造就了它的专横：你必须回报。而回报过程中来自双方的共同炫耀，正是被压迫出来的那么一丁点儿可怜幸福感。这种幸福感即使不能说是虚假的，那也必然是愚昧的。你不爱母亲没人在乎，你不孝母亲就有人看不惯啦。你不爱母亲，可以把原因归结到母亲身上，但你若不孝母亲，原因就不能往母亲身上放啦。

水明居相信智慧相信爱，更相信爱就是智慧。所以，他拒不理睬孝的一切无理要求。不谙世事时，水明居一直深爱着母亲，对母亲多舛的命运充满了同情。然而渐渐地，他醒悟了，惊讶地意识到，母亲的怨天尤人并不公正。实际上，她不幸的根源完全在于她自身，而最大的不幸则在于她至今还认识不到这一点。他曾多次试图帮助母亲认识到这一点，但招来的不是她的眼泪，便是她的愤慨。

第二章

母亲诉起苦来颇像祥林嫂，但祥林嫂至少还知道从自己的身上找原因："我真傻，真的，我单知道下雪的时候野兽在山墺里没有食吃，会到村里来；我不知道春天也会有……"而他的母亲呐，却从来就不会这样。一切都是别人的错，一切都是命运的错。终于，水明居死了心，发觉再也没什么话能和母亲说了。偶尔去探望母亲一下，礼貌性地跟继父闲聊完两句便仓促走人。

一想到明晚，水明居便不免心烦意乱，弥漫于那逼仄病房、厕所以及楼道里的药水气味，立即开始纠缠上了他，甚至严重影响了他工作的情绪。他来到窗前向远处眺望了一眼，街道上密如蚁群的车辆更叫他狂躁。他急忙撤回目光，转身向公关部走去。

周一虹正在跟谁通电话，看见他来了，果断撂下话筒，迎上前来。

"您回来啦，水董。"

"嗯。"水明居微微点了下头，"你给我约一下建行的朱行长，看他今天下午有没有时间。"

"好的，我这就跟朱行长联系。"

不等周一虹把话讲完，水明居已经离去。

回到办公室，坐到椅子上的水明居一抬头，看见周一虹在面前站着，他愣了一下，问道："你有事吗？"

"水董，我已经和朱行长通过话了，他说他今天晚上有时间。"

"噢，"水明居用手指弹了弹太阳穴，"那你就去安排一下，今晚请他吃个饭吧。"

"好的。"

望着周一虹长发撩拂的背影，水明居在心里嘀咕着：她是二十几岁还是三十几岁？她是什么时候进公司来的？他记得自己是看过她的简历，并拍板聘用她做公关部经理的。但是此刻，关于她的背景，他竟一概想不起来啦。

水明居垂下头，从前往后，自上而下，用十指一遍遍地耙梳着自己的头发。不时脱落到手中的头发，起码有四分之一都已是白发。一直以为自己的身体保持得挺好，没什么变化，看看这白发就知道，他的确已经不再年轻，所以记忆力才大不如前。

"水董。"

听见声音，水明居立刻停下手上的动作，草草拍了拍身上的头屑。

周一虹又出现在了他的面前。

"水董，我已经安排好了。今晚六点半，在淮滨酒楼，是朱行长本人提议的。"

"嗯，好吧。"

水明居看看周一虹，她并没有要离开的意思。

"你还有事吗？"他问。

周一虹指了指他的肩膀，然后解下自己颈上的蓝色碎花丝巾，走到他身后，轻轻地在他肩上掸了起来。

一股淡淡的香水味顿时扑入水明居的鼻孔，似乎还带着某种苦涩的味道，水明居感到一阵眩晕，同时还有一阵紧张。丝巾掠过他的颈根、擦过他的脸颊，仿佛是稚嫩的指尖在他的皮肤上调皮地弹拨跳跃着。恍惚间，水明居就想醉了。

"水董昨天没休息好吧？"

水明居马上挣扎着清醒过来，从高高的云端降落到地面："啊……还好吧。"他扭头瞥了一眼她，道："睡眠一直不大好。"

"那也许是心里不够放松的缘故，水董应该警惕了，睡眠质量在某种程度上决定着健康的质量。"

"嗯，你请坐吧。"水明居指了指一边的沙发，"我来给你泡杯茶。"

他刚要起身，周一虹便伸手拦住了他："我自己来，水董。您也泡一杯吧。"

"好吧。"水明居将自己的茶杯递给了她。

"您这茶杯该清洗一下啦。"说着，周一虹就拿着他的茶杯走了出去。

那股香水味依旧在他的左右徘徊，水明居又开始琢磨起周一虹的年龄和来历。正琢磨着，周一虹回来了。

杯子、茶叶、开水。周一虹的一系列动作连贯、优雅。水明居认识她的时间应该不算短了，但似乎只是在今天才发现了她的存在。

翠绿的黄芽在清亮的水杯中绽放，舒展，洇漫开去，静止的时间随着着色的茶水缓缓融化。

这样的静默真好，什么都不必说，斜进来的秋日阳光照耀得一切都明明白白的。但，水明居还是忍不住开口了："小周，你来公司有几年啦？"

"三年……还有三个月就满三年啦。"

"有这么长时间？"

"当然有啊。"

"你是学什么专业的？"

"中医。"

"唔，"水明居大幅度点了下头，"我想起来啦。你是中医学院毕业的。"

"是的。"

"当时你应聘的是销售部，是我把你调整到公关部来了。"

"对啊，我还一直没机会请教您呐，您怎么会觉得我更适合公关部呢？"

"实际上我觉得你根本就不适合我们这个公司，毕竟，你是学中医的，到这里来不是荒废了你的专业吗？"

"那水董为什么又接受了我呢？"

"既然你能看得上本公司，我又觉得你的条件很不错，那何不给你一个机会试试呢？"

"那真该谢谢水董啦，尽管谢得有点儿晚了。我清楚，当时想进明居公司的人有很多，其中也不乏格外优秀的人。"

"把你安排在公关部而不是销售部，我当时的想法是，比较起来，销售应该比公关距离中医更远吧。"

周一虹笑了，道："水董说得是。不过，我倒也不在乎什么专业不专业的，只要是自己喜欢干的工作，只要能让生活过得满足，就可以啦。"

"那你当初选择中医这个专业又是怎么想的呢？"

"想的就是中医专业对我的生活会很有好处，再说我也蛮喜欢中医理论的。"

"看来你是个挺会生活的人。"

"我在专业上没什么野心，属于那种胸无大志的人。"

"你为什么想进销售部呢？"

"因为听说卖房子提成很高啊，当然还有一个原因，那就是我喜欢跟人打交道。"

"现在还想去吗？"

"您是说销售部？"

水明居点点头："我也可以安排你去那里做负责人。"

"谢谢水董，我在公关部挺好的。"说完，周一虹起身去给水明居续水。

趁这个工夫，水明居看了一眼手机，刚才有好几个来电都没有接。

周一虹将茶杯放到他面前的时候，水明居的目光在她的手上停留了一下。那手指白皙而修长，弯曲着张开的样子，让他联想起在一次展览上看到过的菊花。

"工作上你有什么要求吗？"他问。

"没有，都挺好的。"

"对收入满意吗？"

"满意。如果对明居的收入还不满意，那就太不知足了吧？"

"你说的是心里话吗？"

"当然啦。不过，再涨点儿工资我也不会不满意的。"

水明居笑了："让所有跟着我干的员工都富起来，这是我始终不变的想法。我一个人挣那么多钱，花得掉吗？放心吧，我一定会让你们更满意的。"他喝了口茶，"说真的，光为我一个人赚钱，我还没这么大的动力呐。"

"水董是个高尚的人。"

"第一次听到有人这么说我，可我妻子却一直说我是个唯利是图的资本家。"

"那是她的玩笑话吧，跟您生活了这么多年，她当然最知道您是个什么样的人。"

水明居在心里"哼"了一声，道："她知道吗？"语调低低的，像是在问周一虹，又像是在问他自己。

周一虹却仿佛没听见他这句话似的，清了清嗓子，说："我在来明居之前换过好多个工作，最短的只干了一周，最长的也没超过半年，可来到明居……"她没有把话说完。

"来到明居想干多长时间呢？"

"我希望是一辈子。"她微微笑着的脸颊上现出了朵朵红晕。

"谢谢你对我这么有信心。"

"我接触过那么多的老板，只有水董是最讲情义的。"

"我最讲情义？"水明居摇了摇头，"我不过是没那么贪婪罢了。"他的目光同周一虹的目光碰撞了一下，随即躲开。

想想身旁的这个女子竟是如此的善解人意，如此的能说会道，又是如此的讲究分寸，水明居不禁心生戒备。他担心阳光下这所有的美丽仅仅是一个幻象而已，经验告诉他，这个年头多数美丽的东西无不只是一种伪装。为了

第二章

不被迷惑，为了不受伤害，一直以来，水明居和他的员工们始终保持着一定的距离。愈是想靠近他的人，他愈是小心。

水明居并不真正了解周一虹，尽管此时他对她倒是颇有几分好感，甚至有了想了解她的愿望，但慑于既往的经验，他还是不打算就此纵容自己的这个愿望。他不再说话。

沉默片刻之后，周一虹低头看了一眼腕上的表，说："下班啦，水董，去食堂吃饭吧。"

"你去吧，我不饿，我想休息一会儿。"

"那就去休息室吧，回头我给您带点饭来，您想吃点儿什么？"

"不用，我没胃口。"

"那您先去休息吧。"

周一虹站了起来，望着他，俨然是在等着他去休息室。水明居只好起身。

走廊里静悄悄的，两人的脚下传出阵阵回声，他的沉闷无力，她的清脆悠扬。

路过电梯时，水明居发现周一虹还在跟着他，便道："你去吃饭吧。"

"我也不饿，我先陪你去休息室。"

来到休息室，周一虹将门打开，把"请勿打扰"的牌子挂在门外的把手上。休息室的窗户有两扇半开着，她走过去一一关上，掩上窗帘，屋里的光线即刻朦胧了下来。

她又整理了一下床铺，然后回头对站在房间中央的水明居说："您躺下吧，水董。"

水明居好像没明白她这是什么意思，仍在那里愣愣站着。

"过来呀，水董。您不是失眠吗？我来给您用催眠术试试。"她故意抬高了声音。

"催眠术？"

"是呀，我学过的，我还有催眠师执照呐，可不属于非法行医哟。"

水明居尴尬地笑了笑，走到床边坐下，动作相当的拘谨，眼睛还不时地瞟向门口。

周一虹大大方方地走过去，将门反锁上了。

"躺下吧。"

水明居鞋也没脱便躺到了床上，为了不弄脏床单，他朝床尾挪了挪身子，将双脚伸出床外。

周一虹见状，忍不住笑了："水董，您这样躺着能舒服嘛，把鞋子脱掉呀。"

水明居顺从地蹬去了鞋子，又往床头挪了挪。

"西装也脱了。"

水明居坐起，脱下西装；周一虹接过去挂在了身后的衣帽架上。

周一虹又将他的鞋子摆放好，然后示意他再往床边挪挪，并把枕头移了移。

"您翻个身，我先来用我的专业技能给您按摩一下。"

水明居趴在了床上，上肢僵硬地向两旁伸着，如头待宰的公牛。

当周一虹的指尖刚一挤压在他的后背上时，水明居不由自主地"哎哟"了一声，像是惊恐，又像是痛苦，然后便是一口悠长的深呼吸。脑海里，那两朵洁白的菊花再也聚拢不成完整的形状。

"力道怎么样？水董。"

"可以。"水明居的声音很是吃力。

"您后背的肌肉够僵硬的，平时应该多做些运动才是。"

"我也想运动，可哪有时间啊？"

"这可不是借口哟。"说着，周一虹的双手在水明居的腰中间狠狠按了一下。

水明居惨叫一声，感觉自己的腰被弄断了。

"天呐，你不是在报仇吧？对我有什么不满吗？"

周一虹并未理会他的玩笑，继续用着力："您太冷落自己的身体啦，这种疼痛就是它对您的不满。"

"我该怎样做才能不让它受冷落呢？"

"关心它，多和它交流。"

"怎么个交流法？"

"运动就是一种很好的交流呀，还有这种按摩。总之，要让身体感觉到你的心里有它。"

"可谁能不关心自己的身体呢？"

"如果你关心它，它自然就不会这么僵硬啦。"

第二章

  水明居没再说话，他忽然想到了自己的母亲，那应该就是一个最不会关心自己身体的人啦。所以，还没等到年老的时候，身体便开始报复她了。

  身上的痛感在渐渐消失，水明居全身的骨头似乎柔软了下来。他觉得自己在变轻，越来越轻，羽毛一般，飘浮向了半空。

  "好啦，翻过身来吧。"周一虹直起腰，说话有些气喘。

  水明居轻盈地翻了个身，他看见了周一虹那张布满红晕的脸，煞是好看。他又看了看她的手，菊花依旧。

  周一虹走到床头，道："闭上眼睛，深呼吸，开始入睡。"

  水明居闭上了眼睛，开始尝试深呼吸，但脑子里却有点儿乱，不知该如何入睡。

  他感觉到她将手放在了自己的头顶，那些洁白的菊瓣撒入他的发际，像是撒入无边的大海。是的，他的大脑在急剧膨胀，正膨胀成无边的海。霎时，他已不知道自己此刻是置身于何方，他没有了身体，只剩下在无限扩张着的大脑。

  忽然，有陌生的声音自远处缓缓向他漂流过来："放松，放松，想象你就是个孩子，正躺在沙滩上，阳光拥抱着你，暖暖的。还有浪花的声音，听见了吗？哗——哗——你开始犯困，思绪沉沉，你想睡觉。宝贝，你的眼睛已经睁不开了，你睡着了，一个好梦在等着你，我的宝贝……"

  他果真看见了一个孩子，月光之下，正在朝夜色深处走去。他想要追上他，但走着走着，那个孩子便不见了，接着，他自己也不见了。

  在他消失的地方，太阳出现了，又出现了海滩。一个浑身赤裸的男孩躺在那里，他睡着了。男孩的嘴角浮露着笑意，显然，他正在做着一个美梦。

  蓦然间，海边又多出了一个女人，穿着泳装，正在朝深处走去。那个女人是谁？她的背影似曾相识。女人距离岸边已经很远，海水淹没了她的臀部，淹没了她的胸部，淹没了她的肩膀，甚至淹没了她的半个头颅……

  躺在沙滩上的那个男孩突然坐起，望着空空的海面，惊呼一声："妈妈！"

  尖利的喊叫惊飞了憩息在波澜之上的一只海鸥，惊散了海天之际的浮云，也划破了水明居朦胧的夜空。他猛地坐起，左右张望了一下，发现周一虹竟坐在脚凳上，趴在床边睡着了。他惊慌地看了一眼门口，又看看正在熟睡的周一虹，竭力回忆着刚才到底发生了什么事情。

周一虹轻微的鼾声让他慢慢镇定下来，他看看设定在震动状态的手机，已经将近下午五点啦，手机上显现出一长排未接电话的人名和号码。他索性将它关了。

这一觉睡得好长，好满足，甚至还做了梦。长久以来，他只有无梦的睡眠。这个梦到底是什么意思？他想问问周一虹，但周一虹也睡着了，这是属于催眠产生的连带性效应？她有没有做梦？她梦见了什么？水明居恋恋不舍地将思绪从那个梦境里拉回来，落实到眼前周一虹这蜷缩着的娇小身躯上。她弯曲的手臂仿佛是想要拥抱什么，又像是刚刚从拥抱中被迫分离出去。水明居顿生怜爱，想把她抱到床上躺下。但是，他所能做的仅仅是将自己身上的毯子扯下，轻轻盖在她的身上。那溪流般滑落到一边的长发叫他看了不禁怦然心动。

唔，要是有人看到这样的场景，该会怎么想呢？水明居打算尽快离开这里，但又不想惊醒周一虹。她睡得好像很香，在他这个常常失眠的人看来，睡得香可不是件容易的事情。嗨，随他们去怎么想吧，事实就是并没有发生他们所想的那种事情。水明居以为自己不够纯洁，所以才会如此的不坦然。人只要长大了，就再也纯洁不了啦。为了不让自己的念头玷污周一虹，也为了不打搅周一虹的梦乡，水明居又悄悄躺了下去。

听着周一虹的呼吸，水明居觉得很安详，很感动，这样躺着似乎就是他此生最最想要的事情。忽然，鼻腔有些酸涩，莫名其妙的往事争先恐后涌上他的心头，让他有些不堪重负。

床畔的这个女人使他想起自己曾经躺在妈妈的身边，后来又躺在妻子的身边，躺在女儿的身边；她们也都曾给过他这样的安详和满足，可是，这么快，一切都已然远去，再也不会回来。

水明居的右手开始小心摸索，他想握一握周一虹的手，但就在似乎碰触到的那一瞬间，他的手忽然又缩了回去。与此同时，他听见周一虹有些惊慌失措地跳了起来："啊……您醒啦？水董。"

"嗯。"水明居依然闭着眼睛，毯子又回到了他的身上。

"睡得好吗？"

"好，很好。"

"真不好意思，我怎么也睡着啦？"

"呵呵，看来按摩和催眠也是很累人的。"水明居睁开了眼睛。

第二章

周一虹用手指匆忙理了理自己的头发,走过去将窗帘敞开。外面完全是另一个世界。

"你不饿吗?"她问。

水明居注意到她把"您"换成了"你"。

"不饿。"他说,"你饿吗?"

"我也不饿,我经常是只吃两顿饭的。"

"减肥吗?"

"你看我肥吗?"

"我不知道。"

"看来你从来就没留意过我。"

"你想让我留意……?"

她沉吟片刻,道:"倒不需要特别地留意,只是不能总像陌生人似的吧。"

"陌生人?你不是已经来公司快三年了吗?"

"是啊,可你了解我吗?"

"你挺能干的,交给你的事情都能办得很好。"

"就这些?"

"还不够吗?"

"当然不够。"

"咱们之间不过就是一种工作关系,需要了解彼此太多与工作无关的事情吗?"

"我以为工作关系也是一种生活关系,你说呢?"

"单位和家庭能是一回事吗?"

"当然不是,但在单位工作着也是在生活着,和在家庭里一样。"

"生活这个词在你的言语里出现的频率挺高。"

"还有什么是比生活更重要的呢?"

"你是想说我不会生活吗?"

"我是想说你只会工作。"

"还不是一回事?"

周一虹沉默了一会儿,提醒道:"咱们是不是该去工作啦?"

水明居又闭上了双眼:"现在我要的是生活,不要工作。"

虽然没有听见声音,但水明居感觉到了周一虹在笑。

047

"小周？"他唤了一声。

"嗯？"

"你多大啦？"

"干吗要问这个？"

"你不是想让我了解你吗？"

"这个不需要了解吧。"

"你有孩子吗？"

"有。"

"男孩女孩？"

"男孩。"

"多大啦？"

"七岁。"

"一年级？"

"二年级。"

"你丈夫是做什么的？"

"中学老师。"

"教什么？"

"生物。"

生物？水明居回想着自己曾经上过的生物课，但是怎么也想不起来那个老师的模样了。只记得有一次，他在讲台上放了一只猫头鹰的标本，那只猫头鹰长得极似他们的校长，在虎视眈眈地瞪着他们。有些恐怖，又有些滑稽。

"如果那位生物老师看到咱们俩在这里……你说，他会怎么想？"

"怎么想？水董，你在说什么呀？我不过是在照顾你入睡，你想多了吧？"

"唔……我不知道。"他顿时陷入了被动。

"也不可能什么想法都没有吧？"她突然变得有点儿咄咄逼人，和以前留给他的印象不太一致。

"你有什么想法吗？"他试图变被动为主动。

"我……"她顿了一下，"我当然有想法，我想到了我父亲。"

"唔？父亲？"

"是的。小时候，一到夏天，爸爸就带我去南淮河游泳。游累了，我们就躺在沙滩上休息，聊天，然后是烧烤，那是我最快乐的日子……"她哽咽了。

受到感染的水明居却仍不免有点儿沮丧，他没料到，自己令她联想起的竟然是她的父亲。可见，他的确已经不够年轻啦。在一个年轻异性的眼里，他首先只是一个父亲，而不是一个男人。对于女人，他已经失去了杀伤力吗？他不太甘心。

"你母亲呢？"声音变得有气无力的。

她半天没有吭声。

他又问了一遍。

"她跟另一个男人走了。"她说。

唔，抛夫弃女，这个女人可真够决绝的。他水明居绝对没有这样的勇气，无论是为了爱情，还是为了什么。但，尽管不以为然，水明居觉得自己还是无法对周一虹的母亲轻下判断。决绝的行为自然有着决绝的理由，在他看来，那一定不是一个局外人能够简单推理出来的故事。

"你父亲现在……"

"他不在啦。"她打断了他的话。

气氛变得有些凝重，水明居叹了口气。

"我说完啦，该你啦。"周一虹忽然提高了声调，显然是想从这种气氛里摆脱出来。

"我……没啥想法。"

"那你的意思是我就是块木头喽，让你无动于衷。"

"难道你是希望我有非分之想吗？"

"你不会，我知道你是什么样的人。"

"别那么自信吧，我都不知道自己是个什么样的人。要记住，男人还是好色的多。"

"好色男人我在工作上见得多啦，只要自己把握好尺度，他们又能怎样呢？"

"对啦，你经常要去应酬，那些男人谁对你有过过分的举动吗？"

"咱们公司来往的客户基本上都是体面人，最多也就是给你一个暗示，只要装傻不去理会也就行啦。"

"我今天算是了解你了吗？"水明居的这句话里也含有自问的成分。

"我并不是个复杂的人。"

"唔,那一开始我倒是把你想得有点儿复杂啦。"

"这可能是因为你本身就是个复杂的人吧。"

"你真认为我复杂?"

"我只能说你是个可以给人安全感的人,在你身边工作让我觉得踏实。"

"谢谢。"

"我第一次听到你说谢谢。"

"不会吧?"

"至少对我是第一次。"

"抱歉,我这人一向不善于用言语表达。"

"适当的言语表达还是必要的,尤其是对于一个这么大公司的董事长来说。"

"好吧,看来我需要再说一声谢谢。谢谢你让我睡了个好觉,还有了一次这么富于收获的谈话。"

"这样谈话你是不是觉得很平等,也很亲近?"

"没错,可我真怕自己会依赖上这样的谈话。"

"怕什么?仅仅就是谈话而已,别想太多就行啦。"

水明居扭头瞧了瞧窗外,看到天色已经暗了下来,还有水滴的声音。下雨啦?

周一虹说:"时间不早啦,怎么也得去工作一会儿吧。"

水明居听出来她有催他起床的意思,但是自己仍想在床上再赖一会儿。对他而言,赖床是失落已久的记忆。

"不用把工作看得太重。"他说。

"这话得对您自己说,不是吗?"说着,周一虹推开窗户,将一只手伸了出去,"嘀,下雨啦,水董。"

您?水明居从床上坐了起来。

冲着窗外,周一虹一边用手梳拢着一头长发,一边轻声哼唱起了歌。

那是一首时下正在流行的歌曲,他也曾经属于流行的行列,可如今已远远赶不上流行的速度了。不是落伍了,是老了,是真的老了。

水明居走到周一虹旁边的另一扇窗前,打开,深吸了一口清凉的空气,点着香烟。

第二章

  雨中这座白色的大楼此时只有四层的这两扇窗前站立着两个人，他们好像是待在各自房间里的两个陌生人。男人眉头紧锁，抽着香烟，俨然满腹沉重的心事；女人则手揽长发，笑靥盈盈，时而变动的口型吞吐着似有若无的歌声。

  华灯初上，四层的这两扇窗户几乎同时关闭。不一会儿，那两个陌生人竟同撑着一把透明的雨伞从大楼里走了出来。

  他们坐进一辆停放在车库里的兰博基尼，女人在驾驶位上，男人在她的身后。

  这辆兰博基尼水明居没开过一次，他是个怕招摇的人，买它纯粹是为了某些必要的虚荣场合。平时，他就开着自己那辆老款的别克，挺好。楚文丹却嫌他的别克太土，自己买了辆奔驰。为此，水明居又跟她大吵了一架。

  虚荣心早晚会害死你的！

  死也风流！

  那你就去死吧！

  你还没死，我死不了！

  幸亏那辆奔驰很明智，当时不在他的眼前，否则他一定要把它砸个稀巴烂。他不能殴打眼前的这个女人，但他可以把那辆车当作眼前的这个女人进行殴打。它和她都欠殴打。

  这种虚荣的东西！这种愚蠢的东西！！噼里啪啦！稀里哗啦！！见你妈的鬼去吧！！！

  汽车跟房子怎么能一样？它不过就是一种代步工具，它只配做廉价品，把它当成奢侈品那是发疯，是愚昧得令人发指。豪宅象征着永恒，而豪车只配速朽。这样的看法与他水明居的开发商身份全然无关，他从来就不是一个狭隘的人，他所有的看法都来自理性的过滤。要知道，真理不以人的身份为转移。

  "水董……"

  水明居一愣神的工夫，周一虹已经打开了他这边的车门。

  玉立在入口两侧的迎宾小姐纷纷鞠躬致意，水明居打量了她们一眼，个个都比周一虹年轻、高挑、鲜亮，但却个个都没有周一虹那样的温婉气质。他想，二十多年前的楚文丹应该就是这个样子吧，那时的自己在舞厅一下子就被她的这个样子深深吸引住了。唉，傻小子真够浅薄的。那时，他还只会通过脸蛋去认识一个女人，现在他才算长见识了，长着漂亮脸蛋的女人只是豪车不是豪宅，徒有价格，压根就不具备什么收藏的价值。所以，岁月会让楚文丹这样的女人贬值，而周一虹这样的女人却可能随着岁月的流逝不断增值。

因为惧怕岁月，楚文丹只好想方设法用尽各种名贵化妆品保护住自己的脸。那哪里是什么保护？分明就是自欺欺人的掩盖嘛。这个女人显然是要把自己的整个后半生都献给她那张脸啦。法国的护肤膏、印度的神油、埃及的土制面膜、英国皇家的秘制保颜胶……这些东西埋葬的不仅仅是她的脸，还有她的后半生。那么，难道他的后半生也要跟着殉葬不成？

上楼时，水明居随便问了一句："你经常去美容院吗？小周。"

"从来不去，运动和饮食胜过一切化妆品。"

嗯，智慧就是最好的化妆品。归根结底，女人的漂亮还是取决于头脑而不是脸蛋。田嫒的形象此刻又在水明居的脑海里呼啸闪过。

这家酒楼开张不久，据说已被公认为南淮市的顶尖级，楼虽没有海上花高，但身价可把海上花远远甩在了后面。在这里你可以吃到在别处吃不到的东西，甚至有许多是你根本想象不到的东西。酒楼开张前的广告可谓铺天盖地，只要一打开电视，翻开报纸，登上网络或来到户外，淮滨酒楼的广告必然会在你的眼前横冲直撞：

淮滨酒楼，让你今生无悔的地方！
淮滨酒楼，吃的不是食物，而是想象！
淮滨酒楼，献给你的不只是美味，还有美味的哲学！
淮滨酒楼，从此全面颠覆你口中的人生体验！
淮滨酒楼，洗礼着你的胃口，也洗礼着你的灵魂！
淮滨酒楼，不是南淮第一，不是中国第一，是天下第一！
……

每一个字体都包裹在性感的红唇里，的确激起的绝对不只是你的食欲。那段日子里，南淮人民整天听到和看到最多的就是淮滨酒楼的广告。许多学龄前儿童都会像背诵唐诗一样地背诵淮滨酒楼的广告，许多中小学生写作文的时候也经常会引用淮滨酒楼广告里的句子。政府部门的领导们在做报告的时候，竟也有意无意地套用着淮滨酒楼的广告词。市招商局局长说什么"商城南淮，让你今生无悔的地方！"市外贸局局长说的是"南淮特产，洗礼着你的胃口，也洗礼着你的灵魂！""南淮交通，献给你的不只是便利，还有便利的哲学！"这自然是市交通局局长的话喽。

有一天，水明居在梦中也有幸梦到了"明居地产，从此全面颠覆你居住的人生体验！""明居地产，献给你的不只是居住，还有居住的哲学！""明居地产，住的不是房子，而是想象！"这样的句子。可见，淮滨酒楼该有多么的深入人心啊。

就在正式开张的前一天，淮滨酒楼推出了日本"女体盛"这道盛宴。画面实在是够刺激的，刺激得官方都有些坐不住啦，相关责任部门不得不开始讨论是否应该立即出面加以干预。

然而，还未等官方及时采取行动，举国上下突然爆发了因钓鱼岛事件引起的反日大游行。南淮市也不甘落后，出现在大街小巷的日系汽车迅速遭到了一伙不明身份男子的打砸。一名反应敏捷的车主即刻跳到自己的车前，挥舞着长臂猿一般的胳膊，企图以此保护住自己的车辆。但令他没有想到的是，这种投机做法反倒激怒了那些气势汹汹的爱国者们。

"爱中华，还买马自达？！"一个胸前纹着毛泽东头像的中年男人质问道。

"这不是马自达，是雷克萨斯。"身后一个矮个小伙子纠正他道。

"雷克萨斯？这帮有钱人全都是他妈汉奸的材料。给我砸，狠狠地砸！"说着，中年男人抄起手中的铁棍狠狠砸向车主的左肩。

车主倒下了，在地上痛苦地蜷缩成一团。

木棒、台钳、晾衣竿……五花八门的日用工具雨点似的砸向了雷克萨斯。

不知是谁又点燃了油箱，随着一声巨响，火光冲天。

"出人命啦！"

叫喊、哭号，夹杂着呻吟……很快，这一切便被警车和消防车彼此应和着的笛声淹没了。

又一群爱国者冲进南淮大学的留学生宿舍楼，将两名日本男生打成重伤，幸亏警察及时赶到。警察同时也中止了一场误会，有数名韩国留学生被认作了日本人，正遭到围攻和追打。

还有一群爱国者涌向了出售日本电器的各大商家，捣毁橱窗，推翻柜台，抢走电器，打伤售货员……

坚决抵制日货！

誓死保卫钓鱼岛！

群情激愤，一声声刀枪一样的口号无比密集地向日本人扑去；向日本车扑去；向日本电器扑去，最后扑向了淮滨酒楼前那张巨幅"女体盛"广告图。

淮滨酒楼的老板害怕他的日本女体真的变成了尸体，于是派人连夜将屁股还没坐稳的厨师和女体匆匆送出南淮，登上回国的航班。

午夜，一阵狂风突起，算是体面地收拾了淮滨酒楼前的这场残局。

爱国主义冲动搅掉了南淮人民的一道异域盛宴，从而也让他们损失了一次挑战自我想象的全新餐饮体验。不过，淮滨酒楼却并未因此遭受什么损失，在经理公开发表了取缔所有日式菜肴的声明之后，它立即受到了全市人民的狂热追捧。但是，满怀激情赶来捧场的绝大多数市民都悲哀地发现，淮滨酒楼根本就不买爱国主义的账，它只买有钱人的账，一顿饭掏不出五千块钱就靠边站去吧。可即便这样，开张头一天的火爆场面也是南淮餐饮行业历史上空前的。等座的队伍排到了大街上，政府官员只有动用特权才可能得到酒楼方的例外关照。

由于在大街上等座的人直至午夜还不肯散去，而且态度坚决甚至强硬，情绪毫不亚于反日大游行的那些爱国者们，酒楼方只好硬着头皮继续营业。

拂晓时分，两名厨师晕倒在了灶台前；一名女服务员因为精神恍惚，踩空了楼梯，连人带盘翻滚到楼下……淮滨酒楼悲壮地创造出了连续七十二个小时座无虚席的历史。

不久，淮滨酒楼又有了新的广告语：

淮滨酒楼，南淮美味历史的缔造者！

淮滨酒楼，南淮人民口中的一个不朽传奇！

水明居此刻正在研究着这个不朽的传奇。他翻了翻菜谱，厚得跟壁纸样品册似的，不拿出一整天的工夫恐怕是看不完的。服务员猜出了他的心思，告诉他这一本才仅仅是亚洲菜系（不含日本菜系）；他们还有欧洲菜系、美洲菜系、非洲菜系和澳洲菜系。

水明居问："你们老板是什么来头？"

第二章

服务员答道:"开国际旅行社的。"自豪的神情在微笑中若隐若现。

确实称得上是历史的缔造者,水明居去过的地方不少,但还从来没有见识过这样的大气派。真是一个奇迹,它的老板简直就是一个神。能在一个三线城市里创造出这样的神话来,它本身就该属于神话中的神话。

"你们老板多大岁数?"水明居又问。

"六十来岁吧。"

哦,水明居松了口气,也许他还来得及在南淮市创造出一个房地产领域里的神话。

他把菜谱推给了周一虹,目光开始在房间里四下逡巡。

北墙上悬挂着两幅风景油画,看签名是出自同一个老外之手。南墙那里矗立着一个展柜,格架上摆放了十余件瓷器和西洋铜雕。西墙是一排书柜,摆满了精装的外文书和线装书。东墙是两扇落地窗,窗前各站着一尊半人高的抽象风格的裸女塑像。东南角落里斜置着一张堪称美艳却略显寂寥的贵妃榻,充满深宫闺怨的旷远意味。

水明居的耳畔又回荡起了电视广告那铿锵有力的声音:淮滨酒楼,洗礼着你的胃口,也洗礼着你的灵魂!

没错,这个空间好像不只是为了你的胃口而存在的。坐在这里,你可能都不会想起自己的胃口,或者说不敢想起自己的胃口。胃口?那太庸俗啦。

水明居不能不佩服酒楼主人的想象力,他真给自己上了一课,自己的确应当朝着那个方向努力:明居地产,献给你的不只是居住,还有居住的哲学!明居地产,住的不是房子,而是想象!

"你来过这里吗?"他问周一虹。

"没有,我可舍不得把钱花在这上面。"周一虹合上菜谱。

"那你舍得把钱花在哪上面呢?"

周一虹眨了眨眼,道:"旅游、房子、家具,还有衣服和图书这些。"

"唔,你这些除了图书没有一项是不费钱的。"

"有就费,没有就不费呗。"

"你住在哪里?"

"基建小区。"

"那里的房子可有些年头啦。"

"是啊,所以我们一直在计划着换房呐。"

"打算换到哪儿去？"

"南山湖那边，那边的空气好，又清静。"

"离市中心远了点吧？"

"就是不想离它太近嘛。"

"那你不妨先等等，我正筹划在那块区域建一座花园洋房小区。"

"咱们的房子那么贵，我哪里买得起呀？"

"贷款嘛，利息跟上涨的房价比起来，根本就不值一提。"

"您确保房价还会继续上涨……"话没说完，周一虹紧忙站了起来。

朱行长一行到了。

——握手，寒暄，介绍。

"这就是大名鼎鼎的水明居董事长。"

"这是水务局的杨德才局长。"

"久闻大名。"

"幸会幸会。"

落座。茶水。香烟。

朱行长呷了一口茶，抽了一口烟，说道："水董，我很想听听你对目前房价走势的评价。"

水明居笑笑，瞧了一眼周一虹，说："我和小周刚才正在谈论房价的事情呐。"

"哦？那你们继续，让我们也听听高见。"

水明居道："谈不上高见，我倒是很想知道朱行又是如何看待目前这房价的？"

"我觉得现在的房价很不正常，就连高收入的人群也在望房兴叹啊。"

一旁的杨局长和女秘兼司机吕小姐都跟着微微点头，周一虹不由自主地也跟着点起头来。

这时，水明居注意到了一直在他身后站着的服务员，便暂时中断了话题："还是先请朱行和杨局您二位点菜吧。"

朱行长直截了当："澳洲菜系。"

"看来朱行对这里很熟悉呀。"水明居说。

朱行长谦逊地笑笑："没来过几次。现在猪牛羊鸡鸭鹅都不敢吃了，就深海的鱼类还安全点儿。"

第二章

服务员去书柜那里将厚厚的澳洲菜系分册抱了过来。

朱行长从菜谱的后半部分开始翻起,向服务员交代完毕后,将菜谱推给了杨局长。在餐桌上绕行一周之后,菜谱又回到了周一虹那里。她与服务员一一核对了一下,服务员将菜谱抱了回去。

"朱行、杨局,还有这位美女,"周一虹朝朱行长身边的吕小姐友好地点了下头,"想喝点儿什么?"

"吃海鲜还是白酒更合适吧。"朱行长瞅瞅大家说。

无人表示异议。

服务员又去将一本和菜谱差不多厚的世界名酒白酒分册抱了过来。

水明居冲她摆摆手,道:"这个就不用啦,直接上茅台吧。"

"就是,哪个国家的白酒能比得上咱的茅台呢?"朱行长附和道。

"你开车吧?"周一虹问吕小姐。

"是的,我不能喝酒。"

"那咱俩就喝果汁吧,你看怎么样?"

"好吧,本地的石榴汁就行。"吕小姐朝服务员吩咐道。

"抱歉,我们这里不提供本地的产品。"服务员向吕小姐深深鞠了一躬。

"那就把那个拿来吧。"周一虹朝服务员伸出一只手去。

服务员当然明白"那个"是什么,转身去把世界果汁分册抱出了书柜。

周一虹请吕小姐点,吕小姐翻了几页,拿不定主意,便又将那个大块头吃力地推还给周一虹,说:"拜托你来定吧。"

周一虹随便浏览了一眼,问:"新西兰桑果汁行吗?"

"行。"吕小姐满脸感激的表情。

一条火红的巨型澳洲龙虾率先登场,气势汹汹而又无可奈何地趴在餐桌上怒视着前方。

朱行长道:"水董,开始你的高见吧,我们都在洗耳恭听呐。"

水明居抿了口茶,说:"我当然看好中国的房地产市场,现在不仅是民众需要房地产市场,政府同样也需要房地产市场。只要有需要,房价就不可能下降。"

"水董的意思是房价还会继续上涨喽?"杨局长插了一句。

"继续是肯定的,我们的涨价其实才刚刚开始。"

朱行长同杨局长对视了一眼,道:"已经都这么高了,还有多少上行的空间呢？"

"这个朱行大可不必操心，当年我还担心自己开发的那片法式别墅卖不出去呐，结果告诉我，我应该担心的是我的别墅不够卖。均价八千，那可是当时南淮市房价的最高纪录啊。我后来让销售部做了个统计，你们猜购房人的平均年龄是多少岁？"

"五十几岁？"杨局长试探着说。

水明居望着他，笑而未答。

"四十多岁？"朱行长继续试探。

水明居摇头，道："你们想象不到吧，是三十四岁。那可是高端别墅啊，不是经济适用房。这个年龄数说明了什么？"他停顿了一下，"我们千万不要小看了南淮人民的经济实力。另外还要看到，南淮人民对于居住价值的认识也才刚刚觉醒啊。"

"多数应该是贷款吧？"朱行长道。

水明居迟疑了一下，似乎在搜索着记忆里的统计数字："近六成是贷款吧。但贷款并不能否定人们的经济实力，而是恰恰相反，它至少说明了人们对于自身经济实力的一种信心。市场不就是靠投资者和消费者的信心支撑起来的吗？大家都了解中国人普遍的消费心理，他们有着根深蒂固的储蓄习惯，轻易是不肯借钱消费的。如果不是对自己未来的偿还能力极有信心的话，他们又怎么敢贷一笔巨资来购买别墅呢？还有，你们可能都没有注意到，许多购房人贷款并不是因为缺钱，这里面是有着投资保值动机的。他们利用国家眼下优惠的贷款政策借出五十万买房，一年之后就会因为房价的上涨赚得数万甚至是数十万，而贷款利息才有多少呢？如果不买房，把钱存在银行里，一年后又会贬值多少？如果跟房价比起来，那值贬得可就更厉害啦。"

"就不可能发生美国那样的次贷危机吗？"朱行长问。

"怎么可能呢？中国和美国根本就不具有实际可比性。请问朱行，贵行这几年在房地产方面的不良放贷率又占多少比例呢？"

"这个嘛，暂时倒的确是可以忽略不计的，但谁又能保证以后的房地产市场会一直像这样火热下去呢？"

"以后？那要看以后到什么时候。一百年我不敢保证，十年、二十年还是没有问题的，二十年之后，你我也都成了这个市场的局外人啦，

第二章

呵呵……"

朱行长松了松领带，说："水董总是能够说服我，看来钱多钱少都要买房啊。"他左右看了一下，杨局长冲他会心地眨了个眼，朱行长即刻想起了什么，就接着说道："哎，对啦，水董，这次带杨局来可是有一事相求啊。"

"朱行不必客气，尽管吩咐就是。"

"你们在一小和一中附近开发的那个龙凤城不是属于学区房嘛，杨局最近得了个大胖孙子，想在那里为孙子买一套，好方便将来上学。"

"杨局真够深谋远虑的啊，不过……"

"我们知道那儿的房子早卖完啦，但听说你们内部还预留了一些，所以才来找你帮忙嘛。"

"就是就是，恳请水董照顾一下啦。"杨局长向水明居拱起双手。

"唔？我们的这种内部机密你们都能打探得到啊，这可……"水明居瞟了一眼周一虹，故意装出十分不安的样子。

朱行长和杨局长都打着哈哈，期待着水明居的下文。

水明居又点燃了一支香烟，不慌不忙地说道："内部是留了几套，但基本上也都已经有主啦。不过，既然是杨局有刚需，那我也只能想方设法帮助解决啦。"

周一虹提醒道："杨局考虑多大面积的呢？"

"怎么也得是个三居吧？"

水明居笑了："龙凤城没有两居的，都是三居、四居和复式的。"

杨局长的表情顿时尴尬了一下，道："那就……四居吧，四居是多大面积？"

"一百六左右。"周一虹说。

"住在那里的一般都是三代同堂，"朱行长道，"老的得负责接送小的上学放学，中间的只管上下班。两居也确实不够住的。"

杨局长坚定地点了点头："那就四居吧，为了孙子不输在起跑线上，也为了家庭的和谐。"

水明居想了想，说："也不知道四居还有没有。这样吧，事情先交给小周去办，如果四居没有了，咱们再作商量。"

"谢谢！谢谢！我先敬水董一杯。"杨局长端起了酒杯。

水明居打量了一眼桌上那五颜六色的动人深海风景，道："大家都一起来吧，举杯。"

"干杯！"

"干杯！"

"幸会！"

"幸会！"

放下酒杯，撂下筷子，水明居冲着周一虹说："杨局这种高瞻远瞩的做法值得我们学习，这也是对我们房地产事业的大力支持，所以我们没有理由不满足杨局的要求。"说完，他又转向朱行长："朱行，看到杨局要给刚出生的孙子买房子，你该对我们的房地产市场充满信心了吧？"

"当然当然。"朱行长一个劲点头，"不过，水董在满足杨局的要求之外，是不是也可以考虑再对他追加一点儿鼓励呢？"

水明居未置可否，只是频频点头。

周一虹看出他没有明白朱行长的意思，便借假装回头咳嗽的工夫，在他耳边悄声说了两个字："优惠。"

水明居若无其事地说道："鼓励是必须的，就按我们公司内部的最低优惠标准来吧。"他看了周一虹一眼。

周一虹赶紧接话道："我们公司内部的最低优惠标准是九折，只有水董才有这个权力。"

"我知道，我知道。"朱行长说。

"看来，我们公司对你来说根本就没什么秘密呀。"

"哪里哪里，还不是因为老兄我一向就关心老弟的公司嘛。"

杨局长又举起了酒杯："我代表我刚满月的小孙子向水董表示感谢，实在是太感谢啦。"

水明居也举起了酒杯："不要感谢我，应该感谢的是咱们朱行，没有他老兄一贯不遗余力的支持，哪里会有我们明居公司的今天啊。"

"过奖过奖，兄弟一场，都不必客气。"

杯杯见底，三个男人的脸上都泛起了澳洲龙虾身上的那种红光。

"朱行，南山湖那个项目……"

正咬着一只蟹螯的朱行长伸手示意水明居打住，等他熟练地将里面白花花的肉完整吸吮到嘴里去之后，擦擦手，说道："必须要看好中国的房地产市场，咱们的合作当然还得继续。"

第二章

水明居没想到朱行长会答应得如此痛快,因为这次他所需要的可不是个小数目,几乎达到了前几次贷款的总和。朱行长一点儿折扣不打,这让水明居深受感动,也很有些惭愧。其实,他本是可以给杨局长一个八五折的,这才是他们公司内部的最低优惠标准。不过,惭愧是极其短暂的,水明居马上就想到了该如何回报朱行长的这次慷慨。除了正常的回扣比例之外,不妨就把本可以让给杨局长的这笔折扣款转赠给朱行长吧。

朱行长好像是听见了水明居的心思,笑眯眯地望着他,说:"谢谢啦,水董,非常感谢你这些年来的信任和照顾啊。"

"还是得感谢朱行啊,可以说,没有老兄的一臂之力,南淮市的大多数房地产企业是不可能平安走到今天的。"

"对啦,"朱行长突然想起了什么,"你听说汇鑫的事了吧?"

水明居摇头。

"你怎么会不知道呢?汇鑫强拆闹出大事来啦,这回估计肯定是躲不过去了。好在我们跟它的合作刚刚结束。"

"到底是怎么回事?"水明居一下子瞪大了眼睛,瞳仁闪烁成两个熠熠发光的问号。

第三章

汇鑫公司一度是南淮市房地产界的老大，由段氏两兄弟经营。兄弟二人年少时都是江湖上有名的混混，偷抢扒拿，打架斗殴，样样在行，属于监狱里的常客。后来终于混得腻味啦，加上同时也意识到了挣钱的重要性和紧迫性，于是开始金盆洗手，以欺行霸市的方式攫取他们人生的第一桶金。在顺利完成资本原始积累之后，他们又迅速转向了更加有利可图的房地产业。创造出南淮市史无前例的商界神话之后，段老大摇身一变成了省人大代表，不久段老二也在哥哥的巧妙运作下，捞到了个市政协委员和"南淮市首善"的名头。

对这兄弟俩而言，金钱不仅是用来消费享乐的，也是用来购买各种荣誉的。凡是能够用钱买到的荣誉，他们从来没有不要的。在他们看来，所有荣誉都是最具权威性的商标和广告。的确，既得荣誉也着实没少给这兄弟俩带来好处。

水明居是在进入房地产行业之后才得知这段氏二兄弟的，一开始跟他们还没有能碰得上头的机会。但随着事业的逐步壮大，明居公司渐渐成了汇鑫公司的强劲竞争对手，也自然有了彼此摩擦的机会，发生过几次争地抢工程的别扭。

在冲突的过程中，水明居发现这兄弟二人脸很白，心很黑，加之耳闻过他们的发迹史，因此对他们一直保持着敬而远之的关系，尽量不和他们发生争抢。只有南淮河岸那块地水明居没作让步，倒不是因为那块地实在是有利可图，而是因为水明居觉着自己的翅膀这时已经硬得可以了，是借此让那两兄弟正视一下自己的时候了。所以，他有心要小试一下自己的锋芒。

让归让，但要知道兄弟咱可并不是好欺负的！

要想惹我，就得先要好好想想可能会产生什么严重的后果！

水明居利用人脉让省领导和市领导都为他说了话，市局刑警队的大队长是水明居的高中同学，特意找到段老大沟通了一下。结果，段氏兄弟立即开始对水明居刮目相看，不但退出了那块土地的竞标，还主动请水明居吃饭，向他示好。

水明居如约前往，第一次和对方友好地坐在了一起。

"过去多有得罪，还请水兄多多包涵啊。"

"客气客气，不打不相识嘛。"

"向明居学习！"

"向汇鑫致敬！"

吃完这顿饭，水明居很快回请了一次，算是礼仪上的一个了结。此后，他对这二兄弟继续敬而远之。他们身上那股浓重的江湖气息让水明居很是有些接受不了，直觉告诉他，这二兄弟早晚会惹出大麻烦的。不能得罪他们，但也尽可能地不要去亲近他们。

不过，段氏二兄弟却也并未怎么把水明居放在眼里。通过几次接触，他们判定这不是一个够狠够黑的人，所以也就没有什么好怕的啦。他们只怕跟他们一样的人。硬碰硬，黑吃黑，再硬再黑有时也会受不了的。尽管我是流氓我怕谁？

虽然明居的实力已不在汇鑫之下，但它还并没有威胁到汇鑫的前程，两家基本上是井水不犯河水。而且，水明居一直以来也都挺照顾段氏兄弟的面子，处处表现得很谦让，让段氏兄弟感觉到他们仍然是南淮市房地产界的老大。

不敢说在全省，至少是在全市还没有段氏兄弟办不了的事情。汇鑫的发展壮大始终就没有遇到过任何障碍，没有谁敢公开同他们争抢土地和工程。他们上有政府，下有黑社会，在南淮市房地产界有着呼风唤雨的本事。只是，南淮市的市场近来已经满足不了这兄弟二人越来越大的胃口啦，他们开始预谋向二线和一线城市进军。可就在他们刚把摊子铺出去的时候，后院却起了火，并且火势还不算小。

着火的是南山湖A地块那个项目，这块地段氏兄弟已经拿下有两年了，却因为有个钉子户迟迟不能顺利开发，而这个钉子户恰好又位于该地块的中心地带。段氏兄弟从没见过让他们摆不平的钉子户，先来软的后来硬的，拔掉一颗钉子用不上起重机。可这个钉子户却跟段氏兄弟以往遇到的任何一个钉子户都不一样，软硬皆不吃，就是给再多的补偿也不愿意搬迁，好像是铁了心要跟他们做对似的。

段氏兄弟耐着性子试探着开出了天价的补偿款，可这家人却依旧不为所动。在市里给他们买房，他们不肯去。就地新建的楼房随他们挑，他们也不屑要。段氏兄弟没辙了，觉得这家人的思维都不大正常，那就没必要再浪费口舌了，直接来硬的吧。既然不要蜂蜜，那就只好黄连伺候啦。

敢绊我段氏兄弟脚的钉子，拔不掉它，就把它狠狠砸进去。总之，必须得让它消失！消失！！消失！！！

他们先是请当地派出所的警察出面干预，将那家户主——一个姓丁的老头拘留了五天。

老头的三个儿子不干啦，纠集起一百多口人大闹了派出所。他们撕毁了警察的制服，砸碎了警车和办公室的窗户玻璃。市局出动防暴大队，才将这伙"不法之徒"驱散，并将老头的三个儿子拘留了一个月。

但是，强权仍然没能撼动这个钉子户。这家的女人又全部都站了出来，最大的91岁，最小的只有9岁。她们个个手提着菜刀，或立在院子的门前，或坐在老宅的屋顶，同站在铲车周围的那帮男人们对起阵来。剑拔弩张，一触即发。

事情不知怎么就惊动了市领导，负责这次任务的防暴大队副队长突然接到上级令其终止行动的电话。此时，天已擦黑，双方僵持了整整六个小时。

撤！

看见他们灰溜溜地离去，围观的人群怪叫着鼓起了掌。

最后一个离开现场的段老二气急败坏地骂了一句："真他妈的比黑社会还狠！"

这是段氏兄弟在房地产战争中遭遇的第一次小挫折，既丢了面子又造成了挺不好的社会影响，省报和省台都对此进行了报道。迫于舆论和上层领导们的压力，段氏兄弟虽极不甘心，却也不敢再有轻举妄动，只好强忍怒火暂时将强拆的计划搁置了下来。

还没有谁敢这么不给段氏兄弟面子的，就让他们等着后悔去吧。

拔不掉你，我他妈的就砸进去你！

此事平息下去两个月之后，段氏兄弟为报羞辱之仇，密谋了一个雇凶杀人的计划。他们找到一个中间人，委托他去物色一名手脚利索的刺客，趁丁家老大送完货返回的时候，在进村公路上没有监控探头的地段，伺机拦车对

第三章

其下手。

刺客跟踪了丁家老大一个星期后，选定了下手的时间和地点。可不巧的是，这天丁家老大回村时，和一辆农用三轮车发生了刮蹭，两人交涉半天才把事情解决。等他进村的时候，天已经全黑。丁家老大的迟到令刺客非常生气，这鬼地方连个路灯都没有，这么黑的天可怎么好让他把目标看个清楚呢？

刺客本来就不太想接这个活儿，风险太大，而且酬金倒了几手，到他这里已成鸡肋。怎奈最近欠下的赌资高利贷逼得实在太紧，干完这笔正好可把这个窟窿堵上。所以，也就只好勉强一下自己啦。

这个行业毫无公平性可言，他一直在考虑干完这一次就他妈的收刀算啦。改行去贩毒吧，正好又可以以贩养吸，以贩养赌。

就在这等着的工夫，刺客的毒瘾犯了，不停地打哈欠，流眼泪，心里痒痒得难受。总算看见那辆面包车开过来了，便迫不及待地从路旁的壕沟里跳出来，将事先准备在路边的一根大树枝拖到路中央，然后又迅速返回壕沟，掏出手枪，将子弹推上膛。

面包车晃晃悠悠地开到树枝前停了下来，司机打开车门，正要下车，刺客见机瞄准他的胸部就是一枪。司机的身体应声静止了一刹那，刺客趁势又补上一枪，随即逃离壕沟，骑上停放在路旁一棵大树后面的摩托车飞速驶去。

刺客的摩托车险些和迎面开来的又一辆面包车撞个正着，躲闪的时候，摩托车倒在地上蹭出去老远，带出长长一串的火花。丁家老大吓出一身冷汗，赶紧刹车下来查看究竟。就见不远处从地上爬起一个戴着头盔的人影，跌跌撞撞地走到摩托车跟前，吃力地将车子扶起，慌里慌张地猛踹上一阵，总算重又把它发动了起来。

没等丁家老大走到跟前，那摩托车已匆匆离去。丁家老大认不出这是村里的谁，喊了一声"喂"，而回答他的却只是在夜色中渐渐消弱下去的马达轰鸣。

等丁家老大再次被前面那辆面包车挡住去路时，他发现了倒在驾驶座上的马老五；伸手一摸，湿漉漉的，凑到眼前一看，好像是血迹。他赶紧跑回车里拿出手机报了警。

刺客杀错了人，由于找不到什么因果关联，案子迟迟未破。段氏兄弟一时也不敢再采取任何行动，强拆只好暂且继续搁浅。直到一年之后，段氏兄弟在鄂尔多斯的投资失败，急需周转资金，才不得不重又把搁浅的强拆计划提到议事日程上来。

来到丁家大院，二话不说，段老二手一挥，铲车便摧枯拉朽似的将古色古香的院门给推倒了。正在院子里修补渔网的老丁头看见铲车突然闯进来了，丝毫也不见惊慌，好像是早就知道它要来似的。

"狗娘养的，别以为你有钱就可以胡作非为！"喊完，老丁头对着段老二的鞋子开了一枪。

鞋帮和鞋底即刻分了家，鞋底飞得老高，最后落到一名打手的光头上。

老丁头斜了那帮呆若木鸡的打手一眼，喊道："敢不要命的，就过来吧！"

五十名戴着墨镜的打手面面相觑了一秒钟，商议好了似的，顿时便全作鸟兽散去。

老丁头从容回到屋里，拨通了派出所的电话。

五分钟后，两辆警车开到了丁家大院，被带走的不只是老丁头，还有段老二。

第二天，《雇佣黑社会强拆，钉子户举枪反抗》的新闻标题便在网络、电视和报纸上蔓延开来。有大批好事者还对段氏兄弟展开了人肉搜索，晒出段氏兄弟几乎所有的历史劣迹。最具爆炸性效果的一条是，有知情人透露，南山湖村马老五的死就是段氏兄弟所为。

在强大的网络舆论攻势之下，市公安局不得不也把段老大请了进去。紧接着，市长终于不堪种种压力，亲自召开了新闻发布会，正式声明段氏兄弟对于丁家大院的强拆是不合法的，并表示要对网络反映出来的所有关于段氏兄弟的违法乱纪问题一查到底，绝不姑息。

事件发生和发酵之际，正赶上水明居和妻子送女儿入学报到，在北京逗留了四天。所以，他对此一无所知。骤然得知这一新闻，水明居虽未喜形于色，却也在心里一个劲地叫好。主要还不是因为除去了一个恶性竞争对手，而是为南淮市房地产界终于得以摆脱掉这两匹害群之马感到由衷的高兴。他早料到段氏兄弟会有这么一天的，但没想到这一天来得这么突然。这样一来，南淮市的房地产环境就干净多啦。他相信在自己的带领下，南淮市的房地产事业将一定会健康有序地发展下去的。

第三章

明居地产，从此你建造起的不只是一座座房屋，更是一座座灯塔！

因为汇鑫公司，因为周一虹，水明居的心情很是不错。想到医院，想到母亲，他没再那么焦躁了。但在来到病房时，看到鼻子里插着氧气管的母亲一动不动地躺在床上，水明居的心情却又当即坠入了深渊。不过，他还是没忘首先观察一下病房的情况。还好，有个病人回家了，今晚暂时就不用睡躺椅啦。

"这次是什么情况？庞叔。"他问正要准备离开的继父。

继父不耐烦地摇摇头："唉，老毛病又添了一样新毛病：糖尿病。"

听到"糖尿病"三个字，水明居并没有什么感觉，母亲身上的病多了去啦，除了癌症，他想不出她还没有什么病。糖尿病他以为母亲早就有了呐。

"这次好像挺严重的。"

"抢救了半天，把最贵的药都用上啦。"

水明居还想问点儿什么，但见继父拎着布兜着急要走的样子，张开的嘴巴便又闭上了。

继父看看水明居，又看看老伴，说："我的晚年生活就要这么跟她耗下去啦。"说完，又是一声长叹，摇着头走出病房。

水明居瞥了一眼继父消失在门后的背影，发觉那背影又缩小了一截。他第一次看见那背影时，以为它是相当高大的，陪伴于母亲的身边，仿佛就是她的一棵参天大树。那时的他也就五十多岁吧，刚刚丧偶，迷恋上了母亲，天天往他们家里跑。

当时的水明居还在上大学，暑假里见到这个男人时，母亲介绍说这是庞叔，就再也不肯多说什么了。庞叔十分健谈，表现得也十分殷勤，初次见面就给他展示了一下自己的厨艺。开学后，水明居竟然还收到了庞叔的来信和汇款。庞叔在信中鼓励他好好学习，并对他的母亲和家庭表示了极大的理解和同情。水明居隐隐感觉到，这个给他留下不错印象的男人所做的一切不过都是些铺垫，他很可能还会有下一步的行动。

果然，寒假回来时，大哥颇感难为情地告诉他，母亲和庞叔结婚了。婚后的母亲住在庞叔的房子里，他们家的这套房子现在留给了大哥，正在装修中。大哥马上也要结婚了。二哥搬到了工厂宿舍，正在上技校的四弟名义上是同母亲住在一起，但基本上是住在学校寝室里的时候多，跟他水明居一样。

陡然感觉没了家的水明居很是伤心，提着背包去食品厂职工宿舍准备投奔二哥。刚走到食品厂的大门口，就见庞叔骑着自行车风风火火地追了过来。

　　"明居，回来了怎么也不进家去呀？你妈把饺子都给你包好啦。快上来，跟叔回家。"

　　一声不吭的水明居坐到了庞叔的身后，庞叔驮着他，一路的嘘寒问暖。

　　看得出，庞叔的经济条件不错，房子挺大，装修得也挺阔气。母亲俨然一副女主人的姿态，领水明居参观着各个房间，并指着一间放有两张单人床的屋子说："这是你和明远的房间，你就睡东边那张床吧。"

　　明远就是他四弟，全名叫高明远，同他们三个不是一个父亲。

　　坐在属于自己的那张床上，水明居如坐针毡。他想，过完春节就赶紧回学校吧。母亲成了别人的妻子，与自己的关系似乎一下子也就断了。而且，住在这里让他很有一种寄人篱下的感觉。

　　母亲嫁给高叔也就是四弟父亲的时候，水明居尚不懂事，还没有如此强烈的感觉。当时的他只是觉得家里的确需要这样一个男人，否则他们的家庭就是不完整的。后来，随着年龄的增长才慢慢意识到，在同伴面前喊那个男人"高叔"而不是"爸爸"时，心里头总有着说不出的别扭。

　　庞叔有一儿一女，都已成家，各自单过。那天晚上，庞叔把他们两家都叫到了家里，他们四兄弟也聚在了一起。餐桌上，庞叔一再强调，从此他们就是崭新的一家人啦，彼此应该相亲相爱，不是亲的也要胜似亲的。

　　庞叔和母亲忙乎得都挺热闹，挺激动，一直说个不停，水明居却觉得这客气又礼貌的气氛里分明有着某种勉强和伪装的成分。

　　后来的发展也证实了水明居的敏感，原来，庞叔的儿女都坚决反对父亲再婚。一是他们的母亲去世还不到两个月，二是怕自家的财产遭到外人分割。特别是像水明居母亲这种家庭条件的女人简直就是个无底洞，四个儿子一个都没有完婚，而且还有两个儿子在上学。父亲要是和这样的女人结了婚，不落得个倾家荡产，也得累得死去活来。

　　然而，他们的父亲就是情迷心窍啦，自从在广场上和这个女人跳了一次舞，并得知对方也是单身时，立马就迫不及待地坠入了爱河。他认为这是老天赏赐给自己的一个补偿，是对他整整十年来任劳任怨服侍瘫痪在床的妻子的一个回报。他不想听儿女的，他只想听老天爷的。

第三章

　　好人自有好报，十年来他过的都是什么样的日子啊。正当年富力强的一个男人，天天必须得陪着一个僵尸似的女人。但是，他并没有嫌弃，更没有抛弃。他绝对对得起自己的结发之妻，对得起孩子们的母亲。她的死亡应该是他追求幸福生活的开始，怎么能成为阻碍他追求幸福生活的借口呢？什么叫"尸骨未寒"呀？听听这帮不孝之子们说的话吧。是死人的利益重要，还是活人的利益重要？我把人生中最美好的十年都白白奉献给了她，难道这还不够吗？还要我再为她的尸骨奉献上十年吗？剩下的岁月还够我这么奢侈的吗？再不抓紧时间，我连幸福生活的下脚料都摸不到啦。

　　说实在的，我亲爱的孩子们，没在你们的母亲离去之前就开始偷偷追求自己的第二春，这已经算我做得仁至义尽啦。拍拍良心，我自认为是个好丈夫，也是个好父亲。可你们是怎么对待你们母亲的这位好丈夫的？又是怎么对待你们自己的这位好父亲的？你们把我那所剩无几的未来绑架在一具尸骨之上，绑架在那点儿可怜的家产之上，是可忍孰不可忍！

　　我有追求幸福的权利！

　　你们不孝，就别怪我无情，从此一刀两断，老死不相往来！

　　我要重做一次好丈夫！我要重做一次好父亲！！

　　这个姓庞的男人做好了注销自己父亲身份的准备，也做好了重新把自己注册成丈夫的准备。

　　但是，悲壮的那一幕并未如期上演。准新娘认为，父亲的婚姻理应得到儿女的祝福，因此在答应了这个男人的求婚之后，便主动上门找到他的两个孩子，运用自己过人的口才和惊人的语速，动之以情，晓之以理，再结合自身具有时代悲剧性的人生命运，深深打动了这两个年轻人。他反对得最厉害的女儿在听完这个女人的陈述之后，已经泣不成声。

　　"孩子，我不是冲着你们的家产去的，我是冲着你爸这个人去的。他是个好男人，他理应得到幸福，阿姨我无法拒绝给他幸福。现在，他的幸福已经成为我的责任。责任，孩子，你懂吗？我是肩负着责任去爱你们的父亲的……"

　　无懈可击的逻辑，生动形象的比喻，慷慨激昂的情绪，铿锵有力的节奏，再加之平均每秒钟十五个字的语速，这样的口头冲击力必然所向披靡。最后，两个女人抱头痛哭。

　　父亲居然等来了儿女的祝福，他把这功劳归之于新婚妻子的超凡本领。

真是一个不俗的女人啊，他对她怀有的已不单单是爱，还有崇拜。

婚前，水明居的母亲要天天出摊，风雨无阻，她卖的那些杂七杂八的日用品是水明居和四弟生活费的主要来源。老大老二的工资母亲尽量一分钱不动，都给他们存着留作将来成家的开销。但自从有了结婚的打算后，庞叔就不让水明居的母亲以此谋生了。她在家里当起了全职太太，过上了轻松自在的日子。

庞叔对母亲真是百般体贴，处处呵护，这让水明居多少获得了一些慰藉。他开始暗示自己要摆脱掉母亲再婚带给自己的那种难堪情绪。为了摆脱掉这种情绪，水明居大年初二便踏上了返校的列车。

因为母亲的再婚，水明居的生活质量得到明显提升。以前母亲每个月只寄给他十五元生活费，加上学校发放的十元补助，他的日子过得还是相当吃紧的。好在同学们大多都来自乡下，不少人的经济条件比他还差，所以水明居也从没觉得有什么好抱怨的。但后来就是庞叔给他寄生活费了，每个月增加到了四十元。水明居一下子变成了班级里的暴发户，狠狠过了两年潇洒挥霍的大学生活。为此，水明居对于庞叔虽一直心怀隔膜，却也是暗怀感激的。

水明居和四弟同时毕业，这时的庞叔也刚好退休，失去了淮东矿副矿长的权力。人走茶凉，四弟赶得不是时候，庞叔托了不少人，也没能把他留在矿务局机关，只好去了远郊的淮东矿，一两个月才回来一次。

水明居本来可以留在省城，但念母子之情，还有兄弟之情，最终决定回到他们身边。毕竟，自己算是这个家里最有出息的啦，家人将来有许多地方说不定都得指靠着自己。水明居把自己的大学毕业看作是家庭的一个翻身仗，他要让亲戚邻里们都看到，他父亲的历史一页已经永远地翻过去了。

仗着自己是名牌大学的毕业生，水明居谁也不求，任由分配，结果去了很不理想的区建筑公司。不过也有一样好处，那就是这个单位有房子。水明居一报到，便分到了一间宿舍。同事还告诉他，等结婚了至少还能申请到一个两居室。

水明居住到了宿舍里，因为离得近，三两天就回去看看母亲和庞叔。渐渐地，他发现庞叔对于母亲好像已没有了过去的那种耐心，两人经常会因为一点儿鸡毛蒜皮的琐事大动肝火。水明居很快就看出了原因，问题出在母亲那里。是她把钱盯得太紧，庞叔每花一分钱都要经过她的手。这让一向大

第三章

手大脚惯了的庞叔觉得太不习惯。在职时，他把固定工资全部交给母亲，但自己手里还会有不少的外快可供自己自由支配。现在退休了，只剩下了死工资，个人花钱便遇到了严峻挑战。

水明居背地里劝了母亲好几回，希望她不要把钱看得这么重，如今他的四个儿子也都自食其力了，用不着她再操心啦。况且，这样做对庞叔也有失公平。可是，母亲并不认为自己有什么过错，眉头一皱："靠他一个人退休金过的日子，不算计着来怎么能行呀？"

"钱不够花，我们兄弟几个可以给你嘛。"

"那能一样吗？要指望你们兄弟几个，我还嫁他干啥？吃饱了撑的？"

见母亲不听自己的，水明居给大哥二哥打去电话，想让他们也都说说母亲。大哥没有表态，似乎觉着这事不该他们干涉。二哥表示认同，承诺有机会一定劝劝母亲。

水明居不知道是母亲变了，还是他从来就没有真正了解过自己的母亲。忽然发现，眼下的这个母亲其实有着不少令他深感遗憾的品性。最主要的，是她的行动远不及她的美好言辞来得那么真诚。

奶奶在世时，一见到他们哥仨总要厉数母亲的各种不是：无礼、自私、懒惰……等等。那时的他们仨却都一致站在母亲一边，极力替母亲辩护，气得老太太抄起拐棍追着他们挥舞。今天想来，水明居意识到奶奶说过的不少有关母亲的坏话，看上去也都并非空穴来风。父亲的死，的确不能说与母亲没有一丝干系。这么想着想着，水明居便感觉自己同母亲之间的距离愈发的远了。他去母亲那里的次数开始日渐减少。

三两天变成了一个星期，一个星期变成了半个月，半个月变成了一个月。

这天单位发了一盒月饼，水明居打算给母亲和庞叔送去。趁下午没什么事情，他便提前离开了单位。

来到楼下单元门口时，正巧碰上庞叔的女儿出来。水明居赶紧喊了一声"大姐"。

大姐面色绯红，看见水明居，目光有些慌乱，心不在焉地"嗯"了一下，蹬上自行车匆匆离去。

纳闷的水明居走上楼来时，发现门半开着。不等进屋，就看到了坐在沙发上的母亲，抱着胳膊，满脸的严肃。见他来了，仍一动不动地坐在那里。

水明居明白这是有什么不愉快的事情发生了，四下里看看，问道："庞叔呢？"

过了足有一分钟，母亲才答道："去新疆了。"

"去那干吗？"

"开小煤窑。"

一个多月没来，就发生了这么大的变化。水明居望着母亲，等着听她解释。

母亲粗鲁地骂了一句，讲起了刚才发生的事情。

原来，大姐正是为她父亲去新疆开小煤窑这事上门和继母理论的。大姐认为是继母连哄带逼让她的父亲跑那么老远的地方去卖命的，继母做得实在是太过分了，为了金钱，丝毫不念及她的父亲年事已高，自始至终都在把他当作一个敛财的奴隶随心所欲地使唤着。这哪里是什么老伴呀？明明就是一个吸血鬼啊！

"你这个彻头彻尾的骗子，毁掉了我爸幸福的晚年！"

"我爸要是有个三长两短的话，看着吧，我绝饶不了你！"

母亲一字一句复述着大姐对她的责骂，嘴里像是用力在撕咬着什么东西。

"也是的，都这么一把年纪啦，何苦呢？"

"瞧你说的，几把年纪啦？"母亲又把怒火都转移到了水明居的身上，"没病没伤的，整天待在家里等死啊？出去做点儿事挣点儿钱，有什么不好？还省了老跟我拌嘴。"

"你不是也没病没伤的吗？"

"废话！我是女人，女人嫁汉就是为了穿衣吃饭，他和我比得了吗？"

"都啥年代啦？你还这思想。"

"这思想又怎么啦？我没这思想你们他妈的能活到今天吗？"

奶奶一直对母亲好骂人的习惯耿耿于怀，以前水明居对此还没有什么感觉，现今却是越来越无法适应了。仅有"他妈的"还好，问题是无论任何场合，母亲都可以无所忌讳地将男女生殖器的代称挂在嘴边。

母亲家里的人都有这个毛病，水明居没见过姥爷，但清晰地记得他姥姥就是不骂人不开口的。几个姨妈和舅舅大抵也都是这个德行。

无疑，这是根深蒂固的家庭恶习，和出身有着必然的联系。母亲出身于雇农，根子上的教养匮乏决定了她今天许多不尽如人意的方面。即便她还是个 1950 年代的中专生，受过很多同龄人尤其是同阶层人都无缘享有的新中国教育，然而这仍旧没能清洗掉她出身底子上的那些斑驳。人生经验告诉他，待在田地里的农民也许是纯朴可爱的，可一旦进了城，这种美好的品性便会迅速消失。他们为了更像城里人，往往只好不遗余力地出卖掉自己，把自己打造成既不是农民也非市民的那种人。他们习惯于把生活看作一场大比拼，永远心甘情愿地迷失在随波逐流的浪潮里。

水明居自认为不是个势利之徒，但始终对来自乡村的城里人保持着高度警惕。他的朋友圈子里几乎没有这样的人，不过这也并非他刻意选择的结果。因为母亲就是这类人的典范，所以他同母亲之间的距离自然而然地便可以拉开。

父亲则不然，父亲出身于地主家庭，今天说来算是个贵族，他留给亲朋好友们的良好口碑，无不印证着其出身的优势。父亲已是他们家族一个美好而又高贵的传说，水明居每每想到这个传说的美丽，便不由得要想到母亲那现实的丑陋。可是，母亲却不止一次地说过，她是下嫁给父亲的。因为在那个时代，雇农代表的才是高尚，地主代表的只有卑鄙。一种完全颠倒了的荒谬逻辑。

母亲居高临下地看着身为大学教授的父亲，犹豫着把爱施舍给了他。母亲说，她当时感觉到自己就像是《巴黎圣母院》里的爱丝美娜达，为了拯救无助的诗人甘果瓦，不惜以身相许。

水明居上大学时终于看到了电影《巴黎圣母院》，之后又带着疑惑把小说也找来读了一遍。他发现完全就不是那么回事，母亲哪里有爱丝美娜达的那种纯真和善良呀，父亲又怎么能够和猥琐自私的甘果瓦相提并论呢？

优势竟然沦落为了劣势，劣势反倒摇身一变成了优势。母亲建立在这个基础之上的丰富想象力，又会有多少的真实性可言呢？

"庞叔受得了你这么骂人吗？"水明居瞪着母亲问道。

"受不了也得受，是他追的我，不是我追的他。"

就是，谁让庞叔自讨苦吃呢？水明居这时豁然想到，庞叔之所以要远赴那么偏僻的地方，或许还有着逃避的缘由吧。他的女儿很可能还没有认识到这一点。

水明居站起身，他也想逃避了。

但是，母亲的喉咙里突然传出急促的呻吟声……

水明居睁开眼睛，跳下往事的快车，从床上坐了起来。他看见母亲的身体在蠕动，两手试图拔掉插在鼻孔里的管子。

水明居赶紧上前制止了她："怎么啦？妈。"

母亲喃喃道："我不舒服，我不舒服，快去叫大夫……"

水明居一路小跑着去找值班医生，值班医生正趴在办公桌上打瞌睡。她毫不理会水明居一脸焦急的表情，用手搓了一把脸，然后慢悠悠地走出了办公室。

她来到床头瞥了母亲一眼，二话没说，直接拔掉氧气管，又观察了两秒钟后，扭头就走。

水明居跟在她身后问道："没事吗？医生。"

"没事，你们这老太太就是太娇气。"

水明居重新回到床上半躺下来，心想，这医生说得没错，他母亲就是娇气，有个头疼脑热的必须得上医院。从前高叔说母亲娇气时，他还没有当回事。现在想想，这娇气是母亲身上又一个明显的坏毛病。自从长大以后，水明居开始不断地发现着母亲身上的种种缺点。

可见，衰老的不仅仅是母亲的身体，还有她曾经的种种优点。母亲有过优点吗？此刻的他还真是一时无法给出答案。但不管怎样，小时候的他是那么的热爱自己的母亲；他相信，一个母亲应有的所有美德自己的母亲都有。何况，自己的母亲同别人的母亲又是那么的不一样。第一任丈夫在"文革"时被打成了现行反革命，后在监狱中自杀。为了三个年幼的孩子，她只好又下嫁给了高叔。这次是真的下嫁，高叔一条腿残疾，长相丑陋，家在农村。母亲唯一看重的，就是这个男人在城里有个肉联厂的正式工作。有了高叔，三兄弟的温饱也就有了着落。

那次看过《巴黎圣母院》后，水明居倒是想起了高叔。母亲不像爱丝美娜达，但高叔却和卡西莫多真有几分神似。母亲嫁给高叔虽是出于无奈，却也的确属于一种牺牲。母亲说，嫁给这么一个男人，是因为可以保证他能对自己的三个孩子好。即使今天看来，母亲的这句话也还是一句实话。母亲为他们做出的巨大牺牲，怎能不让他们感激？那时的水明居认为，自己的母亲是这个世界上最最伟大的母亲。这伟大就包含了她的命运多舛。明远刚上初中，高叔便因车祸离开了人世。

第三章

因为不幸，水明居加倍地同情着自己的母亲。因为苦难，水明居加倍地深爱着自己的母亲。然而，那个母亲显然不是此刻躺在病床上的这个母亲，那个母亲已经自动消失了。母亲之于一个孩子的动人真实意义，在他们母子之间早就不存在了。母亲谋杀了自己，留给水明居的仅是一个空洞的概念。母亲，就是一个让你必须承担义务的陌生人。血浓于水的亲情变成了冰冷的契约。

水明居关掉了灯，走廊里的灯光透射进来。朦胧之中，他有了睡意。那好像依然是周一虹带给他的睡意。想到周一虹，他的嘴角出现了一个好看的弧度。

"宝贝，你的眼睛已经睁不开了，你睡着了，一个好梦在等着你，我的宝贝……"

"快开灯！"

这是谁在说话？是周一虹吗？不，这肯定不是周一虹的语气，周一虹的话语是从云端上飘下来的。

"快开灯！明居。"

"快把灯打开！"

哦，这是一种苍老的声音，干瘪而生硬，它来自地面，来自他的身边。

水明居只好将自己从云端之上硬拖回到地面，打开灯，赤裸裸的现实，刺痛着他的眼睛和心灵。

"你想干什么？"他的口气像是在审讯。

"你爸又来了。"

"谁？"

"那个死鬼。"

"求您啦，不要装神弄鬼的好不好？"水明居有点儿气急败坏，他最看不惯母亲这种神神道道的样子啦。

年轻时的母亲只信共产党和毛主席，别的什么都不信。如今却是越老越迷信了，过去从来不屑的烧香念佛如今一项都不少，而且还来得比谁都要虔诚。

母亲咳着嗓子想吐痰，水明居将床下的痰盂端到她面前。

吐完痰，母亲叹了一口气，道："过去咱们活得那么难的时候，从没见过他的人影。现在咱们都过好了，他倒动不动就跑来啦，你说……"

水明居用被子捂住脑袋，一声不吭，随母亲自言自语去。

"滚！老东西，你可把老娘给害苦啦，还有脸来见我？"

母亲的一声大喝把水明居吓了一跳，他霍地坐起，看看周围，仿佛母亲说的那个死鬼真的出现在了病房里。

没有任何异常情况。他走到母亲床头看了一眼，就见母亲的眼睛正死死盯着天花板，嘴里还在嘟囔着什么。

水明居顺着母亲的目光望去，天花板上除了一摊雨水洇湿的发黄的痕迹之外，空空如也。水明居端详着那摊水印，看不出任何跟人有关的形状。

"求您行行好吧，妈，别再胡闹了，我明天还要上班呐。"水明居再次关掉灯，直挺挺倒在床上。

"眼见为实，你们不信，我他妈的有啥办法？"

水明居使劲打了声呼噜，想叫母亲闭嘴。

可母亲并没有闭嘴："明居呀，明天买刀纸给你爸烧烧。你们是不是挺长时间没给他烧纸啦？你爸可能没钱花啦。"

水明居仍旧一声不吭。

"明居，你听见我说的了吗？"

"嗯！"水明居扔出去的既是炸弹也是回应。

他他妈的才不会去干这种无聊的事情呐，既浪费纸张又污染空气，瞧瞧老祖宗发明的这自我安慰的玩意吧。是为了逝者，还是为了自己？压根都没搞清楚。

自打母亲的身体开始走下坡路以来，她动不动就要给父亲烧纸，这可是从前没有过的习惯。有时，她还特意让他们哥仨深更半夜跑到大马路上的十字路口去烧。水明居虽然没在口头上反对，但行动上从不积极。每次都是大哥主动去买纸和烧纸，二哥跟着动动手，他只是两手插在裤兜里旁观。

水明居不相信什么来世，也不相信什么鬼魂。他很清楚，母亲眼中的鬼魂就是她内心愧疚的真实反映。随着一天天的老去，她一定是意识到了自己当年对于丈夫所犯下的过错。年轻时不肯多想，也不愿意承认，只顾着自己眼前的活路。如今已是去日无多，自己不久也将成为鬼魂，终于要和那个冤家照面了，于是便再也心安不下了。

想到这里，水明居不觉一惊，这是不是真的意味着母亲所剩的日子已经不多了？他屏住呼吸，倾听着母亲的动静。什么动静也没有。

第三章

他试探着喊了一声:"妈?"

还是什么动静都没有。

他提高了嗓门:"妈!"并马上坐了起来。

"怎么啦?"母亲终于有了动静,声音像是从遥远的地方飘过来。

水明居长舒了一口气:"噢……你要方便一下吗?"

"不啦。"

"要喝水吗?"

"不要。"

水明居重重地躺下,但困意已不知去向。胡思乱想着,越想越清醒。最后,思绪落到了周一虹的身上,心思才算安静下来。脑子里的周一虹让他的脸上绽放出了笑容,然而,这笑容很快便消失了。他觉得自己是有些想入非非了,在不自觉地将一种普通的关系涂抹上暧昧的色彩。他警醒自己,这实在是一件有失自我身份的事情。周一虹是他的下属,同他的关系并不对等,他必须自觉避免将其变成利用和被利用的关系。这是一种他从来就接受不了的堕落关系,个中充斥着的无耻下流,会令他产生恶心的心理反应。

不要脸的男人!作为一个男人,他清楚自己的想法有时真的是很不要脸。

当然,在他和周一虹之间,一种亲密的关系也不是不可以存在,但就是千万不要牵扯到性的方面上去。他是男人,自然了解男人的弱点,他们总是喜欢通过性的纽带去同女人发展一种亲密的关系;或是以为,这种亲密的关系里根本就不可能没有性的成分。在男女关系上,男人的想象力似乎只能止步于性的禁锢,而肉体又能有多少的想象力?

水明居希望解放自己的想象力,而真要做到这点,他就必须超越男人性的宿命。周一虹所给予他的,或许正是一种不可多得的男女关系体验。明智一点儿的做法应该就是珍惜吧。珍惜是最好的享受。

友谊地久天长!

周一虹的身影渐渐远去,他站在阳光之下,含蓄地凝望着那吞没了她的地平线。

水明居转过身来,阳光仍在眼前,但却非常的刺眼,这已不是梦中的阳光,他看见庞叔提着饭盒正朝他走过来。

几点啦?他急忙看表,已过八点。

赶紧起床，草草叠完被子，和庞叔打了个招呼，水明居便匆匆离去。

找到自己的车，发现老四正在他的车门旁像盏路灯似的站着，水明居不免感到奇怪："你怎么这么早就过来啦？"

"三哥，我是来找你的。"说着，递给他一支香烟。

水明居的面孔立刻板了起来，老四找他从来就没什么好事。

老四掏出打火机，替他把烟点着。

水明居抽了一口，道："什么事？不是要还钱吧？"

老四咧了咧嘴，干笑两声："不是还钱，倒是借钱……"

"没有。"水明居回答得十分干脆。

"就两万。"

"两千也没有。"

"你……"老四的黑脸顿时变成了红脸。

望着他的脸，水明居突然想笑，他想到了包公和关公。

"去贷款吧，房子、汽车都可以抵押。"

"汽车让我卖啦。"

"怎么卖啦？"

"跑运输不赚钱，还累得要死。"

"那你说说干什么不累？"

"我想跑出租。"

水明居冷笑道："没几天你又会觉得跑出租也累得要死的。活着就是受累，怕累就不要活啦，你以为我不累得要死吗？"

"不借就算啦，费那么多的话干吗呀？"老四扭头便走。

"要不要我捎你一程？"

老四没理他，低着头，只顾气呼呼地往前走。

车子开出医院大门时，水明居撵上了老四。老四的背影显得极其单薄，弯曲得像只虾米，头发也落了不少，顶部都泛起了光。水明居的心里不禁一阵酸楚。他是家中最小的，看上去却最显苍老。

"上来吧。"

老四还是不理他，兀自走着。

水明居的车子缓缓追上去："我借给你钱，快上来吧。"

老四紧绷的面孔松弛下来，脚步也随之慢了下来，他瞥一眼车门，矜持着拉开,坐了进去。

"把你的账号发到我手机上,我让你嫂子尽快给你打过去。"

"最好别让我嫂子知道这事吧。"

"钱都在她手里管着,不让她知道那怎么可能?"

老四挠了挠头。

"你就别小人之心啦,你嫂子对你们可一向都是慷慨大方的。你要是直接找她去借,她不但不会说个不字,还会满脸堆笑呐。"

"真的?那下次我就直接找她借去。"

"你还下次呐?有完没完?我告诉你,下次不把所有的钱连本带息一齐还清的话,就别想再开口借钱啦。"

"亲兄弟之间还要利息呀?"

"亲兄弟又怎么啦?不是亲兄弟我还不借给你钱呐。这就是借钱的规则,好借好还,再借不难。支付利息是借钱人的义务,这样也是对借钱人的一种督促,否则有钱还不想还呐。算算看,上次那十万块钱借了多长时间啦?利息该有多少啦?"

"你这么会算计,还是你算吧,我算不清楚。"

"这不叫算计,这叫道理,懂吧?"

老四没吱声。

水明居扭头瞅了他一眼,又问了一遍:"懂吧?"

"懂。"尾音拖得老长。

"真懂就好,千万别装懂。懂做人的道理,也就没有过不好的日子啦。在矿上上班,你嫌离家远。跑运输,你又嫌太累。等开上了出租,又会是什么结果?你想……"

"停车,我要在这里下。"

水明居赶紧踩刹车,靠边停下。他回头瞪了一眼老四,道:"怎么?又嫌我啰嗦啦,是不是?"

"不是,我要在这里见个朋友。"

"这是哪里?"水明居朝窗外望了一眼。

"我下啦。"

"等等,"水明居又打量了一眼弟弟,"没洗脸啊?"

"洗了。"

"头发怎么也不好好梳梳？"

"梳过了。"说着，又下意识地用两手拢了拢头发。

"注意一下形象，别整天把自己弄得跟个民工似的。"

"咳，干的就是民工的活，还能有什么好形象呀？你是理解不了的啊……"老四带着哭腔下了车。

水明居摇摇头，照照后视镜，发现自己才真是蓬头垢面的呐。

忽然，他想起了什么，急忙解开安全带，将头伸出副驾驶那边的窗外，看看老四究竟是要往哪里去。

老四径直走向路边的一个茶楼，边走边摆弄着手机。

这时，水明居的手机响了一下，是老四的短信。摁开一看，是商业银行的账号。水明居又摇了摇头。他想，在把钱打给这家伙之前，自己先得和四弟媳说上一声。水明居突然开始担心，四弟现在是不是有些不务正业啦。

来到公司，他先去顶楼的盥洗间洗漱了一下。顶楼是展览室，记录着明居公司从诞生到壮大的历史足迹，那里平时没有什么人。

洗漱完毕，水明居就准备给四弟媳马劳燕打个电话。刚要抓起话筒，铃声突然响了起来。

是妻子阴沉的声音："你昨天夜里咋没回来？"

"唔……"水明居一时没反应过来，"我……我在医院里。"

"你怎么啦？"

"我没怎么，我妈不是住院了嘛。"

"什么问题？"

"她一直不就是那些问题嘛。"

"噢……今天夜里还不回来吗？"

"回，今天夜里该轮到老四啦。"

"噢……"

"没事了吧？"

"再见。"

"嗯。"撂下电话，水明居觉得哪里有点儿不大对劲，妻子今天怎么怪怪的。以前就是一个星期不回去，她也不会想到要找他的。

水明居坐在那里回忆了一遍昨天两人之间的争吵，心想，吵架真伤感情，以后尽可能不要再吵架了吧。

第三章

他拨通了马劳燕的手机，一阵刺耳的摇滚乐彩铃，逼得他让听筒离开了自己的耳朵，接着就是一阵稀里哗啦的麻将声，然后是马劳燕一声沙哑的"喂？"

"我是三哥。"

"你好呀，三哥，有事吗？"

"明远找我借两万块钱的事你知道吗？"

"噢……知道啊，怎么……"

"他要用这钱干吗呀？"

"他想买辆小车开出租。"

"噢，我知道了，不是拿去赌博就好。"

"哪会呢？你还不了解你四弟？他就不是那种不正干的男人。"

水明居在心里冷笑了一声，心想这两口子一直倒是挺会互相理解的。

"你这是在干吗呢？"

"呵呵，打麻将呐。"

"不上班啊？"

"不干啦。"

"怎么又不干啦？"

"吃一个……啊，跟顾客吵了一架，所以不想干啦，不伺候那帮王八蛋啦。"

"胡啦！"听筒里传出有人将麻将用力推倒的声音。

水明居听见马劳燕无比懊悔地"哎哟！"了一声。

"好吧，不耽误你啦，挂啦。"不等对方说话，水明居便把话筒搁了。

真是不可救药啊，水明居无可奈何地直摇头。只要是同四弟这两口子打交道，他的头就得不停地摇。多么般配的两口子啊，干一行厌一行，护士、出纳、文秘、美容、收银员……马劳燕干过的行当真可谓数不胜数，最长的就是护士，干了有两年吧，其余的都得论天计算。好像这收银员干得也算长的吧，有一个月？

当初四弟死活看不上马劳燕，嫌人家长得太胖。但是母亲偏偏看中这姑娘有一份体面的正式工作，软磨硬泡着逼四弟同意。四弟自己曾往家里带过两个女朋友，脸蛋都不错，就因为是临时工，所以母亲不给人家好脸看。这回有人介绍了一个卫校毕业在医院上班的护士，可让母亲如获至宝啦，凭借着她的三寸不烂之舌，恩威并施，终于迫使四弟点了头。

可是结婚没多久，马劳燕便因和病人吵架挨了领导的批评，一气之下甩手不干啦，自动扔掉了母亲那么看重的好工作。从此，马劳燕就正式成为了一名社会临时工。紧接着，四弟因长期旷工被单位除了名，也跟随妻子加入了社会临时工的队伍。

痛心疾首的母亲一下子病倒在了床上，但依然带病坚持天天大骂这两个不争气的败家玩意。母亲当年就因为主动扔了正式工作，所以才一辈子挺不起来腰杆做人，一路走得跌跌撞撞又战战兢兢的。她一直坚信，要是自己过去不丢掉那份国家正式工作，她的历史肯定会让人人都羡慕的。她曾无数次地跟四个儿子讲起过自己这令其懊悔终生的惨痛教训，目的就是为了让他们都别再重蹈自己的人生覆辙，可是到头来呐……到头来，母亲的一腔怒火还没等见到那两个不孝之子喷射出去，便已自行熄灭，化作几缕袅袅炊烟般的叹息了。

很快，大哥和二哥先后前来禀报，他们的国营工厂均已宣布破产，每人分得两千块钱安置费自谋生路。不，二哥的食品厂比大哥的磷肥厂效益更差，他只分到了一千五的散伙钱。母亲终于没脾气啦，这可不是因为跟领导赌气，也不是因为偷懒啊，是铁饭碗本身生生地就碎了呀。并且，那时候的水明居基本上也是处在失业的状态，正苦心谋划着东山再起的机缘。

这下子，母亲完全看不明白了，历史的脚步忽然没有了方向。她再也不必为当年失去的那个正式工作而悔恨不已了，她的宝贵人生经验轰然间就失了效，剩下的只有不安、迷惘和恐惧。她担心，这四个儿子的人生很可能比过去的自己还要不如哩。

然而，这一次她又错了。老大去郊区承包了一片鱼塘，日子很快就走上了正轨。老二做起了传销，迅速有了老板的派头。老三不愧学历高，最有气魄，把自己的单位给接管了，当上了总经理。就是老四差点儿，东游西逛地给别人打了两年零工，但最后也买车跑起了运输，成了个体户。总之，他们个个日子过得都比从前富多了，但也比从前忙多了。想见他们已经没那么容易啦，不过也罢，只要这帮不孝之子自己过得好就行。老娘祝福他们！

"只要你过得比我好，过得比我好，什么事都难不倒，所有快乐在你身边围绕……"母亲那段时间动不动就哼哼这首歌。

水明居还以为这是在回味恋爱时光的母亲唱给庞叔的，哪知道她这是唱给自己那四个冤家儿子的。母亲眼睁睁看着四个儿子都有钱了，可却不见他们多给自己几个，甚至连面都很少给见了，这让她老人家很是不悦。不悦又不好说，只好咬牙切齿地不停唱"只要你过得比我好，过得比我好，什么时候都没烦恼，一直到老……"

时间长了，水明居渐渐就听出了母亲的弦外之音、曲外之调，于是就给了她五百块钱。母亲说着"不要不要……"，手却迫不及待地伸了过去。

此后，只要一听到母亲唱"只要你过得比我好，过得比我好，什么事都难不倒，所有快乐在你身边围绕……"，水明居就明白自己又该给点儿钱了。

水明居不大明白母亲要钱干什么，钱好像就是她眼下生活里唯一有意义的东西。因为钱，她跟庞叔和庞叔子女的关系弄得一直很紧张。因为钱，她跟自己四个儿子的关系现在变得也没有过去那么亲近了。

每想到母亲跟庞叔算账的样子，水明居便不禁会想到老四找自己借钱时的那副嘴脸，这母子两人确实很相像。包括老四身上那自私、懒惰、任性的几多毛病，现在想想，也都能让他联想到母亲的一些影子来。

四个儿子当中，母亲对老四是明显有些偏爱的。他平时给母亲的钱最少，母亲非但不计较，偶尔在他哭穷的时候，还会偷偷塞给他几个。只是，水明居一直没怎么弄明白，老四和母亲之间的这种相像，到底是属于母亲偏爱老四的结果呢？还是属于母亲偏爱老四的原因呢？

第四章

　　下班的时间到了，大楼里的人陆续散去，只剩下水明居一个人。他打算浏览一下案头当天的报纸，刚抽出其中的一份《南淮晨报》，又蓦地想起楚文丹早上的电话。

　　犹豫着看完两行，水明居便扔下了报纸。眼花得厉害，每个字都对不准焦距。水明居决定回家，同时想着要尽快给自己配副老花镜。眼睛也开始衰老了，先是头发，后是眼睛，下一个又该轮到什么了呢？耳朵？衰老的速度太快啦，时不我待啊。想到老无所用的那一天，水明居除去恐惧，更多的是焦虑。他要和衰老赛跑，和时间赛跑。时间是兔子，自己是乌龟，可悲摧的是这只兔子永远不会犯骄傲自大的混。所以，他就永远别想有赶超它的奢望。事实上，那根本就称不上是赛跑，那只是无望的自我挣扎啊。

　　活着就是一场孤独的挣扎。尤其是在想到妻子的时候，这挣扎的孤独感便愈发的强烈。妻子始终陪伴着的不是他，而是他的孤独，看到了这个女人，也就看到了自己的孤独。此后的漫长岁月里，家中就只有他们两个面面相对了，那孤独的阴影也将更加的巨大了。那么，彼此的关系是不是也应就此重新调整一下呢？对于这把年纪的他们来说，爱与不爱已经不那么重要，重要的是他们对于彼此的依赖。依赖什么？他也说不清楚。

　　很遗憾，二十几年的婚姻生活并没有教会水明居如何去爱，而仅仅是教会了他如何去适应，去习惯生活本身为他、也为别人所做的那些既定安排。也许生活本身就是无聊的吧，所以他觉得反抗也是无聊的。不是没有想过离婚，昨天夜间在病房里翻来覆去睡不着的时候，他的脑海里还闪现过离婚的念头呐。

　　水晶已经长大，他们二人的决裂对她应该构不成什么伤害了。她永远不再可能像年幼的时候那样需要他们，那时的她对于他们的婚姻真可谓一种绑架；只要一想到她，他的良心便根本不会允许自己扬长而去。他可以不为

第四章

妻子负责，但却无法做到不为孩子负责。那么眼下，随着这种绑架关系的解除，是否也就意味着他拥有了离婚的自由呢？也许吧。但放眼望去，水明居却依旧看不见离婚后的自由生活在哪里。他以为，既然生活本身就是无聊的，那么离婚同样也只能是无聊的。且在无聊中挣扎吧。

固然，结婚也是无聊的。可结婚是在他水明居无知的时刻开始的，那是注定的无以规避。而今他早已不惑，如果在离婚之后还去染指婚姻，那就是不可饶恕的犯罪啦。因此，水明居能够自我肯定的是，他绝不会为了一个新的婚姻而丢弃一个旧的婚姻。对了，还有一个一直令水明居倍感纠结的理由，那便是离婚之于楚文丹可能造成的伤害。他曾认真地想过，离婚不会给自己带来什么有害的影响，但对楚文丹可就不一定了。她对于他们这个婚姻的依赖要远远超过了他，不只是她如此，所有的女人也都是如此。在时间的面前，女人似乎更是弱者。

水明居宁愿忍受和妻子之间的争吵，也忍受不了由于离婚带给她的伤害。那是他心爱女儿的母亲，他怎么可能会这样伤害她呢？那不就等同于对他们共同女儿的伤害吗？纵然是他不再爱妻子了，但他们共同的孩子他还是要永远爱下去的啊。

孩子，孩子，你的的确确就是婚姻永远的绑票啊。

走到单元门前，正好有个快递员把门叫开了，水明居便跟着走了进去。感觉到后面有人，他回头看了一眼，又有两个快递员抱着纸箱冲了进来。他停了一下，让他们走到前面去。这时，水明居发现自家的门开了，三个快递小伙子都在他家的门口站着，正等着楚文丹挨个给他们签字。

水明居盯着这三个年轻人的脸审视了一会儿，直到他们拿上单子先后离去，他才进了屋。屋里竟然堆放着大大小小十多个纸箱子，大多都还没来得及拆开。

"你这是要干什么啊？"

"你怎么这么早回来啦？我去做饭。"楚文丹没有回答他的发问，径直去了厨房。

女儿房间的门开着，水明居走进去张望了一下，几乎没有任何变化，所有的东西都摆放得整整齐齐。书桌上的电脑开着，显示的是一家购物商城的网页。床上那两个巨大的毛绒玩具熊正虎视眈眈地瞪着他，瞪得他心里一阵发慌。整个屋子仿佛就是属于这两个家伙的了，他的到来引起了它们的不满。

水明居知趣地退了出去，带上房门，然后转身进衣帽间去换衣服。

换完衣服，水明居半躺在沙发上打开了电视。一百多个频道依次轮换一遍之后，没找到什么可看的，他便关掉电视，去卫生间洗澡。每次从医院出来，他都要彻底清洗一下自己。他不喜欢医院里的味道，有一股腐烂和死亡的气息。他宁可去殡仪馆，也不愿去医院。不论医生救死扶伤的职业有多么伟大，他就是不喜欢。他可以想象自己是一个屠夫或是一个守墓人，但就是无法想象自己成了一名医生。尸体比病体更容易为他所接受。

每次去医院看护母亲，水明居都要进行一次灵魂上的挣扎。为此，他对母亲颇有怨言，母亲太过于依赖医院了，一有个头疼脑热的，便要想到药物和医院。她从来就不会用脑子去思考一下，药物和医院送给她的是真正的健康吗？那只不过是对疾病的一种暂时性欺骗，终究回避不了疾病变本加厉的报复。他曾在一本中医书籍上读到过这样一句话："没有真正的健康，只有真正的疾病，所谓健康就是让我们的疾病保持着健康。"这句话让他琢磨了好久，并最终改变了他对于疾病的固有认识。疾病是不可征服的，我们应该学会同它好好对话，让它保持着健康。就像周一虹说的那样：关心它，多和它交流交流。健康的疾病不会消灭身体和生命，因为身体和生命恰恰是它所存在的唯一基础。

"饭好啦。"楚文丹隔着门冲他喊了一声。

"唔。"水明居应道。觉得自己的声音显得有点儿冷淡，他关掉换气扇，又放大嗓门补充了一句："好的！"

穿好浴衣，走出卫生间，水明居见饭菜都在餐桌上摆好了。他正东张西望寻找着妻子的身影时，脚下的一个纸箱差点将他绊倒。唉，整个客厅被这些纸箱子弄成了迷宫。

手机响了，那铃声来自他的手机。他本能地去衣帽间找自己的裤子，但是手机却不在裤兜里。茶几上也没有，沙发上也没有，鞋柜上也没有。奇怪啦，水明居一边回忆着自己可能放置手机的地方，一边试图判断出铃声传来的方向。可是，铃声没有这么久的耐心。

铃声停息的当口，楚文丹从女儿的房间里走了出来。

"你看见我的手机没有？"水明居问道。

妻子愣了一下，转身进了卧室；出来时，手里握着的正是他的手机。

第四章

"你拿我手机干什么？"水明居狐疑的目光上下扫描着妻子。

"谁拿你手机啦？"

"那你怎么知道它在哪里？"

"我碰巧看见的呀。"

水明居半信半疑地望着妻子，开始回想：进家后我去过卧室吗？

没接上的来电是段老大的，水明居不知道他找自己有什么事情，也不想知道。反正他在这个节骨眼上找他是不可能会有什么好事情的，再说啦，他找他又有过什么好事情吗？

吃饭！

只有一个菜，白菜、萝卜、粉条、五花肉一锅炖。

水明居吃米饭，楚文丹吃馒头。

女儿在的时候，楚文丹做菜可从来没这么不讲究过。水明居的心里虽然不大高兴，却也不想说啥。他又不是不知道，自己在妻子心目中的分量一直就没法和女儿相提并论。妻子在自己心目中的分量呐，也还不是一样？中国的夫妻关系都是为子女而存在着的，结婚俨然就是为了完成繁衍后代的目的。婚姻还有什么更高的意义吗？在婚礼上宣誓的那一刻他坚信是有的，但在有了孩子之后他就不知道了。

搁在早些时候，这样的菜肯定是要遭水明居大发雷霆的，他最痛恨人们在吃上凑合了。民以食为天，食不厌精，在吃饭上花再大的工夫，水明居认为也是值得的。因为吃饭，他曾和楚文丹磨过不少嘴皮子。但是后来随着自己的发迹，水明居越来越少地在家里吃饭了，想吃什么饭店都能满足他，于是也就免去了再为此同楚文丹斗气的机会。

吃完第一碗米饭，水明居觉得胃里尚有空间，但桌上的菜已经让他没有兴趣再盛第二碗了。他离开餐桌，拿起茶几上的手机，对楚文丹说："我把老四的账号发给你，你用网银给他转两万块钱过去。"

"行。"楚文丹开始收拾桌上的残局。

水明居瞅瞅她，发现她没有刨根问底的意思，便道："那十万一直赖着不还，这又要借两万，脸皮厚得让你拿他一点儿办法都没有。"

"老四什么时候借过咱们十万块钱啊？"

"不也是我让你给他打去的吗？都好多年前的事啦。"

"哦，你不说我都忘得一干二净啦。"楚文丹捧着碗筷去了厨房。

"瞧你这记性，还不知道白给了人家多少冤枉钱呐。"

"有你记着不就行啦。"

"我知道的能记着，不知道的上哪儿去记？"

"你这话是什么意思？"楚文丹停下了手上的盥洗动作，关掉水龙头。

水明居立刻意识到她这是误会了，便说："我没别的意思，钱借出去的时候至少要做个记录，最好是打个借条。"

"钱是借给你弟弟的，要打借条也得你自己跟他去说，我哪开得了这个口呀？"

水明居摇摇头："这次就算啦，以后无论谁来借钱都得打借条，而且一定要把还款期限和利息写清楚。"

楚文丹斜了他一眼，撇撇嘴。

水明居拿上烟盒和打火机去了阳台，推开纱窗，趴在窗台上，将头探了出去。

楚文丹的两个哥哥也都找他们借过钱，一个是因为做生意，一个是因为孩子结婚，一个借了八万，一个借了五万，但之后谁都不再提还钱的事。不提也就罢了，水明居没去计较。而且他已经注意到，这哥俩自打借过他们的钱后，便跟他们走动得不像从前那样勤了。水明居以为他们这是碍于还钱的心理压力，所以见到他们尽量免提和钱有关的话题。可令他没想到的是，两年后这哥俩又一前一后地来借钱了，就像商量好了似的，都要借二十万，而且也都是要买房。

水明居不痛快了，想都没想，便一口回绝。这也太不讲道理了吧，有这样借钱的吗？明摆着就是不尊重人嘛！欠债的还真成了这个时代的大爷啦？债主都只能当孙子？休想！借钱买房？买完房又想借钱买车买飞机呐！这次借二十万，下次就该借四十万啦！

水明居一番慷慨激昂的数落让楚文丹那本来就挺迷惘的目光更加迷惘了，一时间她也没了主意。虽然觉得丈夫说的有些不近人情，却也不是没有一点儿道理。可是，不借又怎么能向两个哥哥交代得了呢？别说亲哥哥了，就算是陌生人向她借钱，她都不好意思拒绝。人家好不容易张口了，自己怎么就能忍心不顾这个面子呢？

水明居说她最大的弱点就是不会拒绝，可这拒绝也是学不会的呀。

最后，怀着万分矛盾不安的心情，楚文丹背着丈夫折中性地给两个哥哥

第四章

打了个五折,一人借了十万。不过她心里也清楚得很,水明居要是知道了这件事,肯定是要大为光火的。结婚后,水明居一再对她强调,家务方面的事情一定不要互相隐瞒,特别是用钱方面的事情。他最看不惯中国夫妻那种偷攒私房钱的恶习啦,他母亲就一直好搞这种偷偷摸摸的做派,让他很是看不起。

水明居之所以要这样告诫楚文丹,就是因为她曾在无意之中向自己透露过,她的母亲在婚前就对她传授过积攒私房钱的诀窍以及重要性。水明居恨透了中国这种历史遗留下来的貌合神离的夫妻关系,从一开始就要彼此提防,彼此欺骗,连起码的信任都不给予,那还有什么走到一起的必要呢?既然成了夫妻,组建了自己的家庭,那就不要再一心牵挂着各自的父母和兄弟姐妹了。我们首先要全心全意想着的是自己的家庭,这个家庭才是我们的第一责任。

水明居发觉婚后的楚文丹根本就没有清晰地认识到自己的这种角色转型,动不动还老惦记着自己的父母。家里有什么好东西,首先想到的不是给自己享用给丈夫享用,而是给她自己的父母享用,甚至还会想到给她的两个哥哥享用。即便在他们有了孩子之后,楚文丹也没能想到要把孩子的需要排在自己父母和兄长们的前面。

为此,水明居只好不厌其烦地对楚文丹进行全新的情感启蒙,要她懂得自我的意义,要她懂得自我是一切价值的基础。然而,启蒙的结果总是激烈争吵导致的数日冷战。楚文丹鄙视他的自私,他憎恶楚文丹的无知,两人在这个问题上各执己见,谁也说服不了谁。直到这一次楚文丹偷偷打折将钱借给两个哥哥之后,她才慢慢意识到了水明居所说的"自我"也许还是很有些道理的:一个没有自我的人要么极度自私,要么极度慷慨;这自私令人厌恶,而这慷慨又是注定要遭人愚弄的啊。

此事瞒着丈夫本来就让楚文丹扛上了一副心理担子,可两位兄长却并不领情,先是抱怨了一番妹夫的铁公鸡德行,继而便开始痛说妹妹的无能,甚至还有点儿怀疑她不过是在拿老公当幌子,真正不想借钱给他们的实际上就是她本人。

小妹呀,俗话说得没错,人一有钱就容易忘本啊。

丹丹呀,哥送你一句话,亲情永远比金钱重要!

楚文丹傻了,看来她没有自我的慷慨这回是真的中招啦。

或许是知道了以后再借钱已经基本无望，两个哥哥就此中断了跟妹妹的往来。楚文丹主动给他们打电话，他们除了"有事吗？"便再也没有任何话可说。不久，他们的父母在同一年里相继去世，楚文丹因此和两个哥哥碰过两次面，之后多年再没有了彼此的音讯。当然，借出去的那些钱也一样没有了音讯。

终于有一天，满腹委屈和怨恨的楚文丹身不由己地向水明居袒露了这个在自己心底积压多年的秘密。

水明居听了非常生气，但看到对方满脸愧疚的表情，便一声冷笑了之。什么叫不见棺材不落泪呢？稍稍有点儿脑子的话还用等到这一刻吗？好在那点儿钱对于他来说算不了什么，关键的是要让楚文丹彻底明白自己是对的。这不叫自私，这叫智慧，智慧有时是无情的，但别忘了智慧本身就是爱。

智慧让水明居继续信任着楚文丹，继续将挣得越来越多的钱都毫无保留地交到楚文丹的手里，并依然毫不过问家里的财务账目。他光明磊落的行为最终让楚文丹重新理解了"自私"的含义，最重要的一点是，她总算明白了，自私是无所谓的，慷慨也是无所谓的，而自我才是有所谓的。只是，楚文丹暂时还弄不大明白，这个自我到底都包含了哪些具体的内容。

旁边一家的电视音量开得总是极大，像是在窗前放了个喇叭，水明居从阳台侧面望过去，可以清清楚楚地看见那家客厅里的情景。那是一对老夫妇，陪伴他们的是一个壮年男保姆。老爷子半身不遂，常年坐轮椅，进出都由那个男保姆负责。老太太的身体看上去还凑合，水明居曾见过她步履蹒跚地去菜市场买菜，估计在家里做饭的也是她。

此刻三个人都在看电视，老太太和男保姆一左一右坐在沙发上，老爷子坐在轮椅里，位于中间，和电视离得很近。看来老爷子不光耳朵不好，眼神也不好。

这对老人差不多是和水明居一家同时入住这里的，当时的老爷子走路只是像只企鹅似的夯巴着挪动步子，还无须坐轮椅，所以也没雇这个男保姆。水明居不知道他们到底有没有孩子，反正他是从来没看见过。他也从未跟他们搭过讪，对他们一点儿不了解。

忽然，男保姆起身将老爷子抱了起来，然后腾出另一只手解开他的裤子，老太太将尿盆递了上去。

水明居的目光立即从那瘦窄黯淡的屁股上收了回来，仿佛是见着了什么

第四章

不祥之物。他掐灭烟头，扔进花盆。看着花盆里的烟蒂，耳畔随即响起楚文丹的抱怨，但是他已经不在乎了。衰老的阴云正笼罩在他的心头，那是比死亡还令他感到厌恶的东西。他相信自己终会死去，但却不愿相信自己会这样老去。他一定不会老成这种半死不活的样子。他要体面地走向死亡，要体面地走向死亡，就得提早为死亡支付利息，重要的是为身体支付利息。这些没有头脑的人们根本不懂得这些，他们透支完了自己的身体，剩下的生命也就只能是死亡空洞的狞笑了。他们只是在表面上活着，内里的他们已经死去。所谓的生不如死，其实指的就应该是这种状态吧。

水明居不禁又想到了母亲，母亲让他的忧郁变得更加的无边了。这些生活的背叛者啊，我可怜你们，更憎恨你们，因为你们出卖了生命。

一阵凉意袭上身来，水明居看看那一扇扇黑暗的窗口，意识到时间已经不早。他关上窗子，回到屋内。

楚文丹又在水晶的房间里上网，他凑到门口瞥了一眼，发现她浏览的还是购物商城的网页。

水明居咳了一嗓子，望着一地的纸箱，道："你能不能把这些处理完了再网购啊？"

楚文丹回头看看他，看看地上的货物，没有吭声。

水明居坐到沙发上，想打开脚边的一个纸箱，发现胶带缠了好多道，不借助工具根本没法打开。可手头也没有任何利器，他只好用打火机去烧，一股焦糊味顿时弥漫开来。

焦糊味惊动了楚文丹。

"这是什么味道？"楚文丹跑到客厅查探究竟，看见丈夫的作为，她赶紧冲上前去，抢下自己的货物："你可真够懒的，就不能去厨房拿把剪刀呀？"

"里面是什么东西？"水明居问。

楚文丹看了看纸箱上贴的标示，说："可能是碗吧？"

"碗？你买碗干什么？"

"便宜啊，打五折。"

"买的是需要，不是便宜。不需要的东西，买得再便宜都是浪费，你懂吧？"

"不懂。"

水明居瞪了一眼妻子，强忍着没有发作。他不是已经想好了嘛，以后尽量不再同她吵架了。

楚文丹拿来剪刀将这个纸箱打开，掏出的竟是一捆晾衣架。

"这个也打五折？"

楚文丹撇着嘴道："这个更便宜，是我用返券买的，都合不到五折呐。"

"这个咱家也需要？"

"备用也是需要啊。"

水明居在心里狠狠骂了一句，心想，这个女人开始无聊啦。女儿一走，她整个就空虚了，空虚得需要靠疯狂购买这些没用的货物来填补。这样下去，用不了多久这个家就该被她塞满啦。

"以后还是不要这么浪费钱吧，钱不是那么容易挣的。"水明居尽量平静地说了一句后，走向卧室准备休息。

"我去挣，挣不了大钱，还挣不来小钱？"楚文丹在他身后还了一句。

水明居倒在黑暗之中的床上，嘴角扭曲着冷酷的笑意。他真希望让这个女人体验一下穷困潦倒的滋味，好叫他看到她那因渴望金钱而熊熊燃烧起来的眼神。不过，想到这里，妻子的眼睛就变成了母亲的眼睛。

唉，只能说相比于他的母亲，这个女人的运气好得实在太多。这个时候的水明居也不得不承认运气了，过去母亲在他面前抱怨自己这一辈子运气不好时，他总是要激烈地反驳她，认为她这是在找借口，就是不敢面对自己的过错。

楚文丹走了进来，紧贴着床边躺下。

可能是因为还有话想说，所以水明居迟迟难以入睡。他翻了个身，背对着妻子，说道："我还是要提醒你，小心那些快递员，最近报道快递员入室抢劫杀人的新闻可多了去啦。"

楚文丹"哼"了一声，没有说啥。

"有个二十多岁的女孩在家中被一个快递员强奸后杀死，并进行了肢解……"

"别编啦，真变态！"楚文丹打断了他的话。

"你不信？"

"我不信，我可没你那么阴暗的心理。"

"那你去网上搜搜看吧，两个关键词：快递、抢劫。"

楚文丹没有回应，寂静盘踞了下来。水明居好像听见有微弱的呼救声自

第四章

很远很远的地方狂奔而来,他平躺下身子,让另一只耳朵也加入了对这声音的追捕。然而,这声音若有若无,似在窗外,又似在屋内。水明居追着追着,就追到了楚文丹的身上,似乎就是她的呼吸。水明居凝神听了一会儿,那呼吸声竟然又跑到了窗外。

水明居没了兴趣,也没了力气,昏昏然向梦的纵深处溜去。

没走多远,水明居就遭遇了抢劫。一名年轻的快递员手持尖刀正在和楚文丹说着什么,惊恐万状的楚文丹挣扎着转身要逃。快递员恼羞成怒,举起尖刀朝楚文丹的颈部刺去。

"不!"无法行动的水明居使出浑身的力量咆哮着,终于从梦里挣脱出来。

他睁开双眼,试图同这个噩梦来个正式的告别,好接着安心睡去。但是,眼前一个披头散发的模糊轮廓让他吃了一惊,不等定睛细瞧,他便霍地坐将起来。

"你这是干什么呀?深更半夜的。"水明居捂了捂怦怦跳动的心脏。

楚文丹还是一动不动,望着半掩的窗户。

水明居用指尖碰了碰她的后背:"你怎么啦?"

楚文丹回了一下头,道:"我睡不着。"

水明居不知说什么好,以往只有他才是睡不着的一个,她从来都是倒头即着的,而且还常常打呼,仿佛故意气他似的。如今,她竟也有失眠一说啦。水明居觉得挺新鲜,睡意顿时全无,他往床头靠了靠,继续打量着妻子朦胧的背影。

楚文丹回头看了一眼,见他没睡,便道:"不早啦,睡吧。"说着,自己也躺了下来。

"你是不是有什么心事?"水明居问。

楚文丹迟疑片刻,道:"我能不能去你公司上班?"

水明居一时间没有反应过来,愣了一下才说:"你什么意思?"

"我想找点儿事干干。"

水明居明白了,女儿一走,她便在家里空虚得实在受不了啦。有个事做做也好,省了她再胡乱网购,既浪费钱财又招惹风险。不过嘛,去他的公司可不大合适。他一直就拒绝任何亲属关系渗入他的公司。

"找点儿事干倒是挺好,但你到我公司能干什么呢?"

"我去给你们卖房吧。"

"你知道我们需要的销售人员都是什么标准吗?"

"什么标准?"

"女性,25岁以下,身高一米七〇以上,学历本科以上,相貌就不必说啦。"

"你们这是选美还是销售呀?"

"美跟销售息息相关,我们做过精确的统计,美貌至少能够提高百分之二十五的销售量。"

"你们可真够无聊的,搞得跟色情服务业似的,难道去买房的都是男人不成?"

"当然也有女人,但我们同样有男性销售人员接待她们呀。"

"那又是什么标准?"

"30岁以下,身高一米八〇以上,学历本科以上,相貌英俊。"

"哼,有这条件还用去给你们卖房?"

"咋的?你还瞧不起卖房啊?"

"瞧不起。"

"那你怎么还想去卖房?"

"就因为我不值钱呀,年龄25岁以上,身高一米七〇以下,学历本科以下,至于相貌,人老珠黄。"

水明居冷笑两声:"你瞧不起,有的是人瞧得起,还有博士来应聘的呐。"

"男的女的?"

"男女都有。"

"学啥专业的?"

"男的好像是学什么天文的,女的是学历史的。"

"你们要了吗?"

"没要。"

"为啥?"

"长得都不够好。"

"哼,真不明白,读了那么多年的书,最后要去卖房子,不知他们是傻啦还是疯啦?"

"他们不傻也不疯,他们的理智非常健全,因为他们明白,给我卖套别

第四章

墅,差不多就可以为他们自己赚回一套房子……"水明居用一串轻咳替代了没有说完的那句话,"他们哪像你,对金钱一点儿概念都没有,真正傻的是你呀。"

"你也可以把他们要了,给你充充门面嘛。"

"我不需要这样的门面,我要的是业绩。再说啦,中国这个年头的博士学位有啥价值啊?有钱有权就能捞个博士帽戴戴,一个虚假的标签而已。据说,汇鑫公司的段老大就有一个什么大学的博士学位。"

"我就不信,给你一个博士学位你会不要?"

"我还真就不要!"水明居梗着脖子,用力一甩手,在想象中将一顶博士帽摔在地上。

"哼,你也要不到!"

"谁说的?!这年头有钱啥买不到?"

"不管怎么说,我还挺希望晶晶能读个博士回来呐。"

"你这纯粹是虚荣心理在作怪。"

"你才虚荣呐。"

两个人一时都不再说话,隔壁忽然传来一声模糊的怪叫,紧接着又是一阵剧烈的咳嗽。

水明居想到了那两个耄耋之人,他问妻子:"你熟悉隔壁那对老夫妻吗?"

"不熟悉。"

"他们好像没有孩子吧。"

楚文丹没接他的话茬,显然对这个话题不感兴趣。

窗户泛起了灰色,天似乎就要亮了。水明居和妻子之间好久没进行过这么长时间的谈话啦,尽管这谈话并不令他感到愉快。水明居从床头出溜下去,他已经有了困意。

"你到底让不让我去你公司上班啊?"

"不行。"水明居有气无力地说。

"为啥不行?"

"没你的位置。"

"那你给我想办法。"

"我没办法……"水明居的声音愈来愈小,渐渐沉入梦乡。

"哼，我这可不是求你啊，上哪儿找不到事干，大不了我去摆地摊……"楚文丹咕哝了一阵，见对方不再有任何动静，她也感觉累了，打了个哈欠，闭上眼睛睡了。

睁开眼睛时，外面的强光刺得她一阵头晕，她挣扎着起身拉上窗帘，然后又不由自主地倒在了床上。左手朝旁边摸了摸，水明居已经不在。她翻了个身，趴在床中央继续沉睡。

自然醒来时，她从枕旁摸到手机看了眼时间，都快十点啦。房间里安静得让她害怕。去卫生间的时候，她故意让拖鞋在地板上弄出挺大的声响。

从卫生间出来，她去客厅看了看，好像是想看看水明居还在不在。站在客厅里发了会儿呆，她又回到床上，拿起手机拨通了丈夫办公室的电话。电话一直没人接听，她又拨通了他的手机，响到最后还是没人接。

她喘了口粗气，接着给女儿发了个短信：你在干吗？

等了半天，女儿没有任何反应。她打开网页，输入"快递"和"抢劫"两个词条开始搜索，一下子蹦出十几万条网页信息。随意点开几条，每一条都让她不寒而栗。水明居所言不虚，抢劫、绑架、强奸、杀人、肢解，一样都不少。最令她不可思议的是，江西南昌有个快递员闯入一名单身中年妇女的家里，将她囚禁起来，两人竟然共同生活了三年之久。这个女人甚至还为他生了个孩子，在孩子满周岁时，快递员自以为已经修成正果，孩子母亲心甘情愿地将他的家庭身份合法化了，于是便给了她自由。然而结果还是出乎了他的意料，这个女人紧接着就毅然决然地报了警。

瞧瞧，信任是多么的可怕而又荒谬！那名中年妇女本是相信那个快递员的，那个快递员后来也相信了那名中年妇女。唉，不是不能相信别人，人首先不能相信的就是自己啊。再想想堆放在客厅里的那十几个纸箱，险些就成了一个个要命的炸弹。

手机铃声突然响起，她的手一哆嗦，手机掉在了被子上。她本能地捂住两个耳朵，但是并未出现想象中那"砰"的一声巨响。

她笑了，摇摇头，捡起手机放到耳边："喂？"

"你找我干吗？"

"你怎么不在办公室啊？"

"我在工地。"

"哦，你吃早饭了吗？"

第四章

"……吃了……"对于她的这个问题,对方有些丈二和尚摸不着头脑,"你有什么事吗?"

"啊……没什么事……"

"没事我就挂了。"

她听着突然变成的急促忙音,不知所措。

空邈的水滴声让她的手掌有了湿漉漉的感觉,她回过神来,是女儿的短信:

刚起床。
今天上午没课啊?
有。
那你怎么旷课啊?
很无聊的课,不想上。
刚入学就旷课可不行啊!
嗯。
下次绝对不能这样啦,一定要记住!

女儿没再回复,她又等了等,还是没有回复。她开始拨打女儿的手机。关机。

这孩子,在搞什么名堂!

手指不自觉地又点开了购物商城的页面,这时楼门对讲骤然响起。她只好丢下手机,跑向客厅。

监视器上出现的是一张青年男子的脸,她并不陌生,他那一笑即弯成月牙形的眼睛和嘴巴给她留下的印象相当深刻。即便不笑,那张脸也是一轮满月。她从未见过哪个快递员的脸色如他那般苍白。

她喜欢月亮,所以这张脸会让她心生好感。但是此刻,她不想再信任这张脸了,不,她不想再信任她自己了。

她摘下话筒:"请稍等一下,谢谢。"

她匆匆跑回卧室换下睡衣,然后拢了拢头发,又回头换上鞋子,走了出去。

她打开单元门,伸手要去接那个小伙子手里的纸箱。

"大姐，我给您送进去吧。"

"不不不……不……不用啦。"小伙子的殷勤让她顿时慌了神。

她草草签完字，不容分说，便把纸箱抢到自己手里。

"大姐，我们公司有规定，货必须要送到接收人的屋里，不许擅自让接收人……"

"我知道、我知道，谢谢你，你已经送到屋里来啦。"

"那就谢谢大姐啦，如果我们公司有电话回访，您可别说是自己出门接的货呀。"

"放心吧，小伙子，我都明白。再见。"

单元门在背后"叭哒"自动锁上的那一刻，她收获的不仅有安全，还有淡淡的失落。

别了，月亮！

回到屋里，她坐在沙发上喘了口气。看看墙上的钟表，竟然都快十二点啦。她赶紧打电话问丈夫中午是否回来吃饭，丈夫"不"的答复让她定了心，她不用着急啦。

先去洗漱，再去烧水；冲杯牛奶，两块饼干，既是早餐也是午餐。少食现在是她减肥的唯一手段，效果一直还算不错，只是小腹上的赘肉始终不见收敛。

接着开始打扫卫生，拖地的时候，觉得一地的纸箱很碍事，她不得不又扔掉拖把，拿出剪刀着手处理这些货物。

随手打开一个纸箱，她很是惊讶，满满一箱的苹果已经开始腐烂，散发着酒精的味道。把坏的挨个拣出，好的几乎所剩无几。

打开第二个纸箱，她感到的是困惑，她要几十袋子的咸盐干吗呀？是不是送错货啦？看看箱子上的标示，就是自己的名字。不对吧？她转身去了女儿的房间，打开电脑调出自己的订货记录一查，千真万确，就是自己订的。真该死，订货的时候怎么跟喝醉了似的？

就这样，她在时而惊讶时而困惑时而不满的情绪当中，处理完了自己两天来订购的所有商品。当然，最终让她感受到的还是满足。特别是那件深紫色的风衣，她在镜前试穿了良久，效果比图片上模特穿的要漂亮多啦。尽管其他几件衣服或因尺码或因颜色或因质料都不太称她的心，但是这一件风衣给予她的意外效果却足以补偿那全部的遗憾了。她曾买过八件风衣，没有一

第四章

件如此令她满意。

她的皮肤白皙，而且一如既往地光滑，和这件风衣的紫色相互呼应，彼此默契。她的皮肤需要这种紫色，这种紫色需要她的皮肤。她想象自己就这样站在明居公司的售楼处里，难道会对那帮前来购房的中老年男人们构不成一点点诱惑吗？

糟糕！她饱满的情绪瞬间瘪了下去，头顶那根跳出的白发无情击中了她的信心。她俯下身去，凑近镜前，目露凶光，狠狠拔掉了那根恬不知耻的白发。讨厌！

这不过是又一根不小心露出马脚的白发，其实，在自己的两鬓，还潜伏着更多的白发，她根本不敢正视它们。否则的话，就永远别想照镜子啦。

在拔掉这根白发的那一刻，她就势迅速瞟了一眼自己的眼角，信心再一次遭到奚落。曾经若隐若现的鱼尾纹此时竟然一概毫不矜持地游出水面，汇集到了她的眼睛周围。天呐！她恨不能立马撂进去一块巨大的石头，将那群可恶的小鱼统统赶跑。

几年来，因为一直只知操心女儿的学习，她完全把自己给忽视了。不行，必须得尽快将失去的那些宝贵岁月追回来，是好好关心一下自己的时候啦。想到这里，她决定这就去美容店一趟。

但是，走到小区门口时，一辆辆驶入的轿车使她恍然意识到已经是下班的时候了。她止住脚步，从包里掏出手机给他打了个电话："你回来吃饭吧？"

"唔……你不用等我啦。"

"回来吧。你想吃什么？我给你做。"她的语气里含有几分乞求的意味。

"唔……我今晚就不回去吃啦。"

"回来吧，我给你做三菜一汤，你看行吗？"

"不用啦，我今晚还有应酬。"

"不行，今晚你得给我回来。"乞求变成了命令。

"你啥意思啊？"

"没啥意思，反正今晚你得给我回来。我等着你！"说完，她便把电话挂了，转身回去做饭。

水明居再一次丈二和尚摸不着头脑了，楚文丹这是怎么啦？好像变了一个人。这么多年来，她什么时候问过自己回不回家吃饭啊？突然间，就懂得关心起他来啦。全都是寂寞闹的吧？一个人在家终于忍受不了冷清啦。唔，我可不需要这样的关心，会把我憋死的。

不过，犹豫了几分钟的时间后，水明居还是打算买楚文丹的账，尽管她的口气令他深感不快。不管怎么说，她毕竟也是好意，这也是可能改善他们夫妻关系的一个开始。

坐进车里，他给薛威和其他几位中学同学发了个短信，抱歉自己不能如约参加今晚的聚会了，然后满怀遗憾地朝家的方向驶去。说真的，这么早回家他还有些不太习惯，但愿以后不是每天都这么早回家才好。也许，为此他还需要跟她斗争上几个回合才行。也许，是应该让她出去找个事情做做啦。不然的话，她的心思老往自己身上转移。

在楼道里，水明居就隐隐闻到了一股混合着辣味的菜香。打开房门，香味更加浓郁。楚文丹正在厨房里热火朝天地忙碌着，金属锅铲爆发出阵阵铿锵有力的撞击声。

餐桌上摆放着已经炒好的三个菜，个个让他垂涎。茶几上一壶普洱茶显然也是为他准备的，旁边还有一盒尚未拆封的香烟。

水明居洗完手，想进厨房去看看，却正撞上楚文丹端着一盘热气腾腾的辣子鸡丁出来。

"妈呀！"蓦然出现的水明居差点儿吓飞楚文丹手中的盘子。

幸亏水明居的身手还算敏捷，瞬间将它接了过来。

"你吓死我啦！"楚文丹长舒一口气。这一整天她都未能从快递员抢劫杀人的恐惧阴影里逃脱出来。然而，她脸上的表情仍然是高兴的。

"嘿嘿。"水明居端详着脸前的辣子鸡丁，对于自己的表现相当得意。

"是先喝茶还是先吃饭？"楚文丹问道。

"还是先趁热吃吧。"说着，水明居就坐到了餐桌旁。

"你不喝啤酒吗？"

"好吧。"

楚文丹从冰箱里给他拿出来两罐啤酒。

"这是什么啤酒？我咋从没见过？"

"德国的，我从网上订的。"

水明居点点头，妻子总算也给他网购了一点点东西。

"我陪你喝一杯吧？"楚文丹从旁边拿起一个玻璃杯放到自己的面前。

水明居先给她斟上。

"好啦。"楚文丹做出停止的手势。她品了一口,脸上随即现出痛苦的表情。

"好喝吗?"

"我喝所有的啤酒都是一个味,苦。"

水明居咂了咂嘴,道:"不错,就是味道重些。"他看看桌子上的菜肴,"你做的可不止三个菜呀。"

"电饭煲里还有一个梅菜扣肉呐。我都想好啦,你要不回来我就一个人吃,以后我可得对自己好一些。"

"以前你对自己不够好吗?"

她摇摇头:"今天我又发现了一根白发,而且鱼尾纹都出来啦,太可怕啦。"

水明居瞅了瞅她的头发和眼角,说:"没看出来。"

她又摇了摇头:"等你能看出来,我就该八十岁啦。"

"那你还怕什么呀?早着呐。"

"不行,我就是讨厌这些白发和皱纹。"

"白发可以染呀,可是皱纹……"

"皱纹也会有办法对付的。"

"都有办法对付,到八十岁了还跟现在一样,那可能吗?"

"这我不管,反正是能对付就对付,至于八十岁是什么样子,到时候再说。"

水明居瞪着楚文丹的脸发起了呆,想到她八十岁的时候还是眼前的这副模样,不知为何,他竟有些害怕。再想想自己八十岁的时候,他便不由得想到了隔壁坐在轮椅上的那个老头……

"你怎么啦?"楚文丹愣愣地望着他。

"唔,没怎么。"他立即将思绪从隔壁拽了回来。

"你怎么哭啦?"

"啊?没有呀。"他边说边用手擦拭着自己的眼睛。

楚文丹递给他一张纸巾。

"唉,刚才想起了我妈。"

"咱妈……这次是不是病得挺重啊?"

"唉，还跟以往差不多吧。"他将第二罐啤酒打开，给自己斟上。

抬头喝酒时，他发现楚文丹的眼睛也湿润了。

"你这是……"他急忙抽出一张纸巾递过去。

"我也想我妈啦。"说着，她的泪珠就扑簌簌滚落了出来。

水明居立刻觉得可怜的不只是隔壁轮椅上的那个老头和自己了，可怜的还有楚文丹。自己还有母亲，而她早已就是孤儿啦。

"来，喝酒。"他朝她举起了酒杯。

楚文丹抿了一口，又道："我想晶晶。"

"你到底是想你妈还是想晶晶啊？"

"我想去看看晶晶。"

"你也可以去看看你妈。"

"你啥意思？"

"唔，我是说去给你妈扫墓。"

楚文丹沉默了片刻，说："我明天就去。"

"要我去吗？"

"不要。"

喝完酒，两个人开始吃饭。梅菜扣肉香浓诱人，让水明居想起"性感"二字。就着它，不知不觉便多吃了一碗米饭。

水明居取了根牙签，心满意足地离开餐桌，坐到沙发上去喝茶。茶倒进紫砂杯里没等喝，他又想抽烟了，于是便来到阳台上。

点着烟抽了一口，他的好奇心又上来啦，移到西侧向隔壁窗子望去。那三个人正围坐在茶几旁吃饭。老爷子仍然坐在轮椅上，男保姆在一口口地喂他。老太太则闷头吃自己的，动作迟缓，同样像个婴孩。水明居除在半夜听见过疑似这老爷子的怪叫之外，没听见他们三个发出过任何的声音。如果没有电视机的声音，这一家始终是安静的。

突然，那老爷子伸长脖子开始剧咳，嘴里的面条喷了男保姆一身。男保姆撂下饭碗，急忙起身去捶老爷子的后背。老爷子大张着嘴巴，像条脱水的鱼似的，上身猛烈抽动着。就在他嘴巴合拢的一刹那，从里面蹦出来一样硬东西，飞到茶几上，又弹落到地板上。男保姆趴在地上找了半天，才在沙发下面发现那东西，用筷子夹出来，吹了吹灰，又直接塞回老爷子的嘴里。

水明居明白了，那是老爷子的假牙。他看看老太太，老太太一直怔怔地瞪着老爷子，显得无动于衷。

水明居不忍心再看下去，掐灭烟头，回到屋里。

看见妻子在从拉杆箱里往外拿衣服，他不解地问："你这是要干什么呀？"

"不是去看晶晶嘛，刚才给她打电话，死活不让我去。"

"唔，你明天是想去北京啊，我还以为……"水明居以为她是要去给父母扫墓呐。

"这个没良心的，现在是嫌我多余了。"楚文丹抱起一叠衣服走进卧室。

"她刚入学，学习紧张，你去打搅她干啥？"

"她紧张个头啊，天天睡懒觉，连课都不去上。"

"……可以理解，高考累得够呛，偷个懒也是必要的。我们上大学那会儿，旷课就是家常便饭。"

楚文丹从卧室出来，白了他一眼："原来你们这些所谓的天之骄子都是这样的货色啊，我还以为你是夜夜挑灯苦读出来的呐。"

"十一点之前就全部停电啦，上哪儿挑灯去？"

"当初我要是知道你们都是这样读大学的，我才不找什么大学生呐。"

"大学生不是好听嘛，中国人就好虚名呀。我要不是大学生，你肯嫁给我吗？"

"被你骗了。"

"我又被谁骗了呀？"

楚文丹似笑非笑地瞪着他："……你说你被谁骗了？"

水明居"嘻嘻"一笑："我被自己骗了。"他捧起茶壶往身边鸭掌木花盆里的一块假山石浇了浇水，石头立即黑了下去，呈现出一道道清晰的波纹，宛若月光下的梯田。

楚文丹"哼"了一声，去了女儿的房间。

水明居回头瞧瞧，见她又在电脑前坐了下来。

水明居半躺在沙发上打开电视机，所有的电视剧都在抗日。中国人民的仇日情绪简直是空前的高涨啊。可他对此一点儿没有兴趣，跟日本人沾边的东西他大都毫无兴趣。他将频道停在了一个法制节目上，看看当今中国人都在干什么坏事也许不无益处。

正在介绍的是电信诈骗案，银行里一群义愤填膺的老人在围着记者和警察苦苦哀求，希望他们能帮自己尽快将被骗的钱款要回来。那可是他们积攒了一辈子的血汗钱啊，是养老钱，是救命钱。

老人们被骗的经历不尽相同，有的是因为胆小，有的是因为迷信，有的是因为贪财；还有的是因为固执，明明有人已经提醒他们那一定是骗局，而他们就是执迷不悟，坚决要把自己的存款转到对方提供的所谓安全账户上去。

水明居想起他的母亲也被骗过不少次，买秘方药、保健品、医疗床，总之多是跟治病有关的东西。最后那次买医疗床花了一万多，却不但没治好百病，还差点儿瘫在床上再也起不来了。即便是这样，她也没能从中汲取什么教训，一有医疗骗子上门，她依旧跃跃欲试，精神焕发，一改平素萎靡不振的样子，仿佛被骗上了瘾似的。

水明居相信，他的母亲要是遇到这样的电信诈骗，也一定会毫不例外地自投罗网的。幸好，她老人家此刻是躺在医院里，骗子不会找到她。

衰老必然等于愚蠢吗？

突然开始插播广告，是宣传一种抗癌药物的，水明居还以为是该节目意欲揭露的又一个骗局。但是，继而出现的那个熟悉的洗发水广告让他马上明白了是怎么一回事。一个广告连着一个广告，没完没了，似乎把正题给遗忘了。水明居只好再换一个频道，可还是广告，又换了一个频道，又是广告。水明居火了，将遥控器一气摁下去。还真邪啦，面膜、尿不湿、卫生巾、微波炉、染发剂……持续轮番向他猛烈轰炸。水明居服了，乖乖回到开始的法制节目上，但广告依旧没有播完。水明居彻底没脾气啦，打了两个哈欠，昏昏然睡了过去。

楚文丹动他手里的遥控器时，水明居醒了，睡眼惺忪的他呓语般地问了一句："还是广告吗？"

楚文丹没有理会，关掉电视，又关掉客厅的灯，去了卫生间洗漱。

水明居伸了一下懒腰，离开沙发，去了另一个卫生间。

刷完牙，水明居已经没有困意。他在黑暗的客厅里站了一会儿，想想明天公司需要处理的事情，然后推开卧室的门。

刚一躺下，又想起自己的手机。起身去茶几上摸了一通没有摸到，他只好将灯打开。明明记得手机就是搁在这上面的嘛。

正在纳闷，忽听楚文丹道："你是找手机吗？"

第四章

水明居即刻明白了，板着脸回到卧室："我的手机在哪儿？"

楚文丹从枕边摸出手机递给他。

"你干吗总偷看我的手机呀？"

"谁总偷看啦？"

水明居检查了一下短信和来电，然后把它连接到充电器上。

"你在家里是不是闲得有些无聊啦？"

楚文丹不理他。

"我看你真得出去找个事做啦。"

楚文丹还是一声不吭。

水明居背对着她躺了下来。

他感觉到她在朝他这边翻过身来，颈背部有阵阵她呼出的热气。他正琢磨着她跟自己挨得这么近干什么，就又感觉到她的一只手从他背部缓缓爬到了他的腹部。在他的腹部转了一圈之后，她的手开始向下滑动，穿过他腰间的松紧带，停留在了他的下身处。

他板着的脸松弛下来，转向她，故意悄声问道："你想干什么？"

回答他的只是一阵急促的喘息。

她的手开始用力，紧紧抓住他的下身。痛感使他本能地搂住了她。

她挣脱掉他的胳膊，坐起来扯去他的内裤，连同自己的衣服。

"你想干什么？"

"我想在上面。"

她坐在了他的下身之上，像个霸气腾腾的女王。蠕动，摇摆，旋转。旋转，摇摆，蠕动。狂野渐渐演变成了受难，她摇身一变为一个正在饱受酷刑的女人。

痛苦的呼吸如激浪扑向远方，一浪高过一浪。浪头终于在最高处骤然碎裂成一声歇斯底里的尖叫，紧接着就是疾速的坠落，沉入深渊，瞬间死亡的静息。

她像一棵海草般地软软倒在他的怀里，缠绕住他。

"我要死啦，老公！"她嗫嚅道。

但是，他并没有去拯救她。他只是变被动为主动，长驱直入，将她朝深渊里继续推去。坠落，坠落，坠落，失重的身体于刹那间又升腾、飘浮起来。

他们一起上升，彼此撕扯彼此纠缠，两个在深渊里窒息挣扎的溺水之人。

"我要死啦，老公！"

"我们一起去死，宝贝！"

水面，呼吸，复活，光明。远去的岸，现实的床。

他有点儿害羞，往上拽了拽被子，遮住自己赤裸的全身。而她，依然让全身暴露着，像一条搁浅在沙滩上的鱼，继续追忆离去的潮水。

他也在追忆，追忆上一次做爱是在什么时候。一年前？不，至少也是两年前吧。不，应该是三年前。不，他想起来啦，应该是在五年前。没错，五年前。自打晶晶上了初中之后，他们之间便渐渐没有了这种交流。不是他没有需求，而是她突然厌烦起了他的此种需求。

流氓！

我没心情！

他以为她的更年期提前到来了。

她今夜的举动让他颇觉意外，她的表现更令他惊讶。他不知道她竟能有这样的激情。

"我都不认识你啦。"他说。

"那就重新认识一下呗。"她钻进他的被窝，又和他贴在了一起。

隔壁又传来那声熟悉的怪叫。

"你听见了吗？"他问。

"听见什么？"

"隔壁。"

"他们也在做爱？"

他笑了，好像只有他才能听见这怪异的声音。

唔，欲望永远是年轻的。他们，隔壁，已与欲望无关。此刻的水明居充满喜悦，他的妻子还没有到更年期，他们还有可以爆发可以挥霍的欲望。

水明居清清楚楚地听见了自己年轻时在楚文丹面前那呻吟般的呐喊："我要！我要！我要！"

谁说回忆是衰老的迹象？只要能够回忆，就永远不会衰老。回忆是驱赶死亡的力量。

回忆治愈了水明居的失眠，睡梦将他的回忆接收过去。没错，梦比回忆更年轻。

梦和睡眠一道离去。水明居睁开了眼睛,看见了妻子眼角的皱纹,额头和鼻翼两侧的痕迹俨然更深。她的皮肤也不再那么光洁,隐隐泛出了许多黑斑。很明显,她已不像过去那样年轻。她似乎在一瞬间就衰老了,当然,她还是比隔壁的那对夫妇年轻。可是,彼此又有多远的距离呢?一想到隔壁,水明居的忧郁又开始泛滥了。

楚文丹这时也睁开了眼睛,看见丈夫在盯着自己,她急忙用手挡住他的眼睛,然后翻过身去,逃开他的目光。

"几点啦?"她看了看手机,"哎呀,这么晚啦,我得做饭去啦。"

水明居也跟着她起了床。

吃饭已经来不及,水明居匆匆洗漱完,拿上手包就要走。

"饭马上就好啦,吃完再走嘛。"

水明居摇摇头:"不啦,我在外面随便吃点儿吧。"

"你中午要回来吃饭啊。"

"看情况吧。"

"看什么情况?一定……尽量回来吃吧。"

水明居看看她,叹了口气,道:"你管不了晶晶了,就开始管上我了,是不是?"

"是又怎么样?"

"求你赶快出去找个事做吧,我可享受不了你这样的热情。"说完,水明居开门离去。

对讲铃声骤然响起,楚文丹还以为是水明居忘了什么,但在监视器里看到的却是一张陌生的脸庞。糟糕,我怎么又订货啦?下次一定得管住自己的手。

楚文丹没给快递员开门,自己急忙跑了出去。

"这是什么东西?"她接过那个不大的圆纸盒,问快递员。

"我不知道。"

是昨天订的还是前天订的,她也不清楚。

回到屋里拆开一看,是条领带,给水明居买的,她都忘了。

喝完豆浆,吃完煎蛋,楚文丹决定去把头发焗一焗。

这次,她不想把头发交给小区门口那家东北人开的理发店了。她开上车，打算去商业中心找家档次更高的。

"水晶发艺中心"，这家门面够气派，用的还是她女儿的名字。楚文丹将车停在了门口。

一个顶着一头蛋糕似的紫发的小伙子迎了上来："大姐，你好。"

嚯，又是东北人。东北的小伙子怎么都喜欢干这一行啊？

楚文丹在他的引领下穿过长长的大厅，在最里面的一把转椅上坐下来。

"人怎么这么多？"

"因为你选对了地方。"小伙子的微笑挺迷人。

"剪半寸，拉直，自然黑。"楚文丹对着镜子里的他，在自己头发上比划着说。

"好的，没问题。"

小伙子动作很麻利，就是话多了点儿，喜欢问这又问那。楚文丹总是慢两拍回应他，他也就知趣地没了声息。

当小伙子告诉她完事了时，她仔细瞧瞧镜中的自己，觉得一下子年轻了许多。只是脸上的皮肤和这头发一比起来，就不能不让她觉得有些遗憾了。

"大姐真年轻。"

楚文丹斜了他一眼，道："要是真年轻，你就不会叫我大姐啦。"

"叫大姐是因为尊重，叫小姐你能高兴吗？"

楚文丹瞅着他满脸的坏笑，装出生气的样子，一扭头去了收银台。

刚才天还是阴沉沉的，此刻已艳阳高照，浮冰似的云朵慵懒地栖息在海水一般湛蓝的天空上。这样的好天已经越来越少见了，楚文丹的心情分外舒畅。

突如其来的鞭炮声吓跑了她分外舒畅的心情，旁边一家店铺正在庆贺开门大吉。楚文丹赶紧逃进自己的车里。

右边一辆红色宝马别住了她的去路，她摁下车窗，朝那辆车里瞅瞅，没有人。正不知如何是好之际，就见一个装扮时尚的女子朝她这边走来。

谢天谢地，炮总算放完啦。楚文丹推开车门，踏出一只脚，问那女子："这是你的车吗？"

女子停住脚步，仔细看了看楚文丹，道："这不是楚文丹吗？"

"你是……"

"我是梅艳芳啊。"说着，摘掉了墨镜。

第四章

"梅艳芳?"楚文丹瞪着眼前这个陌生的女子,心想,她所知道的梅艳芳除了那个大名鼎鼎的已故香港歌星之外,就是曾和她一起在市政府办公室打字的那个同事啦。

这是那个梅艳芳吗?她是单眼皮呀,眼睛也没这么大呀,再说下巴也不是尖尖的呀。对啦,她的鼻子哪有这么精致啊?

"不认识啦?"对方不无得意地问道,"咱们可一起共过事哟。"她张开十指做了个飞快敲打的动作。

楚文丹注意到了她的手,那双手似曾相识,小小的,短短的,胖胖的。在键盘上跳跃、狂奔,总让她想起两个削了皮的土豆在键盘上剧烈翻滚。

楚文丹的疑惑立即化作了震惊,她上上下下来回打量着这双手的主人:"天呐!你真是梅子?!"

梅艳芳的表情更加得意了:"嗯,算你有良心,还能记得我。"

"你简直变了一个人,我都不敢认啦。"

"你倒是没怎么变。"梅艳芳细细端详着楚文丹的脸。

楚文丹下意识地用右手食指背轻轻蹭了蹭鼻尖,俨然是想遮挡一下自己的面孔:"怎么可能?变老啦。"说到"老"字,声调降成了叹息。

梅艳芳回头看了看,看到一家咖啡厅,便道:"咱们好久没见啦,走,找个地方聊聊去。你没什么急事吧?"

"没有。"楚文丹锁上车门,跟在了梅艳芳的后面。

她和梅子一起工作有两年多的光景,梅子是从湘西农村奔他在市委给领导开车的舅舅来的,跟她是同龄人。眼前的梅子完全颠覆了她记忆里的那个梅子,当年那个土土的、怯怯的乡下小姑娘是如何摇身一变为眼前这个都市时髦女郎的?这种巨大的转折激发了楚文丹强烈的好奇心,她急于想知道发生在她身上的故事,她已经认定这应该是一个传奇般的故事,必有一个白马王子站在她的身后。他是谁?他可以使她富有,但使她美丽尤其是年轻,他又是如何做到的呢?毕竟,梅子还算不上一个真正的灰姑娘,也许她有灰姑娘的善良,但却绝对没有灰姑娘的美貌啊。

"你怎么会变化这么大呢?"楚文丹一坐下来就问,"你还在市政府办公室?"

梅艳芳摇头:"早不在啦,你走没多久我也不干啦。我是农村户口,想转正根本就没有什么可能。正好有人给我介绍了个对象,我觉得还不错,就结婚走人啦。"

"他是做什么的？"

"你是说我老公吗？"

"对啊。"楚文丹注意到，梅子过去那一口浓重的湘西方言，如今已经变成了轻盈流利的"南普"。南普就是当地人对所谓"南淮普通话"的讥称。

"哦，他做生意。"

"做的什么生意啊？"

"什么生意都做过，现在是搞教育培训。"

"哪方面的教育培训？"

"面向中小学生的，牛津教育你听说过吗？"

"当然听说过啦，天呐！牛津教育就是你老公搞的呀？！牛会群校长？"

"你也知道啊？"梅艳芳笑得更开心了。

"在南淮有几个不知道牛津教育的呀，我女儿从初中就开始在牛津教育学英语和奥数了。"

"你女儿叫什么名字？"

"水晶。"

"哦，我还真没有印象。我也在那里教英语，不过我教的是小学生。"

楚文丹的眼睛一下子瞪得老大，仿佛咖啡烫着了嘴唇。她实在想象不出这个连初中都没有毕业的农村姑娘是如何教小学生英语的，她嘴里的英语调子是带南普味的还是湘西味的？这让她同样感觉好奇。

楚文丹盯着梅子那好像是被能工巧匠修整过的五官，有些恍惚，半天才哀叹似的说道："我感觉你真是脱胎换骨啦。"

梅艳芳见她在研究自己的脸，便问道："下巴是不是有点儿太尖啦？"

楚文丹愣了一下："你说什么？"

梅艳芳指指自己的下颏："这里是不是太尖了点儿？"

"噢，挺好看的，可我记得你以前不是这个样子的吧？"

"这是后来整的，鼻子也是，还有这。"她又指了指自己高耸的胸，丝毫没觉得有什么可忌讳的。

"你可真有勇气，在哪里整的？"

"下巴和鼻子是在韩国，其余的都是在伊尔塑形。"

楚文丹知道伊尔塑形，广告做得挺凶。

第四章

"是不是韩国的技术更好？"

"当然啦，人家更有经验，那里的女人没有不整形的。"

"那伊尔塑形怎么样呢？"

"也不错，应该是南淮最好的啦，它的老板以前在韩国干的就是这一行。"

"你觉得有必要去韩国做吗？"

"怎么？你也有兴趣？"

"哦，我只是问问。"

"我建议你不妨也尝试一下，这样才能把你老公的心抓得更牢哟。"她抬起右手，做了个握拳的动作。"我就是为了抓牢我老公的心才自愿挨上这么多刀的，女人一上年纪老得可比男人快多啦呀。对啦，你老公是做什么的？我记得好像是……"

"他现在做房地产。"

"哇，挣大钱的呀。"

"在明居公司。"楚文丹故意强调了一下。

"明居公司？"梅艳芳的眼睛眨了眨，"水……明居？"

"是我丈夫。"

"啊？水明居原来是你老公啊！那可是南淮市的名人啊。"

"你老公牛校长不也是南淮市的名人嘛。"

"哈，幸会幸会，来，咱们作为这两位南淮名人的老婆重新认识一下吧。"梅艳芳伸出手去。

楚文丹握住对方的手，忽然有了种知音难寻的感觉。自打结婚后，她便把全部精力都集中到了家庭，昔日的同窗好友渐渐也都失去了联系。丈夫将单位承包下来后，收入有了起色，楚文丹索性就当起了全职太太，连跟同事交往的机会都没有了。直到女儿离开她之后，楚文丹才猛然意识到了孤家寡人的寂寥。这种寂寥迅速强化着此时此刻出现的梅子所能带给她的亲切感。

从前做同事的时候，梅子身上还有一种洗不净的乡下人的印记，致使楚文丹同她交流起来总有点儿隔的感觉。今天的梅子却大不一样了，她们之间已不存在任何的距离。财富带给梅子的影响远远超过了楚文丹，梅子看上去比楚文丹更像是一个城里的富婆。她的衣着，她的首饰，甚至是她说话时的手势，无不体现着财富为她创造出来的奇迹。

楚文丹的心情有些沉痛，这些年她太没拿自己当回事啦。

这时，梅艳芳似乎听见了她的心声，竟也跟着附和道："不是我批评你，楚文丹，你也太不拿自己当回事啦。当年的你多漂亮啊，市政府大楼里的首席"楼花"，可瞧瞧你现在这形象，真有点儿对不住首席"楼花"的荣誉哟。不客气地说，我都快盖过你啦。"

"不用客气，你已经盖过我啦。"

梅艳芳顿时爆发出一阵肆无忌惮的大笑，引来周围人纷纷侧目。楚文丹不得不低下头来，觉得很不好意思，但梅艳芳却没有任何不适的感觉。

一杯咖啡喝完，梅艳芳将服务员叫了过来，要换个口味。她问楚文丹："你还喜欢喝什么牌子的？"

"你决定吧，我什么牌子都行。"楚文丹平时几乎不喝咖啡，只喝普洱茶，对咖啡一点儿也不了解。

两人接着又聊起了彼此的老公和孩了，这个话题显然比整形还能激起她们浓厚的兴趣，聊着聊着就聊忘了时间。楚文丹发现，梅子不愧是教英语的，时不时地，嘴里就会冒出一两个英文单词来。令她尴尬的是，其中不少她都听不懂。毕竟，她只有高中的英语水平，而且成绩一直就是中下。

楚文丹注意听了听，梅子口中的英语好像还挺地道，既没有南普味，也没有湘西味。看来，她说经常去英美等国交流应该不是虚言啊。对啦，牛津教育的外教特别多，就是跟他们交流交流也够她用的了吧。

"哎哟，都快十二点啦。"楚文丹习惯性地瞥了一眼手机，发现时间竟然这么晚了。

梅艳芳说："中午要是没事的话，就一起吃个饭吧。"

"我……也……"楚文丹想到了水明居，"没什么事。"说着，就拨通了水明居的电话，告诉他自己还在外面。

水明居可能本来就没打算回家吃饭，所以一时没明白她打电话的意思，问道："噢……怎么啦？"

"没怎么，那我就在外面跟朋友一起吃啦。"

"吃呗，这还用向我请示？"

"嗯，那好吧。"楚文丹挂掉电话，站起身，说，"走，梅子，今天中午我请你。"

"嗨，谁请不一样，咱都不差钱。"

楚文丹先走到了门口，掏出钱包要付账，梅艳芳把她推到一边，说："吃饭你请吧，咖啡让我来请。"

"好吧。"楚文丹收起钱包，不再推让。

走出咖啡厅，楚文丹四下里望了望，道："你喜欢哪家酒店？"

"就咱俩，去啥酒店呀，找个小餐馆就行啦。喏——"梅艳芳指着对面一家徽菜馆说，"那家我吃过，徽菜的味道还算正宗。"

"那走吧，就去那。"楚文丹拉上梅艳芳就走。

梅艳芳走了两步又停住了："不开车吗？"

"这么近，还用开车呀？"

梅艳芳指指自己的脚："我穿的可是高跟鞋。"

楚文丹这才注意到她的脚后跟，足有二十厘米高，怪不得觉得她长高了不少呐。那跟尖细得叫她有些心惊肉跳。

"穿这样的鞋你怎么踩得了刹车啊？"

"车上备有平底鞋。"

"噢。"楚文丹回头朝自己的车子走去。

梅艳芳开着她的红色宝马，楚文丹驾着自己的白色奔驰，一前一后，风光无限地朝那家小餐馆驶去。

第五章

  不到一小时的工夫，水明居已经往周一虹的办公室里跑了三趟。周一虹以为他有什么吩咐，但每次水明居都只是跟她笑笑，便直奔窗台上的那些花盆去了。花盆里种的不是花，全是菜。香菜、生菜、油菜、菠菜，还有几盆他看不出的绿芽芽。水明居看看，再看看，笑嘻嘻的，却什么话也不说。

  周一虹终于忍不住了，问道："水董，您是不是觉得我种的这些菜不够雅观啊？"

  "唔……没有没有，很好很好。"他回过头来，不好意思地看了一眼周一虹，"你种这些是为了观赏吗？"

  周一虹笑了："这蔬菜有啥好欣赏的，当然是为了吃啊。"

  "就这点儿东西够吃一顿的不？"

  "看上去少，三顿也吃不完。我家里的阳台上都让我种满了菜。"

  "现在的蔬菜没那么贵吧？"

  "我可不是为了省钱才种菜的哟。"

  "那你是为了什么？"

  "为了安全啊。"

  "嗯，也是。"水明居频频点头，"听说现在菜农都不吃自己卖的菜。"

  "开发商也都不住自己盖的房子。"

  "谁说的？我住的就是自己盖的房子啊。"

  "跟水董开个玩笑，这是具有中国特色的社会现象，现在几乎遍及了所有的行业。"她将桌上的报纸朝水明居面前推了推，"您瞧瞧这上面写的，大学教授不敢让自己的孩子在国内读大学，医生不敢让生病的家人到自己的医院就诊，汽车制造商不敢买自己出厂的车子……这……这是不是太可怕啦呀？"

  水明居拿起报纸，眯着眼睛费力地扫了一眼标题，摇摇头又放下了："有点儿耸人听闻。不过,这个年头的日子可不就得靠小心加运气?"

周一虹望着对方嘴角那一直没有消失过的弧度,说:"水董今天的心情好像不错啊。"

"昨天也是这样啊。"

"今天没那么严肃了。"

"我平时很严肃吗?"

"难道您自己不知道吗?"

"不知道啊,真的不知道。"水明居想了想昨天,从白天想到夜晚,想到了楚文丹。他赶紧将她挤出脑海,不想承认自己今天的心情会跟她有什么关系。

"水董没事的时候是从来不会光顾属下的办公室的。"

"我今天来了你这屋几趟也不是有什么事的吧?"

"所以我说您今天的心情不一般嘛。"

水明居摆摆手:"我接受你的批评,以后常去各办公室走走。"

"我可没有批评您的意思,那是您个人的工作风格,理应得到尊重。"

"对啦,我来还真是有事的,前两次都没想起来。你瞧我这脑子……"他用手指敲了敲自己的太阳穴。

周一虹站在那里没有说话,等待着他的吩咐。

"我这两天的睡眠状况明显有所改善,这真得谢谢你。"

周一虹的脸颊蓦然泛出了红晕:"那太好啦,不过水董可千万不用客气,要是睡眠再遇到情况的话,尽管吩咐就是,举手之劳的事情。"

"嗯……"水明居用力点了下头,他没有再说"谢谢"。他想,自己的睡眠以后难保不会再遇到情况的,然而自己肯定是不能再麻烦她啦。那样意外的经历不可多得,一次就足够了。他偶然来到她的窗前,甚至推开了那扇窗户,但跳窗而入就大可不必了吧。距离可以缩短,但可以取消吗?无论眼前的这个女子有多么可爱,他都不能忘记,她的身份就是他所雇用的一个职员。

情不自禁走进周一虹的办公室几次之后,水明居忽然就变得有些清醒了,他似乎在纵容一种久违了的情感。他这是想扮演一个情种的角色吗?不,这是他最最厌恶的一种角色啦。因为楚文丹,他曾心甘情愿地当了一次大情种,傻过、呆过、蠢过……最终的结果就是后悔终生。经验告诉他,情种根本就不懂得真正的爱，真正的爱是理性，不是欲望。

离开周一虹那里，水明居在走廊的这头看见远远的那头有两个身材魁伟的男人正立在自己办公室的门口。没等他辨认出来，其中一个已打着招呼朝他快步走来："好久不见，水兄。"

原来是段老大和他的保镖，水明居寒暄着将他们让进了屋。但是，保镖接着又走了出去，一直就在门口站着，右手始终藏在西装下面的左腰间部位。水明居怀疑他那里是不是别着一把手枪？想到手枪，水明居的心里不由得一阵慌张：这段老大该不会是上门来找自己什么碴子的吧？不过很快，水明居便让自己镇定了下来，他知道自己有多疑的毛病。段氏兄弟可能的确不大喜欢他，但也不至于就到了要对他动枪的地步。他这个人做事向来注意分寸，对于段氏兄弟应当并无什么实质性的得罪。

水明居暗暗观察了一下段老大的面部表情，发现他双眼浮肿得厉害，笑容也比从前拘谨了不少。给他点烟的时候，又看到他的胡茬几乎已经全白。水明居立刻意识到了段老大的年龄，严格说来，他应该已经算是一个老人了。还有什么好担心的呢？这明明就是一只威风不再的老虎嘛，这只老虎的脸上如今只剩下了猫的表情。

猫开口了，声调果然不再是往日的呼啸："……水兄……你……一定已经知道我们公司的事了吧？"

水明居摇头，继而又点头："刚刚听说了一点儿，我前些日子正好在外地……"他等着对方继续往下说，好弄明白他此趟的来意。

段老大深吸了一口香烟，又用另一只手的虎口擦了擦眼睛，眼睛变得更红了。水明居便又由猫想到了兔子，于是注视起对方的耳朵来。好大的一对招风耳啊。

"不瞒老兄，老二这次把事情闹大啦，我也替他收不了场了。"说着，他起身去将门关上，然后继续道："如果我再待下去，没准也得受牵连。"

"……"水明居还是没能明白他的来意。

"我已经办好了移民，准备去加拿大。"

"唔……"

"汇鑫看来只能宣布破产了……"

"唔……"忽然间，水明居赶紧又补充上两个字："可惜。"

"唉，谁说不是呐……破产就破产吧，气数已尽。可是，南山湖那个项目我们在民间融了不少资，我不忍心把那些无辜的人给坑了……"

"段老兄的意思是……"

"我听说水兄好像也有意开发南山湖，所以想看看水兄是不是愿意把我们这个摊子接下来？让它继续运作下去。"

"这个……"

"放心，你接下这个摊子只有好处没有坏处。我们前期的投入都算白送，只需要你注资把融资这个窟窿给补上就行啦。"

"窟窿有多大？"

"五千多万。"

水明居眨巴了几下眼睛，点着第二支香烟。他觉得这桩买卖倒是桩很不错的买卖，可以和他打算拿下的那块地搁在一起重新全盘规划一下，这样对整个南山湖风景区也是有利的。况且，五千多万对他目前的财政状况来说也不过就是个小数字。而南山湖地块的价值他非常清楚，如果没有什么出乎他意料之外的麻烦的话，这就是主动送上门来的一块大肥肉啊。不不，肥肉太腻人啦，这个比喻不好。应当怎么说？宝石？黄金？原始股？呵呵……水明居极力掩饰着内心的喜悦，依然不动声色地说道："段老兄，你知道我的能力有限，铺不了这么大的摊子。不过，要是段老兄实在需要小弟帮这个忙的话，那么，看在咱们之间多年情谊的份上，我是一定会认真考虑一下的。"

段老大的脸上挤出一丝意味深长的笑容："好吧，那就算我求兄弟帮这个忙啦。不过，更应当感谢你的还是南淮市这些参加融资的老百姓。说真的，要不是为了他们，我可以选择溜之大吉。"

"呵呵，老兄你一贯都那么仗义。"

"在外面混，不仗义哪成？汇鑫之所以成为汇鑫，靠的就是一个仗义。"

水明居在心里冷笑两声：仗义？不仗义也许你还不至于走到今天吧。他心不在焉地点了下头："那银行贷款……"

"银行贷款我根本不操心，亏公家怕什么？亏私人就不好了吧。"

这一番话后的段老大让水明居对他有点儿刮目相看了，没想到在这个人的心里竟然也有人们常说的那种所谓底线。无意中，水明居瞥了一眼段老大脚上的鞋子，那好像是鳄鱼皮的吧，上面已有一层厚厚的灰尘。这灰尘使得水明居的心头顿然生出几分怜悯的情愫来。

"段老兄去加拿大有什么打算呢？"

"没什么打算，等去了再说……"段老大站起身来，显然，他对这个话题不感兴趣，"那我这就告辞了，希望水兄尽快考虑一下，尽早给我个答复。一周的时间够了吧？"

"……我尽快吧，请老兄放心。"他向对方伸出手去，对方的手冰凉，还有些颤抖。

段老大在将门打开一道缝的时候停了下来，他转过身直视着水明居的眼睛说："过去我们兄弟做的有不周到的地方，还请水兄多多包涵，我这里给你赔不是啦。"说完，他双手抱了下拳。这个动作在瞬间又恢复了他那一直隐而未现的霸气。

"没有没有，老兄向来都是很给小弟面子的。咱们之间一向就有默契。"

段老大又把手伸了出来，将水明居的手用力握了握，道："我们南山湖这个楼盘现在有好多人都盯着呐，随便找个人接手一点儿不成问题，并且还能收回一笔相当可观的成本。叮是……我只肯把它让给你。"

"为什么呢？"水明居半信半疑。

"因为我相信只有你能把它做得最好。"

水明居还是有些半信半疑，像段老大这种人怎么会把利益放在后面考虑了呢？这会不会是一个阴谋？这时候他注意到，段老大常年标志性地别在胸前的那个金色毛主席头像章不见了，这个细节的变化有什么特别的意味吗？

段老大俨然看出了对方的心事，他拍了拍水明居的肩膀，说："现在我才明白了什么叫报应，报应一定是有的，可惜我明白得有点儿迟了，弄得我弟弟的命都快没啦。挣那么多的钱又有什么意义？要那么多的名头又有什么好处？人就一条命，一条命承受不了那么多的东西。命是用来好好生活的，不是为了谋取那些东西的。你有再多的钱，再大的名头，到头来还是免不了一死，可我们为了这些却把生活忘了个一干二净。水兄，希望你汲取我们的教训，再会。"说完，他扭头便走。

"哎……晚上在一起吃个饭吧。"

"谢啦。"段老大摆了摆手，头也没回。

生活？水明居咂摸着这个词汇，这个词汇从段老大的嘴里出来好像有了非同寻常的意义，甚至让他有了一种高深的感觉。生活？难道他段老大一直不是在生活着吗？这次变故是如何促成他对生活的发现的？如此说来，今天这个结局对于他反倒不算是一种不幸喽？那么算是一种幸运吗？这里面到

第五章

底有没有自我开脱的成分？但是，转念想到他将南山湖地块近乎白送给了自己，水明居又觉得这段老大应该是真的觉悟了。他不愿将后者此刻的处境想得太惨，也不想让自己因此萌生出胜利者的得意心理。事实上，水明居曾多次狠狠地设想过段氏兄弟的下场，可却没料到他们今天的下场比他曾经设想的还要可悲。然而，水明居也并没觉得自己因此就有多么的高兴。相反，在见过段老大之后，他倒是平添了些许失落的情绪。

水明居走到窗前，目送着段老大的黑色宾利驶出公司大门，心头不禁一阵伤感。不管怎么说，南淮市的一个传奇是结束了。这一刻，水明居只想承认，段氏兄弟作为开创者对于这座城市的贡献还是不可抹煞的。他们的罪孽掩盖不了他们的功绩，更何况，那些罪孽也不单单是他们两个人的罪孽。试想，仅靠这两个人又怎么可能完成那么多的罪孽呢？当然，至于那兄弟俩究竟有没有那么多的罪孽，他本人其实也很不清楚。

天色已开始转暗，水明居想到需要找薛威商量一下，正要往他的办公室去，忽然想起什么，便看了一眼手表：刚过下班的时间。他只好折回，拨通了薛威的手机。薛威还没走。

见到水明居，薛威的神情显得好像不大自然。不过，水明居并没往心里去。他抽了抽鼻子，道："好香啊。"

屋里弥漫着一股甜蜜的香水味。

薛威的表情更不自然了，笑起来十分勉强。

水明居在他对面坐下，说明了来意。但是，薛威一直低着头，半天没有反应。

"你听见我说的话没有？"水明居打量着薛威，注意到他今天穿的是一套崭新的烟灰色毛料西装，一条玫瑰红的领带尤其扎眼；那平时看不出形状的头发，今天无疑也经过了好一番精心雕琢，根根可见。

"噢……你是说想接下汇鑫的那个烂摊子？"

"没你想象得那么烂，绝对有利可图。"水明居盯着薛威的那条领带，领带很是好看，可他记得薛威是不怎么喜欢穿西装的。那条领带倒是挺适合自己的。

"……关键是钉子户的问题，你想想看，那是连段氏兄弟都奈何不了的呀。"

"我想过这个问题，可以把规划重新调整一下，绕开它，叫它影响不了大局。等整个楼盘都建好了，那家钉子户势必会感到孤立，早晚得自愿接受咱们的拆迁。"

"要是人家坚决不肯呢？"

"不肯也没问题，我想就它一家也占不了多大的面积，不妨把它先作为预留面积放在那里，另行规划一下。"

"那个地块对你这么有吸引力吗？"

"没错，我自有打算，我想把整个南山湖打造成南淮市顶尖级的休闲度假区。目前，南淮市正好缺少这样一个好去处……"说着说着，水明居便陶醉在了他的宏伟远景当中。

等水明居的思绪从梦想回到现实，薛威冷冷地来了一句："那就开个董事会吧。"

薛威的这种反应叫水明居不免扫兴，但这个人从来就是缺乏激情和远见的，所以他完全可以对此忽略不计，只要他不反对就行啦。唉，寂寞就寂寞吧，一直不都是这样走过来的吗？早习惯啦。

"好吧，那你负责通知一下各位董事，咱们明天上午八点二十开会。"

薛威打开了灯，水明居这才意识到天已经黑了下来。

"在敲定之前，最好得做个实地考察吧。"

"当然啦。"薛威的这个建议总算让水明居对他满意了一点点。

"还得小心，段老二的官司尚未了结，这块地到时候会不会有什么法律纠纷？"

水明居点头，薛威的表现又让他满意了一点点。

他抬起头看看薛威，发觉他今天的胡须剃得也比往常彻底。沉默半分钟后，他再次开口道："你今天这是怎么啦？"

"我……怎么啦？"薛威低头看了一眼自己的胸前，又看看水明居，脸涨得通红。

"你今天打扮得就像个新郎官。"

"嘿嘿……"薛威从烟盒里抽出一支香烟撂给水明居。

水明居接住香烟，起身准备离开。

"要不要一起喝两杯？"薛威问道。

"不啦，楚文丹催我回去呐。"

水明居回办公室收拾了一下，刚锁上门，手机就响了。是庞叔打来的，

第五章

水明居的心里不免一惊,十之八九不是什么好事情。

果然,母亲病危。这已经不是第一次了,也不是第二次了,不知道是第几次了。所以,水明居并不感到慌张。

坐进车里,水明居叹了口气,电告楚文丹母亲病危的消息。楚文丹竟然还安慰了他一句,这在以往可是未曾有过的待遇。

车子拐过办公楼时,水明居瞥见薛威办公室里的灯还在亮着。

水明居和老二几乎是同时到达医院的,老大已经站在了抢救室的门口。看见庞叔拿着一沓单子走过来,水明居只是冲他点了点头,什么话也没有说。

老二问:"这次是什么情况?"

庞叔答:"老样子,心肺衰竭。"

一名戴眼镜的年轻医生这时走了出来,摘下口罩,那张面孔他们都已经很熟悉了。大家自动围了上去。

医生瞧瞧每个人的脸,说:"这次比上次要严重得多,你们看……还要继续抢救吗?"最后,他将目光停留在了庞叔的脸上。

庞叔则将老大、老二、老三逐个看了一遍,哑巴哑巴嘴,没发表意见。

短暂的沉默之后,老大瞪了一眼庞叔,没好气地说:"肯定得继续抢救啊。"

"那就要用进口药啦,一万块钱一支。"

老大愣了一下,欲言又止,看看左右。

水明居道:"麻烦你们就尽力抢救吧,钱的问题不用考虑。"

老二跟局外人似的,始终一句话不说,只是不停地将响起的手机摁断。

医生消失在了门后。

老四气喘吁吁地跑了过来,观察一下每个人的表情,问道:"没大事吧?"

没有人搭理他。

他凑到水明居的跟前,讪讪地在那里站着。水明居瞥了他一眼,说:"还在抢救。"

老四"噢"了一声,用一张医托塞给他的宣传单下意识地扇着。

老二则躲到一个角落里接电话去了,剩下的人都垂头想着各自的心事。走廊里一直回荡着老二神神秘秘的低语。

121

水明居听了半天，也听不清老二究竟在说些什么，便问老四："老二现在在干什么？"

"干……什么？"老四侧头瞟了一眼老二，"他在打电话呀……"

"谁问你这个？"

"噢，"老四明白了过来，"他不是干传销吗？"

"谁干传销啊？"老二接完电话走了过来。

"我们在说你呐。"水明居道。

"别造谣，我干的可不是传销，那叫资本运作，懂吗？"

"怎么个运作法？"

老二对水明居那充满讥诮的微笑同样报以充满讥诮的微笑："说了你也不懂。"

"人家这么大的老板还不懂你那点儿小道道？"老四帮腔道。

"再大的老板他也不是资本运作这个行当的老板，资本运作，你们以前听说过吗？"

"没有。"水明居和老四异口同声。

老二正要张嘴给两个弟弟启蒙一下，目光忽然又发生了偏离。

水明居顺着老二偏离的目光望去，惊讶地看见楚文丹正朝这边走来。

"你咋来啦？"

"我来看看，你吃饭了没？"说着，她首先同庞叔打了个招呼。

水明居迟疑了一下，道："没吃。"他已经忘记了胃的存在。

"那我去给你买点儿吧，你想吃什么？"

"不用，我一点儿不饿。"

楚文丹猛地对他这么好，弄得水明居感到极其的别扭。

大家都把目光集中到了楚文丹的身上，楚文丹一时间有些不知所措，甚至开始怀疑自己是不是不该到这里来。这是哪儿？她扫了一眼那门窗上的字迹，想起来这是医院，于是急忙问道："妈怎么样啦？"

"在抢救。"水明居答道。

"三嫂越来越年轻啦。"老四忽然冒出这么一句。

"呵呵……"楚文丹的神情愈发的窘了。

水明居斜眼瞧瞧妻子，觉得此刻的她看上去是比往日精神了不少。刚美过容的缘故？还是那一身新衣显衬的？

第五章

"走在街上我都认不出你来啦。"庞叔说。

"认不出啦。"老大跟着说。

"认不出啦。"老二也跟着说。

水明居正寻思着如何让妻子从这几个男人的包围里摆脱出来,抢救室的门突然打开,母亲被推了出来。立刻,大家都围上前去,像是那里有着一股强劲的吸力似的。

"妈妈——"老大急切地喊了一声,像个遭到可怕惊吓的孩子。

水明居望着母亲那张蜡黄的脸,心中只有阵阵冰冷的感觉。他知道母亲没有死,但即便就是死了,他可能也不会有别样的感觉。情感意义上的母亲已然从他的生活里消失了,他们之间所维系的仅仅是一种生物学层面的联系。母亲早早地就把自己杀死了,留下来的不过是一个女人不堪一击的躯壳而已。这个躯壳属于陌生人的躯壳,需要水明居去重新认识,重新适应,只是他再也无法将母亲身份的标签贴在这个躯壳上了。当然,他也不再需要一个母亲了,他已经完全长大。

回到病房的母亲在十分钟后苏醒了过来,她瞟了一眼病床前的这几个人,即刻又将眼睛闭上了。一闪而过的目光里流露出的是无尽的厌烦。

"你们又让我活过来干什么?嫌我遭的罪还不够呀?我的老天爷啊……"她将头歪向墙那边,开始不停地呻吟起来。

庞叔无奈地和水明居对视了一眼,一丝苦笑。

水明居道:"没什么事那我们就走啦。"

"回去吧,"庞叔说,"时间也不早啦。"

水明居瞟了老大一眼,算是打了个招呼,今夜该老大陪床。

楚文丹跟在水明居后面,接着是老二和老四,四个人离开了病房。

"等等……你们……"庞叔喊道。

四个人回过头去,庞叔走了出来,老大也跟了出来。

庞叔面露难色,飘忽的目光最后停留在了楚文丹那里。他抖抖手中的那沓单子,说:"老太太这次的医疗费已经远远超出了我的承受能力,家中的存款她又不许我动……说实在的,存款都在她的手里把着,有多少我一点儿都不清楚……刚才你们也都听见了,一支药就要一万块……"

"需要多少钱您就尽管说吧,庞叔,我们四个来分担。"水明居将话接了过去。

庞叔点点头："你们要不要先看一下这些票据？"

"不用啦。"水明居摆摆手。

其他三个兄弟也都没表示要看的意思。

"那好吧，我看你们几个就每人先拿两万块钱给我吧。"

"没问题，我明天就让楚文丹把钱送来。"

"我……有点儿问题……"老四一脸的悲伤，"我刚找三哥借过两万，还愁着钱不够呐……"

"一下子拿出这么多钱……"老大的脸色突然变得铁青，"我……也有点儿困难，我刚贷款买了辆车……"

老二又在接电话，好像没自己什么事似的。

水明居看着庞叔说道："这没啥好说的，责任均等，回去自己想办法吧，明天咱们都把钱交给庞叔。"

"不用那么急，晚个一两天也不碍事。"庞叔补充道。

水明居不再说什么，他已经感到饿得发慌了，朝楼梯口匆匆走去。

楚文丹正要跟着走，又忽然想起了庞叔："我送您回家吧？"

庞叔犹豫了一下，点点头："好吧……"他转身进病房拿自己的东西去了。

水明居先将车子开出医院大门，等着楚文丹。听到鸣笛，他循声望去，看见老二驾着一辆SUV疾驰而过。这家伙什么时候换车啦？好像还是辆路虎呐。资本运作得挺见成效啊。又听到一声鸣笛，水明居以为是楚文丹，侧目一看，是辆出租车，驾驶员竟是老四。老四漫不经心地冲他挥了下手。这家伙，出手可够神速的。水明居摁了下喇叭，算是回应。

楚文丹的车子姗姗来迟，在他旁边停了一秒钟，随即消失在灯火寂寥的夜色里。水明居开车不及楚文丹猛，车子的马力也赶不上她的。眼瞧着跟不上，他索性放弃，拐了个弯，直接朝家里开去。

到了家里，水明居发现楚文丹已经在用微波炉给他热饭了。他不得不承认，楚文丹有时候还是挺能干的。

顾不上换衣和洗手，水明居就坐到了餐桌旁。但一想到医院，他只好先忍住饥肠，恋恋不舍地离开餐桌一下。

见楚文丹也在对面端起了饭碗，水明居有些不解："你怎么……"

"我也没吃呐。"

第五章

水明居被不自然地感动了一下："你……别对我这么好，我受不了。"
"贱骨头！"
两人都没了话，只管吃饭。
收拾碗筷时，楚文丹蓦地说道："那钱你明天自己去送吧。"
"为什么？"
"我一早得去机场。"
"……"水明居等着她的解释。
"我去北京。"
真是闲的！但抱怨的话没等冲到嘴边就又被他强咽了回去，她这几天确实挺无聊的。就随她去吧，总比待在家里拼命网购安全一些吧。
"你手里有钱吗？"楚文丹问。
水明居没吭声。
"要不要我给你一张卡？"
"你最好给我现金，我没工夫跑银行。"
楚文丹去了书房，打开保险箱，拿出两沓钞票搁进一个信封里。正要交给水明居，水明居已经不在客厅。她找了找，看到次卧卫生间里的灯亮着，还有"哗哗"的流水声，便将钱放到了茶几上。见水明居的手机在一旁搁着，她顺势拿到手里检查了一遍。没发现什么让她起疑的东西。
她满意地回卧室睡下了。已近半夜，想到明天就可以见到晶晶，她顿时没有了睡意，盼着晨曦快快出现在窗前。
台灯灭了，随即出现在窗前的是水明居朦胧的身影。
"你明早打车去机场吧，我有董事会，送不了你。"睡去之前，水明居临时找出这样一句本来根本不想说，而以前绝对就不会说的话，为的是尽量不再制造冷战。
"我也没指望你送。"
"……我争取去机场接你。"他忽然想起楚文丹这两天对自己的好来。
"不稀罕。"
水明居闭上了疲惫的双眼，依稀又听见隔壁传来的那种怪叫。他始终不清楚，这究竟是梦魇使然还是痛苦所致？相比于隔壁的那个糟老头子，自己母亲的状况或许还不算是最坏吧。母亲只有呻吟，不，她的眼泪比呻吟更多……

"你咋啦？"楚文丹把他从梦中推醒。

水明居睁开眼睛："嗯？怎么……"他恍然意识到了自己刚才在呜咽，是梦里的呜咽。至于为什么而呜咽？他已经想不起来刚才的那个梦了。

听着楚文丹均匀而放肆的呼吸，水明居很快又睡着了。但好像没睡多久，"砰"的一声门响又将他弄醒了。水明居知道这是妻子走了，躺在床上的他随即感到了莫名的孤单，自己仿佛成了惨遭妻子和女儿抛弃的一个可怜虫……房间似乎在不断地变大，床似乎也在不断地变大，无限的边际不断扩张着这个渺小虫子空洞的内心。

尽管时间尚早，闭着眼睛的水明居却怎么也睡不着了。想了一通今天需要处理的事情之后，水明居便起了床。

他没吃早饭，第一个来到了公司。推开窗户，正好看见一架飞机在远处的高空缓缓驶过。他瞧了瞧手机上的时间，不知道楚文丹是不是就坐在里面。

水明居的目光一直追随着那架飞机，直至它消失在湛蓝的天幕里，犹如一艘游轮隐入无边的海水，但遗留下的不是恐惧的波澜，却是怅然而失的浪花。水明居点着香烟，目光坠落向地面。一个身着红衣的女子推着自行车走进院里。那是谁？来得这么早。没等他看清楚，那女子便被甬道上茂密的悬铃木枝叶给遮掩住了，只有身上鲜艳的红色在枝叶的缝隙间偶尔闪现。好像是飘飘的长发，好像是周一虹。

不多工夫，水明居就听见走廊里回荡起高跟鞋发出的响声，清脆悠扬。没错，应该就是周一虹。他转身来到门口，果然是周一虹。

他的出现把周一虹吓了一跳："你……啊……水董？今天怎么这么早啊？"

"你来得也挺早啊。"

"我送儿子上学，他走得早。"

"每天都是你送吗？"

"是啊，我老公负责接。"

"怎么不买辆车？"

"我觉得骑自行车挺好的。"

"唔……是吗？"水明居觉得没必要再多说什么了，冲周一虹点点头，退回了办公室。

第五章

　　董事们陆续来到会议室。开会的时间已经到了，却迟迟不见薛威的人影。水明居让办公室秘书赶快催催，答复是薛董的手机关机，联系不上。水明居打了一下，确实关机。于是他又打了田媛的手机，通了。可是，田媛却是硬梆梆的一句："我怎么知道他在哪里？"

　　"怎么回事？"水明居愣住了。

　　"没怎么……"

　　水明居听出田媛的声音有些不大对劲，他耳语般地说道："你们吵架啦……"。

　　"……"

　　"不好意思，让各位久等啦，实在是对不起……"薛威此时点头哈腰地出现在了会议室门口。

　　"唔……他来啦。我们要开会啦，再见。"水明居把电话挂了。

　　水明居瞥了一眼薛威的表情，挺高兴的，看不出有和田媛闹矛盾的迹象。在水明居的记忆里，他们之间似乎从来就没红过脸。对于田媛，薛威向来是言听计从的。可是电话里……提到薛威，田媛的情绪明显不太正常。夫妻吵架本来不算什么，但是薛威和田媛吵架，还是让水明居觉得够新鲜的。他俩跟他和楚文丹可不大一样。

　　水明居开门见山，讲明自己要召开董事会的动机。其他几位董事没有表示异议，但也没有表示赞同。因为他们都对汇鑫公司这个地块目前的财政状况一无所知，到底有没有胜算？胜算又会是多少？这些问题让水明居立即意识到，在同段老大进行实质性接触，全盘弄清这个地块的具体账目之前，要想拍板还为时尚早。首先，得带上财务部的人去汇鑫一趟，其次，得带上开发部的人做一次实地调研。

　　仅用了二十分钟，会议就结束了。正当各位董事准备离席时，水明居又临时萌生出了一项新动议。"且慢，"他举手招呼道，"既然大家好不容易都到齐了，时间也还早，咱们就再商讨一个议题吧。"接着，他吩咐办公室秘书将人事部和财务部等相关人员叫来。

　　原来，水明居是想给员工们涨工资。

　　其中一位董事环视了一周，接着水明居的话笑呵呵地说："咱们公司职工的收入在南淮市已经够高的了吧？"

　　除了水明居，其他几位董事都跟着点头。

水明居让财务部经理将公司季度报表给大家传阅一下，想让他们知道公司利润最近增长得有多么疯狂，股市的表现又是多么的不俗。他最终的意思还是坚持要给所有年终考核合格的员工涨一千块钱工资。

"一千？太多了吧？"

"就是。"

"不能这么飞跃式地涨吧？"

"五百就够高的啦。"

"五百也……"

"那好吧，"水明居趁机插话道，"就先涨五百吧。谢谢大家，不耽误大家时间啦，散会。"

走出会议室，水明居听见薛威在背后同那位董事嘀咕道："老水这个慈善家，没办法，呵呵……"

路过公关部时，看见周一虹在那里浇花，不，是浇菜，水明居敲了敲门框。他想把这个消息告诉她，因为自己之所以要做出这个决定，本来就与她有着必然的联系。

"……这次没能达到我的预期。"

"已经很不错啦，谢谢水董，大家一定会满意的。"

"明年我争取再调一次吧。"

"不调大家也不会有意见的。"

"不行，不能光让董事和股民们发财……"

回到办公室打了几个电话，将工作交代完毕后，水明居拿上那袋钱匆匆赶往医院。

母亲的脸色依然欠佳，经过一番要命的折腾，俨然又苍老了不少，稀疏的头发捉襟见肘，仅剩下装饰性的意义。左太阳穴上的那两个老人斑变得越发的清晰，并且似乎又带动成长出了一簇簇细小的老人斑。

"感觉好些了吗？妈。"

母亲"嗯"了一声，随后是一连串轻描淡写的呻吟。

"能吃饭吗？"水明居回头问庞叔。

庞叔摇头："还不行。"

水明居打开手包，取出信封交给庞叔："他们都把钱送来没有？"

"老二已经送来啦。"

第五章

"唔……钱要是不够的话,您直接跟我说就行啦……跟楚文丹说也行。"

"你们别再为我糟蹋钱了好不好?我求你们啦……"母亲咬牙切齿拍打着床沿,"我已经活够啦,不要再让我遭这个罪啦……"

水明居瞪着母亲,面孔绷得紧紧的。母亲合上眼睛,不再吭声。

这个女人,一辈子都是弱不禁风的样子,但在生气的时候却可以表现得强悍无比。瞧她刚刚那拍打床沿的动作,多么有力,哪像是个才从死亡线上挣扎过来不久的病人呀?

"坐吧。"庞叔从床底下拖出一个方凳推到他面前。

水明居看看手表,道:"不啦,我还有事。"

正要转身离去,母亲忽然把他叫住。

"什么事?"

"给你爸烧纸了没有?"

"烧了。"

"什么时候烧的?"

"……昨天夜里……前天夜里。"

"在哪儿烧的?"

"我们家小区前面的马路上。"

"烧得多吗?"

"多。"

"……"

水明居等了一会儿,说道:"我走啦。"

他不知道母亲是否会相信他的谎言,他不在乎,只要能给她个交代就算万事大吉。面对一个你压根无法同其交流道理的人,真话和谎言还有什么区别?没有智慧的头脑是不需要真理的。

手机上冒出来一条短信,楚文丹已经见到了晶晶。

她们终于又在一起了,水明居心想,那么多年来,她们总是在一起的,而他则始终就是个局外人。

不过,妈妈的到来却并没有让水晶感到高兴。相反,她倒是有些恼火:怎么说来就来啦?也不事先打个招呼。当然,要是妈妈打了招呼,她也就不会让她来了。可是,不让她来她就不来了吗?她还不了解自己的妈妈?凡她想干的事情,又有谁能拦得住啊?所以,只要是涉及自己利益的事情,水晶必须全力抗争。既然妈妈不在乎她的感受，她也就没必要顾及妈妈的感受。

妈妈发来短信说她正在水晶宿舍的门口等着，水晶没有回复。等上完课，她给妈妈打去电话，让她回宾馆，说自己正往那里去。水晶不想在同学们的众目睽睽之下和母亲相见，似乎让同学们见到自己的母亲是一件不太光彩的事情。

娘俩在宾馆大厅见面了，隔着两米的距离，妈妈上上下下好一番地打量着水晶，跟不认识了似的。

"没分开几天吧？"水晶对妈妈的目光不以为然。

"反正第一眼我是没认出你来。"

水晶的头发剪得超短，上身是一件浅绿色的紧身皮夹克，下身是一条宽松的黑色牛仔裤，脚蹬红色的回力球鞋。不细看眉眼，谁都会以为这就是一个赶潮的男孩子。楚文丹从没见过女儿穿这身衣装，想必是她来北京后自己买的。在穿衣打扮上，自己和女儿的审美差距是越来越远啦。

"这身行头价格不菲吧？"

"还可以。"

"你还有钱吗？"

"有。"

"别光买衣服不吃饭。"

"不吃饭还不饿死啦。"

"瞧你，几天就瘦成了这个样子。"

"没那么夸张吧？"

"饿了吧？走，咱们去你们食堂吃饭。"说着，楚文丹就将手搭在了女儿的肩上。接着，又上下打量了一眼女儿，感觉几天没见的女儿好像是长高了。

没走两步，水晶便下意识地朝旁边闪了一下，楚文丹的胳膊伸着有些吃力，只好把手缩回。

来到大街上，水晶左右看看，说："就在这里找个地方吃吧。"

"我想尝尝你们食堂的饭菜。"

"我们食堂的饭菜难吃死啦。"

"那好吧。"楚文丹不再坚持。

她们选择了一家人气挺旺的川菜馆。

两个人商议着点完了菜，水晶又要了一瓶啤酒。楚文丹本想反对，但看看女儿那坚决的眼神，她只能作罢。其实，水晶没把香烟从口袋里掏出来，已经是给妈妈很大面子啦。

　　没等菜上来，水晶已经开始自斟自饮。

　　"咱们明天去香山看红叶好吗？"

　　"我还有课。"

　　"明天是周末呀。"

　　水晶白了妈妈一眼："有什么好看的？满眼都是人和车。"

　　"那就在宾馆里待着啊？"

　　"你为什么要来北京啊？"

　　"不是想看看你吗？没良心的。"

　　"这不看到了吗？明天你就回吧。"

　　楚文丹的眼泪一下子涌了出来，女儿怎么会变得这么无情？她真的是再也不需要自己了吗？楚文丹顿时想到了自己的母亲，母亲如今已是一块墓碑，可她是多么的需要母亲啊。

　　"好啦好啦，这么多人……"水晶将一块纸巾递给妈妈。

　　楚文丹接过纸巾，蒙住眼睛，哭得更欢啦。

　　"你再哭我就走啦，让你一个人在这里好好哭吧。"

　　楚文丹毫不理会女儿的威胁。

　　周围食客的目光纷纷朝这边投射过来，水晶受不了了，起身离去。

　　来到洗手间，她点着一支香烟，然后走到盥洗台前，望着镜中的自己：她这是怎么啦？怎么变得这么脆弱？我也没说什么呀？

　　烟抽到一半，水晶就掐灭回到了餐位。妈妈已经不哭啦，正在那里摆弄手机。

　　"快吃吧，菜都要凉了。"妈妈像是在跟手机说话。

　　水晶拿起筷子，想想，往妈妈碗里夹了块红烧排骨。

　　楚文丹收起手机，也拿起了筷子。

　　谁也没再说话，直到水晶掏出钱包要结账时，楚文丹才道："哪用得着你买单呀？"

　　"毕竟你算是客人。"

　　"那也得等到你自己挣钱再说吧。"

水晶收回钱包，估计这顿饭便宜不了，她还真有点儿舍不得呐。

把妈妈惹哭了，还让她买的单，水晶挺不忍心，主动替妈妈拎起了包。

蓝天高远，气爽风轻，路边挺拔的银杏树一片绚烂的金黄，犹似一团团寂静燃烧的火焰。

"给我在这拍张照吧。"楚文丹把自己的手机交给女儿。

手机屏幕里的妈妈眼角依旧挂着泪滴，委屈的神情连身后银杏树那如许浓烈的色彩也遮掩不住。

走到宾馆门前，水晶说："你进去休息吧，我傍晚再过来。"

"你也在这里休息一下嘛，我带了你爱吃的豆干和豌豆糕。"

"回头再来吃吧，我要去图书馆看书。"

女儿说到看书，楚文丹便不好意思再挽留。她望着女儿穿过斑马线，愈走愈远，淹没于车海人流之中。当年那个蹒跚学步的孩子这么快就走到了这里，太快啦，自己还没回过神来。她张开双手，等着那孩子扑向自己的怀抱，但是，她扑向的却是远方……茫然的楚文丹伫立在远离家乡的街头，听着一辆辆汽车驶过的"唰唰"声，仿佛在听着时光倒流的声响。她真想回去，带上女儿一道回去，回到那个起点，让一切重新开始。她隐隐感觉到，在自己的人生旅途中，某个站点或是某段行程出了什么差错。不是空间上的差错，就是时间上的差错。

楚文丹回到宾馆睡了个午觉，醒来后便一直赖在床上看电视。本是打算周一回去的，现在她决定明天就回。想到这里，她跳下床，将带给水晶的那两大包南淮特产从旅行箱里拿了出来。

床头柜上的电话铃响了，竟是水晶打来，要她下楼。这孩子，连上来一下都不肯，真不知道她是怎么想的。

"你咋不上去啊？"楚文丹走向坐在大厅窗边沙发上的水晶。

"就不打搅你啦。"

"什么话？你打搅谁啊？"

水晶迎上来，看看妈妈脚上的拖鞋，说："回去换一下吧，我带你去看话剧。"

妈妈重新下楼来时，全身已焕然一新，而且还化了妆。

怪不得这长时间，水晶心想。她看看妈妈的脸，化过妆的她不太像妈妈了，像某个已经过季的法国影星。的确，她有好久没见过妈妈化妆的样子啦。

"时间有点儿紧,咱们就简单吃碗面吧。"水晶说。

楚文丹没做任何表示,任由女儿安排,跟着她来到街边的一家拉面店。

一人一碗拉面,水晶当即付了账。

楚文丹扬起一只手臂,想打车去剧场。水晶说堵车,硬拉着她去乘地铁。地铁的挤叫楚文丹看了有点儿毛骨悚然,从没有见过这么多的人。错过三趟车才总算挤了上去,四周全是脸,并且都快贴到了一起。楚文丹即刻涌出的一个想法就是,这个国家确实应该计划生育。在家里时,她倒却从未有过如此强烈的异常念头。

楚文丹看看眼前的几张脸都不是水晶的,想转过身去再看看,怎奈动一下头都很困难。正担心水晶是不是上来了,车已停站,不等她反应过来,人群便将她一股脑地裹挟了下去。

惊慌失措的她疾呼:"水晶……!"

这时,一只手紧紧抓住她的胳膊,又将她拽了回去。她的脸终于和女儿的脸挨到了一起。

天呐!这就是北京。一趟地铁就可以让你斯文扫地。

剧场没楚文丹想象的大,但是座无虚席。演员出场时,她的心情蓦地激动起来。好多年没看过话剧了,最后一次看话剧好像还是在上中学的时候。

演员都是中国人,故事却发生在法国,讲的是一个青年摇滚歌手变性的经历。水晶悄声告诉她,这是根据真人真事改编的。刺耳的音乐,歇斯底里的嚎叫,放荡不羁的行为……楚文丹看了一半就看不下去啦。这个故事到底想告诉人们什么?中心思想是什么?有什么教育意义?早年的语文教育经历让楚文丹一遇到故事就要抓住中心思想,寻找教育意义,否则就觉得没法对自己交差。

然而,水晶却一直看得神情专注。

楚文丹耐心等待着剧情的结束。忽然,她看见水晶站了起来,而且是在向舞台跑去。正感疑惑,就看见女儿捧着一束鲜花出现在了舞台上。她将鲜花献给那位已经变成女人的男主角,男主角望着她,深情款款地唱了起来,并牵着她的手开始翩翩舞蹈。

可能由于是紧张的缘故,女儿开头的几个动作同男主角不太协调,但是接下来便有了默契。她甚至反客为主,让男主角随着她的动作和节奏舞动起来。

楚文丹好像发冷似的，浑身哆嗦个不停，直到女儿重新回到座位上，她才慢慢平静下来。不一会儿，演出落幕了。

"你这是演的哪一出啊？"楚文丹问女儿。

水晶笑而不答，走出剧场，她才对妈妈说："这叫实验话剧。"

"你和他们都认识？"

"不认识。"

"……"

"这种话剧是开放性的，观众随时都可以参与进去。"

"那不会乱套吗？"

"怎么会？来这儿的观众都是有一定戏剧修养的人，什么时候可以参与，他们心里是有数的。"

"你喜欢话剧？"

"一直就喜欢。"水晶想到了克丽斯特尔，她喜欢戏剧应该是因为克丽斯特尔吧。

"那花是哪儿来的？"

"找剧务要的。"

楚文丹招手拦下一辆出租车，她再也不要坐北京的地铁啦。

"不是上下班的高峰没那么可怕。"水晶说。

"不不不……"楚文丹使劲抓着水晶的胳膊不容分说。

夜里的街头依然热闹非凡，此时的南淮市大街小巷都该冷冷清清了。

"在北京能看到这样的话剧真不错。"水晶望着车窗外说道。

"那你毕业后就留在北京吧。"

水晶没有说话，她想到了威海，在威海恐怕就看不到这样的话剧了吧。克丽斯特尔想看歌剧的时候，不是也都得去伦敦吗？

出租车在宾馆门前停了下来，下车时，水晶说："明晚我再带你去另一个剧场看，剧场很大，是出喜剧。"

"明天上午我就回去啦。"

"干吗这么快就……"

"你学习忙，我不耽误你啦。"

气氛骤然变得有些尴尬和沉闷，水晶没有直接回学校，决定先陪妈妈进

第五章

宾馆。

到了房间水晶一直站着,接过妈妈给她捎来的东西就准备回去。

"你就在这里住下呗。"妈妈说。

"不啦,不方便。"

"有啥不方便的?洗漱的东西都是现成的。"

"我还是回去吧。"

"要不洗个澡再回去。"

"不用啦。"

"那我送送你。"

"不用。"走到门口的水晶回过头来,用胳膊拦了一下妈妈。

"走吧。"妈妈推开她的胳膊,语气有些强硬,分明透着不快。

水晶只好妥协。

等电梯的工夫,她问妈妈:"几点的飞机?"

"十一点多的。"

"我送你吧?"

"有啥好送的?"

穿过马路,水晶停了下来,要妈妈返回。妈妈站了一会儿,欲言又止。

"明天真不要我送啊?"

"不要,再见。"妈妈转身离去。

"等等……"

妈妈又转过身来。

"我爸他怎么样?"

"什么怎么样……就那样。"

"你们还经常吵架吗?"

妈妈支吾道:"不……"

"别再吵了,不然你们就干脆离婚算啦。"

"……?!"

"你俩在一起本来就是个错误。"

"还不都是为了你吗?"楚文丹真的生气啦,她没想到这孩子竟然是这么的不懂事。

"我不需要你们为了我,你们好好为自己着想就行啦。想想你们的将来,

135

还有几十年呐。"

"好歹咱们这是一个完整的家呀。"

"我不需要这种完整的家。"

"你这孩子……"

"以后你们还是多为自己想想吧,不用管我,我长大啦,可以自己照顾自己啦。"

黯然的夜色中,楚文丹呆呆望着远去的女儿,再一次吞咽着失落的苦涩。

回到宾馆房间,楚文丹靠在门上,忽然掩面啜泣。

流完眼泪,她坐在床上,给水明居发去一条短信:你干吗呢?

等了几分钟,不见反应,她又重发了一次。半天还是没有反应。楚文丹沉不住气了,直接按了水明居的号码。手机通了,对方却迟迟不接。挂断之后,水明居的短信倒是追了过来:

咋还不睡啊?

你干吗呢?

睡觉。

跟谁?

什么意思?

我明天回去。

嗯。

你睡吧,明天见。

水明居没再回复。

楚文丹瞧瞧时间,确实已经挺晚了,可自己仍无半点儿睡意。于是,她打开了电视机。

第二天上午,楚文丹收拾好行囊,来到前台办理退房,就见水晶随着旋转的玻璃门出现在自己面前。她的腋下夹着一本书,两手插在裤兜里。

"你怎么来啦?"

"嗯……来看看。"

两人一前一后转出玻璃门,一辆出租车驶了过来。

第五章

楚文丹又上下打量了一番女儿，道："别老是去看话剧，你现在的任务是学习。"

水晶噘噘嘴，替妈妈关上车门，随后挥了挥手。她看见妈妈的眼角又有了泪滴。

出租车拐入街道就被驶来的一辆公共汽车挡了个严严实实，水晶低下头，掏出手机给爸爸发去一条短信：多关心一下你老婆，她是不是遭遇更年期啦？

发完短信，水晶顺着人行道朝路边的那家书店走去。

正在路口等红绿灯的楚文丹看到了女儿从一旁不紧不慢走过，想要叫她忽又止住。她这是往哪里去？没等看出究竟，出租车已经开动。水晶落在了后面，很快被甩出倒车镜。

一度，她以为自己是属于女儿的，现在，她正离女儿越来越远。她在向那个男人靠近，她属于那个男人吗？或者，那个男人属于她吗？如果没有女儿，他们之间还会有关系吗？他是女儿的爸爸，她是女儿的妈妈。女儿是一个中介，抽去这个中介，他们还是彼此的什么？夫？妻？他也可以是别人的夫，她也可以是别人的妻。尽管，她并不想离婚，但在女儿出生之前，她确实也没想过不离婚。只是有了女儿之后，她才想过，她不能离婚。为了女儿，她不能离婚。然而今天，女儿却告诉她，她不是不能离婚。女儿不再是她不能离婚的理由，或者说，女儿只能是她不离婚的一个借口。那么，她能离婚吗？当然不能。她为什么要离婚？她有离婚的理由吗？没有。她还有不离婚的理吗？……好像也没有。

水晶提到了吵架，吵架能成为离婚的理由吗？夫妻之间吵架难道有什么不正常吗？中国难道还有不吵架的夫妻吗？她的父母就吵了一辈子，到最后也还是不离不弃的夫妻啊。当然，她也不是不知道，许多人都把离婚的理由归为感情破裂。什么叫感情破裂？就是彼此不再爱了吧。因为爱，所以结合；因为不爱，所以分开。可在她和他之间，应该不存在所谓感情破裂的问题吧。因为，她不是因为爱才同他结合的，所以自然不会有因为不爱而分开的问题。

没错，楚文丹不爱水明居，她从来就没有爱过水明居。这一生她只爱过一个男人，那个男人名叫衣家傲，是她的初恋。这初恋成了她的永恒。

自初中起，出众的长相就变成了楚文丹的麻烦，她开始成为许多男孩公开追求和暗恋的对象。学习成绩本来一直相当不错，小学以来始终都是班长，就因升入初中后频频遭到的诸般骚扰，楚文丹的学习就此风光不再，成绩渐渐跌落到谷底。

虽然初中阶段的她也朦胧喜欢过一个男同学，但是并未敢真正进入实质性的恋爱，此时的她只能疲于应对各班甚至是各年级和各学校男生的进攻。到了高中，楚文丹已基本无心向学，上课的时间不是在偷看言情小说，就是在偷看男生们写给她的情书。面对各种男孩子的各种表白，她逐渐坦然了起来，进而把它当成了其他女同学都难以企及的享受。

一年之后，楚文丹终于有所进步，不单只是偷看情书，自己也着手写起了情书。爱神之箭狠狠地射中了她，让她无法按捺地爱上了同班里的体育委员，一个高大英俊，喜欢唱歌的男孩。这个男孩就是衣家傲，校篮球队的队长，无数女生心中的白马王子。

爱与被爱的心理感受竟然是那么的不一样，楚文丹发现，爱给自己带来的是被爱所全然没有的兴奋与充实，从此，生活就有了亮色，有了希冀和感动。可惜，好景不长，爱很快又给她带来了摆脱不去的烦恼。

满怀着信心和期待，楚文丹悄悄留意着衣家傲。可是，已经留意了挺长的一段时间，楚文丹还是没能等到对方的任何表示。几次故意从他面前走过，他也从不主动同自己搭讪，照旧只跟别的那些女生谈笑风生。好吧，气恼的楚文丹再也不趴在教室窗口看他在草地上进行体能训练啦，也不再为他的篮球赛卖力地加油喝彩啦。然而，那家伙好像根本就不在乎她的任何反应。他俨然是跟别的男生全不一样。

楚文丹愤怒了，有哪个男生敢这样慢待过本小姐？你以为你是谁呀？真是白马王子啊？真以为本小姐是灰姑娘啊？好好看看吧，硬闭着眼睛是做不了梦的。楚文丹决定忘掉这个不识抬举的家伙，让他见鬼去吧，这次不作数，她要重新为自己物色一个白马王子，一个能比他优秀上一千倍的大众情人。

可是，决心归决心，誓言归誓言，恍恍惚惚的楚文丹惊愕地发现，她已经做不了自己的主啦。她的心灵，她的情绪，头一次开始完全不听她大脑的指使。她越是不许自己去想那个混蛋，自己就越是想得厉害。她一遍遍地将那个混蛋从自己的大脑里驱赶出去，那个混蛋又一遍遍恬不知耻地马上跑了回来。

第五章

经过整整一星期心烦意乱的不眠之夜，楚文丹近乎崩溃，不得不郑重面对起自己的挫败感来。她不想再强硬下去了，她决定抛下少女的矜持，向爱屈服。她总算明白了，爱比被爱要痛苦得多啦，也比被爱可怕得多啦。于是，她人生的第一封情书被迫诞生。

羞怯、懊恼、忐忑、焦躁……此生从未体验过的复杂情感在全新折磨着楚文丹，她觉得自己已病入膏肓，必将不久于人世。她就要像自己读过的那些言情小说里清纯美丽的女主人公一样，满怀着缱绻悱恻的爱意同这个深情的世界做依依不舍的告别啦。

别啦，我的爱！别啦，所有爱过我的人们！家傲，你好……楚文丹想起林黛玉的最后一刻，可惜自己没有诗稿可焚，没有血痰可吐，也没有紫鹃那样的丫环陪伴在左右。唉，她好好凄凉，好好委屈哟……

离去的是一个如花似玉的少女，留下的则是一段不朽的悲剧传奇。楚文丹在动情的想象中慢慢地、慢慢地合上了双眼，因为眷恋，因为不甘，所以她这个动作延时漫长，就在即将完全合上的那一刹那又蓦然睁大开来——天呐，衣家傲的情书竟如此及时地抵达了她的面前。真是冤家啊。那么厚，那么重，又那么滚烫的情书，瞬间就重新点燃了楚文丹行将熄灭的生命之火。她再次熊熊燃烧起来，永不熄灭地燃烧。

楚文丹投去的不过是一声袅袅叹息，衣家傲回应的却是一阵闪电霹雳。他说自打他第一次看到她的那一刻起，他便再也没有将她从自己的心头放下过。他爱她，死心塌地地爱着他。他在日记上写满了她的名字，在课本上写满了她的名字，在胸前纹满……不，是纹上了她的名字，还有她的头像。如果不是因为害怕遭到拒绝，他早就向她献上情书无数啦。他无法接受她的拒绝，她的拒绝就是他的末日，会消灭掉他所有生活下去的勇气。他宁可去死，也不能面对她的拒绝。他感谢上帝，是上帝在他生死煎熬之际帮了他一把，让楚文丹首先向他发来恩准的信号。这个信号太重要啦！这个信号太及时啦！！

不知谁是飞蛾，不知谁是火焰，反正他们是飞蛾扑火一般地投向了彼此热烈的怀抱。他们向全世界庄严宣告，衣家傲和楚文丹从此永不分离。海枯石烂也动摇不了他们生长在一起的肉体和灵魂。

初吻过后，泪流满面的楚文丹迫不及待地要扯开衣家傲的衣扣，一睹他胸前自己的名字和头像。那是怎样的痴情一片啊。可不知为什么，衣家傲却死死抓着自己的衣襟不松手，口口声声说得过几天才能给她看。

为什么？亲爱的，你是不好意思吗？爱用不着不好意思。来，给我看看，我要亲吻它们……

不不不，现在还不行，亲爱的，等过几天我一定会给你看的……

第三天，放学后，在学校围墙外的一处草丛里，楚文丹终于如愿以偿，她在衣家傲的胸前看到了自己的名字和头像。那青色的名字和头像显然有些红肿，且头像只是个大略的轮廓，与自己的真容尚有挺大的距离。但是，楚文丹还是被感动得又一次痛哭流涕。衣家傲的胸前满是她的热吻和热泪。

热恋中的衣家傲和楚文丹获得了置身事外的感觉，他们整日就生活在卿卿我我的爱情田园里，学习和考试似乎跟他们全都没有了关系。衣家傲暂时也忘却了自己体育学院的高考梦想，将训练的时间一律无条件地让给了幽会。他们只有现在，他们不想未来。未来不就是美梦吗？此刻他们就沉浸在美梦之中。

不知不觉，他们的考试成绩也亲密地走到了一起。两人一前一后紧挨着垫了全班的底。老师从中看出了某种苗头，分别找到他们谈话，然后又分别叫来了各自的家长。

结果，衣家傲的父亲用皮带将衣家傲淋漓尽致地痛抽了一顿，并具体规定了每天放学后必须回家的时间。楚文丹的父母同样将楚文丹狠狠声讨了一番，同样也具体规定了她每天放学后必须回家的时间。两人因此就失去了在放学后缠绵的大好时机，只能眼巴巴地守望着时间在校门口依依惜别。他们心如刀割，他们痛不欲生。苍天啊，爱有何罪？大地啊，情归何处？为人父母，怎就如此不解风情？难道他们竟不曾年轻过？

这天深夜，实在忍受不了相思之苦的衣家傲徒步八公里路，来到楚文丹的窗下。幸好楚文丹的家在二楼，不算高，他没费什么周折便爬了上去，轻轻扣响楚文丹那黑黢黢的窗户。他清楚地听见自己的心跳比指节在玻璃上撞击出的声音还要大。

亲爱的，你在梦中吗？我来了，这不是梦。

心有灵犀，楚文丹好像早就知道他会来似的，毫不迟疑地打开窗户，赫然屹立在他的眼前。

披散的长发，半掩的睡衣，这属于他的销魂女神立即让他忘记了所有的紧张和恐惧。

第五章

我爱你!

他求救般地向她伸出双手,她一把将他拉住。一对饱受磨难的情侣紧紧拥抱在了一起。

他们太忘乎所以了,浑然不知弄出的响动引起了正好起夜的楚文丹父亲的警觉。这个在市委烧了二十年锅炉的粗壮男人随手抄起卫生间那根金属晾衣竿,悄然而又迅疾地闯入女儿的闺房。

灯影下的那一幕令他怒不可遏,他二话不说,高举起晾衣竿就向那个正死死搂着女儿赤裸上身的小伙子狠命打去。晾衣竿从中间弯成 V 型,当他再次举起时,小伙子已经丢下女儿,一个后滚翻从窗台上逃了出去。真不愧是学体育的,手脚够利索,一时愣在原地的他也不由得暗自激赏。

怒气未消的他顺势将举起的晾衣竿闭着眼睛朝女儿后背打去,女儿痛苦的尖叫惊醒了熟睡中的母亲和两个哥哥。喊声,哭声,骂声,彻底搅碎了午夜的宁静。

波澜渐渐平息下去时,曙色已若隐若现,楚家一家人刚想重新入睡,警察却又找上门来。

睡眼惺忪、哈欠连天的老楚被带到了派出所,在那里他看见一个人高马大的女人,这女人一见老楚,双眼顿时放大充血,飞鹰扑食般地朝他俯冲过来:"你这个混蛋,凭什么把我儿子打成那样?!老娘跟你拼了……"

两名民警赶紧上前阻拦,但是晚了一步,加上老楚也没立刻反应过来,他的面部当即被抓出几道深深的口子。不过,惊吓已经让他感觉不到疼痛。

惊魂未定的老楚随即得知,自己要面临伤害罪的起诉。刚才那个张牙舞爪的女人把他告了,因为他把人家儿子的腿给打折了,极有落下残疾的可能。

老楚当场傻眼,他压根没料到后果竟会这么严重。这时候,他才想起来那是二楼,想起来那个小伙子的后滚翻。要是头先着地,那后果就更……老楚哪还敢往下想啊。他顾不上再考虑那个小伙子是不是侮辱了自己女儿这件事,也顾不上脸上已经开始的阵阵灼痛感,忙不迭地向警察求情,并连连向那个人高马大的女人道歉。

不能就这么坐以待毙,得立即行动起来,老楚一等到上班时间,便开始用派出所的电话向自己的市委领导求救,接着又打发老婆赶快去学校找楚文丹的班主任说情。

忙活了一个上午，老楚暂时重获自由。在班主任和校领导的积极调解之下，楚家东挪西借，凑足一笔不小的数目火速交到衣家父母手里。后者在拿到钱后，马上表现出宽恕的姿态，决定看在子女同学的份上，放弃追究老楚的刑事责任。

得以免去这天上掉下来的一桩官司，老楚长舒了一口气，但转念一想那压在自己头顶上的天文数字，老楚又即刻火冒三丈，天旋地转，晕倒在地上。

苏醒后的老楚睁眼一看面前蹲着的是自己的女儿，"啊——"了一声又昏迷过去。此后大半年的时间里，老楚都不能看见这个女儿，一看见这个女儿他就犯头晕。平时老楚和女儿的话就很少，因为不需要他怎么管理这个女儿。只有老婆和两个儿子才需要他废话，因为他们常常招惹他生气，不骂他们他们就会上天。而自从此事发生之后，老楚至死都没再跟自己的女儿主动说过一句话。

断了腿的衣家傲在床上躺了三个月，当他拄着双拐重新出现在楚文丹面前时，却是来办理转学手续的。他那踽踽离去的哀伤背影，生生带走了楚文丹全部的爱，只给她留下刻骨铭心的惆怅和无奈。

衣家傲去了另一所中学，因为腿伤，体育学院对于他已成奢望；而不考体育学院，他的高考便等于没了任何希望。后来楚文丹听同学说，衣家傲的那条腿最终也还是有些微跛。听到这一消息时，楚文丹的悲伤已经没有眼泪，但自此遇到所有跛行的男人，楚文丹都不禁会想起自己曾经深爱过的衣家傲。爱怎么就变成了伤害？相知为何就不能相守？楚文丹那颗曾为爱所痴狂的心于疑惑之中渐渐冷却。

衣家傲从她的生活里彻底消失了，楚文丹梦游一般度过了高三这一年。没有憧憬，没有期待，拿到毕业证书，楚文丹就成了一个待业青年。母亲想提前退休，好让楚文丹接她在幼儿园的班。但是托了好几层关系的人，送了不少的烟酒，事情最终还是没能办成。

母亲这边不行，那就只好再看父亲这边喽。于是经过母亲两个多月的嘴皮子鏖战，老楚终于动摇，千百万个不愿意地愤愤出马，又重送了一遍烟酒。老楚一辈子最怕求人，用他自己的话说，让他求人比刀剐他还要难受。可为了这个不争气的女儿，他已经是两度求人啦，真是丢死人啊。

老楚拜托的还是那个分管市委后勤工作的老领导，老领导很快就有了回

第五章

音，暂时安排楚文丹到市委办公室当打字员。

那时电脑才刚刚出现，属于高档又时髦的科技货，楚文丹觉得能整天同这东西打交道挺有面子。再加上一个月的培训，楚文丹完全掌握了五笔打字方法，并了解了有关电脑的一些基本知识，还拿到了一张结业证书。楚文丹无比看重这张证书，仿佛那就是她的一纸大学文凭。

一夜间，楚文丹便忽然成就了自信，再也不为高考的落榜而自认为是个失败者了。环顾左右，来来往往的又都是南淮市最高层次的要人，她怎能不允许自己有些许飘飘然的感觉？

楚文丹走起路来更加的亭亭玉立了，一袭洁白长裙散发出的超凡气质吸引着市委市政府大院所有工作人员的目光。她如春风化雨般地迅速瓦解了这座大院一贯给人的严肃呆板印象，让它有了色彩，有了流动的空气。不久，许多部门的负责人开始纷纷前来借用楚文丹。起初是请她打字，后来是请她提供会议服务，再后来则差不多全是让她陪外省市领导跳舞这种事情啦。上班不到半年，楚文丹便成了这座大院里最有名的女性。

但是，烦恼也接踵而来。这种烦恼就是楚文丹始自初中时代的那种烦恼。如今，重新遭遇这种烦恼，楚文丹却有了亲切而曾经沧海的感慨。往事怎堪回首啊！

先是对父亲有恩的那位市委老领导亲自出面了，他找到老楚，想把自己在市政协给领导开车的侄子介绍给楚文丹。老楚受宠若惊，立马把这一大好消息通报给老婆，让她去和女儿说说。

老婆听到这一消息倒显得极其的平静，说女儿还小，先放放再说吧。老楚想想也是，女儿毕竟才十九岁，还用不着那么着急找婆家。他只好万分抱歉地把老婆的意见如实向老领导转告，老领导听了淡淡一笑，说不过就让两个年轻人先认识一下嘛，哪里一见面就谈婚论嫁啦？说完，老领导便拿起办公桌上的电话打了起来，把老楚干晾在一边。老楚知趣地告辞，明白老领导这是嫌自己不识抬举啦。

这可是得罪不起的人物啊，何况人家还对咱有恩呢！诚惶诚恐的老楚要老婆还是好好考虑一下老领导的面子以及自己的难处，另外，女儿的前途也毕竟是掌握在人家手里啊。

老婆思来想去，觉得丈夫这话说得在理，犹豫一分钟后，便起床进了女儿的房间，将她从梦中唤醒。

楚文丹一听这事，眼睛一闭又躺了下去，并用被子将头罩住。任凭母亲怎么自言自语，楚文丹就是一言不发。

"你到底是同意还是不同意？"

楚文丹继续沉默。

母亲不知道，此时，她的女儿正在被窝里偷偷抹眼泪哩。伤心往事骤然涌上心头，提起这端，又让她楚文丹怎能不想起那不幸的衣家傲？那个终身要在大地上摇晃着的身影。

家傲，你还好吗？

老楚正愁着没法给老领导一个确切交代，市财务局的仇局长又派人将他请到自己办公室来，坦言要让楚文丹做自己的儿媳。仇局长的儿子是名现役军人，即将退伍归来。再度受宠若惊的老楚尚未回过神来，当晚又有市文明办的单主任夫妇亲自登门，依然为的是两家永结秦晋之好的使命。这回倒不是单主任先看上了楚家女儿，而是人家在宣传部工作的独生子先看上的，一眼就再也难以忘怀。

有这么多官员要和自己攀亲，老楚美得已经不知所措啦。这个曾经那么让他丢脸的女儿，今天却给他带来了无上荣光。楚家出身贫农，世代没出过当官的，看来这样的历史就要因女儿得以改变啦。眨眼间，女儿变成了老楚心目中的女神。以前是不愿看她，懒得理她，现在则是不敢看她，不敢理她啦。楚文丹一跃成为了这个家里最有地位的人。

在单主任夫妇之后，通过各种关系和方式向楚家提亲的人仍旧是络绎不绝。不是有权的，就是有钱的。真是女大不中留啊。可是，现在已经不是女儿答应不答应的问题啦，问题演变成了作为父母的老楚两口子应该把女儿答应给谁。而答应一个，就意味着可能会得罪其他那些个，可那些个又有哪一个是他们敢得罪的呢？老楚两口子为难得夜夜失眠，早知自己的女儿这么抢手，当初何不多生几个？

在答应和不答应之间，老楚两口子只能尽量装着糊涂，模棱两可着。而恰巧也赶上大儿子要在当年"十一"完婚，时间紧急，所以两人便借此做了合理的敷衍，让前来提亲的人也不好意思一再紧逼。

其实，政府大院里能同楚文丹接触得上，年龄又相宜的小伙子很有几个，可以说个个对她也都有几分好感。其中也不乏勇夫，正暗地里瞅着机会要展开攻势。但是，一听说不少领导都在抢着要将楚文丹内定下来，就谁也

第五章

不敢再有所行动啦。陷得深一点儿的,只好静观其变,默默祈祷。陷得浅一点儿的,则即刻抽身,另寻新欢。

就在这个空档期,水明居及时插了进来。当时的水明居刚从大学毕业,没事常到市政府找薛威闲聊,两个人的单位仅有半站地之遥。第一次在楼梯口遇到楚文丹,水明居惊愕得倒退两步,哎呀,对面这个女孩简直就是从银幕上走出来的呀。第二次在走廊里又与楚文丹照面,水明居便不由得动了心思,开始更加频繁地来找薛威,当然已是醉翁之意。他不动声色地从薛威那里打探到了这个女孩的名字和工作单位,然后开始精心谋划接近她的最佳方略。

首先,通过几次下班后的秘密跟踪,水明居发现楚文丹始终都是独来独往。一个人下班回家,一个人去商店,一个人去澡堂。因此可以认定,楚文丹是没有男朋友的。水明居决定马上出击。

接着,他从图书馆借来一本《名人情书选》,耗费一个通宵完成了一封献给楚文丹的情书。不知道水明居参考的究竟是哪位名人的哪封情书,反正这封情书更像是一篇回忆录,从头到尾讲述的都是自己的沉痛家史,几乎没有透露出任何求爱的信息。应当说,这完全就是一封词不达意的情书。但是没有办法,语文本来就属于水明居的弱项,作文更是他的天敌。

然而,楚文丹却不这么想,这封信到了她的手里,被她天经地义地就视作了情书。她曾收到过不计其数的情书,各式各样的情书,但已有很长一段时间没再收到过情书。她不知道,一个陌生男子写给她的信件如果不是情书,那又可能是什么?水明居的情书唤起楚文丹亲切而又伤感的回忆,给她带来了久违的那种快乐。这是一封与众不同的情书,它使楚文丹恍然意识到,自己已经寂寞好久啦。

楚文丹努力回想着对方在信中提及的那几次邂逅,可却连半点儿细节和线索都捕捉不到。不过,对方那坎坷的人生经历确已深深打动了她,她毫不怀疑这应该是一个值得信赖的好青年。而且,尤其令楚文丹感到满意的是,对方还是一个大学本科生,毕业于一所重点大学。仅凭这一点,就足以将楚文丹打动啦。一直以来,楚文丹最羡慕的就是本科大学生,她可以不在乎未来的男朋友是什么工作,但是本科大学的学历一定是必需的。

楚文丹没有耽误时间,紧接着就给他回了信。只是,这封信写得不那么容易。以前她仅仅是在看信,几乎没有回过信,情书也就写过那一次。由于缺乏练习，加之许久没再触碰过情书，楚文丹提起笔来思路磕磕绊绊，涂涂改改，写了一个多星期才算满意。水明居的心也就这样跟着悬了一个多星期。

拿到楚文丹的回信，水明居虽仍心有不安，但已多少看见了一线希望。等打开信笺，发现只有寥寥数行，水明居也仍然没有失望。至少，那寥寥数行在清楚地表明，她并不拒绝同自己交往啊。水明居顿时信心倍增，随即写起第二封信来。

水明居的第二封信和第一封信差不多保持了同样的长度，而楚文丹的第二封信却比第一封信长了七行。水明居仔细数过，算上标点符号的话，这七行一共有95个字（不算空格）。多出的这95个字是谈她正在看的一部电视连续剧《上海滩》。

水明居的宿舍里没有电视，为了共同的话题，他只得天天晚上硬着头皮往母亲那里跑，弄得庞叔和母亲别无选择，只有耐着性子跟他一起看《上海滩》。

接下来的往返书信里，两个人的话题基本上就没再离开过《上海滩》。水明居把自己想象成了许文强，楚文丹将自己理解为了冯程程。这样的密切交流不知不觉就让两颗年轻的心慢慢靠拢在了一起，水明居不用再自己把自己想象成许文强，楚文丹已经把他想象成了她的许文强。楚文丹也无须再自己将自己理解为冯程程，水明居认为她就是他的冯程程。

既然一个是许文强，一个是冯程程，那又如何有不相爱携手的道理？

亲爱的文强！

亲爱的程程！

终于，《上海滩》让这对还未曾真正相识的男女彼此忘情地发出了爱的呼声。

我爱你！

嗯，我也是！

水到渠成，该是约会的时候了。水明居适时向楚文丹发去了邀请，此时，距离水明居寄出的那第一封信正好也是95天。是巧合还是天意？

周末的傍晚，楚文丹和水明居在电影院门前的广场上相见了。她一走到那里，就见一个身穿黑色呢子大衣的瘦高青年迎上前来。

"你好。"

第五章

"……你好。"

见对方没有伸手的意思,水明居便赶忙将伸出去的手又缩了回来。或许男女之间的确没有必要通过握手表示友好。

水明居抬腕看了一眼手表,强作镇定地说道:"时间还早,咱们先在外面走走吧。"

楚文丹没有说啥,随着他沿路向前走去。前面是一座山丘,山脚下是一条僻静的马路。两人就在那条路上走来走去。

楚文丹的心里有点儿乱,身旁这个小伙子让她又想起了衣家傲。他没有衣家傲魁梧,也没有衣家傲英俊。唉,许文强是这个样子吗?要是衣家傲的话,也许还……见面后的那一刻钟里,她只顾失望,几乎没有听见他在说什么。恍惚间,她就是一直时有时无地"嗯嗯"着。

不知过了多久,她忽然想起来问道:"几点啦?"

"哎哟,都过了半小时啦……"他回头朝电影院那个方向望望,"还看吗?"

"那就算了吧。"

正中下怀,看电影不过就是个幌子,他最享受的还是两人这样的并肩漫步。他将大衣兜里攥在手心的那两张票揉成了一团。这时,他的双腿颤抖得已经不那么厉害啦。

一阵冷风突起,夹杂着尘埃和地上的落叶,他一个箭步上前,用躯体将她挡在后面。

她止住脚步,心里生出暖洋洋的感觉。衣家傲也会这样为她挡住扑面而来的寒风吗?

风远去了,留下叹息的回声。两人又并肩走在了一起,但他始终注意不接触到她的身体。这点让她又给他加了一次印象分。

他感觉她有些内向,话语不多,就琢磨着找个可以让她说话的主题。《上海滩》自然是不用谈了,许文强和冯程程碰到一起还能谈《上海滩》吗?那谈什么呢?他问起了她上过的小学和中学,真巧,他们上的是同一所中学,还受教过几位同样的老师。然而对于这样的话题,她仍没有什么想说的。几问几答之后,这个话题便失效了。

看来,她真是个内向的女孩。他觉得这挺好,自己的母亲一辈子就是话太多啦,他不喜欢。话多的女人比话多的男人更令人受不了。

她呐，以为谈恋爱就是为了结婚。可是，她想要眼前这个男人做自己的丈夫吗？以前没想过这个问题，现在想到这个问题却一时得不出答案。如果自己不想同他结婚，那还能继续谈下去吗？而且是在这么黑的夜里。

她停下来看看四周，时间一定不早啦，爸妈该着急啦。

"我得回去啦。"

"好的。"

他们开始朝她家那个方向走去。他把她送到家门口，看着她进屋，自己又在原地站了好一会儿，直到她家窗户透出的灯光黑下来，才恋恋不舍地离去。

已经没有公共汽车了，他只好徒步返回宿舍。在以一个胜利者的姿态跨过十一个站点抵达目的地时，他依旧毫无倦意。尽管今晚走了那么多的路，此刻，假如她有一声召唤，他仍可以雄赳赳气昂昂应声奔去。

不过，兴奋还是没能抵挡得住困意的来袭。倒在床上，水明居便沉沉睡去，而笑意在他的脸上一夜都未曾消失。活到今天，这是第二件最令水明居深感得意的事情。第一件，就是自己成功应届考入理想的重点大学。

那边，楚文丹却在床上辗转反侧。一会儿想的是他的那一封封信，一会儿想的是今晚见到的这个人。总感觉，那信同这人是对不上的。他约她明天上午九点在公园见，现在想起来，这令她十分的犹豫。她还没有想好，自己跟他到底合不合适。在没有弄清楚结果之前，她不愿意同他发展得过快。但是，自己当时又没有明确表示拒绝，让他一个人在那里傻等，这又总归不好吧。他的宿舍里没有电话，否则，明天一早出去给他打个电话，只需编个理由就行啦。

到了第二天早上，犹豫不决的楚文丹眼瞧着墙上的时针指向数字九，自己依然没有要动身的意思。她知道自己只能爽约了，她不知道爽约的后果会是什么，需不需要自己到时做一番看似充满诚意的解释？他会不会因此就跟自己一刀两断了呢？她也是不知道。但想想他可能真的会生气，会跟自己一刀两断，楚文丹的内心似乎又有所不甘。她还能找到像他那样的本科大学生吗？

想到这里，楚文丹又有些后悔了，觉得自己应该赴约。无故食言，能不让人家看低自己吗？

正躲在自己的房间里这么懊恼着，忽然就听见外屋有人敲门。

第五章

"阿姨，您好！请问楚文丹在家吗？"

天呐！他怎么来啦？

楚文丹霍地跳起，手忙脚乱地收拾起凌乱的书桌。

"文丹，有人找你。"母亲隔门喊道。

开门之前，楚文丹又随手将床铺重新整理了一遍。

"哦，是你啊……"紧张和羞赧将她的脸涨得绯红。白天的他似乎比昨天晚上的那个人要好看了一些。

她把他让进房间。房间不大，他坐在门旁的那张方凳上，她挨着书桌坐在里面的床沿上。

母亲端来一杯茶水递到他手里，并毫不掩饰地仔细打量了他一眼。

他喝了一口，水很烫，额头即刻冒出了汗。

"对不起，我……"她在想着应该怎么给他一个交代。

他没用她再费脑筋，接着她的话说道："我等了半天，你迟迟不来，我怕你出什么事情，所以就贸然上门来看看。"

刚才，她还在后悔让他知道了自己的家门。现在，听他这么一说，也就不能不原谅他啦。

"我有点儿不舒服。"她说。是的，我确实是有点不舒服，心里乱得很。她想，这该不算是撒谎吧？

"唔，那我陪你去医院看看吧。"他把茶杯搁在书桌的一角。

"不用，休息休息就会好的。"她将头歪向窗外，不知怎的，泪水就滑落了出来。

他显然发觉了她在流泪，只是低头不语，似乎自己做错了什么，而解释更是错上加错。

好静，她竭力阻拦着泪水，并用手背拭了一下脸颊。他听见了那泪水消失的声音。

彼此默默相对，始终就是一个静字，好像你我谁都在等着这寂静开口。

婚后的一天，楚文丹曾偶然回忆起这天的情景，她问水明居当时为何一言不发。他说，你不是不舒服，不想说话吗？那你明白我为什么哭了吗？他说，你不是不舒服吗？

天啊，原以为他当时的心境一定很复杂，没想到竟会如此简单。自己也太简单了吧。就是，如果自己不简单，又有可能会嫁给他吗？

149

不过，她也不是就那么简单地嫁给了他。波折还是有的。

母亲对这个不速之客表现得极为警觉，在他告辞后五分钟之内，便从女儿口中掌握了派出所户籍警所能够掌握到的关于他的全部信息。

小伙子形象不错，个子够高，斯斯文文的。学历更令她满意。就是工作不在事业单位，有些遗憾。家庭嘛，复杂了点儿，兄弟也多了点儿，但好歹是个正经人家。重要的是有大学文凭，有了这个就等于有了未来的保障，将来升职提干没有文凭可不行。

楚文丹的父亲也从老婆那里知道了这个小伙子的存在，听说是个大学生，他有些意外。目前的这些候选人当中还没一个是大学生呐，大学生也能瞧得上自己的女儿，看样子女儿的前途真是不可限量啊。虽然他一向看重当官的，但他也明白，现在流行的是文凭，往后要想当官还得有个文凭。正好，他也不用再在这些候选人中间左右为难啦，女儿自己就把这个问题给化解了。再说，现今这时代早已不兴父母之命媒妁之言那一套啦，他也没办法，相信那些领导们都不会因此怪罪自己的吧。

父母俨然已经提前首肯了这个未来的女婿，可是楚文丹却还在继续纠结。在她和他之间，总有那个衣家傲亘着。也许是她看惯了衣家傲的那张脸吧，这张脸看上去实在别扭。和他在一起时，她只忍心看他头以下的部位。所以，楚文丹一直不肯答应去见他的母亲和继父。

有同事几次看见楚文丹和水明居在一起，便都认为那就是她的男朋友，可楚文丹却坚决予以否认。父亲的那位老领导一次在开会时遇见楚文丹，便问起了她男朋友的事，楚文丹同样没有承认。结果第二天，一个陌生的男子便在她下班时将她堵在了大门口。那男子满脸青春痘，身材短小，看上去就像一个中学生。他自称在政协工作，是那位老领导的侄子，想约她去看一场电影。

尽管这人的样子并不像是个坏人，但是看到他猛然拦在自己的面前，楚文丹还是受到了不小的惊吓。急于脱身的她连连说了几句"我已经有男朋友了"。这节骨眼上想到水明居，楚文丹宛如抓住了一根救命稻草。而且相比之下，这根救命稻草无疑还算是赏心悦目的。

从此，楚文丹搁在水明居身上的心思便踏实多啦，再也不拒绝承认他是自己的男朋友。等水明居又一次提出去见他的母亲时，楚文丹爽快地答应了。

第五章

可惜，未来的婆婆没有楚文丹想象的那样热情，言谈举止仅是合乎礼仪而已。事后水明居告诉她，母亲嫌她的工作不是正式的，并且觉得她还不及自己的两个嫂子长得漂亮。

听到这样的评价，楚文丹如遭奇耻大辱，一跺脚，扬长而去。

拜拜，你水明居去找个有正式工作的天仙去吧！

你以为你儿子是玉皇大帝呀？！

一个臭文凭有什么了不起的？！

楚文丹决定给水明居那自以为是的母亲一点儿颜色看看，勒令水明居以后别再纠缠自己，叫他妈去给他挑选女朋友好啦。

水明居给她打电话她不接，去单位找她她不理，去家里求她她不见，给她写信她不拆。

僵持了一个冬天，冰雪消融，春绿夭夭，而楚文丹和水明居的情事却犹在冬眠之中。久久，不再见水明居有任何动静。

转眼，夏火寂灭，秋叶亦逝，冬雪再度飘至，而曾经的有情人却依然不见归来。

水明居的心死在了那个冬季，楚文丹也迟迟走不出那个冬季的茫然。这对孤男寡女都瘦了好几层。

又是一年。同样的季节，同样的地点，两人再次邂逅。不同的是，电影完了，灯光亮起，楚文丹发现自己与水明居就坐在同一排相隔两人的位置上。他的右边有一个男孩，那是薛威。她的左边有一个女孩，那是梅艳芳。是巧合还是天意？

两人的目光只是惊鸿一瞥似地交会了一下。水明居没有同楚文丹说话，薛威同她说了话。楚文丹自然也不会搭理水明居，是梅艳芳主动跟他搭了话。走出电影院，薛威和梅艳芳便走到一起，将水明居和楚文丹撂到了一边。

水明居觉得自己不该再矜持了，便道："你挺好吧？"一年不见，他发现她好像长大了好几岁。

"嗯。"楚文丹的声音极小，却显出从未有过的温顺。她还是不愿看他的脸。

广场上，只剩下他们两个。楚文丹四下里张望着，奇怪梅艳芳怎么不见啦？当然，薛威也不见啦。

"咱们往上走走吧。"他说。

她没吭声,跟着他走。

还是那条路,这一年里他俩都没再走过。

走完一个来回,也不见谁想说话,只听见水明居不时地叹息声。

忽然,一阵冷风袭来,仿佛就是一年前的那阵风,同样的尘埃和落叶。水明居又迅疾站到了楚文丹的前面。不对,这次的风大了些,刮了水明居满脸的尘埃和落叶。

风去了,水明居用双手扑打着头上的尘埃和落叶。楚文丹在背后悄悄拿掉他肩膀上的一片叶子。

水明居猛地转过身来,望着楚文丹。楚文丹听见了他牙齿打颤的声音。

"……这一年来我一直都非常痛苦……"

她面无表情,侧头看着远处的点点灯火。

"我爱你!阿丹。"他一把将她揽在自己的怀里。

她还是没有反应,双手插在衣兜里,就任他这么揽着。

静静过了许久,她有了反应,泪水无声漫溢开去。

听到有人走过来,楚文丹急忙从他的怀里挣脱,掏出手绢揩拭着脸颊。

一对卿卿我我的情侣从他俩身旁悠悠走过,划船一般。

"阿丹,要是让我在你和我妈之间做出选择,我一定会选择你。"

"真的吗?"她终于说话啦。

"千真万确。"

"为什么?"

"因为我爱你。"

"你为什么爱我?我又没有正式工作,又没有你的两个嫂子漂亮。"说着,她又哭了。

"别折磨我啦,亲爱的,我就是爱你,你是我的女神,你是我的女王……"他呼吸急促,眼看就要窒息了。当务之急是氧气,他不顾一切地扑向楚文丹,将自己的嘴巴紧紧贴在了她的嘴巴上。

灼热。干渴。这个冬季无论多么寒冷都不可怕啦。

第二年初冬,楚文丹嫁给了水明居。

第六章

经过方方面面的了解和考察，水明居可以确认南山湖那个地块没有什么法律和经济上的风险，于是便在一周之后同段老大签订了合同。水明居以为签完合同的段老大会很高兴，结果看到的却是他满脸的泪水。

"明天我就让钱款全部到位。"水明居只能用这样的保证来安慰他。

段老大一个劲摇头："谢谢。你不理解，我是真舍不得离开这个地方啊。"

"那非走不可吗？"

"非走不可。"

水明居知道段老大身后的泥潭不浅，但至于深到何等程度他也不清楚，所以对此也就不便再多说什么。为了不让自己的同情心泛滥，水明居就想了想段氏兄弟俩得意忘形的那个时候。那个时候的他们懂得什么叫同情心吗？他们能有今天，本来就不意外。

"我是个土生土长的南淮人，到了这把年纪离开它，你知道那是什么样的滋味吗？"

水明居没准备回答他的发问，以为那不过是自问自话，但是段老大却瞪着他又问了一句："你知道那是什么样的滋味吗？水兄。"

水明居"唔"了一声，道："什么滋味？"

段老大"唉"了一声："怕呀，"他垂下头，摆弄着手里的玳瑁老花镜，"一辈子都没这么怕过。"

的确，在水明居的印象里，段氏兄弟从来就是天不怕地不怕的。他们的成就跟他们的胆量是成正比的。

水明居一行离开汇鑫公司时，段老大将他们一直送到楼下。水明居从车窗瞥了一眼站在门厅前的段老大，他的眼神竟是那么的温和友善，还略带一丝忧伤，全然没有了往昔的傲慢、犀利和决绝。水明居情不自禁摇下车窗，伸出手去，两个人紧紧握了一下。

第二天早上一到办公室，水明居就连着接到五个电话，五个人都是为了告诉他同一个消息：段老大死啦！昨天夜里心脏病突然发作。

水明居没听说过段老大有心脏病，他呆坐在椅子上，回想着昨天见过的段老大，回想着他目送自己时的那种眼神，总感觉这一切都有些意味深长。但，水明居同时又感觉到昨天和今天全是如此的不真实，甚至觉得昨天不曾存在，今天也并不存在。死亡把所有的界限、秩序和意义都搅和啦。

等水明居从混沌中慢慢走出来，看到眼前的一切，看到自己被香烟熏黄的手指，他知道日子还在继续，窗外还有沸腾的声音。虚无和悲观同往常一样，只不过是对他又虚晃了一枪。他可以与心灰意懒的情绪继续达成和解。于是，水明居吐了一口气。也好，他想，段老大不用再怕了，也许他是宁愿死去也不愿意离开。有些人就是一生都无法和自己的家园相分离，对他们而言，这种分离比死亡还要可怕。水明居庆幸自己不是这样的人，他是一个无根的人，一个永远的异乡人。他的爷爷出生在重庆，他的父亲出生在武汉，他本人则出生在南淮。他把南淮当作自己的家乡，却又始终不依恋这个家乡。事实上，让自己的一生都局限在这个默默无闻的小城，每想起来，他多少都有点儿心怀不甘。因此，他不希望女儿大学毕业后还会回来，能留在北京是最好的。

安息吧！昌胜兄。

昌胜是段老大的名字，如果不是因为昨天签合同时见过他的签名，可能到现在他都想不起来他的这个名字。段老二是叫昌什么来着？他还真就想不起来哩。

水明居走到门口，停顿一下，又犹豫着转过身来，回到办公桌前，拿起电话。他交代周一虹和汇鑫公司联系一下，问问追悼会在什么时候举行。

撂下电话，水明居又开始盯着桌面发愣，想不起来自己接着应该干些什么。突然感觉桌面的光泽暗了下来，他猛一抬头，看到楚文丹伫立在自己的面前。

"你怎么来啦？"

"我不能来呀？"

"单位重地，闲人免进。"

"我不是闲人。"

水明居瞄一眼门外，起身去将门关上。

"什么意思？我见不得人啊。"

"是我见不得人，好啦吧？"

"哼！"楚文丹一屁股坐在沙发上，从包里掏出一枚小镜子照了又照，"你是不是觉得我现在长得越来越丑啦？"

水明居盯着她那涂脂抹粉的脸，一声不吭。

"说话！"

"你化这么浓的妆要给谁看呀？"

"给你看呀。"

"我不想看化妆品。"

"讨厌！"

"有事吗？没事你就回吧，我还要工作呐。"

"我渴了，给我倒杯水。"

"那儿有水有杯子，你自己不能倒啊？"

"就让你给我倒！"

水明居噘着嘴没动弹。女儿走了，她倒把自己当起女儿来啦，开始学撒娇啦。

"快点儿呀！"楚文丹喊了起来。

"小点声儿！这是单位，不是家里。"水明居的脸色霎时变得极其难看。

"单位又怎么啦？在单位我就不是你老婆啦？只有在家里你才是我老公啊？"她的嗓门还是那么高。

水明居不好发作，强压着火从饮水机下面取出一个纸杯，给她接了杯凉水。

"我要热的。"

水明居只好倒掉，重新接一杯热水。

"我要茶叶。"

水明居又只好给她添上一撮茶叶。

"谢谢。"楚文丹绷着脸瞪了他一眼。

不知为什么，这时候水明居忽然想笑，但他忍住了，一肚子的火气随即烟消云散。

不过，水明居依旧装作不高兴的样子，希望她赶快喝完，尽早离开。

"无事不登三宝殿，我来是为了告诉你一个很重要的消息。"

水明居对她所谓的重要消息根本不感兴趣，所以并未表现出想要知道的意思。

"难道你真不想知道？"

"你想让我知道就说，不想让我知道就别说。"

"瞧你这德行，真不想告诉你。"

"那就别说啦。"

"臭德行，还是告诉你吧……汇鑫公司的段老大死啦。"

水明居耸耸肩膀，冷笑一声："这消息还用你告诉我啊？"

"你已经知道啦？"

"你是怎么知道的？"

"我刚才跟梅艳芳在一起，是她告诉我的。"

"哪个梅艳芳？"

"反正不是那个香港明星，她早进天堂啦。"

"她就是没进天堂，也轮不到你跟她在一起。"

"哼！我也得稀罕跟她在一起啊？！你以为我像你那么拿明星当回事啊？"

"俺从不追星，没那么空虚。"

"这证明你从来就没年轻过。"

"好啦好啦，你喝好了没有？"

"没有。"

"那就赶快喝吧。"

"我就不赶快喝。"

水明居不想再理她，打开电脑，下起了五子棋。

"你真不记得梅艳芳啦？"

水明居摇头。

"我以前的同事……？"

"你以前的同事？唔……"他记起来了，"你什么时候跟她又联系上啦？"

"人家都开上宝马啦。"

"你的奔驰也不差吧。"

"你知道她老公是谁吗？"

"是张国荣吗？"

第六章

"是牛津教育的校长,牛会群。"
"唔,牛!"
"没想到吧?"
梅艳芳二十多年前那黯淡无光的形象在水明居的脑海里勉强飘忽了一下,想想,觉得这的确有些不可思议,她竟然能和大名鼎鼎的牛津教育有关。水明居扔下鼠标,这么快就又输给了电脑。
"真没想到。"他说。
"见到她本人你会更吃惊的,现在的她是既年轻又漂亮。"
"听到你这么夸奖一个女人,我倒是挺吃惊的,难道她比你还漂亮?"
楚文丹的颧骨处蓦然飞过一道红霞,嘴角即刻浮现出动人的微笑,语气也柔和了下去:"你还认为我很漂亮吗?"
"……至少应该比她漂亮吧。"水明居逃避着妻子直视过来的目光。
"你要是见过现在的她还这么说,那就好啦……"楚文丹长叹了一口气。
水明居瞅了一眼骤然间变得无限失意的她,问道:"你这是怎么啦?"
"现在的梅艳芳可比我漂亮啊,主要是看上去比我年轻多啦。"
"她本来就比你小嘛。"
"胡说!"楚文丹的语气又硬了起来,"我和她同岁,她还比我大两个月呐。"
"那哪天我去见见她,然后再回来对你说你比她年轻漂亮,好吧?"水明居耐住性子哄着妻子,想让她快快离开这里。
"不好!"楚文丹将纸杯杵到水明居的脸前,"再给我倒一杯。"
"你早饭吃了多少咸菜?怎么这么渴啊?"
"医生建议我多喝茶水。"
"医生?你怎么啦?"
"没怎么。"她不想让他知道整形医生的事情。
水明居顿时联想到女儿发给他的那条短信:"你……最近是不是觉得自己有些不正常?"
"你什么意思?"
"我是指你的情绪,你是不是觉得自己的情绪最近不大正常?"
"你才不正常呐!"
"你生啥气呀?我这不是在关心你吗?"

"你在关心我怎么还不发疯？"

"去去去，是晶晶要我这么关心你的。"

"晶晶？她什么意思？"

"她怀疑你到了更年期。"

"屁话！她是嫌我老得还不够快啊？"

"你真没觉得自己有什么不正常的吗？"

"我真觉得你一直都很不正常。"楚文丹将纸杯往茶几上一摔，起身欲走。水明居跟在她后面，问道："你来就是为告诉我段老大去世的消息吗？"

"这对你来说不是个好消息吗？"

"死亡算什么好消息？"

"他可是你的死对头啊。"

"我水明居从不把谁当成死对头。"

"你不把别人当成死对头，可把我当成了死对头，所以我说你很不正常。"

水明居木木地看了妻子一眼，替她把门打开。

楚文丹大步流星地走出去，高跟鞋放肆的响声在走廊里回荡良久。

她没有乘电梯，水明居心想，哪天盼咐他们在走廊里全部铺上地毯。女人的高跟鞋太吵啦。

刚在办公桌前坐稳，水明居听见又有人走进来。不用抬头，凭气味他便知道是周一虹。一股淡淡的苦涩的气味。

"水董，我跟汇鑫联系过了，他们说不举行追悼会。"

"唔……这是家属的意思吗？"

"好像是段董遗嘱的意思吧。"

"唔……"水明居有点儿惶惑，段老大这是什么意思？而且还提前立了遗嘱？

想到遗嘱，水明居觉得自己似乎也早该拟定一份遗嘱，但是遗嘱有种和这个世界告别的意思，这让水明居难免有些忌讳。他不愿意过早考虑这样的事情，即便会有什么意外，那也只能听天由命啦。其实，老天早替每个人都安排好啦。

"这是我在窗台上种的香菜和生菜，您带回去尝尝。"

香菜和生菜分别装在一个透明塑料袋里，看上去十分的新鲜。

第六章

水明居恍然想起什么，冲着周一虹的背影说道："谢谢啊。"

周一虹回头莞尔一笑。

淡淡的苦涩气味消散了，水明居很喜欢这种气味，同某种烟草有着几分相近的味道，又有一种啤酒花的芬芳。楚文丹刚才来过，她身上应该也有一种味道吧，那是什么样的味道？水明居想了半天，也没想起来。他应该是早就习惯了她身上的味道，习惯得已经没有了知觉。水明居又试图回忆起最初认识楚文丹时她身上的那种味道，但是，仍然一无所获。也许是时日久远，也许是因为那时的楚文丹压根就不用香水，她那时甚至都很少使用化妆品。

水明居的目光开始在墙角的那个书柜上搜索，最后停留在左边顶端的第二格。那里有一个蓝色小瓶，里面装的也是香水。他走过去，踮起脚尖，费了点儿气力才将它够下来。

瓶身上落满了灰尘，他直接用手擦了擦。商标显露出来，几处金色的字迹也因此被他抹去，是一瓶古龙香水。现在看来这牌子明显是仿冒的，可身价在当时却够昂贵。当时是什么时候？是二十多年前啦，他二十四岁的生日，田媛送给他的。这也是田媛送给他的唯一礼物，那是他们初次见面，薛威带着她第一次来到他的住处。

香水已经挥发掉了些许，整个瓶颈几乎都空了。水明居想要拧开，手指刚刚捏住瓶盖却忽又止住。他有点儿不忍将它打开，打开就是一次永久性的破坏。犹豫着，水明居把它重新放回到原处。

鼻子牵领着水明居再度回到段老大的身上，段氏兄弟俩都有狐臭。在认识他们之前，水明居对于狐臭是只知其名不知其味。第一次和他们坐在一块儿吃饭，以为这两兄弟实在太忙，连洗澡的工夫都没有，浑身不时散发着浓烈的异味。但在饭后，薛威告诉他，那叫狐臭。

生前喜欢大张旗鼓，唯恐不为这个世界所知的段老大，死了却选择悄无声息地离别这个世界。看来，真像他说的那样，他是活明白啦。可是，毕竟相识一场，又有后来的这层瓜葛，无论如何他水明居总得去问候一下的。水明居不喜欢干墙倒众人推的事情，即使不上前扶一把，至少也该表示一下同情吧。他决定和薛威一同去段老大的家里看看。

但是，怎么也找不到薛威。他今天竟没来上班，手机也始终关机。水明居只好询问田媛，可田媛却像梦呓似的不停反问着他："你……谁呀？你谁呀？……"

"我的声音你都听不出来啦?"

"你谁呀?"

"水明居。"

对方突然没了声音。

"喂,喂,能听见吗?"

听筒里传来玻璃碎裂的声音,好像是瓶子落地发出来的。

"你在哪儿?"

听筒里只剩下田媛诡异的笑声。

她这是怎么啦?不正常啦?不会也和更年期有关吧?水明居扔下话筒,直奔她的住处。他估计她应该是在家里,说不定薛威也在家里。

十分钟后,水明居赶到田媛家的单元门前。摁了三遍对讲,门才有反应。再晚两秒钟,水明居就打算改奔田媛的单位去了。

从电梯里出来,水明居又摁响田媛家的门铃。也是摁了三遍,门才打开。一股刺鼻的酒气扑面而来。

披头散发的田媛穿着睡衣靠在墙上摇摇欲坠,屋子里灯火通明,俨然是继续沉浸在另一段时光里。

"你这是在玩自暴自弃吗?薛威呢?"

田媛不说话,半睁半闭着眼睛一直傻笑。

水明居拉开客厅的窗帘,关掉所有的灯,脚底下"喀吧喀吧"直响的玻璃碴,响得他胆战心惊,两腿发软。

餐桌上、地板上横七竖八地摆满了各种酒瓶子和易拉罐,白酒、啤酒、红酒样样都有。看来这是把家里所有的储备都翻出来啦。她一个人喝掉这么多的酒,绝不是一会儿半会儿就能完成的。

"这全是你一个人喝的吗?"

田媛跌跌撞撞地走过来,水明居紧忙上前扶住她:"小心脚下!"

田媛的胳膊软软的,面团一样。睡衣无所顾忌地咧开着,乳房在松松垮垮的内衣里跳跃。水明居贪婪地看了一眼那不该看的东西,马上便将视线移开。他伸出手臂试探性地搂住田媛的肩,接着就往紧里搂去。

头一回与田媛的身体如此亲密接触,但所闻到的仅仅是酒精的气味。这种气味对于他同田媛此刻的关系好像是一种打搅。奇怪,田媛的脸不白,但身上的皮肤却雪一样的白。脚也是雪一样的白。哎哟,她的脚在滴血,似有

第六章

一条红色的蚯蚓趴在脚趾间。

水明居把田媛扶坐在沙发上,问道:"有创可贴吗?"

田媛指了指卧室。

卧室里一片漆黑,水明居没找到照明开关,便扯开厚厚的窗帘。他东张西望了片刻,然后朝跟前的那个床头柜走去。抽屉的第一层里有几张存折、一支小手电和一包安全套。第二层是药品,满满的,放得很乱,水明居翻了几下才找到创可贴。

他随手从床上抓起一条毛毯盖在田媛身上,屋里的温度挺低,田媛的脚冰凉。水明居用一张抽纸清理了一下血迹,给她包扎上创可贴。

在酒精的作用下,田媛既感觉不到疼痛也感觉不到寒冷。

水明居又去了一趟卧室,在地毯上找到田媛的袜子给她穿上。田媛的脚柔软修长,比他记忆里楚文丹的脚还要修长一些。楚文丹的脚现在似乎已没有这么柔软。

"你真好……老……老公。"田媛一把抱住水明居的头,在他的脑门上亲了一下。

"你认错人啦。"水明居的声音像是罩在一顶帽子里,田媛将他的头搂得很紧。

"骗……人!你就是我老……公。"

他闻着毛毯上的气息,有一股并不陌生的樟脑丸的味道。他很享受被田媛这么搂着,突如其来的冲动促使他也极想拥抱一下对方。但是,转念他又想到,如果薛威恰巧在这个时候回来,看到此刻的这一幕,他又会作何感想呢?

水明居挣扎着把头从田媛的怀抱里脱离出来,他目不转睛地望着田媛的脸。他们的脸第一次相隔这么近,那完全就是一张陌生人的脸。那张陌生的脸还在向他的脸一点点靠近,两张脸几乎就要贴在了一起。

她皲裂的嘴唇在翕动,仿佛是呼唤着什么,又仿佛是吸裹着什么。就在他想微微屈服于一下它的力量时,他的嘴唇好像被对方的呼吸狠狠烫了一下,使他不由得睁大眼睛,把脖子猛地缩了回去。他不得不提醒自己,他可没有喝酒。

水明居轻咳两声,站起身,若无其事地问道:"薛威呢?"

"来……喝酒……喝吧……"田媛拿起茶几上的五粮液要给他倒酒,酒瓶却将酒杯碰翻，滚落出去，被水明居一把接住。

他夺过田媛手里的酒瓶，继续问道："薛威呢？"

"我不知道……大概……在……在医……院吧？"田媛将整个身子都蜷缩在了沙发上。

"他怎么啦？"

"你……应该知道呀。"

"我应该知道什么？"

"那个王八蛋！他把你们公司一个女孩的肚子给搞大啦。该死的！"骂起薛威，田媛的舌头立刻又变利索啦。

"有这回事？"水明居即刻回想起薛威那身崭新的烟灰色毛料西装。

"你去问他嘛。"田媛的眼睛盯着茶几上的酒瓶，脸上的表情似笑非笑。

水明居打了个哆嗦，浑身感到发冷。他仰头看看墙上的空调，在电视柜上找到遥控器，把空调打开，温度设定在了二十度。

"薛威怎么会这么……"水明居听见了田媛发出的鼾声。她睡着了。

水明居轻手轻脚让田媛平躺下来，将一个靠枕垫在她的脑后。他担心毛毯太薄，又去卧室把被子拿来盖在她的身上。

屋里已经有了热度，水明居脱去外套，并将窗户敞开一道缝，想换换空气。

正要在田媛对面的那个单人沙发上坐下，水明居忽然意识到自己的手机一直在响。他的手机铃声向来很小，不在足够安静的环境里不易听见。水明居拎起沙发靠背上的外套，来到厨房将手机摸了出来。电话是楚文丹在家中打来的。水明居犹豫了一下，把来电摁断，随即发去一条短信：在开会，不回去吃了。接着，他又将手机铃声调至振动状态，回到田媛的面前坐下。

田媛的鼾声依旧，偶尔会急促呼吸两下，并随着身体的起伏发出一声好似痛苦的呻吟。

水明居端详着田媛处于沉睡中的脸，这张脸跟二十多年前比较起来，略显臃肿和憔悴。然而，性感不减当年。不，应该说比当年还要性感。虽然鼻子、嘴巴、眉眼搭配得略显局促，却总有一种阻挡不住的雍容神情流露出来，那形状、角度和曲线生生反常地构造出了某种令人信服的优雅。对啦，还有她的语调，田媛的语调始终是从容不迫的。即使是在紧张和惊慌的时候，那语调的速度和节奏也不会有任何分寸的闪失；或许，仅有高低的变化而已。水明居一度觉得，田媛就是在骂人的时候，声音也极其的婉转动听。而楚文丹的脸尽管美丽动人，但始终缺乏眼前这张脸的那种性感。而如今，她的脸同样也在臃肿和憔悴着，所以，那还能剩下些什么呢？一张美丽动人的脸是最不可靠的，至少它无法胜任性感所拥有的那种隐秘实力。

　　水明居曾经这样设想过，假如自己当初是同时认识的楚文丹和田媛，而且田媛也不是薛威的女友，那他最后究竟会选择谁呢？这样的问题无疑是想暗示他自己可能会选择田媛，但也仅仅是个可能而已。水明居不是不清楚，楚文丹的外貌肯定要比田媛更具诱惑性。就是薛威在得知他追求楚文丹的时候，不也是满脸的嫉妒和懊恼吗？只是，薛威并不看好他的追求，认定他是要白忙活一场。

　　水明居非常理解薛威当时的心情，如果他不是已在同田媛相好，没准也会捷足先登的。显而易见的事实是，几乎所有的男人都将毫不犹豫地选择楚文丹而不是田媛，除非是那些缺乏自信的男人，前者的美貌会使他们丧失掉安全感。男人统统是视觉的动物，他们从来只会看女人，而不会听女人。只有他们能将耳朵稍稍转向一下女人，他们方才可能懂得欣赏真正的女人。

　　虎视眈眈的眼睛，谦卑温顺的耳朵。水明居是在视觉疲劳之后才由前者转向了后者，他慢慢学会了用耳朵倾听女人。当他开始用耳朵倾听楚文丹时，楚文丹的美貌便失去了意义。与此同时，田媛的意义则诞生了。她那骨子里的性感终于被水明居发现，使他认识到，美貌是多么的虚假，又是多么的乏力。美貌勾起的只是男人纯粹的欲望，而性感之中所寓含的除了欲望还有力量。性感与脸蛋无关，它是肉体和精神的高尚结合。

　　田媛不是美丽的，她是性感的，这性感释放着不易衰朽的魅力。虽然她的面孔也已开始臃肿和憔悴，但却有着楚文丹脸上所难以觅见的那种活力和光芒。她能让他想起未来，楚文丹则没有这样的能力。

　　此刻的这张脸布满红潮，令水明居不禁联想到她双乳的雪白。想到这里，水明居的大脑突然开始膨胀，一股莫名的力量窒息了周围所有的声音，连时间也在凝固。但是，水明居并没有放任自己这样的心理状态，羞耻感很快就让他冷静了下来。他意识到，自己这样盯着田媛的面孔仿佛就是在盯着她赤裸的全身。这与欣赏无关。

　　他迅速移开目光，垂下头来，看到自己脚上的鞋子，还有那一地的碎玻璃。得把这些收拾收拾，水明居起身去门口的鞋柜里找出一双拖鞋换上，接着到厨房找来笤帚,尽可能细致地将客厅里的玻璃碴逐一扫净。深红色的实木地板上现出道道划伤的印迹,这是怎么也扫不去的,非常可惜。

清理完地板,水明居又开始蹑手蹑脚地整理餐桌和茶几,他把酒瓶和杯子都转移到了厨房。从厨房里就能看出,田媛的家务做得还不如楚文丹利落。随处都能看到油垢,锅碗瓢盆放得也毫无章法。水明居最忍受不了房间的不洁和凌乱,不由自主地随手将厨台上摆放得不是地方的那些东西都一一重新规整了一遍。至于油垢,如果不是因为需要花费很大一番气力才行的话,他也忍不住要动手啦。

自从楚文丹做了全职太太之后,水明居便再也没有做过什么家务。虽然楚文丹的家务活干得并不能令他完全满意,但比起田媛来,好像也还算凑合吧。不过,田媛毕竟不是全职太太。但是要论做家务,水明居自认为这两个女人谁都比不上他。

听见电话铃声,水明居急忙回到客厅。是田媛扔在沙发拐角里的手机在响。他拿起手机,显示屏上出现的是个陌生的名字。他正想着如何处理,田媛突然醒了。

"你咋在这里?"她挣扎着坐了起来。

水明居将手机递给她,但没等她拿到手机,铃声便断了。

田媛接过手机直接就扔到了一边。

"清醒些了吗?"

"我睡了多久?"她的嗓子哑哑的。

水明居看一眼手表,道:"有两个小时吧。"

田媛一低头,看到自己敞开的睡衣,她连忙将衣襟掖紧,然后用胳膊挡住胸前。

"对不起。"她没穿鞋就急着朝卧室走去,依然有些摇摇晃晃的。

水明居正犹豫着要不要去搀扶她一下,田媛已经走进卧室,并关上了房门。

不大工夫,田媛穿着一身黑色羊绒连衣裙走出来,一头扎进了卫生间。

卫生间里传出呕吐的声音和"哗哗"的流水声。

水明居等了半天,还是不见田媛露面。他喊了一声,田媛应了一下。

水明居以为她是不好意思再见他,决定这就离开。他走到卫生间门前:"你没事吧?那我就回公司啦。"

第六章

"你等等，我一会儿就好。"

水明居又回到了沙发上。

一边等着田媛，他一边又拨了一次薛威的手机，还是关机。他不知道薛威是不是真的跟田媛所说的那个女孩在一起，而且还是他们公司里的女孩。若真是这样的话，那他水明居可是没法接受的。身为公司的副董事长怎么能和自己的属下胡来？这不就等于滥用手中的权力吗？同受贿又有何区别？这不是简单的道德问题，而是严重的法律问题。薛威应当清楚自己对于这种事情该会有什么样的反应，难道他一点儿都不忌惮吗？

田媛总算出来了。

"你还没吃午饭吧？"她问道。

"没有。"

"那我叫餐来。"说着，她开始四处寻找手机。

水明居捡起沙发上的手机递给她，说："就简单下碗挂面吧。"

"家里没有挂面。"

"那出去吃吧，我请你。"

"不，我不想出去。"田媛执意拨通了送餐电话。

打完电话，田媛给水明居泡了杯茶，在他对面坐下。她不时用双手搔弄着湿漉漉的头发。看来她刚才是冲了个澡，浴后的脸上似乎已经没有了先前的那种臃肿和憔悴，心情似乎也和先前完全不一样了。

水明居掏出香烟，打算到阳台抽上一支。

"没关系，你就在这儿抽吧。也给我一根。"

"你啥时也学会抽烟啦？"水明居递上香烟，并给她点着。

田媛猛吸一口，紧接着就吐了出来，眼泪也跟着烟雾淌了出来。

水明居注意到她脸上化了淡妆，又恢复了昔日的风采，不过仍能看得出，那是受过伤的自信。

"下午不用上班吗？"

田媛摇摇头。

水明居不知道该如何安慰她，正想着说些什么，门禁铃突然响起。应该是送餐的，他想。

果然。

"来吃饭吧。"田媛在餐桌旁张罗着，还把那瓶没喝完的五粮液拿了过来。

"别喝了吧。"水明居用商量的口气说道。

"我不喝,你喝。"

"我也不喝。"

菜挺丰盛,色香味俱佳。

"怎么全是辣的?"水明居问。

"你不是爱吃辣吗?"

水明居的心底淌过一阵热流,他们两人之间似乎一直就潜藏着某种默契,彼此心照不宣。尽管这么多年来他们从未有过这样单独相处的机会,但在感觉上,这样的场合对于水明居并不陌生。在某种程度上,他对田嫒的信任要远远高于对薛威的信任。好感是不需要理由的。

"你的脚疼吗?"

"什么?"

"你的脚刚才划伤啦……"

"噢——"她的脸骤然变红,"没事的。"

"等我见到薛威,得好好跟他谈谈。"

"不用,我能想得开。"

"那你还……"

"那不代表我想不开,只是变故有点儿突然,我没有心理准备。"

"也是,男人都容易犯的错误,不必太当真。"

"那你怎么不犯这样的错误?"

"我……"水明居将最后一口米饭扒进嘴里,咀嚼了一会儿,说,"你怎么能知道我不犯这样的错误?"

"至少你没让楚文丹知道。"

"要是薛威没让你知道的话,这件事是不是就不算事了呢?"

"我不知道就没问题。"田嫒瞥了一眼水明居的空碗,"你没吃饱吧?我这半边都还没动。"她用筷子指了指自己的饭碗。

"你不吃啦?"

"我已经饱了。"

"那就都给我吧。"水明居把她的碗拿过来,当成了自己的碗。

"谢谢。"田嫒的眼里掠过一丝柔情。

"我不知道,要是楚文丹知道了我有外遇,她会是什么样的反应?"

第六章

"你真有外遇？"田嫒的表情先是惊诧，继而像是失望又像是生气的样子。

水明居微微一笑："这年头也太容易有外遇啦，没意思，我不喜欢。"

田嫒的表情忽又暧昧起来，似疑惑，似沮丧，似羞愧。她低下头，两手摁着太阳穴，沉默了好一会儿，才道："楚文丹要是知道了你有外遇，肯定会杀掉你的。""杀"字被她说得真有点儿鲜血淋漓。

"她不会，这我知道。"

"那她就会把自己杀掉。"

"你怎么会这么想她？"

"楚文丹是个控制欲和占有欲极强的女人，又是一个依赖感极强的女人。"

"她是这样吗？"水明居感觉田嫒说的不是那个和他共同生活了二十多年的女人。

"不过，你们俩倒是挺合适。"

合适？水明居从没觉得自己和楚文丹是合适的。他倒宁愿相信自己跟眼前的这个女人可能挺合适。

"你和薛威合适吗？"

"也合适，如果不出这件事的话。"

"你是怎么知道这件事的？"

"他告诉我的。"

"他干吗要告诉你？真不可思议。"

"很简单，他想离婚呗。"

"他提出来啦？"

"没有。"

"那你……"

"如果他不想离婚，干吗要让我知道？"

水明居眨了眨眼，他在想田嫒的这种推断能否成立？想来想去，还是觉得薛威是不大可能产生离婚这个念头的。

"都这把年纪啦，他不会的。"他说。

"这是你的想法。薛威情商很低，遇到这种问题根本就没有应对的能力。"

"情商低还会有外遇？"

"他可以不琢磨女人，但架不住女人可以琢磨他。"

"你是说他摆脱不掉那个女孩子啦？"

"已经陷进去了，还摆脱什么？"

"那你打算怎么办？"

"就等他来找我离婚呗。"田嫒说得十分轻松，脸上甚至还有若隐若现的笑意。

"别别别……"水明居撂下筷子，推开饭碗，"这不是胡闹嘛。"他并不认为离婚是件坏事，但薛威与田嫒离婚绝对是件坏事。他实在不希望看到他们俩走到这一步，这种改变不止于对他本人生活的一种强行改变。对此，他实在难以适应。

"只要他提出来，我一定成全他，反正忠泽也大啦，已经不需要我们两个必须维系在一起了。"

"你何必赌这个气呢？"

"我没有赌气。"她看了水明居一眼，很认真的样子，"没有，我没有。"

"离婚对谁都没有好处。"

"对他有好处，他可以借此重新青春一回。"

"那你呢？你将来怎么办？你还能重新青春一回吗？"

田嫒沉默片刻，道："我明白，女人在这一点上没有男人那样的优势。可是，离开男人我照样可以活得很精彩。"

"再精彩也算不上圆满吧？"

"我无所谓，我不像你们，男人永远离不了女人。"

"如果薛威不跟你离婚呢？"

"那就不离呗。"

"你能原谅他吗？"

"没问题。"

"这不就得啦，我说说他，离什么婚？他得对你的后半生负责。"

"我不需要责任，我需要的是爱。如果彼此不爱了，硬守在一起还有什么意思？"

"嗨，到了咱们这个年纪，我是只相信责任，不相信爱啦。如果还相信爱的话，我就不可能没有外遇的。"

第六章

"如果是因为爱,外遇就不是不可原谅的。"

"所以你可以原谅薛威?"

"即便他不是因为爱,我也可以原谅他。"

"为什么?"

"因为我还爱他。"

"爱一个已经背叛了你的人?"

"那又怎样?爱不是绝对的忠实,所以背叛并不就意味着不爱。"

"既然爱一个人,那又怎么能不忠实于他(她)呢?"

"一个人一生中不太可能只爱着一个人,爱没有这么吝啬。"

水明居觉得此话有理,只不过人们一般都不会说出来。那么,既然田嫒这么认为,他想薛威大概一定不会是她唯一的爱。

"除了薛威,你还爱过别人吗?"他问。

"你想知道的是我在薛威之后而不是之前吧?"

水明居笑了,点点头,这个女人很容易就能洞穿男人的心思。他喜欢聪明的女人,聪明是女人的性感表现之一。

"爱过。不,应当说还爱着。"

水明居很有兴趣知道那个男人是谁?会不会是他自己?但他当然不可能直接这么发问,于是便拐了个弯:"他知道吗?"

"你说薛威吗?"

"当然不是。"

"哦,他当然知道。"

水明居琢磨着田嫒脸上的神情,开始有点儿失望。"仅仅是精神出轨吗?"他问,声音已经没有了色彩,好像是在自言自语。

"精神都出轨了,还在乎肉体吗?"

水明居忽然间瞪大了眼睛,但慌乱的眼神马上又跑到了一边,失望转变成难过。他感觉到自己被一个心爱的女人给抛弃了。

"他知道吗?薛威知道吗?"

"当然不能让他知道。"

"唔……放心吧,我也不会让他知道。"

"现在无所谓啦,要是他知道了,正好心理还能平衡一下。"

"你不怕离婚是不是因为有他……那个男人呢?"

"跟他没有任何关系,我是不怕离婚,但也并不想离婚。"

"好吧……"水明居望着桌上的残局站起身来。

田媛赶紧跟着起身收拾餐桌,并挡住水明居伸过来的双手:"你别管啦,我来。"

水明居看了一眼手机,说:"时间不早啦,我得去公司。"

"你去吧。"

"你不用上班吗?"

"我已经请了公休假。"

"唔……再见。"

"再见。"

树叶满地飞舞,一阵狂风将水明居吹了个趔趄。他背过身去,望着眼前的这幢淡黄色楼房,望着田媛家的窗户,所有熟悉的情景都在瞬间远去。这仿佛就是一个诀别的时刻。水明居恍然意识到,自己其实从来就没有了解过田媛。所谓的默契只是他个人一厢情愿的想象而已。水明居悲哀地发现,在情感问题上,自己和这个时代已经格格不入了。经过同田媛的一番交谈,他似乎找到了自己可以去爱的理由,但是这爱到头来却又随着田媛悄然消逝了。爱给他留下的只是一个荒唐的伤疤,不至于流血,却倍感失败的疼痛。双手软软的,没有一点儿力气,他只好先在方向盘上趴了一会儿。

薛威还是没来,手机还是关机,水明居更加的恼怒,极想立即冲他痛发一顿大火,烧他个体无完肤。为了转移这一时发泄不出的火气,他只好强装平静,让周一虹陪他去段老大的家里走一趟。

在车上,水明居忍不住问道:"你最近在公司里听说过什么没有?"

"听说过什么……?"

看到周一虹那茫然的表情,水明居便不想再说下去了,他摇摇头,道:"唔,没什么。"

路过一家银行时,他让周一虹把车停下,自己进去取了一笔钱。这是要送给段老大家属的慰问金。

段老大住在南淮河北岸自己开发的一座别墅区,是所谓的维多利亚风格,灵感直接来自水明居地中海风格的启示。但让水明居大惑不解的是,段氏兄弟为什么要将一栋别墅建得那么高,足足有五层楼高。这座堪称南淮史上销量最差的楼盘迫使段氏兄弟不得不进行了自我消化,据说他们的许多亲

第六章

属都搬到了这里。

  水明居是第一次来到这个地方,小区的景观和绿化还算用心,但却根本称不上什么品位,差不多处处都是似曾相识的东西。而且,水泥出现得太多,天然的用材极少。房屋猩红色的外立面和黑色的顶瓦同周围环境显得格格不入,既突兀又生硬,像极了一个蛮横的入侵者。

  在水明居看来,这样的住宅档次再高也是没有文化,没有灵魂的。而这也正是他水明居作为开发商的与众不同之处。欧洲的几趟考察使他看到了雕塑的作用,小区里矗立上几座雕塑,格调那就完全不一样啦,立马就有了一种人文艺术气质。所以,他开发的所有高档住宅都必须要有雕塑,而且一律是青铜或大理石材质。雕塑的题材涵盖古今中外的人和物。这棵树下是一位弹着钢琴的外国少女,那个角落里坐着的就是研墨苦吟的曹雪芹,草坪上则可能匍匐着一只巨大的蜗牛抑或海龟……由于一开始在国内找不到令他满意的制作这些艺术品的机构,他只好不惜血本从俄罗斯大量订购。水明居把他的楼盘看成了自己的艺术创作。

  不过,对于那些普通楼盘,水明居可没有这么上心。经验告诉他,这种住宅里人多手杂,多好的景观都难逃被糟蹋的噩运。对于这里的业主来说,房子就是一个临时睡觉的地方,跟他们的精神没有任何关联,无须提什么欣赏的意义。也就是说,需要房子的仅仅是他们的肉体,他们的灵魂从来就不需要房子。或者可以说,他们压根就没有他妈的灵魂。他们只需要方便和实用,从不考虑品位和美观。所以,他们宁要车位,也不要绿地。甚至是为了便利,连安全都可以不要,竟然故意损坏门禁和围栏。这也是水明居之所以不热衷开发普通高密度住宅楼的一个重要原因,这都是些属于没有历史的东西,而他水明居想要创造的乃是永恒。让那帮没有灵魂的家伙们都住到地狱里去吧。

  接待水明居和周一虹的是段老大的儿子,这个儿子水明居曾经在哪里见过一面,名叫亚豪,四十多岁,是段老大和原配生的。传说段老大共有四个老婆,儿子和女儿有十好几个。

  跟着亚豪走进一层客厅时,水明居吃了一惊,偌大的房间里站满了人,而且差不多全是女人,一律穿着黑衣,胸前别着白花。没有哭声,也没有哀乐,整个场面庄严肃穆。水明居不知道哪个才是段老大的原配,也没有谁主动站出来,所以,他只好冲她们笼统地点了点头算是致意,接着径直奔向灵堂，在段老大的遗像前三鞠躬。黑色像框里的段老大笑得灿烂无比，比他活着时的模样亲切可爱。

水明居看看周一虹，周一虹心领神会，打开手包取出水明居在路上交给她的那个白色信封递给亚豪。亚豪推让了一下，然后欣然接受。

"节哀顺变，多保重。"水明居低声说道，同时又瞟了一眼那群黑压压的女人。她们全都在面无表情地注视着他。

从屋里出来，水明居这才留意到院子里和门口摆放的全是松柏和鲜花，竟然没有一个花圈。看来自己当初没送花圈来还是合适的。只是，水明居没大弄明白段老大的这个葬礼仪式到底是不是西式的，说是又不完全是。他猜想，这极有可能也是段老大遗嘱中的规定吧。

回到车里，周一虹问："这笔钱应该由公司出吧？"

水明居摆摆手，说："算啦，我自己出吧。"

"现在回公司？"

"不，先在南淮河边转一圈。我想看看。"

水明居想看的是自己开发的那座地中海风格的别墅区，车子开到跟前时，他让周一虹停了下来。

水明居爬上堤岸，眺望着不远处这片掩映于松林中的宅邸，仿佛看到了自己离家已久的一个孩子。

"瞧，这是我开发的第一个别墅盘。"

"哇，好漂亮！"

"比段老大的别墅怎么样？"

"比他的好看多啦。"

"说实话，我也这么认为。"

"古典又现代，看上去极为精致，完全属于另一个世界。"

"只可惜个别业主素质太低劣。"

"怎么啦？"

"有个业主在顶上又加盖了一层，还有个业主更过分，想连整栋别墅都拆掉，计划重建一个面积翻倍的。"

"天呐，怎么能这么干呢？"

"唉，这些个暴发户呀，只有无穷的自私欲望，他们从来就想不到整体的和谐。"

第六章

周一虹引颈望了又望，道："从这里看不出来啊。"

"你当然看不出来啦，我让他们全都给我重新恢复了原样，为此整整打了两年半的官司。"

"这本来是用不着您再管的，所以说嘛，水董是个有责任感的开发商。"

"我不过是珍惜我自己的楼盘罢了，另外也想借这个机会好好教训一下这帮没素质的业主，起个警示作用。不然的话，你等着瞧吧，这种恶劣的风气很快就会蔓延至整个小区的。我太了解中国人啦，跟风的速度天下无敌。"

"也是。"

水明居掏出一根香烟点着，俯在堤岸边的白色金属栏杆上，继续含情脉脉地望着自己的杰作。

别墅区里的钟楼忽然传出悠扬的报时声，一群鸽子腾空而起，如洁白的花瓣撒向暮色苍茫的天空。

"我要能住上这样的房子，这辈子就太满足啦。"周一虹双手合十，指尖轻触嘴唇，一副似在祈祷的样子。

水明居瞥了她一眼，说："时刻准备着，一定能住上的。"

周一虹淡淡一笑，一个无法实现的梦。

水明居随即陷入沉思，沉默半响，他道："我一直也有一个梦想，找到一块足够大的地盘，完全按照我个人的想法建造一个封闭型社区。有街道，有广场，有喷泉，有湖泊，有花园，有绿地，有商店，有医院，有学校，有图书馆，还有……"他用夹着香烟的那只手的大拇指揉了揉太阳穴，"展览馆，还有电影院。"

"还要有雕塑。"

"是的，还要种上好多树。而且……没有汽车，只有一条环线地下轨道。还有，所有的房子都不能超过两层高。"

"水董的这个想法实在太美妙啦，住在这里的人该有多幸福啊，简直就是一个小小的乌托邦。不过，时刻准备着，一定能实现的。"

两岸的路灯已经亮起，水明居回头看看那静静的泛黄的河水，以及点点闪烁在枝桠间的灯火，意识骤然在这无边的寂静里恍惚起来，这是他心目中的那个理想居地吗？

然而，再度响起的钟声莽撞地打碎了寂静，让时间又跟着眼前的河水流动起来。水明居顿时现出了气馁和沮丧，将早已熄灭的烟头往一旁的垃圾箱里一扔，说道："时间不早啦，咱们走吧。"

车子开出一段时间后，水明居突然想起了一个问题："段老大家里哪来那么多的女人？"

周一虹只是意味深长地笑笑，没有作答。

水明居又想到了薛威，于是又问道："你对薛董这个人有什么看法？"

周一虹直视着前方，似乎在考虑着措辞："看法嘛……挺好的，挺……随和。"

"对他有什么意见吗？"

"没有，都挺好的。"

"唔……"

周一虹不解地望了他一眼。

"没什么，我就是想从工作的角度了解一下情况。"

车子驶进明居公司大院，在车库前停下来。水明居打开车门的手犹豫着又缩了回来。他问："现在的男人都这么喜欢包养情人，你说这是不是和中国过去三妻六妾的历史传统有关？"

周一虹愣了片刻，眨眨眼，道："这个……我还真说不清楚。"

水明居点点头："赶快回家去吧，要不要我送你一下？"

"不要，骑自行车十分钟就到了。"

"那好吧，明天见。"

"明天见。"周一虹望着水明居的背影，感觉他这一下午都心事重重的。问她的那几个问题更让她觉着有些莫名其妙。

回到办公室，水明居先查看了一下手机，有条楚文丹催促他回家吃晚饭的短信。回复时，操作失误，好不容易拼出的几个字都不见啦。水明居索性放弃，拿上车钥匙和周一虹送给他的青菜大步离去。

给他开门的妻子脸上的面膜吓了他一跳，让他联想起中国古代戏曲里的女鬼。

女鬼说话了："咋不回我短信啊？还以为你不回来吃饭了呐。"

水明居将那两塑料袋青菜交到女鬼手里。

"这是咋回事？"女鬼打量着手里的东西。

"同事自己种的，有机菜。"

"男同事还是女同事？"

第六章

"女。"

"漂亮吗?"

"你怎么变得越来越无聊啦?"

"你才无聊呐,告诉你,以后不许不回我的短信,也不许不接我的电话。"

"那你就别给我发短信,也不要给我打电话好啦。"

"哼,我就发!我就打!"

水明居竭力克制着自己的脾气,换下外套,到卧室里躺下了。今天他觉得非常累。

现在,躺在床上的水明居有点儿惊讶,也有点儿悲哀,他竟然能够掌控住自己的火爆脾气啦,这是成熟的标志还是衰老的迹象?

"起来吃饭吧。"灯突然亮了,女鬼又变回了楚文丹,声音也温和了许多。但,他喜欢的还是田媛的那种声调。她会怎么说?"起来吃饭喽?"即便是命令,也总是协商的口吻。

田媛,田媛啊。

见水明居没有反应,楚文丹来到了床头。但不等她有下一步动作,水明居便从床上坐了起来。

"饭都要凉啦。"

田媛会怎么说?"饭要热一下吗?"

坐到餐桌前,水明居仍在想着在田媛家里吃的那顿午饭。最后的午饭。也许。

"周末去看看你妈吧。"

田媛会怎么说?"周末去看看咱妈吧?"

"周末去看看你妈吧。"楚文丹将嗓门提高了一度。

水明居冷冷地看着她,说:"你想去就去呗。"

"你啥意思?我想去……?"

"反正我不想去。"

"不去拉倒,又不是我妈。"

"不是你妈你干吗还那么热心?"

"我看你就是贱骨头,不识抬举。"

水明居想想,再次压抑住怒火,撂下筷子,去了阳台。

"你不吃啦？"

他根本就不想理睬她，但想想还是开口了："吃好啦。"

水明居点着香烟，打开窗户。抽了一口，又想起什么，他移到西侧。那家的电视开着，但声音没那么大了，也许是因为关着窗子的原因吧。咦？老爷子咋不见啦？沙发上只坐着老太太和那个壮年男保姆。两个人挨得很近，原来，保姆在给老太太梳头，老太太的头刚洗过。

轮椅孤零零地停在靠近门口的角落里，仿佛只是在作短暂的歇息。

水明居正伸着脖子在目光可及的地方搜寻老爷子的影子，男保姆突然来到窗前把窗帘拉上，好像发现了水明居在偷窥似的。水明居本能地后退两步，望着那蓝色条格状的窗帘，依稀可辨的斑斑污渍证明它从前的身份应该是床单。

眼前的床单……不，是窗帘，使水明居认识到自己建造的这幢楼房存在着明显瑕疵，设计师没有充分考虑到对邻居隐私的尊重，准确点儿说，是没有考虑到对小户型住宅隐私的尊重。他所居住的这种大户型都有一个延伸出去的宽敞阳台，两侧的窗子斜对着两边小户型住户的客厅和卧室，并且距离很近。晚上如果不拉窗帘，它们就没有任何的私密性可言。当时不知怎么就忽略了这一点，两侧的窗户其实完全可以不要嘛。

这座楼盘的设计师团队号称国内顶级，漫天要价。设计出来的东西除了浮夸就是怪异，从审美到实用都不沾中国人的边。水明居因为自己要住到这里，所以才花血本请了他们。此后水明居便再也不相信国内的建筑设计师了，全是一帮不长脑子只会夸夸其谈的剽窃犯。他宁可雇佣欧美高校里的在读学生，他们可谓价廉物美。重要的是，这些学生一般都非常认真。

这天夜里水明居又失眠了，田嫒、薛威、段老大三个人在他的大脑里一直走马灯似的来来去去。这是他熟悉的那三个人吗？惊讶、困惑、懊丧、失望等等多种情绪纠缠着水明居，让他总感觉自己好像做错了什么。我做错了什么呢？我是不是太自以为是啦？或者，我压根就没有识人的起码判断力？他觉得自己心里一直悬挂着一个沉甸甸的问号，极需当着田嫒的面落实一下，但是他也明白，自己根本无法开口，而且，即使知道了答案又有什么意义呢？一切都已经超乎了他的想象。

此刻想来，自己当时躲开田嫒的热吻实在是正确的。她在迷醉之中的这种举动无非就是一种赤裸裸的欲望而已，但问题是他是清醒的，他没有理由

第六章

去迎合这种欲望。如果当时的他没有这点儿自制力的话，下面还会发生什么呢？又该让这一刻的自己如何去面对呢？那火辣辣的情欲是多么的可笑啊。

为了摆脱那三个人，水明居决定把周一虹拉进自己的脑海。他回想起那天的情景，权当此刻周一虹就在他的身旁——

放松，放松，想象你就是个孩子，正躺在沙滩上，阳光拥抱着你，暖暖的。还有浪花的声音，听见了吗？哗——哗——，你开始犯困，思绪沉沉，你想睡觉。宝贝，你的眼睛已经睁不开了，你睡着了，一个好梦在等着你，我的宝贝……

可他依然没有睡着，他想问：你是谁？

我是周一虹。

周一虹是谁？

你说她是谁？

她是……她不是田媛，不是楚文丹……她是……田媛，是楚文丹，是所有的女人。不是，她不是。

不，我不知道你是谁。

他不知道答案，这就是答案。答案终于让他睡着了。

薛威赫然出现在他的面前，他下意识地伸手挡了一下，不想让他再闯入自己的梦里。但是，他当即便明白了过来，这不是梦，这里没有梦的温床。

他若无其事地盯着薛威，很想知道他要对自己说些什么。这时，他发觉对方进来时把门关上了。

他在对面坐下，扔给他一根方头雪茄。

"抽上这个啦？"

他笑笑，像是苦笑。

他打着火，冲水明居示意一下。水明居摆摆手。他自己点着，一股浓烈的犹如来自热带雨林的潮湿气息弥漫开来。

"我……想和你说件事情。"说着，他朝左右看看，仿佛担心旁边有人似的。

"说。"

他挠挠头，欲言又止。

不难看出，他正在忍受着煎熬，已经没有前几天那么精神，下巴上出现了明显的胡茬，头发也有些蓬乱。

"我……我爱上别人啦。"
"就是有外遇了呗？"
"……"
"她是谁？"
"售楼处的一个女孩。"
"咱们公司的？"
"嗯。"

尽管事先他就已经知道，但听见对方当着他的面亲口承认，水明居还是气不打一处来："你他妈做得也太过分啦，老薛，太有失身份了吧？！"

薛威一声不吭，对于水明居激烈的反应表现得相当冷静，似乎就等着他把自己狠狠骂上一顿。

"你打算怎么办？"
"我已经让她辞职去了别的公司。"
"那就能让你不失身份啦？"
"……"
"你有外遇我无权干涉，可是你不能利用职权跟自己的属下发生这种事情，咱们以前不是没有多次强调过这个问题。"
"我没有利用职权。"
"这么说，你利用的完全是个人魅力啰？"

薛威的脸一下子变得通红。

"发生这种事情是我明居公司的耻辱。"

薛威的脸色愈发难看，水明居的话显然击到了他的痛处。

"下一步你打算怎么办？"
"……我只能和田媛分手啦。"

薛威的这个回答令水明居吃了一惊："你……真是这么想的？"

"我也没有办法，我……"薛威带着哭腔。

水明居看到他的眼圈红了。

"冲动已经不适合咱们这把年纪啦，你还是好好掂量掂量。"

薛威摇着头说："无法挽回啦，我只能一往直前……"

"你能保证你现在做出的决定不是因为冲动吗？"
"冲动我也认了，为了爱，我从来没有这样爱过。"

第六章

"……你没爱过田嫒吗?"

"……那不一样,我和她在一起主要是因为她爱我,而不是我爱她。"

"这个女孩要和你在一起是因为爱你吗?"

薛威没有回答。

水明居摆弄着手里的那根雪茄,冷笑道:"爱?爱是什么?欲望的冲动?"

"明居,我不想跟你讨论爱的问题,我很痛苦。"

"田嫒更痛苦。"

"更……?"水明居即刻对自己的这一结论犹疑起来,她真比他更痛苦吗?如果他知道她还爱着别的男人……想到田嫒爱着的那个男人,再想想薛威爱着的这个女人,水明居便忽然身不由己地同情起了薛威。究竟谁是错误的那一方呢?倘若不存在错误,又还有什么可以指责的呢?

沉默许久,薛威用颤抖的声音说道:"我会尽可能地补偿她。"

水明居起身给薛威泡了杯茶,重新在他对面坐下,咬了咬嘴唇,说:"我只想到过我的婚姻可能会出这样的问题,怎么也想不到你们的婚姻竟会弄成这个样子。要说爱,我觉得我早就不爱楚文丹了,而且我也完全有可能像你一样爱上别的女人。可是……我常常反问自己:那是爱吗?那不是爱吗?"

"明居,我只能说……你只有亲自尝试一下才会明白,才会理解我此时的感受。"

"我拒绝尝试,至少我非常明白的一点是,我没有看到这个时代有什么爱,我只看到了交易,我只看到了势利,我只看到了浅薄。"

"真正的爱还是有的。"

"呵呵,"水明居想起了田嫒对于薛威情商的评价,"真正的爱……我不和楚文丹离婚,我不重新去爱,我不伤害她,我认为这就是爱。"

"每个人对爱都有不同的理解。"

"你说得没错,"水明居无奈地点点头,"我没有权利强迫你同意我的看法,我也不想这样做。我只是想告诉你,如果你坚持离婚,我表示理解;如果你放弃新的感情,继续和田嫒生活在一起,那我对你唯有由衷的敬佩。"

"谢谢你,明居,我不配得到你的敬佩。"

水明居仰靠在椅背上不再说话,他已经没什么可说的了。

薛威看看手机,抿了口茶,犹豫不决地告辞。

"希望你不要因为这件事情影响工作，还有，你不能让我们在上班的时间联系不上你。"

"我知道，一定。"

第三天，薛威来到办公室正式告知水明居，他已经同田媛办理完了离婚手续。

水明居"唔"了一声，心想，怎么这么快？

薛威说："我已经搬出来啦，暂时在外面租的房子。"

"唔……"水明居一边点着头，一边在想田媛现在是不是又在家里酗酒？

薛威走后，怏怏不乐的水明居望着敞开的门发了半天呆。以后，他们两家再也不可能像从前那样聚在一块儿了。这两个人分开了，也就等于他们这个家庭团体就此解散了。他相信，自己是绝不可能接受薛威即将新组建的那个家庭的。他不认识那个女孩，但对她已经充满了成见。至于田媛，今后极有可能就会从他们的生活中彻底消失。薛威是把他们联系在一起的中心，如今这个中心已不复存在，田媛同他们的交往无疑便有了障碍。假如她生活得再不幸福，那便更无可能和他们保持交往了。那是个极有尊严感的女人。

想到田媛未来的幸福，水明居一点儿也不看好。年龄是女人跨越不过去的一道峭壁，尤其是对中国女人来说，因为中国男人大都属于"老牛吃嫩草"之类的货色。他们不在乎女人是否成熟，只担心她们不够年轻；他们不介意女人的脑瓜是否聪明，只关注她们的脸蛋够不够漂亮。否则的话，田媛也不至于落到今天这个下场啦。

他不清楚她爱着的那个男人到底是怎样一个男人，但他清楚那个男人不会为了她而像薛威那样抛妻弃子的，除非她能再年轻上二十几岁。他不相信爱情，爱情是一种疾病，无论薛威的爱情还是田媛的爱情都是一种疾病。这种所谓的爱情带给自己的仅仅是欲望的暂时满足，带给别人的都是伤害。他们的爱情内容里面没有理性和责任，那是连低等动物都可以凭着本能萌生的感情。如果这就是爱情，如果爱情不是奉献不是保护不是拯救，那爱情还有什么可以值得期待的？一道正餐之余的美味点心，可有可无。

现在，水明居回想起自己最初爱上楚文丹的时候，觉得那根本就不是爱情；倒是在他觉得自己已经不爱楚文丹的时候，他才开始慢慢理解了什么叫爱情。他不再有对楚文丹说"我爱你"的冲动，然而他的行动却在时刻默默印证着这句话。所有的鲜花，所有的柔情，所有的浪漫都是虚假的，真实的唯有寂寞、痛苦和承受。

水明居拿起电话，看到敞开的门，他又将电话放下，先将门关上。

"喂，你在家呢？"

"啊……怎么是你呀？"

听得出，他的电话让她吃惊不小。的确，他很少往家里的座机打，需要联系她总是给她发条手机短信完事。

"薛威和田媛他们俩……离婚啦。"

"真的？你不是开玩笑吧？"

"真的。"他的心情不允许他做过多解释。

"他们俩不一直都挺好的吗？"

"……"

"他们为什么要离婚？"

"薛威有外遇了。"

"啊？！真没想到薛威还有这花花肠子，看上去挺老实本分的一个人呀。"

"田媛也有……"

"有什么？"

"算啦，不说啦。"

"……太出人意料啦。"

"我今晚不回去吃饭了。"

"噢，又有事啊？"

"唔。"

"水明居？"

"嗯？"

"我告诉你，你可不许有那样的花花肠子。"

唉，又是这样的口气，又是这么败坏他的情绪，总让你没法对她好。"我要是有那样的花花肠子呢？"

"你要是有我就杀了你。"回答得一点儿都不含糊。

看来，田媛说得真没错，她竟比他还了解自己的老婆。

"你不会有吗？"是啊，以前他还真没想过这样的问题，尽管她应该是个对于男人颇有些诱惑力的女人。

181

"我才不屑有呐，中国这些臭男人根本就不配。"

"……"水明居仿佛挨了一耳光，特别痛快的一耳光。没想到，实在是没想到，楚文丹居然把男人看得这么透。他一直以为她也是个没多少情商的人，但是，她和薛威可大不一样啊。她怎么会有这样一双慧眼？

下午开完例会，水明居决定去田媛家里看看，那已经不是薛威的家，今后也许再没机会去那里了。唉，那个他不知去过多少回的空间。薛威和田媛装修的时候，水明居还曾帮忙出过不少主意。都说装修房子是最消耗夫妻感情的事情，他和楚文丹就为了这事动过不少次干戈；可人家薛威和田媛却是个例外，两人从设计方案到建材家具自始至终都配合得极其默契，简直就把装修当成了过节。

他们家的整体装修风格跟水明居家的非常接近，有些地方甚至完全一样。每次来到他们的家，水明居很容易就会联想起自己的家。跟楚文丹不一样，田媛好客，喜欢热闹，经常把他们一家召集来聊天、喝酒、打牌、唱歌。唉，这个家里应当不单有主人自己许多美好的回忆，也有着他水明居，包括楚文丹的许多美好回忆。想到这里，总会想到无数的欢歌笑语。

摁了半天门禁也无人应答，水明居看看她家的窗户，不见灯光。这个时候，天色已经黑了下来，许多家都亮着温暖的灯光。即便是上班，也该下班了。他记得田媛跟他说过自己是请了公休假的。

水明居绕着楼房走了一圈，又仰头看看田媛家黑乎乎的窗户，然后再次摁响门禁。意外并没有出现。水明居只好拨通田媛的手机。

"你在哪里？我在你家楼下呐。"

"我……在珠海。"

"珠海？"

"嗯，朋友帮我在这里找了个工作。"

"工作？那这里的工作呢？"

"我暂时请了长假，那里的工作等以后再说吧。"

"你不会不打算回来了吧？"

"是不打算回去啦。"她的语气十分坚决。

"唔……你们俩可都够利索的。"

"这样对谁都没坏处，既然已经无法挽回，那就尽快了结它呗。"

"这么多年的感情，怎么能说了结就了结了呢？"

"他有权利追求自己的新生活，既然……他那么喜欢新的生活。我能想得开，没关系。我们从大学时就在一起了，想想都快三十年啦，他可能早就已经腻味啦，我只能表示理解。"

"我不能理解，喜新厌旧怎么能够用在婚姻上呢？"

田媛顿了一下，语气没那么轻快了："这是你的理解，明居，你是这个年头少有的好男人。"

"薛威也不是个坏男人。"

"他不如你好，他是个没主见的人，跟好人学好人，跟坏人就学坏人。这也正是我当初让他跟着你的原因。"

"谢谢你，可是……"说着，他朝自己停在路旁的汽车走去，"如今我还不是辜负了你的信任嘛。"

"嗨，如果他不是跟着你的话，说不定我们早就散了呐，谁知道呢？"

他坐进了车里。"田媛？"他的声音低沉下来，微微有些哽咽。

"嗯？"

"我没打搅你吧？"

"没有，我现在在宾馆里，正在欣赏海景呐。"

"唔……田媛，我现在……特别的难过。你们离婚……让我特别的难过……"他感觉到泪滴在脸颊上滑落，"说实话，我也曾经想过和楚文丹离婚，并且觉得离婚的确不应该算是一件什么坏事情。可是，今天看到你们俩离婚，我不知道为什么……为什么会这么的难过？"

对方那里半天没有任何动静。

他"喂？"了一下。

"……嗨，有什么好难过的，天下没有不散的筵……"她也开始哽咽，说不下去了。

寂静，他听见了对方泪水流淌的声音。

"事情变化得太快啦，我有点儿接受不了。你们都能离婚，那还有谁的婚姻可以维系啊？"

"可能是我们俩谁都不曾考虑过离婚的事，自然也就想不到如何维系婚姻的事。现在说什么都已经晚啦，你和文丹就好好吸取我俩的教训吧。"

"……"

"欢迎你和文丹来珠海玩，我马上就在这里买房子。"

"好的，你多保重。"

"你也是。"

挂断电话，水明居用手背抹了抹眼睛。他知道田媛为什么会选择珠海，因为那里离澳门最近，离她的儿子最近，忠泽应该是她目前唯一的安慰了。想到这里，水明居便想到了自己的女儿。他想给晶晶打个电话，但在手机的联系人名录里却没能搜索到女儿的号码。原来，他并没有保存过女儿的号码。他开始逐条浏览收到的短信，也没能发现晶晶的那条短信。已经删了。

第七章

　　水晶本来已经计划好和几个老乡一道乘火车回家,但妈妈思女心切,提前给她订好了飞机票。妈妈还是这么爱替她做主,这让水晶极其的不悦。要不是后来发现火车票特别难买,水晶真想干脆把机票退了,狠狠将上妈妈一军。她觉得现在有必要让妈妈赶快明白过来,你是你我是我,你不能随随便便就替我决定什么。你有你的意志,我有我的权利。你作为母亲的角色需要好好转换一下啦,你的女儿早已经不再是个小孩子。你可以当我一辈子的妈,但当不了我一辈子的监护人。懂不懂?

　　寒假有将近一个月,但水晶打算最多就在家里待上一星期。尽管学校的环境她并不喜欢,到处熙熙攘攘,跟个菜市场似的,难能找到个清静的地方。可在那里终究要比在家里自由一些,相较于学校的各种纪律限制而言,还是妈妈的唠叨更叫她受不了。

　　不过,这回妈妈倒是也并没怎么唠叨她,只是缠着她大谈整容和化妆品。她让水晶仔细看看自己的眼角,问她发现了什么?

　　水晶摇摇头,说没发现什么。

　　"再仔细看看。"妈妈说。

　　水晶又盯着看了半天,还是没发现什么。

　　"鱼尾纹,笨蛋。"妈妈显出极为得意的样子,"你还能看见我的鱼尾纹吗?"

　　"鱼尾纹?我怎么没见过你的鱼尾纹呀?"

　　"你是没注意,以前可多啦。"

　　水晶走到镜子前做了个鬼脸,说:"你看,我也有鱼尾纹啊。"

　　妈妈拍了一下水晶的肩膀:"别瞎捣乱,你那不算。"

　　水晶注意看了一下,觉得妈妈是比从前显得年轻多啦,衬托得爸爸反倒有些老了。爸爸不仅胖了,而且头发也白了不少,是个十足的老男人了。

水晶 SHUIJING

从爸爸和妈妈对待自己有所变化的态度当中，水晶敏感地意识到自己也有了变化。一定是这种变化制造出了她与他们之间的距离，她发觉妈妈跟她说话时多了几分客气，动不动就说"对不起"和"请"啦。尤其是爸爸，都不敢正眼看她，和她说话时老是盯着自己的手，好像那上面有字似的。

过完春节，水晶便嚷嚷着要买票返校，然而妈妈的反应却异常激动。于是，水晶只好妥协两天，然后按照妈妈的安排登上飞往北京的航班。

放假之前，薛忠泽在电邮中说要趁回家过年的时候和她见上一面。直到坐上飞机，水晶才想起这事，可一直就没见薛忠泽跟她联系。

一回到学校，水晶便开始了自己的写作计划。她要把克丽斯特尔的故事改编成剧本，搬上校园的舞台。水晶是学校戏剧社的第二负责人，曾向社友们推荐过这本小说，大家都很喜欢。

宿舍里只有她一个人，水晶如鱼得水，不分白天黑夜地忙碌了起来，希望能在开学之前将剧本完全搞定。她要亲自扮演克丽斯特尔。

就在这个时候，薛忠泽突然来了电话，瓮声瓮气地问她有没有时间。

"时间？我已经回北京了呀。"

"我就在北京。"

"啊？你在北京……？"

薛忠泽说他就在水晶学校的招待所里。水晶觉得好奇怪，这行为怎么跟她那位专制老妈一样？也不提前通知一声，说来就来啦，不会是专程为跟她见面来的吧？

水晶照照镜子，算得上蓬头垢面啦，甚至都有了黑眼圈。她赶紧洗把脸，用粉霜稍稍掩饰一下黑眼圈，随即匆匆赶往招待所。

没等走进招待所那灰不溜秋的四层小楼，水晶就看见石子路中间矗立着一个又黑又粗的柱子，这柱子正缩着脖子不停地在雪地上跺脚。一段时间不见，他好像又往上蹿了不少。

"哎——"他羞涩地跟她打了声招呼。

"你好。"

他穿着一件单薄的藏青色棉服，背着个双肩包，两手插在衣兜里，浑身在瑟瑟发抖。

水晶瞧瞧四周，正犹豫着去哪里才好，不想薛忠泽先发话了："你们这里还有条件好一些的宾馆没有？"

第七章

"这里不行吗？"

"这里没单间了，跟陌生人住在一起我睡不着觉。"

"那就去校外吧，"水晶想到妈妈住过的那家宾馆，"但是有点贵哟。"

薛忠泽"嗯"了一声，说："没想到北京这么冷。"

"不过屋里都很暖和，不像咱们南淮，屋里比屋外还冷。"

"澳门还好。"

听了一会儿脚下积雪的"咯吱"声，水晶问道："你来北京有事吗？"

薛忠泽迟疑着答道："有……吧。"

"什么事？"

"……"

"哦，要在这里待几天？"水晶见他似乎有些为难，立刻将话题转移。

"……现在还说不好。"

到了宾馆，薛忠泽开始办理入住手续，水晶则走到电梯口等他。瞟瞟薛忠泽的侧影，水晶感觉到的只有陌生，连儿时的那些记忆仿佛也已与他没有了任何联系。

"几楼？"

"五楼。"

两人一前一后走进电梯，又一前一后走进房间。

水晶先找到电水壶烧上开水，薛忠泽则手足无措似的站在窗前望着水晶。

水晶在他身旁的一把椅子上坐下，看了看另一把椅子，问道："你怎么不坐啊？"

薛忠泽立刻在那椅子上坐下，但紧接着又站了起来，坐到了床上去。

薛忠泽小时候就不太爱说话，现在也依然是那样。

电水壶开始发出"呼呼"的响声。

水晶问："你带杯子来了吗？"

"没带。"薛忠泽从包里拿出半瓶矿泉水。

水晶便用宾馆的杯子给两人各泡了杯茶。

"谢谢。"薛忠泽起身要接。

"烫。"水晶直接将水杯放到他跟前的床头柜上。

"水晶……"

水晶抬头看看他，薛忠泽正笑眯眯地望着自己，黑色的脸膛仿佛在燃烧。这副怪怪的表情让水晶立即紧张起来，她严肃地问道："你想说什么？"

薛忠泽低下了头："你……还没有男朋友吧？"

"你问这个干什么？"

"我可不可以做你男朋友？"他用右手使劲揪着自己的耳垂。

"咱们不一直就是朋友吗？"

"我的意思……当然不是普通的朋友。"

"你从什么时候开始有这个想法的？"

"很早，第一次见到你我就喜欢上你啦。"

瞧这谎言扯的，可笑得让水晶笑出了声："你知道第一次见到我是什么时候吗？说不定咱们俩还都穿着尿不湿呐。"

"嘿嘿……"薛忠泽也跟着傻笑。

这家伙表面看起来那么老实，没想到内心还挺狡猾的。

"可以吗？"他抬起头，直视着她的眼睛。"我妈说咱俩很合适。"

"你妈？是你妈让你喜欢我的呀？"

"不是……我妈也喜欢你。"

"对不起……我……现在还不需要男朋友。"

"那你什么时候需要？"

"我也不知道。"

"好吧，那我就先挂上号，等你需要的时候别忘了通知我一声，我来投标。"

还挺会幽默的，水晶瞥了他一眼，却发现他面无表情，不像是在开玩笑。

水晶呷了口茶，忽然感到有点儿沮丧。她曾不止一次地幻想过这个场景，幻想过那个第一次向自己示爱的男孩。然而，这么轻易地就变成了现实，而且竟然是这个人，又是在这种地方。好无趣，这叫她有些哭笑不得。

"以后我可能很少回南淮了。"薛忠泽突然说道。

"怎么？"

"你不知道吗？我爸妈离婚啦。"

"我不知道，我没听我爸妈说过。"

"我妈现在搬到珠海生活了，以后我就回珠海了。"

第七章

"你爸呢?"

"他又结婚了。"

"哦,是这样啊……不过,离婚也算是件好事,我就希望我爸妈离婚。不合适干吗还非要在一起死缠烂打呢?结婚已经是一场错误,还不离婚那不就等于错上加错吗?"

"我不知道……那是他们两个人之间的事情,我管不了。"

水晶看看手机上的时间,道:"走吧,我请你吃饭去,北京烤鸭想吃吗?"

"我请你吧。"

"等我去澳门你再请吧。"

"没问题……可是……我想尝尝涮羊肉火锅,行吗?"

"太行啦,这附近就有家东来顺。走吧。"

薛忠泽从自己包里掏出一个纸袋递给水晶:"送给你的。"

牛皮纸袋上印着星星点点的粉色花瓣和桃心,水晶拆开封口,里面是一条白底花格羊毛围巾。

"我不会买,可我妈妈说你会喜欢的。"

"谢谢你,很漂亮。"

"围上吧,外面挺冷的。"

水晶将围巾展开看了看,还是没好意思围在脖子上。

外面又飘起了不紧不慢的雪花。薛忠泽站在路边,好奇地仰望着阴沉的天空,说:"我好久没见过雪啦,以后,再碰到下雪的时候,我肯定会想到你。"

水晶心头一热,忽然觉得这个男孩或许同她一样的孤独。

窗外是漫天的雪花,眼前是热气腾腾的火锅,还有啤酒。温暖又凉爽。

水晶不停地说话,不停地劝薛忠泽喝酒,希望他把刚才的事情忘掉。也许以后,他们可以成为很好的朋友。

可是最后,薛忠泽摇晃着站起身的时候,还是醉醺醺地说了一句:"水晶,等你需要男朋友的时候,一定要告诉我啊。我会一直等着的。"

水晶问:"你没事吧?"

薛忠泽摆摆手:"你放心,我没事的。"但刚一走到门外,他就跌坐在了雪地里。

薛忠泽并不急于起来，只是望着水晶一个劲地傻笑。水晶伸出手去，薛忠泽却没有拉她的手，自己马上站了起来，拍拍裤子上的雪。

路灯下的街道在白雪的映衬下仿佛变成了一片蔚蓝，有些梦幻般的色彩。水晶一路小心地看着薛忠泽，将他送到宾馆门口。

分手时，她问："明天你想去哪里玩？"

"明天我要去国图查个资料。"他说。

他的回答令水晶对他不得不又刮目相看，他的确是长大了，她所以为的那种孩子气也许仅仅是表面上的吧。

"那我陪你去吧，什么时间？"

"不用啦，你还是写你的剧本吧。"

"上午九点可以吗？"

"……好吧。"

第二天上午九点前，水晶来到宾馆大堂的柜台，想打电话叫薛忠泽下来。然而接待员小姐却告诉她，客人一大早就退房离开了。

水晶愣了一下，走出宾馆，在门口左右张望了一会儿，然后掏出手机给薛忠泽打去，传来的是关机的提示音。

水晶不明白他为何要突然不辞而别，这让她的心里很有些难过。

回到空旷的校园，水晶坐在路旁的石椅上抽了根烟，接着围绕操场快跑上三圈，然后气喘吁吁地返回宿舍。

来到大学后，水晶爱上了跑步。跑步的时候可以构思，也可以什么都不想。关键的是，跑步能让她保持头脑的清醒。回想高中最后那两年，水晶的大脑每天都是昏昏沉沉的，看什么都有一种不真实的感觉。

克丽斯特尔也爱跑步，中学和大学时代的她始终都是校运动会无人可以匹敌的中长跑冠军。霍伦也爱跑步，霍伦是因为克丽斯特尔而爱上跑步的。他是克丽斯特尔的高中同学，一直追求着克丽斯特尔。两人同样优秀，同样特立独行，但却迟迟走不到一起。霍伦常说："克丽斯特尔，只有我才懂得珍惜你的价值，而你却丝毫认识不到我的价值。"

为了对克丽斯特尔的这份爱，霍伦放弃了自己喜欢的心理学专业，跟随着她考入了医学院，甚至在毕业后继续跟随着她去了伦敦同一家医院。而当克丽斯特尔在三年后返回故乡阿卡时，霍伦也毅然紧随其后来到了阿卡。不过这次，他应聘的是另一家医院。阿卡很小，即便不在同一家医院，见面也是很容易的。

现在，再想到霍伦，水晶便会情不自禁地想到薛忠泽。遗憾，他不是霍伦。如果他是霍伦，他的求爱一定会令她感到幸福。她有什么理由拒绝霍伦呢？一个如此杰出而又深情的男子。可是，克丽斯特尔为何就偏偏不愿接受他呢？

水晶让自己以一个读者的身份进入了剧本，她将在舞台上分饰两个角色。

水晶：亲爱的克丽斯特尔，难道霍伦还不够好吗？

克丽斯特尔：不，他当然很好。

水晶：那你为什么还一直不肯接受他呢？他追随了你那么多年，你从来就没有被感动过吗？

克丽斯特尔：我不相信感动。

水晶：为什么？

克丽斯特尔：我只相信理智，相信我个人清醒时候的判断。

水晶：你并不爱他？

克丽斯特尔：我……不能这么说，坦率地说，我有点儿爱他。但是……我不喜欢他爱我的方式。

水晶：怎么？

克丽斯特尔：他好像把我当成了他的全世界，这点我不喜欢。

水晶：那正是因为他太爱你了呀！

克丽斯特尔：无论你有多爱一个人，也不能因此丢失了你自己。否则，别人该怎么去爱你呢？我想爱的是霍伦，而不是想通过霍伦来爱我自己。亲爱的水晶，你能告诉我霍伦是谁吗？

水晶：霍伦是……你的同学，你的同事……是那个长久深爱着你的男人。

克丽斯特尔：你所告诉我的这个霍伦依然没有他自己的世界，而我只有通过另一个不同的世界才能更加清晰地认识我自己。

水晶：对不起，我还是无法理解你的爱。总之，我觉得霍伦是值得你爱的。

克丽斯特尔：值得？爱不是等价交换，也不是感恩回报。

水晶：那爱是什么？

克丽斯特尔：爱是拯救，甚至是牺牲，就像薇奥莱塔为阿尔弗雷多所做的那样。

水晶：拯救？牺牲？

克丽斯特尔：对，拯救另一个人的世界。有时，还可能需要你为此做出牺牲。

水晶：霍伦一直渴望着你的爱，他同样需要你去拯救啊。

克丽斯特尔：霍伦并不处于危难之中，除非你将爱理解成了危难。

水晶：我总觉得你说的爱并不是爱情。

克丽斯特尔：那就说说你对爱情的理解吧。

水晶：我所理解的爱情……就是两个人之间彼此发自心底的那种相互喜欢，就像林黛玉和贾宝玉那样，那是一种多么至真至纯的情感。

克丽斯特尔：林黛……他们是谁？

水晶：哦，是中国一部古典小说里的人物。《红楼梦》你听说过吗？

克丽斯特尔：《红楼梦》？没有。

水晶：林黛玉和贾宝玉自小相识，相依相恋，爱得那么深沉，爱得那么缠绵。

克丽斯特尔：他们知道为什么相爱吗？

水晶：不……知道。

克丽斯特尔：是你不知道，还是他们不知道？

水晶：相爱不需要理由吧？

克丽斯特尔：他们的爱情结局怎样？

水晶：很悲伤，他们并没能在一起。最后，林黛玉死了，贾宝玉疯了。

克丽斯特尔：假如他们彼此都知道为什么要相爱，或者说，他们都知道爱情是什么，那么，结局是不是可能就不至于如此悲惨了。想想看，如果他们都坚信爱就是拯救的话……

水晶：那个时候，人们对于爱情还不可能有你这样理性的认识。

克丽斯特尔：所以，那就不是爱情，那只不过是源于生理本能的朦胧爱欲，是任何低等动物之间都可以萌发的情绪。

水晶：所以……你说过，爱是智慧？

克丽斯特尔：没错，爱情离不开我们对于它的认知。在我们对爱情的定义还一无所知的时候，我们怎么能够确认那就是爱呢？

第七章

> 水晶：哦，我必须首先明白了什么是爱，然后才能去爱吗？
> 克丽斯特尔：如果你不明白什么是爱，你又如何能够真正地去爱呢？
> ……

爱情——拯救？这是水晶在克丽斯特尔那里所知晓的爱的方式。水晶还没有爱过，但爱情早已作为人生的一种希望扎根于自己的心底了。那个需要她拯救的人会是谁呢？如果他不需要她的拯救，那她是否就不能去爱他了呢？克丽斯特尔同样渴望着爱，然而由于迟迟等不到那个需要她拯救的人，因此克丽斯特尔就一直只能茕茕孑立着。

每天清晨，阿卡的海边总有一男一女在各自孤寂地奔跑着。跑在前面的是克丽斯特尔，霍伦则远远地在后面跟随着，神情坚定。他们就一直这么跑着，跑着，一年，两年，十年，二十年……他们始终就是这么跑着，最终，连大海也习惯了他们，要是哪天他们没有如期出现，大海一整天都将是郁郁寡欢的样子。

开始时，水晶非常希望这两个人能走到一起，但直到最后，他们也没能走到一起。不过这时，水晶觉得结果已经不那么重要了。就以这种若即若离的方式相伴一生，岂不也好？如果继续往前，那便是婚姻。至于婚姻，水晶无法想象。水晶无法想象自己是一个已婚的女人，一个时刻纠缠于柴米油盐、丈夫和孩子之间的女人。尤其使她不能忍受的，就是围绕着这些而必然发生的那种种争吵。

我只要爱情，我不要婚姻。我只愿在爱情里绽放如花，哪怕寂寞终生，也不想让这鲜花变成果实。无论你告诉我这果实有多么美味，我都无心品尝。

正好在开学的时候，水晶完成了剧本的改编。同时还有一个不好的消息，她有两门课程需要补考。一门政治类的，一门语言类的。她实在不喜欢这两门课程，连教授它们的那两位老师她都无比的不喜欢。

什么时候才能再也不用考试？考试是她至今也摆脱不去的噩梦。她所有的噩梦几乎都与考试有关，不是一题都看不懂，就是快打铃了还有一半的试卷没有做完。喜欢的课程也就罢了，关键是中文系开设的许多课程在水晶看来都是弱智和无聊。那个讲《现代汉语》的老师接连几星期都在黑板上分析同一个句子，用了好多她一知半解的字母和符号。水晶嘲笑他是在用非人类的语言讲解人类的语言,难怪她水晶听不明白。就是听明白了又有什么意义呢?这就是所谓的学问?水晶觉得这些老师好可怜,也好可憎。

中文系一点儿都不像中文系,距离她所想象的文学实在太远。不光是同学,就连那些老师也没几个是有文学热情的。讲起文学来,他们不是像医生就是像屠夫。水晶只能选择逃课,那些上课不点名的老师在她眼里就算是好老师啦。

一度,水晶谋划着要转到哲学系,但去哲学系听过几次课后,她便打消了这个念头。哲学系的师生比中文系的师生还要沉闷,还要迷惘。差不多所有的学生都在考虑着将来换专业的事情,光景远比中文系要凄惨得多啦。不过,哲学系倒是有个老师她很喜欢。那个老师姓谭,头发微鬈,戴着一副圆圆的眼镜,若是换上一件长衫,简直就是从"五四"时期穿越而来的。

谭老师教的是伦理学,一站到讲台上就开始口若悬河,从不看一眼讲稿,也极少板书。他的语速极快,一不留神,许多信息就错过去了。谭老师喜欢旁征博引,包括古今中外的历史和现实。显然,他也读过不少文学名著,分析理论时,这方面的例子信手拈来。有时,水晶会误以为自己是坐在中文系的课堂上。这样的老师才是水晶心目中的大学老师,可惜,偌大的校园里,这样的老师水晶目前只发现了他一个。

水晶几次想把自己的剧本拿给谭老师看看,但一见他那不苟言笑的样子,便打了退堂鼓。她喜欢这位老师,又有些害怕这位老师。

在开始想着为剧本物色演员的时候,水晶注意到了上课时总爱和她一起坐在最后一排的房小桐。一个学期过去了,水晶还从未听他说过一句话。每次上课,他总是拿着手机或笔记本电脑在玩游戏。他好像对什么课都不感兴趣,和班里的同学也没有任何交流的欲望,总是形单影只的一个人。于是,也是形单影只的水晶便渐渐跟他有了同病相怜的感觉。而且,他需要补考的科目更多。

就是在补考的时候,水晶与房小桐有了第一次接触,他坐在水晶的旁边,一直不停地抓耳挠腮。水晶和他那充满无限忧伤的眼睛对视了一下之后,立即若无其事地将试卷朝他那边移了移。

考完后从教室里出来,房小桐特地撵上她,跟她说了声"谢谢"。

"这门能过吧?"水晶问。

"估计够呛,搞不好我得蹲级,科挂得太多啦。"他面带微笑,好像是在

第七章

说着别人的事情。

"你好像对中文一点儿也没兴趣。"

"没意思，学啥都没意思。"

"那你觉得什么有意思？"

"游戏，电子游戏，我就喜欢打电子游戏。在那个世界里谁都不是我的对手，我有五十多万最忠实的粉丝。"这时，房小桐那厚厚的眼镜片开始闪光，嘴巴也咧得异乎寻常的大。水晶忽然看到了另一个房小桐，一个课堂之外的房小桐。

"你喜欢戏剧吗？"

"啥戏剧？《哈姆雷特》还是《窦娥冤》？我不喜欢，没意思。"

"……我最近写了一个剧本，你愿意看看吗？"

"你写的？"

"嗯。"

"如果你想让我提点儿意见的话，那我就看看吧。"

"谢谢。"水晶从书包里掏出一摞装订好的打印稿递到他面前。

"这么厚？"房小桐面露难色。

"有困难吗？"

"没有没有，我看东西一向是很快的。"

两人交换了手机号和QQ号，接着，水晶便朝岔路的另一边走去。

"你不去上课啦？"房小桐问。

"我去听哲学系的课。"

"噢……那我也不上啦，我去图书馆拜读你的大作。"

水晶莞尔一笑，冲他挥挥手。

谭老师已经开始上课，教师里只有十来个学生，都是硕士生或博士生。水晶从后门悄悄溜了进去。谭老师正捧着一本厚厚的书在念：

………

水晶听出来了，谭老师是在读《圣经》。他最近讲的是关于选择的伦理，这是用亚伯拉罕的例子为同学生们探讨一下究竟该如何理解信徒亚伯拉罕的选择。

一个学生说:"上帝意味着绝对的真理,亚伯拉罕必须无条件地服从于祂。所以,亚伯拉罕的行为没有错。"

另一个学生则说:"亚伯拉罕是个父亲,作为父亲的神圣职责应当是全力保护好他的孩子,怎么能为了献祭而杀掉他?上帝本身也应当理解到这一点。"

第三个学生随即附和道:"同意!上帝的这种考验本身就是不合理的。上帝应该知道,祂所创造的是有自我意志的人,而不是只会盲目听从其号令的工具。没有自我意志的服从并不是真正的服从。"

有质疑上帝的,也有质疑亚伯拉罕的,大家争论得不亦乐乎。水晶跃跃欲试,心里憋着强烈的表达冲动。但碍于自己一个旁听本科生的身份,又恐她的观点可能会浅薄得可笑,所以,水晶只能让自己处在不安的等待当中,直到快下课了,她也未能说出自己的想法。

最后,谭老师总结道:"这个材料来自《圣经》里的《创世记》,我们首先要明确这一背景。另外,我们还要考虑到一些元素,比如,我们是不是基督徒,我们有没有做父母,等等。这些元素都会直接影响到我们对于这个材料的解读……"最后,他给学生们提供了一批相关书目,让他们回去参考阅读。

学生们陆续离去,谭老师瞥了一眼仍然坐在最后一排的水晶,点了下头,开始收拾他讲台上的东西。这时,水晶鼓足勇气走向了讲台。

"老师,我想请教您一个问题……"

"好,你说吧。"谭老师立即停下手中的动作。

"我很想知道您怎么看待亚伯拉罕的行为?"

"能不能先说说你是怎么看待他的行为的?"

"我认为亚伯拉罕是在犯罪,他要杀死自己无辜的儿子,这难道不是犯罪吗?"水晶将积郁了半天的情绪铿锵释放了出来。

谭老师频频点头:"很好,你说到了罪。但如果不顺从上帝才是第一大的罪呢?"

"这个……难道因为上帝创造了整个世界,人们就该不加选择地顺从于祂吗?那是不是因为父母生了我,我也该如此对待他们呢?"

"不,这并不属于两者可以同等类比的关系,父母不是孩子的上帝,上帝只有一个,他们应该都是这个上帝的孩子。要知道,上帝不仅仅是创造了整个世界，还有人类全部的价值信仰。我想，亚伯拉罕的行为其实就是在履行他的信仰。"

"信仰是什么？老师。"

"信仰……应该就是爱吧。"

"爱不是拯救吗？亚伯拉罕既然那么爱他的儿子，可心里想的为什么却不是拯救而是杀戮呢？"

"对，你又说到了爱，但是如果没有上帝就没有爱呢？而且，《圣经》里不是说上帝就是爱吗？"

"如果上帝是爱，那祂就不能允许杀戮。"

"上帝的杀戮是为了让人们有所畏惧。"

"老师，我可不可以把这理解为上帝的暴政？对此人们应当回应的就是去奋力反抗……"

谭老师的眼睛里骤然间闪过一道惊诧的光芒，他昂起头，望着窗外，沉吟片刻，说道："……我想……上帝让人们有所畏惧，那也是为了爱……"

"因为畏惧而产生的爱是真实的吗？"

"呃…………这个问题我是这样理解的，人们只有首先心存畏惧，才会真正地需要爱。因为畏，所以爱。设想一下，一个无所畏惧的人会需要爱吗？"

"老师，爱有时所需要的恰恰就是勇气啊。"

"畏是敬畏之畏，与勇气绝不矛盾。不要把它想成单纯的心理恐惧，畏的一个核心要素就是羞耻感。咱们的古人不是说'知耻近乎勇'吗？"

"那老师是赞同亚伯拉罕的行为啰？"

"我只是试着理解他的行为，以及他和上帝之间的关系。"

"如果在现实中，您会像亚伯拉罕那样去做吗？"

"你是说现实中……？"

水晶点头。

"在我看来，现实中没有谁的命令是上帝的命令。"

水晶揣测着谭老师这句话的意思，道："即使现实中有上帝这样的命令，我也不会服从，我宁可选择像撒旦那样去反抗。"

谭老师眯起眼睛，现出有些诡秘的笑容，说："你的想法实在可贵。"

"谢谢老师。"

"不客气，快去食堂吃饭吧。"

终于跟谭老师有了面对面的交流，水晶无比兴奋，一个心怀已久的愿望终于得到了满足。她喜欢这样的交流，觉得这才是真正的谈话，真正的谈话就是从中能够得到你所需要的回答。水晶记不清自己是从什么时候开始期待这样的谈话的，她只知道自己一直想这样谈话，已经想了许久。

吃饭时，水晶还能感觉到自己的心脏在"怦怦"直跳；她回想着谭老师的话语和神情，脸上的隐隐笑意始终不曾消逝过。周围的这些人都在叽叽喳喳些什么呀，为什么就不知道去进行一场真正的谈话呢？大学校园里怎么也允许有这么多无聊的聒噪啊？

晚上开班会，房小桐把稿子还给了水晶。水晶等着他说点儿什么，可他似乎并没有要说话的打算，接着就戴上耳机又玩起了手机里的游戏。

班会结束时，房小桐激战犹酣，置身世外。水晶敲敲桌子，他竟一点儿知觉都没有。水晶只好伸手在他眼前晃了一下，他才如梦方醒般地抬起头来。

看了一眼水晶，又看了一眼前面，房小桐懒懒地摘掉耳机，懒懒地站起身来。

两人一同往外走时，水晶问："剧本你看了没有？"

"当然看了。"

"那也给点儿意见呀。"

"挺好的……"

"就这些？"

"反正我是写不来这玩艺儿，嘿嘿。"

来到走廊，水晶止住脚步，说："房小桐，我想邀请你加入我们戏剧社，你愿意吗？"

"好玩吗？"

"我觉得很好玩，比电子游戏好玩多啦。"

"可我……不会演戏。"

"这不是问题，只要你愿意就行。"

"你看我行吗？"

"我看你行。我们正准备排演《克丽斯特尔》，你可以来演一下霍伦。"

"霍……伦？这恐怕不行吧？霍伦多优秀啊。"

第七章

"这跟优秀不优秀没有关系，你要做的就是学习和接近霍伦这个角色，喜欢这个角色。"

"喜欢倒是蛮喜欢的，我也喜欢克丽斯特尔。"

"如果你喜欢这个剧本，那就更不成问题啦。"

"谁来演克丽斯特尔呢？"

"我。"

"你？"

"是的。"

"噢……别说，你和克丽斯特尔哪里好像还真有点儿像。"

"好吧？那咱们就这么定啦？"

"好吧……我先试试看吧，不行你再换别人。"

"那好，等戏剧社再有活动我就通知你。"

水晶扭头继续走路，走到外面光秃秃的悬铃木下时，在后面一直跟着的房小桐突然追上前来，说道："水晶，谢谢你……"

"不，是我应该谢谢你。"

走到操场边，水晶回过头，发现房小桐还在自己后面默默跟着，便问："你不回宿舍吗？"

房小桐支吾了一下，反问道："你怎么不回宿舍啊？"

"我要跑几圈再回去。"

"那我也陪你跑几圈吧。"

水晶不再说话，深吸一口气，沿着长长的塑胶跑道轻松奔跑起来。听到后面房小桐发出的那稀里哗啦的声音，感觉他像是在连滚带爬，上气不接下气的喘息几乎成了求救的呼号。水晶强忍着笑，心想，霍伦怎么可能是这个样子呢？让他演霍伦是不是在拿霍伦开玩笑呀？

水晶加快了速度，不一会儿工夫便从后面赶超过去，甩下房小桐一圈。当水晶试图甩下房小桐第三圈时，却迟迟见不到他的身影了。

跑完五圈，水晶依然没再看到房小桐。他是不是回去啦？正在纳闷，就听见房小桐在前方喊她。水晶放眼望去，朦胧的灯影下空空荡荡，那里并没有房小桐。疑惑着走过去，水晶终于捕捉到了房小桐气喘吁吁的声音。他正四仰八叉地躺在弯道旁的草坪上。

"你没事吧？"

"没……事……嘿嘿……"说着，房小桐就坐了起来。

"霍伦可是很能跑的哟。"

"没事，我练……"房小桐挣扎着站起来，回到跑道上。但没跑出去几步，就像个醉汉似的仆倒在了地上。

这回水晶再也忍不住大笑了："……算啦，房小桐，今天就到此为止吧。明天再说。"

见房小桐跪在地上胡乱摸索着什么，水晶意识到他把眼镜摔掉了，于是急忙过去帮他寻找。

"给你。"

房小桐接过眼镜，用围巾擦了擦镜片。

"你每天都跑吗？"房小桐问。

"嗯。"

"我能不能跟你一起跑？"

水晶犹豫了一下："……行啊……"她好像就是克丽斯特尔，他好像就是霍伦。这不会假戏真做吧？她不怕自己成为克丽斯特尔，却怕他成为霍伦。但愿自己不会让他产生什么误会吧。

"你都什么时候跑？"

"每天晚上十点。"

"那好，我明晚十点钟准时前来。"

走到图书馆楼前，两个人该分开了，男生楼在左侧的 A 区，女生楼在右侧的 B 区，可房小桐却依然在跟着水晶往右侧走。

"你……"

"我送送你。"

"不用，你回吧。"

"我……还是送送你吧。"

水晶停下脚步，很果决的样子："谢谢，你回吧。"

"那……好吧。"房小桐转身朝相反的方向走去。

水晶望着房小桐路灯下的背影，忽然觉得他哪里跟薛忠泽有些相似。自打上次见面，薛忠泽便再没和她联系过。

对于水晶力荐房小桐饰演霍伦一角，戏剧社的全体成员都不看好。反对最激烈的当属外语学院的汪昭。汪昭自认为霍伦这个角色非他莫属，无论是

第七章

外形还是气质，自己毫无疑问都比那个房小桐更有优势。

"你就瞧瞧他那瓶底似的眼镜片吧，这是你心目中的霍伦吗？"

"不妨先让他试试嘛。"

"你干吗非要用他？而且还是个新手。"

"我想挑战一下自己的导演能力。"

水晶不敢说出她启用房小桐的真实原因，担心社员们会因此歧视他。她很清楚，如果自己不借这种机会帮帮房小桐的话，他的后果真的不堪设想。蹲级绝不是他最糟糕的命运。

好在房小桐不那么敏感，对于大家的抵触情绪无所察觉，排演时一直都非常的卖力。虽然理解力略显迟钝，但是入戏倒挺快，甚至比水晶还快。跟他进行对话时，水晶总是想笑，而房小桐却始终一脸的正经。

"你笑什么啊？"他问水晶，实在不理解这到底有什么可笑的。

"对不起，重来。"

霍伦：你看，克丽斯特尔。

克丽斯特尔：这是什么？

霍伦：录取通知书。

克丽斯特尔：哦，真好，我们还可以继续做同学，而且是整整五年的同学……对啦，霍伦，我不是听你说过要学心理学的吗？

霍伦：克丽斯特尔……

克丽斯特尔：什么？

霍伦：克丽斯特尔……

克丽斯特尔：什么……霍伦，你想要说什么？

霍伦：我……我……我想不仅仅是五年，我要永远跟你在一起，克丽斯特尔……

……

水晶看不得房小桐那含情脉脉的样子，他直视自己的目光常常使她恍然忘记这是在演戏。入戏的房小桐又让水晶看到了第三个房小桐的存在，没准，他倒的确是块演戏的材料。想到这点，水晶不仅意外，而且得意。

除了嗓门不够洪亮之外，短短的时间里，水晶就已经看不出房小桐还有什么让她不放心的地方了。紧接着，房小桐为这部剧付出的努力再次大大超出了她的想象。房小桐扔掉那副笨重的眼镜，换上了隐形，那头往常蓬乱的长发也已修剪得整整齐齐。俨然，房小桐是把自己当成了真实的霍伦，那个总是坐在教室后面埋头打游戏的房小桐已在开始不知不觉地消失。

遇到不喜欢的课，水晶还会坐在后面看小说或是写作，而房小桐却痛改前非，所有的课程都开始严肃对待，竟然还做起了笔记。看到他这个样子，水晶既有欣慰也有不满。可以有所改进，但也不能把自己全都丢了啊。

"你怎么不玩游戏啦？"课间，水晶问道。

"玩呀，只是课堂上不玩啦。辅导员说，要是我这学期还有这么多门课不及格的话，就得考虑退学啦。"

"看你以前那德行，我还以为你就等着退学呐。"

"嘿嘿……一玩起游戏来就什么都无所谓啦。"

"没想到你还这么有自制力。"

"嘿嘿，向霍伦学习嘛。我现在是一干什么，就首先想想霍伦。霍伦会这么干吗？不会。好，那我也别这么干。"

"房小桐……？"

"嗯？"

"你可以向霍伦学习，但是也请注意别把自己给学丢啦。你是房小桐，不是霍伦。"

"我是房小桐啊，我没说我是霍伦啊？你也不是克丽斯特尔啊，你是水晶。对吗？"

水晶忽然觉得自己好像没必要提醒他什么，这家伙似乎属于大智若愚型的，只是平时喜欢装糊涂而已。

"房小桐……？"

"干吗？"

"你以前参加过什么演出没有？"

"……也算参加过吧……"一支笔在他的拇指、食指和中指之间不停地翻着跟头。

"是什么样的演出？"

"课本剧。"

"什么课本剧？"

"《曹冲称象》《渔夫和金鱼的故事》《快乐王子》……想想,好像还不少呐。"

"你都演过什么角色?"

"《曹冲称象》里的大象……"

"哈哈哈……"水晶突然喷出的笑声招引来全班同学惊诧的目光。

房小桐扔下手中的笔,莫名其妙地摩挲着额顶的头发,道:"这有什么好笑的?大象的角色很重要啊,就是没有台词呗。在《快乐王子》里,我也演过王子啊。"

"你在《渔夫和金鱼的故事》里演的是金鱼吗?"

"错!我演渔夫的老婆。"

"哈哈哈……"水晶又是一阵狂笑,她觉得好开心。

上课铃响了,水晶悄声道:"没想到你小子的表演经验比我丰富啊。"

初中一年级的时候,学校排演舞台音乐剧《小美人鱼》,水晶因为学过芭蕾和钢琴,加之嗓音不错,被选入剧组饰演一号女主角爱丽尔。以前水晶没少参加过学校的演出,但演这么重要的角色还是头一次。

兴奋的水晶把全部的课余时间都用在了刻苦练习上,即便走在路上也要有意无意模仿着爱丽尔的动作,哼唱着爱丽尔的歌。后来听说剧组还要去省城参加比赛,同各地市的校园剧团一拼高下,水晶简直疯狂啦,暗暗发狠要好好把握住这个一鸣惊人的机会。她不仅想让人们看见她,还想让他们牢牢记住她。水晶,这个女孩的名字叫水晶。水晶喜欢爱丽尔这个角色,所有的观众也会因为她同样喜欢上这个角色。

就在水晶激动得有些不知所措的时候,真正让她不知所措的事情也找上了门来。

这天下午放学后,水晶照常来到活动室准备排练。剧组的负责人毛老师忽然把她叫出来,几度欲言又止地说,她是不是可以考虑考虑爱丽尔的姐姐这个角色……听到这里,水晶的大脑一下子就空了,她只看见毛老师的嘴巴在动,却什么声音都听不见。随即,水晶的眼泪便"哗"地夺眶而出。

尽管毛老师一再挽留和安慰她,水晶还是执意退出了剧组。她扔下心爱的道具,提上书包,满腹委屈地回到家里。一想到爱丽尔,水晶便不能不默默地流泪。此刻,她比不幸的爱丽尔还要悲伤。

妈妈发现了水晶的状况,一问,水晶就"哇"地嚎啕起来。得知事情的原委，妈妈气不打一处来，第二天一早就跟着水晶来到学校。水晶怎么也拦不住她，于是很后悔把这事告诉了妈妈。

中午，水晶放学回到家，妈妈劈头就是一句："咱们转学吧。"

妈妈了解到了事情的真相。因为《小美人鱼》要参加全省比赛，这就意味着有拿到省级奖励的机会，而能够拿到这样的奖励，就等于拿到了中考和高考加分的机会。所以，很多人都开始觊觎爱丽尔这个角色。最后，这个角色被转给了初三的一个女生。据说，她的姨妈和校长有着非同一般的关系。

水晶不明白这"非同一般的关系"究竟是一种啥关系，问妈妈，妈妈只是支支吾吾，神神秘秘的样子。

妈妈说："咱不跟她争，就为了加那几分，还不够丢人的！"

可水晶还是很想演爱丽尔，她喜欢爱丽尔，她不为了加分。况且，学校这样做也太不公平。长这么大，学校第一次让水晶如此伤心。

望着强忍泪水的水晶，妈妈问："你还想在这样的学校里继续念下去吗？"

水晶不知如何回答，这算得上南淮市最好的初中，要说离开还真有点儿舍不得。

妈妈说："她姨妈有关系，你爸爸也可以找关系，但是这样争取到的主角还有啥意思呢？"

妈妈说："咱又不差，就用转学表示抗议！等将来你登上更大的舞台，让那个混蛋校长现眼去吧！"

水晶觉得妈妈说得有理，牙一咬，脚一跺，转学！

至今想来，水晶觉得这是妈妈为她做出的唯一正确选择。如果是今天发生这样的事情，她仍然会自觉做出这样的选择。对于这种不公正的事情就是不能忍气吞声，哪怕为此付出转学的代价。即便是辍学的代价又能怎样？一个不能公正对待学生的学校还配称作学校吗？

最近，水晶在读高尔基的自传体小说三部曲，她越发认为，阅读就是最好的学校。一个人只要热爱读书，必然能够找到自己的未来。天才不需要学校，天才自己便是一所学校。那形形色色的学校有几个是天才的摇篮？又有几个不是天才的牢笼？

以为进入大学就不会再厌学了，现在知道是自己想错了。如果没有戏剧社，水晶很怀疑自己能否把这个大学读完。戏剧是她目前唯一的安慰，只有

第七章

在戏剧里水晶才能获得足够的快乐和自信。

断断续续经过近一个学期的排演和筹备,戏剧最后在汪昭的建议下更名为《爱的拯救》,并拟定在校礼堂公演。但在公演之前,剧本必须送到校团委由相关领导先行审查一番。也许是因为期末事多,相关领导的审查迟迟给不出结果。眼看着期终考试的日子已经来临,演出只能搁浅。翘首企盼的水晶无限遗憾地收回心思,匆匆走进考场。

水晶根本没有心情考试,她已经把所有的精力都花在了《爱的拯救》上。绝望而又耐心地考完最后一门课后,水晶欲哭无泪。她跑到教学楼后面的那片松林旁,掏出香烟。

"考得咋样?"房小桐兴高采烈地朝她走过来。

"不咋样。"

"哦……"房小桐在她身边的石椅上坐下,不再出声。

闷闷抽完一根烟后,水晶一扭头,发现房小桐还在旁边,正聚精会神地盯着地面。

"你怎么不去食堂?"

"……哦,一起去吧?"

"我不想吃了,没胃口。"

"不吃饭怎么行?要不,我请你去外面吃吧,你想吃什么?"

"什么都不想吃。"

"走吧,我保准你会有胃口的。听同学们说,南门附近新开了一家石锅鱼,味道绝辣,你不是喜欢吃辣的吗?"

"谢谢,我想回宿舍休息一下。"水晶背上书包就走。

回到宿舍,水晶一头倒在床上,想沉沉睡去。手机突然响了,她以为是妈妈,懒懒地拿起手机,却是房小桐。房小桐正在楼下,让她下去一趟。问他啥事,他就是不说。

水晶极不情愿地下了楼,看见房小桐拎着一个塑料袋正在门口的台阶上站着。

房小桐上前几步,将手里的塑料袋递给她:"盒饭,趁热吃点儿吧。"说完,转身就要离开。

"房小桐——"水晶叫住他,"你干吗要这样客气?"

"哦……不是客气,霍伦不就是这么对待克丽斯特尔的吗?"

水晶 SHUIJING

"我不是克丽斯特尔,你也不是霍伦,你怎么好像分不清虚拟和现实啊?"

"我分得清呀,你是水晶,我是房小桐,怎么分不清呀?"

水晶无奈地点点头,道:"你是不是也总把电子游戏当成了现实?"

"我现在很少玩那玩艺啦,差不多已经把全部装备都卖掉了。"

"……"

"快回去吃吧,你该饿了。再见。"

水晶将目光从房小桐的背影转移到手中的塑料袋上,摇摇头,又摇摇头。宿舍里的同学都认为房小桐在追她,汪昭也问过她是不是在和房小桐谈恋爱。同学们的看法让水晶觉得很不舒服,她本人一点儿也没有这个意思,可又不清楚房小桐的心里到底是咋想的。

水晶越来越担心自己过去的行为可能会对房小桐产生什么误导,所以近来除去排练,几乎不再跟他有任何接近的机会。就连晚间的跑步水晶也提前了两个小时,并将地点偷偷转移到了篮球场。她对他撒谎说自己最近身体不适不想跑了,结果房小桐一见到她便总要追问她身体怎么样啦?可以跑步了吗?

房小桐和薛忠泽都跟水晶同岁,水晶却觉得他们俩就像是小弟弟,爱情是不可能在这种关系中萌生的。她非常愿意拯救房小桐,但却不能将这种拯救理解作爱情。如今想到爱情,水晶心底的那个形象已不单单是想象中的霍伦,谭老师作为一个伸手可及的实在形象深深扎根在了她的生命里。谭老师当然无需她的拯救,相反,水晶倒是以为自己需要谭老师的拯救。因为,这样无望的爱是幸福,也是受难。水晶曾几次见过谭老师和妻子一同在校园里漫步,那才是世界上真正幸福的女人。她和他相遇的时间错了,幸福也就变成了一种错误。水晶想对克丽斯特尔说,爱也是受难,所以霍伦的确需要她的拯救,而她也的确能够将其拯救。

不幸的只有水晶自己,那个能够拯救她的人永远不会知道她需要他的拯救。他没有义务拯救她,她也没有请求他拯救的权利。她必须懂得自救。幸福并痛苦着,这就是她要为爱情做好的必要准备。水晶还想对克丽斯特尔说:看看我吧,克丽斯特尔,你有多么幸福!然而,她随即便听到了克丽斯特尔的回声:不,水晶,最重要的是爱,而不是被爱。

克丽斯特尔一直就没能找到自己的真爱,因而她只能让自己遥遥无期地

第七章

落寞着，也让霍伦遥遥无期地落寞着。水晶虽感觉自己找到了真爱，但却无法鼓励自己光明正大地去爱，她的爱同样也沦落为了遥遥无期的落寞。爱是拯救吗？难道落寞就是拯救需要承担的代价吗？

一个偶然的机会，水晶在剧场看演出时结识了一个影视文化公司的总经理，那是个三十多岁的胖男人，名叫崔子道。得知水晶写过剧本，此人一口气说出了十几部电视连续剧的名字，它们的剧本都是他参与主创的。其中有两部水晶听说过，但是一部也没看过。

水晶不喜欢时下的国产电视剧，就跟时下的国产小说一样，它们只会媚俗，没有任何精神层面的东西。除去恶搞和诋毁，它们一无所长，就连她不大看好的韩剧还不如。韩剧尽管有些做作，但至少推崇的是一种富有内涵的生活，在那里还可以看到安静和思考。水晶之所以喜欢某些小剧场的演出，就是因为在这里能够感受到在其他场合里感受不到的精神层面的追求。她以为目前只有小剧场的演出才能称之为中国年轻力量的代表，只有在这里你才能体验到年轻所应拥有的那种强劲探索冲动。

年轻是什么？年轻就是无所畏惧，年轻就是特立独行，年轻就是积极进取。年轻就是在渴望和沉思中流淌过的美丽时光。

"不行，"这位大腹便便的总经理对水晶说，"小剧场的受众规模太有限啦，偶尔玩玩可以，要当成事业做，那还得是电视剧。别忘了，市场永远掌握在大众的手里。"

崔子道对水晶似乎挺感兴趣，递上名片，邀请她哪天去他的公司看看；如果愿意，他很欢迎她加入他们的创作队伍。

水晶虽对这个有点儿夸夸其谈的男人不免心存戒备，可对他所说的公司还是充满好奇。尝试一下电视剧创作应该不算是件坏事，如果再能接触到电影岂不更好？把克丽斯特尔搬上银幕本就是她最初的愿望啊。

回到宿舍，水晶上网搜索了一下崔子道这个人。关于他的信息还真不少，看来这人并未吹牛，的的确确是圈内一个赫赫有名的人物。出身于中央戏剧学院，号称"京城四大名编"。水晶心里踏实了，决定明天就去他那里了解一下。她当即给崔子道发了个短信，两小时后才收到他的回复，告诉她第三天下午可以过去。

水晶不想一个人去，便约上汪昭跟她一块儿来到崔子道的公司。崔子道的公司位于北五环的一座写字楼里，是那种典型的格子间，里面都是跟水晶年纪相仿的清一色年轻人。崔子道说他们大多是中央戏剧学院和北京电影学院的毕业生或在校生，主要工作就是按照崔子道的思路编写各种剧本。

作为总经理，崔子道负责的实际上就是策划和营销。他会根据市场或者客户的需求，先给出一个大致的创意，然后让他雇佣的这个团队集体酝酿捉刀，最后署上他自己的名字将剧本成功销售出去。

望着崔子道嘴角的白沫，水晶感觉他头上的那些光环一下子就不见了。他哪里是什么编剧，分明就是一个彻头彻尾的商人嘛。

"这是不是太商业化啦？"她问。

"千万别把商业化和文艺化对立起来，"崔子道那白花花、胖乎乎的手指头灵巧地敲打着红木沙发的扶手说道。"没有商业化，你怎么去实现你的文艺化？大学里教的那一套太虚假啦，太不实际，你们要想做戏剧，就必须赶快抛弃在教室里产生的那些幻觉。想想看，你们就是要在学校上演一出纯粹属于自娱自乐的话剧，不是也要到社会上去拉些赞助吗？这是一个高度资本化的时代，没有商业头脑，再好的文艺头脑也是白搭。你们在我这里不用待长了，待上两个月的时间就顶得上你在大学四年里学到的那些东西。"说到这里，他猛地站起身，甩了甩一头乱蓬蓬的长发，加重语气道："一定要记住：你的影响力就取决于你的市场号召力！"

水晶也随之从沙发上起身，她知道这是该告辞的时候了。

走进电梯里，汪昭撇撇嘴，道："这人不过就是一个沽名钓誉之徒。"

水晶说："他说的也不是没有一些道理。"

"可我喜欢的是戏剧本身，不是因为钱而喜欢上它的。要想赚钱干什么不行？何必偏偏用戏剧去赚钱？"

"问题是我们要做自己的戏剧，没有钱也确实是做不成的呀。"

"但总不能用金钱绑架戏剧，绑架我们的爱好和理想吧？"

"没人逼我们这么绑架，关键还要看我们自己怎么能够协调好这两者之间的关系。我肯定不可能像他那样去做戏剧和影视剧，但向他借鉴一点儿经验也不是不可取的。"

"看来你是愿意跟他同流合污喽？"

"什么叫同流合污呀？人家就不能出污泥而不染吗？"

"小心越陷越深哟。"

当天晚上，水晶就给崔子道去了电话，表示愿意去他的公司做兼职。替人捉刀当然是水晶根本看不上的，她仅仅是想把这当成一个介入社会的渠道而已。她很清楚自己现在最需要的是什么，是社会经验的积累，她的剧本创作急需这样的经验。至此，水晶已然看清了自己未来的人生目标，那个名叫水晶的编导正朝自己缓缓走来。为了这个目标，为了制作出自己的戏剧与电影，也许她只能先做出一定程度的让步和妥协。

第二天崔子道就从网上传给水晶一部长篇小说，要她改成三十集的电视剧，并问她需要几个人手合作。水晶不想有别人插手，觉得那不亚于一种打搅。可崔子道担心的是她一个人的效率问题，他的工作计划是要在四个月内把剧本搞定。水晶觉得这个应该没有问题，她最在乎的是一个人不受牵扯地独立写作。

接下这个任务，水晶便把车票退掉，决定不回家过暑假了。楚文丹一听急了，撂下电话就飞到了北京。

水晶的手机一直关机，楚文丹便打车直奔女儿的宿舍。

水晶猛一看见妈妈出现在自己的面前，一秒钟的惊讶之后便全是气恼了。怎么老是搞突然袭击呀？怎么还是毫不顾及别人的感受呀？

楚文丹和女儿一样的气恼，极力压抑着怒火问道："你干吗一直不开机呀？"

"我在工作。"

"工作？什么工作？"

水晶指指书桌上的笔记本，说："我在给别人改编剧本。"

"为了这个你就不回家啦？"

"没时间回去，四个月之内得交稿。"

"交什么稿？跟我回家！"

"那怎么行？！我答应了人家的。"

"你现在是学生，知道吗？学习才是你的正业！给人家打什么工啊？我们缺你钱花了吗？"

"这不是钱的问题。"

"那是什么问题？"

"……我喜欢……"

"就不喜欢你妈是不是？"楚文丹哽咽了，眼圈通红。

"妈——看你……"

"那好，你大啦，不需要我们啦，以后你就一个人去过吧……"楚文丹提上背包，转身冲出门去。

"妈……"水晶追了出去，"妈——"

楚文丹没有停下来的意思。

水晶只好先返回房间穿上件外套，接着去追赶妈妈。

追上妈妈时，妈妈已经走到了户外。两个人谁都不说话，只是一前一后地快步走着。妈妈在生气，女儿也在生气。不同的是，妈妈还很难过，而女儿则很着急，为了她的剧本。

走到校门口，妈妈直接上了停在路边的一辆出租车。

水晶愣住了："妈，你去哪儿？"

"回家。"

"……"水晶望着出租车淹没进车海，大脑瞬间一片空白。

空白消失之后，水晶感觉到的是一阵轻松，同时也伴有些许内疚。这时，她摸到了衣兜里的手机。水晶打开手机，拨通了妈妈的号码。妈妈的彩铃换了，是一个奶声奶气的小女孩在唱唐诗。这声音让水晶忽然间就受了感动，她觉得那唱唐诗的女孩正是她自己。

电话里出现了忙音，妈妈没有接。水晶又打了一次，小女孩刚唱半句便又变成了忙音。水晶知道这是妈妈故意挂断的。

校园里安静了许多，小路上一个人也没有。水晶喜欢这假期时的校园，她放慢了脚步。小时候，妈妈教她背唐诗、背宋词、背《三字经》和《弟子规》……背不下来，妈妈就冲她大发雷霆，骂她是个笨蛋。背得流畅，妈妈就眉开眼笑，夸她是天下最聪明的宝宝。因为背诵这些单调枯燥的玩艺，儿时的水晶没少哭过鼻子。

要是将来自己有了孩子，水晶一定不会逼着她（他）去死记硬背这些无聊的东西。有什么意义呢？记忆的首要功能就是想象和思考，而背诵只能教会你鹦鹉学舌，教会你服从和听话。孩子？她会有孩子吗？她不会有孩子的。想到这里，水晶忽然想到了谭老师。她抬起头环视了一眼，那充满惆怅的眼神啊。

坐在电脑前接着浏览那部长篇小说，正一一琢磨着相应的电视剧替换场景，手机响了。是妈妈。

"妈……你在哪儿？"

过了半天，妈妈才有反应："……机场。"

"你……怎么说走就走啊？"

"你不欢迎我，我干吗不走啊？"

"谁不欢迎你啊……？欢迎你回来。"

"算啦，别虚情假意啦。我问你，你是不是钱不够花啊？"

"不是。"

"那干吗还要去给别人写剧本呀？"

"纯粹是为了社会实践，锻炼一下自己。"

"踏入社会是早晚的事，你急什么呀？好好学习，三年后争取给我考上研究生。"

"给我考上研究生？"瞧这话说的，我到底是为谁活着呀？水晶不想在这个时候再次激怒母亲，所以只好选择默不作声。

"需要钱你就吭声。"

"嗯。"

"我们不需要你去工作，你只要能把书读好就行。"

"把书读好？"你们知道什么叫读书？你们知道读书的目的是什么吗？水晶继续默不作声。

"……好啦，我要安检了……"

"嗯……"水晶直接关了机。

思路又回到小说里。小说写的是古玩收藏界的事情，和武侠小说里的江湖一样险恶，那些瓷器书画无不闪露着刀光剑影，充斥着瞒和骗的杀气。周旋于其中的人们热衷的既不是艺术，也不是历史，而仅仅就是金钱。水晶不由得想起父亲收藏石头的癖好，那倒是真的因为喜欢，从来就没听他谈论过石头的价格。

这样的小说在水晶的眼里无异于垃圾，很难唤起她的激情，但却有那么多的人乐意买账。这个时代真是没救啦。然而更为不幸的是，她水晶却又在夜以继日地改编这样的东西。她不是想拯救这个时代吗？水晶忽然开始担心，假如以后她要终生面对的都是这样的东西，那可如何是好？她是读鲁迅、托尔斯泰、雨果等等这样的作家长大的，她想改编和创作的正是他们那样的东西。他们的时代会不会一去就不复返了呢？唉，只要这是"崔子道们"的时代，那就不可能是"鲁迅们"的时代。自己所能做的也许就是耐心等待吧，她必须把希望留给自己，拯救不就是一种希望吗？

窗外的蝉鸣陪伴水晶度过了一个孤独的夏季，除了去食堂和跑步，水晶基本上都是坐在宿舍里的电脑前。北京的夏天比家乡的夏天好过多了，至少在夜晚的时候没有白天那么炎热，而且属于酷暑的时间也并不长。妈妈让她买个电风扇，她觉得根本就用不大着。

开学一周后，水晶的剧本改编完了，她长吁一口气，接着就将稿子电邮给了崔子道，并随即发了条短信通知他。

崔子道的电话立马追了过来："哈哈，水晶小姐，厉害！厉害！真是神速啊！"崔子道似乎比水晶还要高兴。

可是，水晶的好心情转瞬即逝，又有三门课等待着她补考。不过，一个好消息也接踵而至，汪昭告诉她，《爱的拯救》已经通过了学校的审查，随时可以演出。

就在水晶谋划着尽快在补考后马上演出时，她忽然发现霍伦出了状况。房小桐竟然拄起了拐杖。

"你这是怎么搞的？"

"暑假爬山摔的。"

"那怎么办？咱们马上就要演出了呀。"

"再等等呗。"

"你什么时候能好？"

"医生说怎么也得两个月。"

"两个月？天呐……"

房小桐见水晶的眼泪都快流出来了，赶紧上前两步，但随即又犹豫着退了回去。"霍伦不是喜欢爬山嘛……"他说，"那天突然降起暴雨，我下山的时候不小心滑到了……"

"……"

"你要是着急的话，我也能演……"

"你怎么演？拄着根拐杖演？"

"未尝不可吧？谁说霍伦一定不能拄拐杖？把他设计成一个拄拐杖的人，说不定还更真实，更有意味呐。"

水晶看了看房小桐的腿，道："那需要跑步的时候咋办？看来得调整一下剧本了。"

第七章

"不用,我就这么跑呗。"房小桐扔下拐杖,围着水晶跑了起来。

"像只在水里扑腾的鸵鸟。"水晶强忍着笑道,"不行,还是把情节改动一下吧。"水晶又看了看房小桐,一个暑假不见,他消瘦了许多,看上去也成熟了许多。

补考完毕,水晶立刻投入筹划演出的紧张工作,租订礼堂、印制节目单和邀请函,只有拉赞助一项任务是由汪昭负责完成的。演出确定于周日晚上七点开始。

妈妈给水晶打电话时,兴高采烈的她无意中透露了演出的事情,但奇怪的是,妈妈这回不单没有唠叨她,反而表示要亲自来为她捧场。水晶可不想她来,即兴编了个谎,称礼堂还没有租好。

刚挂断妈妈的电话,辅导员的电话又打了过来,让水晶马上到她的教研室去一趟。听辅导员的严肃口气,应该不是什么好事情,水晶自然联想到了补考。这几天她压根就无暇去操心补考的事情,其实早已经预料到了会有什么样的结果。

辅导员有孕在身,说话时两手总是托着肚子:"你这次三门补考全军覆没……"

水晶"噢"了一声,辅导员那种公事公办的目光让她很是受不了。

"你该了解学校的相关规定吧?"

水晶点头。

"听说你特别热衷于戏剧社的活动?"

"……"

"这个周末有演出?"

"嗯。"

"这样的学习成绩,你也……"

辅导员没有说完的话比她讥讽的眼神更令水晶受伤,水晶决定不再说话。

"你的主业是学习不是演戏。"

"……"

"我知道你们为了高考牺牲掉了许多娱乐的时间,但是也不能因此就把大学当成游乐园吧?"

"……"

"我看你还是把周末的演出取消掉吧。"

"这怎么行？！"水晶不能不说话了。

"我想让你好好想想，对你来说，究竟是学习重要还是演戏重要？"

"我认为演戏对我更重要，老师。"

"……？"

"我演戏不是为了娱乐，不是。"

"那你是……"

"……"水晶又不想说话了。

沉默，沉默。

辅导员打了个大大的哈欠，又下意识地摸了一下肚子，接着有些不好意思似的说道："好吧，你先回去吧。"

心事重重的水晶在校园里胡乱走着，走到西门时她愣了一下，呆呆地望着马路上那一刻也不停息的车流。但等她回过神来时，一个决定立即就跃出了自己的脑海。这个突然的决定在水晶的大脑里高速旋转了一分钟之后缓缓平息下来，随之所有的纠结都已释然。

克丽斯特尔：我一直以为，活着就是为了歌唱。歌唱能让我获得自由。自由，直到今天，我也不知道生命中还有什么是比自由更重要的？霍伦，我只爱自由……

霍伦：克丽斯特尔，相信我，我可以成为你的自由。

克丽斯特尔：你……？

霍伦：是的。是的。

……

掌声，海啸一般的掌声，夹杂着兴奋的叫喊。这极不真实的反应令水晶的泪水夺眶而出，台下那黑压压的人头不再让她感到紧张，然而她仍能听见自己的心脏在疯狂地跳动。她太用力啦，把克丽斯特尔演绎得有些悲壮了。房小桐把握得倒是恰到好处，他于不经意间表现出的些许幽默感，在某种程度上平衡或者说掩饰了水晶过分热烈的遗憾。

灯光、人群、喧嚣，水晶有些眩晕，有些眩晕。

这是一个成功的开始，但这个开始竟然也是结束。遗憾，遗憾。别了，

第七章

同学们！别了，我的大学！想到告别，水晶的泪水再一次夺眶而出。因为这场演出，这所大学终于让她有了几分难以割舍的情感。

本想悄悄离开，但在观众散尽后走出礼堂的水晶却在门口遭到了同学们的围堵。那阵势让她感到意外，让她受宠若惊。有请她签名的；有找她要联系方式的；更多的是向她提问题的。

"请问你最欣赏克丽斯特尔身上的哪一点？"

"克丽斯特尔就是你吗？"

"你觉得我们能像克丽斯特尔那样去追求自己的人生吗？"

"克丽斯特尔为什么不愿意接受霍伦呢？"

"你如何看待今天中国大学校园里的爱情？"

……

问题越来越多，越来越偏离了水晶演出的这场戏剧。不过，水晶依然乐此不疲地一一回答着，她很享受同学们的这种热情，很享受这飘飘然的明星般感觉。她从未想过要成为一个众人瞩目的人物，但是此刻，她强烈地感受到了功名的诱惑。周围这些同学们的出现使水晶恍然意识到，她的大学其实并不像她所以为的那般沉闷。激情只是等待着点燃。可惜，自己可能已经没有再次点燃它们的机会了，但好在她即将奔向的是一个更为广阔的舞台，她将点燃更多的人。

觉得时间差不多了，水晶在回答完一位同学的问题后，便说了声"对不起"，试图走出人群的包围。人群很自觉地让开了一条通道，水晶一边说着"再见"，一边走下台阶。

快走到宿舍楼时，水晶才感觉到后面好像一直有人在跟着她，她猛地回过头来。

"你……？"

"……祝贺你！演出非常成功。"

"谢谢。你演得最好。"

"一切荣耀都归于导演。"

"去你的吧。"

他不知从哪儿摸出两支香烟在她面前晃了晃："来一根？"

"你什么时候也学会了这个？"

"这个不用学。"

他在身上摸索了半天，才找出打火机。

"霍伦可是不抽烟的哟。"

"我正想跟你谈谈这个。"他先自己点着，然后把打火机递给了水晶，"我认为霍伦是可以抽烟的，你想想，他怎么可能始终就是那么寂寞地看着心爱的克丽斯特尔一个人抽烟呢？"

"嗯，似乎有点儿道理。也许下次可以修改一下。你的拐杖呢？"

"刚刚扔掉，我觉得用不着了。我想知道你的下一个剧本要写什么？希望我还有机会胜任其中的一个角色。"

"下一个剧本……应该没有机会了吧。"忽然意识到对方可能会产生误解，水晶马上又解释道，"我就要离开学校啦。"

"什么意思？"

"退学，我不想再念啦。"

"开什么玩笑？"

"真的，我已经上够了学，尤其是那些考试，想起来就恶心。"

"……那你怎么向你父母交代啊？"

"这完全属于我个人的事情，不需要他们操心。"

"这个……可不是小事情，你千万别一时冲动。"

"决心就是靠冲动才下得了的。"

"可你以后要是后悔该怎么办？"

"除非我会喜欢上那些没完没了的考试。"

"我……"他显出特别紧张的样子，声音在颤抖。

"好啦，别了，亲爱的房小桐同学，你在这里继续好好学习吧。"水晶那夹着烟蒂的手朝他划出一个优雅的弧度，转身离去。

"等等！"他几乎是在嚎叫。

吃惊的水晶转过身来。

"我……我……"他好像有些喘不过气来。

"你怎么啦？"

他竭力控制着自己的情绪，头深深地低了下去："我……爱上了水晶同学。"

她也低下了头，没有说话。

"我清楚自己是毫无希望的，可为了避免后悔，我决定还是要当着你的

第七章

面把话说出来。"说完,他长喘一口气,情绪终于可以稍稍平静了一些。

"咱们的戏已经演完了。"

"我明白,我不是霍伦,你也不是克丽斯特尔。但是……我想继续像霍伦那样爱下去。"

"你懂得什么是爱吗?"她的眼睛忽然湿润了,她想起了谭老师。

"我懂,爱就是拯救。"

她抬起头,望了对方一会儿,昏暗的路灯下,隐隐看到的是房小桐从未有过的表情。"可是……我并不需要你的拯救。好,那就先从爱你自己开始吧。再会。"

没走几步,水晶便哼起了克丽斯特尔最爱唱的那首歌剧曲目:"啊,一切终有了结局,/这一切终有了结局啊……"

为了克丽斯特尔的歌剧,水晶曾计划要去外语学院学学意大利语,现在看来,这个愿望一时是无法实现啦。

次日早上,水晶没有去上课,直接去了崔子道的公司。

"昨晚的演出怎么样?"崔子道一见水晶就问。

"还好。"

"昨晚我要请一个导演吃饭,所以没法去看你的演出。"

"没关系的。"

"剧本我看了,改得还成,就是需要再增加点儿调料性的情节。这个就由我来做吧,你先把合同签了。"坐在椅子上的崔子道费力弯下腰,从办公桌最下面的一个抽屉里抽出几张纸交给水晶。

水晶没想到还有合同这档子事,立马觉得正规起来。认真看完一遍合同,有两处让水晶感到十分意外。一是剧本的署名竟然是崔子道和水晶,二是稿酬居然有五万块之多。

"有啥问题吗?"崔子道问道。

"嗯……"水晶支吾着,崔子道的名字刺眼地署在自己的名字前面,这让她感觉有些别扭,明明就是她自己一个人完成的作品嘛。

崔子道看出了她的心事,漫不经心地解释道:"加上我的名字是必须的,不然的话,这剧本就很难卖得出去,即便卖得出去也不值几个钱。这就是市场规律。一般情况下是只能署我自己的名字的,念你是刚出道,我想加上你的名字激励激励你。"

217

"……"水晶想说声"谢谢",但是话到嘴边还是硬吞了回去。

"稿酬有问题吗?"

"没有……我没想到会有这么多……"

崔子道被水晶那天真的表情逗乐了:"哈哈……以后你就知道了,这根本就算不上多。但是没办法,咱们这行就是靠名气吃饭。市场规律,谁也动摇不了,现在我只能给你这么多。"

"这就不少啦,我已经很满意啦。"人生的第一桶金让水晶看到了未来生活的保障,大干一场的诱惑再次坚定了她退学的决心。

"还有问题吗?"

"没有啦。"

"那就签吧,写上你的账号,按照合同约定,稿酬在一个月后支付。"

水晶接过崔子道递过来的笔,查看了一下记录在手机里的银行卡号,然后按照合同格式要求逐一填写下去。

接完一个电话后,崔子道起身将水晶搁在桌子上的合同给了水晶一份:"这份你自己留着,以后有活儿我再联系你。"

"崔老师……"见崔子道有要外出的意思,水晶不得不赶紧提及自己此次来访的真正目的。

"还有事吗?"崔子道又坐了回去。

"是这样的,崔老师,您看我到您这里来工作行吗?"

"你是指毕业后吗?"

"不,就是现在。"

"兼职?"

"不,全职。"

"那你不上学啦?"

"不上啦。"

"你是不是在学校里遇到了什么麻烦?"

"没什么麻烦,就是不想在学校里待啦。"

"那你可得想好,这不是件小事情。"

"我想好啦。"

"这个……"崔子道白胖的手指在桌面上灵活地敲打着,"说起来你的决定完全没错,你要是真想做编剧,我的公司肯定比你的大学更有帮助。再说啦，天才谁有耐心把大学读完啊？想想比尔·盖茨、乔布斯这些人，不是吗？只有像我这样的庸才才会循规蹈矩，老老实实地把大学读完，耽误了多少宝贵的青春啊？你这也算是及时醒悟吧，是不是？"他冲水晶调皮地眨了眨眼。

"嗯，没错。"

"那好，我欢迎你。"

"您看我什么时候可以来上班？"

"随时都可以呀。"

"那我就从后天开始吧。"

"后天是星期几？"

"星期四。"

"没问题。"

崔子道又吃力地弯下腰拉最底下的那个抽屉，拉了几下都没拉动，水晶赶紧上前帮忙。

崔子道指着里面厚厚的一摞文件说："从下面再拿份合同出来。"

水晶抽出一份合同书交给崔子道，崔子道摆了下手，道："你先拿回去看看，这是公司的聘用合同。成了我的员工之后，你就只有工资没有稿酬啦。"

水晶道："不用看了，这就签吧。"现在，她感觉崔子道应该是个办事靠谱的人，也想用自己的果断表达一下对他的信任。

"也好，那就签吧。你再拿一份出来。"

水晶甚至连每月工资多少都没有问，她以为只要是工资就一定会比爸妈给她的生活费多。

离开崔子道的公司，水晶就在去地铁的路上给辅导员打了一个电话，表示想要退学。辅导员那边半天没有反应，水晶"喂"了一声，她才如梦初醒般地说道："啊……那……下午两点你到我教研室来再说吧。"

下午水晶准时来到辅导员的教研室，敲了敲门无人应答，水晶就站到一边耐心等着去了。过去十分钟的工夫，辅导员来了，水晶凑上前去。

辅导员看看她，点点头，从包里掏出钥匙打开门。

"没想到昨晚的话剧影响还挺大的。"辅导员说。

水晶笑笑，心里不禁冒出几分得意。

"你在电话里说……"辅导员指了指桌子对面的一把椅子，自己先坐了下来。

水晶没有坐，她补充道："退学，老师，我想退学。"

辅导员的目光在水晶脸上移走了几个来回后，问道："为什么呢？"

"这不是我想要的大学。"

"你想要的大学是什么样子的？"

"充满自由，至少不会让我感到压抑。"

"水晶同学……"辅导员的声音忽然阴沉起来，脸色却是煞白，"你的这种思想是极其危险的，你有没有考虑到后果的严重性？"

水晶愣了一下，似乎听见她肚子里的胎儿在哭泣。水晶摇摇头。

"我劝你别再胡思乱想啦，退学的事情可不是闹着玩的。"

"我是认真的，从今天起我就不再上课啦。"

"这不是你一个人能做得了主的。"

"这是我自己的事情，为什么我做不了主？"

"你父母能同意吗？"

"我已经是成年人，不再需要他们的监护。"

"那我们也得先跟你的父母通个气，不然的话，他们要是为此找到学校来，我们该怎么向他们交代？"

"我反对！老师。我不希望你们告诉我父母，否则……我怕我会做出什么不理智的行为来！"

"你是想恐吓我吗？"

"我没这个意思，我就是希望你们作为老师的可以多少尊重一下自己的学生。"

一股清凉的风吹了进来，窗台上的一本书在欢快地跳动着书页，"哗啦啦"的声音仿佛就是那无数黑色字符在集体大逃亡时发出的狂喜叫喊。水晶的脸上隐隐现出喜悦的表情。

半天不语之后，辅导员在椅子上挪了挪身子，眉头微微一皱，说："你要懂得珍惜。"

"……"

"你要懂得感恩。"

"……"

"退学后你干什么去呢？"

第七章

"做编剧,我已经找好工作啦。"

"哦……"她摘下眼镜,用左手拇指和食指揉了揉内侧的眼角,然后重新戴上眼镜,"但不管怎么说,这件事我也做不了主,我得跟院领导汇报一下。"

"只要您不跟我父母汇报就行。"

"……"

"还有事吗?老师。"

"……你可以走啦。"

水晶走到门口又停了下来,她回头看着窗台上那本依然在狂舞的书,说:"老师,请您一定不要让我的父母知道这件事情,我会慢慢让他们接受我的选择的。谢谢您啦!"

他们最终会不会告诉自己的父母,水晶一点儿没有把握。可即便他们告诉了,结果也不会影响她水晶的决心。她只是不想让望女成凤的父母受到伤害而已。要搁在一年前,她才不会在乎他们是否受到伤害呐。为他们考上了大学,她也就啥都不欠他们的啦。现在偶尔想想他们,不知为什么,又觉得这两人实在是有些可怜。以前,可怜的只有她自己。

回到宿舍,见屋里没人,水晶赶紧收拾东西,免得她们几个见了要问这问那的。她和同住的这几位一直就说不到一块儿去,自己的选择她们根本就无法理解。她完全能够想象得出她们在听到她退学这一消息时的反应:惊诧,然后是幸灾乐祸,最后兴许还有点儿莫名其妙的失落和嫉妒。

读完高尔基的自传体小说,水晶悟出了一个真理,敌视与众不同的人竟然是人类共有的丑陋本性,尽管这种人的存在对于他们不可能有任何的危害。而且,越是在卑贱的群体当中,这种本性就越是普遍和根深蒂固。她跟她们太不一样,所以她们肯定是不会喜欢她的。共同生活了一年的时间,水晶对于她们的态度始终就是礼貌加距离。她们不明白她为何如此迷恋于写作和戏剧,她也不明白她们为何就那么热衷于学外语和考各种在她看来纯属无聊的证书。能力就是能力,干吗要那些证书来证明?证书证明的能力又是怎样的一种能力?她拿过钢琴十级证书,但之后便再也不想摸钢琴了,除非是想砸钢琴的时候。证书只是在让那些发放证书的人和机构大受其益罢了。

费事的是来学校后购买的那几百册图书,最好用一些纸箱装起来,不然搬运的时候很容易被污损。上哪儿去弄纸箱呢?水晶到淘宝网上搜了搜,有得是。水晶放心啦,等两天再订吧。

还得租房子。水晶又在网上了解了一下崔子道公司附近的房租，房租高得远远超出了她的想象。客厅隔出的一个带窗的空间，不知道有没有5平方米，一个月却要1500元。原来打算至少是要租个两居室的，现在发现连个一居室她都不敢问津。她不知道自己一个月到底能挣多少钱，后悔昨天没有问问崔子道。不过，想到崔子道还欠自己五万块稿费，水晶觉得不妨就先租下个一居室再说吧。创作不能没有一个安静的环境，几人同居一室的日子她已经不想再过啦。

决定之后，水晶就给中介打了个电话，约好第二天下午去看房。上午一二节谭老师有课，她想再去听一次，说不定就是最后一次了。

但是，水晶在空荡荡的教室里等了整整两节课，谭老师也没有出现。看来谭老师是有事停课了，只有她一个人不知道而已。眼看着该上三四节课的学生陆续走了进来，水晶只好怏怏离去。满脑子依然是谭老师的形象和声音。

昨天夜里，迟迟不能入睡的水晶一直纠结着是不是要在今天向谭老师表白。郁积于内心深处的情感实在过于沉重了，或许说出去也就不至于再那么压抑了。纵然实现不了对于他的爱，终究也还是可以向他表达一下这种爱吧。她不喜欢暗恋的方式，她想在明明白白表达完毕之后，就此结束掉这段令她既幸福又痛苦的情感，从而同自己的大学时代彻底诀别。

真遗憾，今天谭老师没能让她完成这个仪式。然而，她还是要试着将他放下了。校园的林荫大道在水晶的泪眼中颤抖起来，所有行走在路上的身影这时都模糊成了背影。她留给这里的一切，也都正在变成远去的背影。

想到那个中介的声音愣愣的，水晶有点儿发怵，临出门的时候他给汪昭打了个电话。汪昭下午正好没课，很痛快地答应了陪她一起去看房。

"你怎么想到跑那么远的地方去租房子？"汪昭一见面就问。

水晶说明了原因。

汪昭却并没有感到惊讶，只是提醒她说："你可得提防点儿崔子道那小子，别让他把你给忽悠啦。"

"我知道。"

"他老是吹吹呼呼的，我不喜欢。"

"他说话就是那风格，实际上人倒蛮实在的。"

"哦？"汪昭怀疑地白了水晶一眼。

那个一居室位于一座塔楼的二十一层，窗户朝北，光线不是很好，但装

第七章

修得挺不错。

汪昭说:"要是南向的就好啦。"

中介撇了撇嘴:"那可就不是这个价格啦。"

水晶道:"就这里吧,挺好的。"终于能有属于自己一个人的空间了,水晶心里是按捺不住的激动。

"那咱们就赶快回店里把合同签了吧,我怕晚了会被人抢先的,今天上午已经有两拨人来看过这套房子了。"跟水晶一样激动的还有这位刚刚入行两天的中介,眼看着万事开头难的第一单就要成交了。

踏入社会给水晶的第一个感觉就是签合同,而合同到底有什么用处,她却并不太清楚。

签完合同,拿上钥匙,就已经到了吃晚饭的时间。水晶说:"走,我请你吃饭。"

汪昭说:"我请你。"

"为啥?"

"你不是要走了嘛。"

跟前正好有一家川菜馆,汪昭指了指,说:"尝尝我的家乡菜如何?"

"你是四川人?"

"是的。"汪昭用四川话回道。

"那咱们还算老乡呐。"

"你不是安徽人吗?"

"我爸爸是重庆人。"

"哦,要得。"

水晶见屋里有人抽烟,就自己也点上了一支。

"你想吃什么?"汪昭打开菜谱递给水晶。

水晶摆摆手,没接。"你就看着点吧,我什么都行。"

等菜的工夫,水晶问道:"我退学你怎么一点儿也不觉得吃惊啊?"

汪昭笑笑:"一开始我也想退学的,不甘心,就是想考北大。你也是看不上咱们这个学校吧?"

"我可不是这个意思。北大有啥了不起的?和咱学校有啥区别?又不是蔡元培先生在当校长。"

"那你就不准备再上大学了吗?"

223

"要想上我还退学干吗?"

"这……我倒真是觉得有些吃惊啦,"他猛地扔下菜谱,"那你将来怎么办?"

"就这么办呗。"

"写剧本?"

"嗯,演话剧,拍电影……就这么干一辈子。"

"哦,厉害,你把一辈子的事都想好啦。"

"你将来想干什么?"

"我……也不清楚……要不先出国再说吧?"

"出国以后呢?"

"懒得想,反正我女朋友一心就想出国,我只好跟她一起去啰。"

德语系那个走路扭胯,说话嗲嗲,好像全世界的人都在看着她一样的女孩进入了水晶的记忆。水晶一眼就能看出她的浅薄和虚假来,可不知为什么偏偏就有那么多的男生为她痴狂。本来水晶对汪昭的印象还蛮好的,就因为他对这种女孩竟也是那么的缺乏免疫力,导致水晶对他的看法只能有所保留了。这男孩虽然看上去和霍伦一样的充满阳光,但若比起内在的深度来可就差得多了去啦。

第一盘菜端了上来,水晶看看汪昭,鼻子忽然就有点儿发酸。

"我想喝酒。"她道。

订购的纸箱收到后,水晶便趁宿舍里的同学都去上课的工夫,将书籍一一入箱,再用胶带封好,然后找来了搬家公司。

房小桐也跟在搬家公司工人的身后来到水晶的寝室,开始时水晶并没有认出他来,等那两名工人抱着纸箱下楼后,这人却还在自己身旁站着一动不动,水晶便瞥了他一眼,这才发现是房小桐。

"咦,你怎么来了?"

"嗯,来看看。"他面无表情。

"不是有课吗?"

"嗯。"

"你回去上课吧,这里没啥事情。"她奇怪他怎么知道自己今天搬家的。

"嗯。"应着但却没有要动身的意思。

东西全部搬完,水晶最后扫视了一眼空荡荡的床铺和书架,带上门毅然

第七章

离去。

到了楼下，房小桐又跟着水晶上了卡车。

"你……"看到他那副失魂落魄的模样，水晶没忍心再拦他。

五十分钟后，卡车驶入水晶即将入住的小区。

房小桐顺手拎上一个花盆和一盏台灯跟着水晶进了电梯，水晶的怀里则抱着一大纸袋零零碎碎的东西。

一进屋，房小桐的眼睛就东张西望个不停，每个角落里都看了一遍，像是在寻找什么东西。

"我下去看看。"水晶说。

房小桐猛然回过头来，道："你在这儿，我下去。"

水晶从那个大纸袋里拿出毛巾和洗漱用品放进卫生间，见卫生间里有一个拖把，正想拿来用用，却发现拖把头已经断了。

"全部搬完啦。"一名工人将两箱书搁到地板上，直起腰来，一只手捶了捶后背。"书这玩艺最重啦。"他抱怨道。

水晶紧忙从钱包里掏出准备好的钞票递给他，工人拿到手里数了数，又揉了揉，满意离去。

水晶想让房小桐再跟他们的车一块儿回去，从窗户朝下望望，房小桐并不在底下。打他的手机，也不接，眼瞧着卡车就开走了。

过去老半天还不见房小桐的影子，水晶又瞅了瞅窗外，正疑惑他是不是就悄没声地一个人走了，一回头，竟发现房小桐正举着一个崭新的拖把在自己后面站着。

"你吓死我啦！"水晶浑身一哆嗦。

"我去超市给你买个拖把。"

"谢谢，"水晶接过拖把，问道："多少钱？"

"没多少钱，就算我送给你的乔迁礼物吧。"

想不到这人还这么心细，水晶提醒自己，千万别被他感动了。不爱就是不爱。

房小桐从裤兜里摸出一把折叠刀，将纸箱上的胶带一一划开，然后两人开始一起把书往立在墙角的书柜里倒腾。

归整完书，房小桐又将纸箱全部压平，堆成一摞。

水晶说："这些东西就先扔在这里吧，待会儿我再找个地方搁起来，说不定哪天搬家还要用。"

房小桐左右看看，问："还有需要我做的吗？"

"没有啦，时间已经不早啦，咱们出去吃饭吧。"

"不要，我回学校去，下午还有课。"

"走吧，你客气什么？"

房小桐没再说啥，跟着水晶下了楼。

一走出小区，房小桐便朝水晶挥了挥手，声音低低地说道："我回去啦，再见。"

"你……"水晶不知说什么是好，目送着他向地铁站走去。

房小桐走了，水晶一个人也没心情去饭店了，就在街边买了个煎饼果子，一边等公共汽车一边吃。她只请了半天假，下午还得去上班。

崔子道的剧本公司和她所想象得确实有些差异，因为时间和效率的限制，一部剧本大多时候需要的都是集体共同的合作。水晶的想法常常同大家不一致，这点最让她感觉不适应，但崔子道总是说："磨合一段时间就好啦，刚出校门都这样。"崔子道对员工的态度一贯嘻嘻哈哈，不摆领导的样子，所以公司的气氛还挺让水晶满意。水晶也不时地安慰自己，反正剧本也不署自己的名字，就不必那么较真吧。至于自己的剧本，尽可以想怎么写就怎么写。她铆足了劲等着创作自己的下一部剧本。

一直等待着父母得知自己退学的反应，每次接到妈妈的电话，水晶都要先紧张上一阵子，想着应对的理由。然而，学校好像迟迟没有通知家里，也不知道他们是怎么想的，半个月已经过去了，始终一点儿动静都没有。

终于，快到月底的时候，辅导员来了电话，说分管学生工作的副院长要找她谈谈，叫她周一上午过去一趟。水晶嘴里应着，心里却并没有打算去。周一她还要上班，再说和那个副院长又能谈些什么呢？自己已经和学校没有关系啦，何况一想到那个总是喜欢跟漂亮女生搭讪的副院长她就满心生厌。

到了周一，水晶编了个身体不适的借口，一大早就给辅导员发去一封短信。未见辅导员马上回复，水晶担心没有发送成功，又重发了一次。但直到傍晚下班的时候，辅导员也没搭理她。她可能是生气了吧？想到这里，水晶也有点儿生气，决定索性就不再理这一茬了。

走出电梯，看见一个女人在自己门口站着，水晶一惊，天呐！妈妈怎么找到这里来啦？是不是辅导员告诉她啦？水晶开始为今天没去学校的决定感到万分后悔。

那人听见有声音,转过身来。虚惊一场!不是妈妈,是跟妈妈年纪和身材都很相仿的一个女人。

不等水晶开口,那人先说话了:"是水晶吧?"

水晶连连点头:"您是……"

"我是房小桐的妈妈,我姓李。"

"噢……"虽然不是自己的妈妈,但是这个妈妈的出现同样让水晶觉得惊诧。

"事先也没打招呼就找上门来啦,请你多包涵啊,打搅你啦。"

"没什么、没什么……"嘴上这么说着,水晶的心里却在想,中国的妈妈可不都是这样的风格?好在这位妈妈还算客气,看上去不像自己的妈妈那么强势。

水晶打开门,将房小桐的妈妈让了进去。

她一进屋,就站在中间把整个屋子细细打量了一遍。"真整洁,一看就是女孩子的房间。"她道。

"您坐吧,阿姨。"

客人坐下后,水晶忙去厨房烧水。

"工作紧张吗?"房小桐的妈妈问。

"还行。"

她从随身带来的皮包里掏出一个长方形的盒子递给在对面坐下的水晶:"这是我去云南出差时买的一件木雕,一个读书的傣族小姑娘,我看摆放在你这房间里正合适。"

"谢谢阿姨,您客气啦。"水晶接过盒子,还挺沉的。

房小桐的妈妈戴着一副浅色边框的眼镜,说话温文尔雅,像个知识分子。

"小桐时常对我说起你,可你退学的事情我是最近才知道的……你家里人知道吗?"

"他们不知道。"

"啊……我想……你是个非常有主见的孩子,你这么做我能够理解。"

水晶疑惑地看看她,不知道她说的是不是心里话。

"我这次登门是为了向你表示感谢的。"

"……？"

"你让小桐改变了很多，我真没想到，上大学仅仅一年，他就变化这么大。我一直很担心，这个大学他可能是念不下来的。他太贪玩啦。"

水晶摇摇头，酸酸地一笑："没想到，念不下来的是我。"

"你不一样，你要是我女儿，我一点儿用不着操心。"

她好像特别了解我似的，水晶既惊讶又感动，房小桐的妈妈真不错。

"你有想法，我这个儿子可啥想法都没有，就像个永远长不大的孩子。"

水开了。水晶去厨房泡了两杯茶。

"谢谢你，水晶，小桐说是你挽救了他。"

"呵呵，没这么严重，阿姨，是戏剧让他改变了不少，应该感谢的是戏剧。戏剧有极好的心理治疗作用，一个人通过饰演一个熟悉或陌生的角色，可以很容易认识到自己的问题。表演的过程实际上就是同自我相处和对话的过程……"水晶像是在为戏剧做广告。

听者的脸上一直浮现着欣赏的笑容。"你说得真好。"她频频点头，"我年轻的时候也演过话剧，那是我生命当中最愉快的一段时光。"

"您是做什么的？"

"我曾是歌舞团的演员，后来歌舞团倒闭了，我就调到文化局做了公务员。"

"真的？！"水晶感觉遇见了知音，盯着她的脸看着，试图在那里找寻到舞台上的光彩痕迹。

"小桐说，你让他扮演的那个角色使他重新找回了自信。可惜，你们演出的时候我没能来。"

她的话题又回到了房小桐身上，于是水晶再次意识到，眼前坐着的这位是自己同学的母亲。"房小桐很有演戏的天分，现在我终于明白这是怎么一回事啦。"

房小桐的妈妈会心一笑："小桐小的时候就经常参加学校里的各种演出，上中学后我怕他耽误学习便不让他再参加这些活动了。"

水晶在心里嘀咕道："跟我妈一样。"

"现在想起来，也许……我不该干涉他太多，演戏总比玩电子游戏强吧。"

"这怎么能是一回事？"

听出对方有些不悦，房小桐的妈妈随即补救道："当然，当然不是一回事，我的意思是……我这个做母亲的自以为负有教育孩子的责任，可是到头来却并没能给他带来什么好的影响，反倒不如你，一年的时间就让他发生了这么大的变化。我真是惭愧得很啊……"

"房小桐的品质还是很好的。"

"你能这么评价他我非常高兴，小桐听了也一定很开心。"

水晶瞅了一眼茶几上的香烟，她想抽烟，但还是忍住了。

"水晶……"她的目光里忽然涌满柔情。

"嗯？"

"小桐他……特别喜欢你。"

水晶尴尬地笑笑，垂下头。

"前天夜里，我们通了很久的电话……小桐他现在非常的痛苦。"

水晶轻声叹了口气，仿佛是自己做错了什么。

"我还从来没见他这么伤心过，他不停地跟我讲你的事情，讲了一遍又一遍。我能够体会到他的痛苦，可又不知道该怎么劝他才好，弄得我也只能跟着他一起难过。"

"他不会有什么事吧？"

"我担心的就是这一点，但他让我放心，说他不会想不开的，还说毕业后他打算报考戏剧学院的研究生。因为你，小桐这孩子一下子就长大了……水晶，小桐对你说过我们家里的情况吗？"

水晶望着她摇摇头。

"小桐五岁时我和他爸爸就分开了，是我一个人把他带大的。因为他爸爸不怎么关心他，所以我就加倍地疼爱他，结果有点儿把他给娇惯坏啦。"

"他还好吧，我觉得他挺有礼貌的。"水晶觉得有义务替房小桐说点儿好话。

"呵呵，我知道我没有把这个儿子培养好，他还不够优秀，可是……"她双手使劲扯着皮包的背带，"我现在又能为他做些什么呢？"

天色已经暗淡下来，但水晶依然能从她的眼睛里看到那种无助和乞求的焦虑神情。"阿姨请放心，我会记得关心房小桐的。毕竟，我们是同学，也是朋友。"她说。

消失的微笑又回到了她的嘴角，她丢下手中的带子，上身向椅背靠去。

"谢谢你，有你这句话阿姨就放心多啦。"她端起桌子上的茶杯喝了一口。

水晶瞧瞧窗外，正想开灯，房小桐的妈妈忽然站了起来："我得走啦，今天夜里的火车。"

"噢……"

"再次感谢你，水晶，"她握住水晶的手，"小桐能遇到你这样的同学真是幸运，希望你以后还能继续帮助他。拜托啦。"

"阿姨真的不用这么客气。"

"再见，欢迎你去我们家里做客。"

"谢谢阿姨，再见。"水晶打开门，目送她走向电梯。进入电梯前，她又回头冲水晶挥了挥手。

水晶合上门，打开灯，拉上窗帘，然后拆开那盒礼物。一个斜倚在树干上捧读的傣族少女映入眼帘。水晶的眼睛立刻湿润了，不知为什么，她好像从中看到了她自己，一个即将讲述着很多很多故事的自己。

第八章

　　市法院来电话邀请水明居参加于下周一举行的对段老二一案的庭审，水明居犹豫了两秒钟，接着便婉言谢绝了。他不大明白市法院这是什么意思，是给自己的一项特殊待遇还是想杀鸡儆猴？不管是哪层用意，水明居都不想去。他感觉只要是自己去了，对于段老二就不免有落井下石的意味，他不想这么做。关键的是，他其实压根就不想关心这件事情，因为轻判或者重判段老二都会让他感到些许的遗憾。一方面是他认为段老二这人实在够可恨，另一方面他又认为段老二这人也实在是够可怜。所以，怎么一个结果，就让他听天由命去吧，用不着自己再为此操什么心。

　　电话刚放下，就见一个浑身上下珠光宝气的女人走了进来，有些熟悉，又有些陌生，水明居正试图辨认出这个女人到底是谁时，对方一开口，水明居便愣了一下，真没想到！竟然是二嫂。

　　"你怎么来啦？"

　　"你二哥出事啦。"说着，她一屁股坐在沙发上喘起粗气，像是一路奔跑到这里来的。

　　"出什么事啦？"

　　"你二哥在长沙被警察抓啦。"

　　"因为什么？"

　　"说是因为传销。"

　　"他不是一直不承认他搞的是传销吗？"水明居不由得有了点儿幸灾乐祸的心情，但看到二嫂那满脸的焦急和沮丧，他便立即抑制住这种心情，收回舒展在脸上的不自觉笑意，并附和着长叹了一声。

　　"我也不知道他搞的是什么。"

　　水明居在心里冷笑道："等出事你这不就知道了嘛。"这些个女人呀，从来就不知道关心自己的丈夫，只要他们能把钱拿回家来就行啦。至于他们在外面过的什么日子，是花天酒地、寻花问柳，还是风餐露宿，朝不保夕？她们才懒得去想呐。

老二下岗后，二嫂和他过了不到半年的紧巴日子就闹起了离婚，带上孩子躲回了娘家。不久，老二凭借传销一夜暴富，两人随即又和好如初，并马上买了汽车，换了房子。后来，二嫂索性连工作都不要了，心满意足地当起了全职太太，把全部精力都投放到了儿子身上；整天就是在学校和各种兴趣班之间接送儿子，并尽心尽力操持着儿子的饮食起居。后来见有人将孩子送到省城读高中，她也不敢落后，在省城买了房子，把儿子送进省城最好的私立学校。这孩子比水晶大个几岁，现在差不多该大学毕业了吧，但是关于他的消息，二嫂始终遮遮掩掩，说不大清楚。水明居当然明白她是不想让他们清楚，如果儿子培养得很有出息，她自然是不肯如此低调的啦。

想起来已有好些年没见过二嫂了，二嫂好像并没有多大的变化，只是稍稍富态了一些。不过，她若是不说话，他仍然不敢认她。

"这事跟大哥说了吗？"水明居问。

"跟他说有啥用？你得想办法啊。"

"那也得跟他说一声，你不知道他这人爱挑礼吗？"

长沙……水明居在大脑里搜寻着自己和这座城市的关系。他想到了几个人，最终敲定了老杜。老杜是长沙一家电梯销售公司的经理，为人仗义，交际甚广。水明居用过他不少的产品，也给过他不少的方便，自己却从来没找他办过什么事情。

想到这里，水明居拉开抽屉，翻出名片簿，找到老杜的电话。一共有三个手机号，前两个都已经成了空号，正担心着这第三个可能也成了空号时，忽然就听见了老杜那洪亮的声音。

寒暄过后，水明居说了自己二哥的事情。老杜说他弟弟就在长沙市公安局刑警队工作，他马上就找弟弟打听一下情况，尽快给水明居消息。水明居再三感谢了一番，满意地撂下电话。

"那就先等老杜的消息再说吧。"

"等到什么时候啊？"

"反正人家说的是尽快。"

"唉，他要是坐牢我们娘俩可咋办呢？"她使劲跺着脚说道。

"急也没用，就耐心等着吧。"

第八章

"我哪能不急呀?"她又跺了跺脚,动静比刚才更大。

"你先回吧,一有消息我马上就告诉你。"

"我回哪里呀?"

"回你家呀。"

"我这里的房子早卖啦。"

"晤……那你就去我们家吧。"水明居开始找钥匙。

"文丹在家呐?"

"她去韩国了。"

"旅游?"

"算是吧。"他不想提她去整容的事。

"那我就在这里等吧。"

"我还要工作,你就去我们家吧。"

"算啦,我去找我妹妹去。"

"好吧,随你。"

二嫂走后十分钟的工夫,老杜的电话就来了。情况不太妙,目前适逢全国公安部门严厉打击传销活动的专项整治时期,水明居的二哥属于传销队伍里的骨干,可能不是罚点儿款,批评教育一下就能了事的。

"这么说我们得亲自去一趟喽?"

"我看你们最好是亲自来一趟吧。"

想到手头还有那么多的事情,水明居真是很不情愿跑这一趟,他想和二嫂商量商量,看她一个人去行不?要不就让她妹妹陪她一道去?拎起话筒,忽然意识到自己并不知道二嫂的电话号码,水明居不由自主地摁了老二的手机,听到的是关机的提示,估计手机已经不在他身上放着啦。

绕了好几道弯子,水明居总算问到了二嫂的手机号码。不等水明居把话说完,二嫂就表示马上要去长沙。

水明居迟疑着问道:"你一个人去……?"

"你不去吗?"

"我……手头还有很多事情。"

"你不去怎么行呢?老杜我又不认识。"

"我已经向他介绍了你。"

"那我也没你面子大呀,再说关在里面的可是你亲哥呀,你这个当弟

233

弟的……"

"好好好，你别说啦。"水明居打断二嫂的话，沉吟五秒钟后，又道："那明天一早咱们坐飞机去吧。"

"今晚就走，你把身份证号告诉我，我这就订票。"

"今晚……"水明居很有些犹豫，但还是把身份证号码报给了她。

撂下电话，水明居颇有几分的不快，二嫂那种咄咄逼人的态度让他极为反感。是我把你丈夫整进去的吗？他不是一直都觉得自己能得不得了吗？什么事情他跟我商量过呀？你呐？！平时从不联系，只顾闷头过自己的舒服日子，等遇到麻烦了才想起我，而且还敢颐指气使的。我欠你的呀？！

气还没消，手机响了，又听到了二嫂的声音："票我已经订好了，今晚六点十分的。"

不容水明居有任何异议，电话就挂了。水明居不停地摇头，大概是家长当惯了，对谁都是一副专制领导的嘴脸。

走之前得先去找薛威交代一下南山湖项目工程启动时需要注意的几个环节，刚要起身，手机再次响起。二嫂说她在公司门口等着呐，叫他赶快下来。水明居看了一眼手表，恍然意识到，要搭乘六点十分的飞机现在可就不早啦。这……这……水明居有点儿气急败坏，在屋里很迷茫很无奈地转了两圈，然后还是一万个不情愿地离开了办公室。

走到楼外，水明居朝公司门口放眼望去，看见一辆出租车停在那里，心想二嫂应该就在里面。本来，他是想让周一虹送的。于是，加快脚步，还一边走一边拨通老杜的电话，告诉对方自己今晚到达长沙，拜托他给订家宾馆。老杜问了下班机起飞的时间，说自己到时会去机场接他。水明居客气了一下，也便欣然领受了。

看见水明居走过来，二嫂急忙下车替他打开车门，将他让到了后排。水明居顿时就有了受宠若惊之感，她是不是现在才想起来我的身份？

出租车开动后，二嫂回头递给他一个橘子，水明居摆摆手，但还是接了过去。橘子已经剥开，水明居便尝了一瓣。挺甜。

飞机在空中行驶了一个小时后落地，这期间水明居和二嫂几乎没说什么话。他一直是在读报纸，二嫂则一直在旁边长吁短叹。

听到人群中有人喊自己的名字，水明居左右看了几遍也没能发现老杜。二嫂拽了他一把，指指左侧一个身着咖啡色西装和蓝衬衫的人，水明居定睛打量，这才依稀辨出老杜的模样。老杜胖得已经完全走形，脖子粗得超过了脑袋。

他乡遇故知，水明居用力握着老杜的手倍感亲切。

老杜转脸喊了声"嫂夫人"，接着握了握二嫂的手。

水明居立即解释道："这是我二嫂。"

老杜愣怔一下，连连点头道："噢……噢……对不起，欢迎二嫂。"

老杜开的是辆商务车，估计普通的小汽车会让他的肚子受不了。上车后，老杜说道："先去吃饭，你们该饿了。"

"不饿，飞机上吃过啦。"二嫂说。

"再吃点儿，我要给你们接风。"

老杜将他们带到湘江旁一家其貌不扬的酒店，进到里面却俨然是一片金碧辉煌的草原部落。沿着青翠草坪上的弯曲木道走进包房，里面已经坐着三个人。老杜一一介绍，其中一个是他弟弟，其余两个是他弟弟的同事。水明居猜测他们大概都跟老二的案子有关，所以非常殷勤地一一递上自己的名片。

老杜不知从哪里捧出两瓶茅台搁到桌上，气氛似乎一下子就变得热烈起来。二嫂在桌下偷偷扯了扯水明居的袖子，耳语道："咱们是来办事的，可不是来喝酒的。"她僵硬的笑容里掩藏着深深的不安和焦虑。

水明居听了只是微微点头，眼睛依旧始终照顾着老杜那一班人。

第一杯酒先各自下肚，随后老杜就开始给弟弟及其同事们介绍自己和水明居多年来的深厚情谊，并高度评价了水明居的为人，声称要是中央电视台搞"寻找中国最美开发商"活动的话，水明居一定能够当选，否则天理难容。老杜讲得情真意切，水明居颇受感动，庆幸自己没有看错老杜这个人，够朋友。其实，自己已经有些年头没跟他合作过了。

接着，老杜和弟弟及弟弟的两位同事分别向两位客人敬酒，盛情实在难却。轮到二嫂时，水明居担心她不胜酒力，要替她，但二嫂坚决不肯，五杯酒一气喝下。大家为二嫂鼓掌，水明居也跟着鼓得起劲，二嫂的酒量让他惊讶，也让他高兴。

更让水明居惊讶的是，二嫂喝完五杯，一口菜不就，马上又举着酒杯站了起来："谢谢各位，现在我作为客人敬谢大家，先从杜总开始吧。"

又是一气呵成的五杯。又是满堂的喝彩。

水明居瞧瞧二嫂，又有点儿感动，心想，她这是为了老公豁出去啦。也许，夫妻间的感情就是不易为外人所理解的吧。

这时，二嫂踢了踢他的脚，水明居即刻领会了她的意思。趁起身敬酒的工夫，他把话题转移到了二哥的身上。

老杜弟弟指指坐在他旁边的那个瘦高个，说："王队，请你给水董和二嫂说说情况吧。"

王队放下酒杯，点着一支烟，脸色顿时变得严肃起来："杜哥的朋友就是我们的朋友，水董的哥哥也是我们的哥哥，所以请水董和二嫂放心，二哥在里面我们会好好关照他的。"

"我们能见见他吗？"二嫂问。

"这没问题，"王队看看老杜，道，"到时让杜哥提前跟我打个招呼就行啦。"

"你看不会判刑吧？"水明居又问。

王队一个劲摇头："凶多吉少，现在正赶在全国严打非法传销的风头上，我们局长亲自督办这个案件，要抓个典型好向上面交代。"

"啊？！"二嫂发出一声痛苦的惊叹。

水明居瞥了一眼她，用手轻轻碰碰她的胳膊。

"那就有劳王队你们啦，"水明居冲王队举起酒杯，自己先一饮而尽，"费用问题尽管提，只要能让我二哥不坐牢。"

老杜紧接着水明居的话道："是的是的，王队你们就多费心啦，不就是个传销嘛，什么大不了的事情，能放人就放人吧。"

王队苦笑："杜哥，水董，都不是外人，我也不说啥虚话，这回真不行。二哥是个级别很高的骨干，这次抓的又不止他一个，他们互相之间早咬起来啦。我们放了他，他那帮同伙也不会放过他。"

二嫂急了："那你们就一点儿忙都帮不上吗？"

气氛顿时变得有些尴尬。水明居瞅瞅二嫂，朝她递了个眼色。

老杜的弟弟这时发话了："不能说一点儿忙都帮不上，二嫂，至少在审讯的时候可以大事化小，小事化了，余地还是有一些的。就事论事可能判个十年八年的，轻描淡写一下可能就变成了五年四年，说不定还会更少。"

"当然，我明白。"水明居赔笑道，"对不起，王队，我二嫂她不了解司法程序，根本不知道咱公安局在其中可以起到的重大作用。"

第八章

"没关系,我理解二嫂的心情,我们做我们该做的,你们做你们该做的,咱们共同努力吧。"王队说。

"一定一定,回头你跟杜总说,我们这边马上就准备好。"

"呵呵,水董误会我的意思啦,我需要你们做的就是尽快请个好律师。"

"律师?"水明居的脑子里刚才想着的全是钱的事情。

"律师好办,"老杜道,"这事水董就不用操心啦,我可以给你们找到长沙市最好的律师。"

二嫂二话不说,起身就向老杜和王队敬酒。

两瓶茅台喝完,又上了一箱啤酒。水明居觉得自己已经喝得差不多了,开始频频招架。双颊绯红的二嫂依然镇定自若,但已经基本不碰酒杯了;而老杜此时突然趴倒在了酒桌上不省人事。

水明居赶快跑过去探个究竟,老杜弟弟摆手说:"没事的,他喝多了就这样。今天是因为水董来了,喝得高兴。"

水明居抚摸着老杜的后背,第二次被他感动了。

主人已经倒下,大家也就没了继续往下喝的热情。老杜弟弟请王队送水明居和二嫂去宾馆,他送哥哥回家。

"找代驾吧,"水明居提醒道,"喝了这么多酒不行吧?"

"没关系,"老杜弟弟说,"我们哪天不喝这么多的酒?"

水明居还是非常担心,但也不好再说什么,只能冲同样担心的二嫂摇摇头:入乡随俗吧。

上了王队的警车,王队一问才发现,他们谁都不知道老杜预订的宾馆在哪里。于是,王队只好赶紧下车返回酒店。水明居透过车窗留心观察了一眼王队的步履,还算稳健,他稍稍放了点儿心。

等了老半天,还不见王队回来,水明居坐不住了,打算下车去看看。刚打开车门,就见王队走了出来。

"真费劲,杜哥也说不清楚,我猜应该是……吧。咱们先去那里看看。"

宾馆名字王队说得很含混,水明居没有听清。

二嫂突然扭动起身子,水明居知道她是不耐烦了,就对王队说道:"没关系,不是我们也在那里住啦,这么晚了你也该回去休息啦。"

王队没说什么,调头开了约摸五分钟的工夫,就来到了一家宾馆。

"你们等等,我先下去问问。"

王队下车后，二嫂道："咱们就在这里住吧，我不想再折腾啦。"

"先等等再说。"水明居小声道。

很快，王队重新出现，他拉开车门，说："下来吧，就是这里，我猜得没错。"

水明居连声感谢，下车后同王队握了握手，让他赶紧回家休息，别再为他们耽误时间。

"那好吧，我这就回队里值班去了。你们好好休息。"

望着王队的警车离去，水明居回过头，自言自语道："警察这职业也够辛苦的。"

登完记，拿上房卡进入房间，迎面看到那两张床，水明居这才忽然意识到，还应该另开一个房间。

"你住在这儿吧，我再下去要一个房间。"水明居说。

二嫂瞟了一眼那两张床，又瞟了一眼水明居，张张嘴，欲言又止。

水明居再次来到柜台，接待员告诉他已经客满。这……这……水明居有些不甘心，继续和接待员小姐磨蹭着，要她再帮忙想想办法。接待员小姐能想到的办法就是帮他试试另一家宾馆。

水明居彻底泄气了，重新回到房间时仍没能想好解决之策。他的脑袋晕乎乎的，极想即刻就躺到床上去。

二嫂说："别折腾啦，就这么的吧，反正是两张床，又不是一张床。"

"这不太好吧，要是让人知道的话……"

"你不说我不说谁知道？再说啦，都是一家人，又有啥可避嫌的？俗话不说嘛，长嫂如母。"

"你又不是长嫂……"

"我是二嫂又怎么啦？就会出问题吗？"

"这……"水明居虽说还有些犹豫，但屁股已经不自觉地往床上挪啦。

"你是对我还有啥想法咋的？反正我对你是没任何想法。"

二嫂这么一说，弄得水明居顿时脸皮着火，他不敢再矜持，心安理得地就倒在了床上。

"你不洗洗再睡？"

"等会儿再说。"

"那我先去洗啦。"

第八章

浴室里响起"哗哗"的流水声，水明居感觉待在里面的是楚文丹，这感觉好奇怪。为了逃避这感觉，他打开了电视机。可没看两分钟，水明居便呼呼大睡了。

等水明居睁开迷蒙的睡眼时，发现二嫂正抱着他的头，帮他脱去外套。朦胧的灯影下，身披睡衣，头上缠着浴巾的二嫂丰满动人。

"二嫂——"他动情地喊了一声。

"躺好睡，明居。"她抽去靠枕，将他的头轻轻放下，然后为他盖好被子。

二嫂身上散发出的香气瞬间唤醒了水明居的记忆，让他想到那两个女人，田媛和周一虹。他说不清她们身上的气味究竟有何不同，似乎一样，似乎又不一样。总之，给予他的记忆是一样的，温暖而又美好。只是，无论如何，他想不起妻子身上的气味来。他曾努力回忆过初识她时的情景，回忆他俩第一次拥吻的时刻，但就是回忆不起她身上有过怎样的气息。也许是时间太过久远了吧，也许是他的嗅觉本来就不算敏感。也许，也许。

当水明居在夜里第二次睁开眼睛时，一时竟忘了自己是身在何处。天花板上那盏树枝形状的吊灯也没能让他想起什么，他动了动脖子，看见二嫂正靠在床头上发呆，记忆立刻就连贯了起来。

"你怎么还不睡？这都几点啦？"他问。

"睡不着。"她将头上的浴巾扯下来，长发瀑布般地倾泻到肩膀上。"你二哥要是真得在监狱里待上几年，我可怎么办啊？"

水明居没有答话，心想，那你的好日子就结束了呗，得自己出去找活儿干，体验一下这年头在外挣钱的辛苦。

"你说会有这么严重吗？"

"这我怎么知道？我既不了解案情，又不是学法律的。"说着，水明居也坐了起来。

二嫂连声叹气，将头埋在膝头的被子上。

水明居仅能看到她那一头乌黑的卷发披散下来，他忽然想知道二嫂有多大啦，他看上去好像比楚文丹要显年轻。但是推算半天，也没有想出个结果来。她应该是比楚文丹大的，至于是否比自己大他就不确定了。

记得，第一次看见二嫂便被她的美貌给惊呆了，那时的二嫂是自来水厂的临时工。因为这工作，母亲坚决反对二哥将女友领进家门，但真等二哥毅然将女友带到家里来时，母亲的态度马上就发生了转折。水明居对此深感意外，女人的美貌对于女人竟然也是那么奏效。二嫂让水明居对二哥一直心存几分难以抑制的嫉妒，直到楚文丹出现才使他有了敢于正视二嫂的勇气。对啦，二嫂叫什么名字来着？她姓……什么来着？这记性到底是怎么啦？

"二嫂——"水明居唤了一声。

"怎么……？"二嫂抬起头来。

"我突然想不起你名字来啦。"

"……明晓月。"二嫂似乎不太情愿地咕哝了一句，头接着又埋了下去。

"你属什么的？"他没好直接询问她的年龄。

"……猴。"声音闷闷的，像是蒙在厚厚的被子里。

唔，水明居知道啦，原来她比自己还小两岁。

"没想到你酒量这么好。"他说。

二嫂歪头看了看他，道："我瞧那阵势不妙，怕他们把你给灌倒，要不我才懒得喝那玩艺呐，喝到肚子里难受死啦。"

"没你想得那么可怕。"

"中国人喝酒的德行我还不清楚？不喝倒就不算喝好。今天幸亏老杜先倒下啦，不然的话，我看我也保护不了你。"

"呵呵，老杜是个好人。"

"再好的人这么喝下去也会喝坏的。你二哥不喝酒不抽烟，我就喜欢他这一点。"

"这么说来，我这种人很让你讨厌喽？"

"你……还好吧。"

"我们家老大也不喝酒不抽烟。"

"我不喜欢你们家老大。"

"老四呢？"

"也不喜欢。"

"唔，我真荣幸啊。"

"那是当然，能让我瞧得上的男人没几个。"

"看来以前我是没认识到我二哥的价值啊。"

"你们兄弟几个共同的问题就是都太自以为是，不团结。"

水明居默不作声地靠向床头，二嫂似乎击中了他的某一痛处。他暗暗反问自己，我真的太自以为是吗？

第八章

"挺晚的啦，睡吧。"二嫂躺下去，将床头灯拧灭，屋里顿然一片漆黑。

很快，水明居便听到了二嫂入眠后的鼾声。而他却毫无睡意，在床上回想着一幕幕的家庭往事。从陌生到相识，从相识到陌生，许许多多他曾珍视的东西都在渐渐遗忘，并且是在继续遗忘下去，或许直至死亡。死亡终将注销一切的遗忘，让遗忘从此不再是为了记忆。

想到死亡，水明居感到了恐惧，他想叫醒二嫂，但声音只是在喉咙里微微挣扎着。不一会儿，声音总算从喉咙里挣扎了出来，他开始放声大喊："二嫂——二嫂——……"喊过一阵，不见回应，他便又喊起了"明晓月——明晓月——……"

"明居——"

她终于有了回应，水明居睁开眼来。

"你做梦啦？"二嫂问道。

"唔……"水明居翻了个身，背对着二嫂，嘟囔道："好像做了一个噩梦……"

"噩梦？"

回答她的是水明居再度响起的呼噜声。

窗帘已经泛白，她不准备再睡，打了个哈欠，蹑手蹑脚起床。来到阳台，她注视着浸润在晨雾中的这座陌生城市缓缓清晰起来。

一缕阳光艰难钻过林立高楼间那窄窄的缝隙，斜射在水明居的脸上，暖暖的，痒痒的，一股淡淡的焦糊气息。水明居的鼻孔翕动几下，继而是睫毛动了动，接着眼睛就张开了。他看见二嫂一手拉着窗帘立在窗前，正目不转睛地望着他。

"该起床啦，"二嫂说，"吃完饭咱们得尽快跟老杜联系一下，去看看你二哥。"

"唔，好的。"水明居猛地坐起来，像个听见家长说上学马上就要迟到的孩子。

二嫂转身又回到阳台，双手捂着脸，继续眺望着远处。这座城市虽然陌生，却也同她居住过的城市都有着极为相似的地方。

"你们兄弟四个你跟你二哥长得最像。"

正在穿衣的水明居没有接话，想想，的确是有不少人说过自己和二哥长得挺像。

二嫂回头瞅了水明居一眼，眼睛里是两个大大的问号。

"唔……是有点儿吧，我和他都像我们父亲。"

"我没见过你们的父亲。"

"没见过照片吗？他长得很帅的。"

"哦，照片倒是见过。不过……其实你兄弟俩还是像你们的母亲更多一些。"

"是吗？"

"你没注意你们的眼睛和下巴，还有颧骨那个部位，跟她简直就是一个模子里刻出来的？"

水明居模棱两可地摇摇头。

洗漱完毕，水明居拿上餐券和二嫂到一楼的餐厅吃饭。快要吃完的时候，他给老杜打去电话，表示想在上午去跟二哥见上一面。老杜要他在宾馆等他的电话。

吃完饭，水明居和二嫂回到房间，打开电视。广告还没等播完，老杜的电话就来了，说自己正在宾馆门口等着他们。

水明居和二嫂一同来到老杜的车前时，老杜随口问了一句："你们睡得还好吧？"

水明居顿了一下，表情极不自然地答道："挺好的。"

老杜系上安全带，说："不好意思，昨天失礼啦，招待不周，请多多包涵啊。"

"杜总太客气啦。"水明居道。

"谢谢杜总的盛情款待。"二嫂附和道。

车子向前驶去。水明居想向老杜解释一下昨晚的住宿情况，但又觉得还是不解释的好，越解释越说不清楚。到现在为止，老杜似乎也并未察觉出有什么不对头的地方，所以就将错就错吧。事实上，自己也根本就没有心虚的理由嘛。

车子在一扇有武警把守的大门旁停下，老杜打了个电话。不到五分钟的工夫，王队从紧闭着的大门右边的一个小门后面冒了出来。老杜招呼水明居下车。

王队冲一旁的武警点点头，示意水明居和二嫂跟他进去。老杜朝王队摆摆手，对水明居道："我在车里等你们。"

第八章

水明居第一次来到这种地方，望着岗楼上荷枪实弹的武警，情不自禁地回想起电影里关于集中营的画面，不过倒的确是没有那么毛骨悚然。

王队将他们带到一间提审室，推开门，水明居一眼便看见了戴着手铐坐在椅子上的二哥。二哥面色苍白，头发剃得空前的短，那模样令他不由得心里就是一阵酸楚。不等水明居上前，二嫂就一下子冲了过去，一把抱住二哥释放出难以抑制的哭声。水明居听得出，二嫂在竭力克制着自己的情绪。

二哥什么话也不说，一直低着头，神情凝重。坐在二哥对面的还有另一名警察，水明居没见过，看上去一脸的稚气，估计是刚走出校园不久的新警察。

王队让这小警察把二哥的手铐打开，随后跟水明居耳语道："你们快点儿，我这是严重违反纪律的。"

水明居点头表示明白，掏出香烟递给他和那名小警察。

二哥这时也把手伸了过来，咕哝道："给我一支。"

"你怎么也抽上烟啦？"水明居问。

"在里面憋得难受，大家都抽。"

屋子里只剩下了他们三个人。瞬间沉默之后，二哥先说话啦："麻烦你们给我请个律师。"

"已经请了。"水明居道。

"在里面挨打没有？"二嫂用纸巾拭着眼泪，情绪已经稳定下来。

二哥摇头，不知是没挨打还是不想说。

水明居观察了一下他，没发现有什么外伤。

"我以前老是以为自己还挺能的，现在终于栽了。"二哥长长叹了口气。

水明居也跟着叹了口气，哑巴哑巴嘴，不知道说什么好。

"你在里面什么都不用担心，我们会为你想办法的。"

水明居瞧了一眼二嫂，没料到她竟有如此乐观的性格。如果换做楚文丹，又该会怎样呢？他还真说不好。但至少二嫂表现得比他们的母亲强，母亲那时若也能像这样的话，他们的父亲想必就不至于走上绝路了。要是父亲今天还活着的话……唉，水明居无法想象这一事实。唔，父亲，父亲……

王队敲门走了进来，瞧他那眼色，水明居明白是该离开的时候了。

水明居问二哥："你还有什么要交代的吗？"

"把你剩下的烟都给我吧，一会儿回去好有个交代。"

水明居从衣兜里掏出那半盒香烟递给了他，二哥接到手里直接就塞进了内裤里。

"那我们就回去啦，有时间再来看你。"水明居又转向王队，"太感谢啦，我二哥就拜托你多多关照啦。"

"放心，都是自己人。"

水明居谦卑地同王队握手。

二嫂依依不舍地望着二哥，向前半步，想想又退了回来，随即转身捂着眼睛疾步走了出去。

水明居在后面一路跟着二嫂，直到走出看守所的办公楼，二嫂才放慢了脚步。

"哎——"后面有人在喊。

水明居回过头，发现是那名小警察。小警察追过来，说道："我得送你们出去。"

"不用啦，你去忙吧。"

小警察依然板着脸说道："我不送，你们是出不去的。"

"唔……"水明居没再谦让。

回到老杜的车里，老杜说："还有些时间，我带你们去转转。"

水明居道："杜总，你看我们是不是能尽快和你推荐的那位律师先见个面？"

二嫂也不住地点头。

老杜一拍脑门："哎哟，你不说我还都忘啦。"老杜急忙拿起手机，一边翻找号码一边说道，"这个人姓常，是我们这里赫赫有名的大律师，跟我老交情。"

"杜总真是神通广大啊！"水明居恭维道，同时也想到了自己在这方面的不足。要是自己也有老杜这样的交际能力，他的事业是不是会做得比现在还要辉煌？

老杜在电话里跟常律师聊了几句后，便敲定中午在一起吃饭。放下手机，他回头说道："你们不用着急啦，中午见面再说吧，现在我先带你们去橘子洲玩一趟。"

水明居和二嫂都没有游玩的雅兴，两人各自满腹的心事，但此时此刻觉得也只能是恭敬不如从命啦。

第八章

水明居和二嫂都没来过长沙，不过水明居向来就不大爱旅游，那蚁群一样的各色游客总是让他望而生畏。橘子洲上的人同样也不少，水明居心不在焉地四下里看着，远不及他接电话的时候认真。

二嫂倒好像马上就忘了自己的心事似的，这瞅瞅，那瞧瞧，兴致颇不一般，像是慕名专程赶来的游客。

中午，老杜将酒宴安排在了岳麓山脚下一个极为幽静的去处。常律师是一个满头银发，话语不多，彬彬有礼，年龄模糊的男人。他穿着一件唐装，更像是一位武林高手。

听老杜对他一口一个"常老"地叫着，水明居可以确定他是个上了年纪的人。但随后老杜又向水明居解释道："常老比你我都小，我们叫他常老是因为他混得好，比我们市长还有威望。"

"幸会幸会。"水明居主动递上名片。

常老端详了一眼水明居的名片后，随即也恭敬递上自己的名片。名字上方是黑压压的一片小字，名头实在不少，看来果然混得不错。

老杜说常老烟酒不沾，于是要了一壶号称有五十年历史的普洱茶。菜则主要是常老点的，口味偏素。虽然水明居感觉这人很有几分摸不透，但凭着自己不算单薄的识人经验，他以为此人应该是在调上的。

看样子老杜和常老的确是老交情，而且已有些日子没联系了，所以席间两人不时要聊起彼此共同的某个熟人。水明居插不上话，常老也没有想和他搭话的意思，好在老杜会间或招呼一下他和二嫂吃菜，才不至于一直都很尴尬。

因为不喝酒，这顿饭吃得很快，即将结束时，常老才尊口难开地提到了他们的案子："我说，你们首先要注意保护好自己的财产，"他看看水明居，又看看二嫂，"判决的结果可能会是处罚金和没收非法所得。"

水明居和二嫂一齐点头。

"直接转移财产不行，法院照样能查出来。"

"那怎么办？"二嫂的神色顿时紧张起来。

"假离婚，而且离婚的时间还不能太近……"

"这个……"水明居觉得有点儿难度，"要是办张假离婚证的话，法院不是一样也能查得出来吗？"

"对啦！"二嫂突然失声尖叫起来，"我想起来啦……"接着，她又有些面露难色地快速眨巴了几下眼睛，说道，"我们很早以前就离过婚。"

"离过那没用。"常老说。

"是这样的，我们离过婚，可是后来虽说复婚了，但……但是一直就没去办理复婚手续。"

"噢，这样啊，那就不存在任何问题啦。"常老说。

"原来二嫂是这么有远见啊！"老杜笑道。

二嫂尴尬地赔笑，水明居不知道是该笑还是该哭。事情有点儿像闹剧。可中国人就是这么凑合着过日子的，一切都处于临时的状态，只有此刻，没有下一刻。这个二嫂也是临时的二嫂，或许回到南淮，她就不是他的二嫂了。说不定哪天需要他的时候，她还会再度成为他的二嫂。

临时的夫妻关系，临时的情人关系，临时的朋友关系，临时的同事关系，临时的同学关系，临时的邻里关系，临时的雇佣关系，临时的……就连亲属关系也是临时的，还有什么关系可以不是临时的呢？他感觉自己和女儿之间的关系同样是临时的，自从她上了大学后，他们彼此似乎便再没有了关系。他只收到过她的一条手机短信，而那短信指向的是他和妻子间的关系。这不也可以是一个陌生人发来的吗？

水明居本想着能让二嫂和常老在下午签定委托代理合同，这样就可不耽误晚上返回南淮了。但是常老下午有一个案子要开庭，因此事情只好推到明天上午。

"水董，既来之则安之啦。"老杜拍拍水明居的肩膀，坚持要领他们在岳麓山上再转转。

水明居已经感到十分的疲倦，一心只想马上回到宾馆的床上去。然而老杜那发自内心的热情又让他不免有些犹豫，于是他瞥了一眼二嫂，想知道她是怎么想的。

二嫂并不理会水明居的心思，见到常律师她好像就是吃了颗定心丸，开始关心地询问岳麓山都有哪些名胜。看她那兴味浓厚的样子，水明居只好不再迟疑，全听老杜去安排了。

游完岳麓山，老杜又载着他们在市区繁华地带兜了一圈。此时天色已暗，空中飘起毛毛雨丝。街上熙攘的行人骤然间就失去了从容的节奏。

老杜陪了他们整整一天，水明居很是过意不去，打算找个上档次的饭店好好回请他一下。可是老杜却说自己今晚还有别的应酬，不能奉陪他们了，

第八章

还得请他们多多包涵。水明居无话可说了，只能痛快地顺着老杜的意思。

老杜将他们送到宾馆门口，临走前交代道："明天上午我再来接你们去常老那里。"

"老杜这人真好。"回头时，二嫂感叹了一句。

"是啊，我也没想到。"水明居说。

"你们不是朋友嘛？"

"其实……说白了也就是一种商业关系。"

"商业……"

疾速合上的旋转门挤断了二嫂的话，水明居回头发现二嫂跟他正隔着一道玻璃。

走出旋转门，两人在大厅里又碰面了。

"你饿吗？"二嫂瞅瞅指向餐厅的标识问道。

"我不饿。"

"我也不饿。"

两人进了电梯，二嫂又想起刚才的话："你说的商业关系是什么意思？"

"他是向我推销电梯时认识的，我用过他们的电梯。"水明居上下打量着自己此刻置身于其中的这部电梯。

"难怪，你算是他的财神爷。"

"不能这么说，老杜这个人就是不错。其实，我们已经很久没合作过了。"

打开房门，水明居首先一头扑倒在了床上，浑身的骨头架子感觉散落了一床。舒服。他以为自己能够立即睡着，趁睡意还未完全吞没自己的意识，挣扎着关掉了手机。但是睡意无心在他的大脑里停留，一阵风似的吹过，不留下一丝痕迹。尽管水明居的眼睛还在紧紧闭着，耳朵却贪婪地听着卫生间里的水流声。

水流声越来越大，流过门缝，漫过地毯，淹没床铺，将水明居漂浮了起来。温热的水浸润着水明居全身的肌肤，他皮肤上所有的毛孔都变成了张开的眼睛，虎视眈眈地盯着二嫂那赤裸的躯体。他的眼睛在水里，二嫂的躯体也在水里，朦朦胧胧制造着世界上最美的距离。

充满诱惑的声音戛然而止，水明居的眼睛猛地睁开，犹如从梦中惊醒，但随即他又闭上了眼睛。可惜，湿漉漉的感觉消失了，他搁浅在布满礁石的

247

干燥陆地上，到处都是坚硬、锋利、嶙峋的形状，双耳也变成了枯萎的海螺。水明居身不由己地坐起来，坐起来之后，他才勉强睁开眼睛。

"你没睡着啊？"二嫂小声问道。

水明居在嗓子眼里应了一声，低得几乎听不见。

出浴的女人总是那么迷人，令水明居联想起某些色香味俱佳的食物，但却是不必入口的食物，只需用目光和手指去抚摸即能获得满足的食物。他偷偷瞄了一眼二嫂裸露出来的小腿和脚踝，细腻白皙的质地微微泛着正在消逝中的红色。她的身高应该至少比楚文丹矮去三个公分，可腿部的线条依然悦目。

"我烧了水，你要喝吗？"

"喝。"水明居忽然感到了口渴。

"要茶叶吗？我带了茶叶。"

"要。"

"你不怕夜里睡不着觉啊？"

"我习惯啦。"

二嫂沏了两杯茶，她那杯里只有孤零零的一瓣叶芽。

水明居忍不住笑了："你那是什么意思啊？"

"我不敢多搁，晚上喝茶我容易失眠。"

"那就干脆不搁呗，一片叶子能有啥味道？"

"还是会有一点点的，主要也是为了看着舒服，光是白水不好看。"

水明居又笑了："你喝水都喝出吃饭的境界来啦。"

"呵呵。"二嫂在窗边的椅子上坐下，双手继续按摩着脸颊。

水明居把腿搭在了床沿，面朝向二嫂。

"你不觉得饿吗？"二嫂问。

"不饿。"

"你要是饿我就出去买点儿吃的。"

"你是不是饿啦？"

"我也不饿，这两天在饭店里吃得油水太过啦。"

"我天天在饭店里吃，早习惯啦。"

"我正想提醒你这一点，你可得当心身体，饭店里的饭菜跟毒品差不多。"

"瞧你说的,有那么夸张吗?"

"我又不是没在饭店干过。"

"你什么时候在饭店干过?"

"早年的事啦。"

"你在饭店里干什么?不会是大厨吧?"

"后厨管理。"

"唔……"

"厨师只要能把菜做得让你觉得可口就行,什么材料都敢用,哪怕是有剧毒,只要一时死不了人就行。所以,我一般能不在饭店吃就不在饭店吃。越是好看好吃的菜,我就越是害怕。"

"让你这么一说,我已该病入膏肓啦。"

"反正你得小心,听我的,能不吃就不吃。"

"我能不吃吗?"

"唉,也是,你们这些男人呐……说起来也怪可怜的。"

"太感谢啦,你还能理解我们男人的可怜。"

"这个年头的男人的确不容易,处处都是压力。"

"唔,我真没想到。"水明居喃喃道。

"没想到什么?"

"唔……没什么。"水明居没想到二嫂竟是这样的,和他以为的那个二嫂好像完全就是两个人。是自己从来就没有了解过二嫂吗?还是岁月让一个人不由自主地发生了这样大的变化?

"你最近一次体检是什么时候?"

"好几年前了吧?"

"那你真该尽快再体检一次,这次见你我感觉你老了好多。"

"人难免要老的。"

"老是不怕,但总得健康才好。"

"你觉得我不健康?"

"那倒不是,我只是担心,你应酬太多。"

"二嫂……"水明居的喉咙里一股热流,涌出来就是这两个字。

"嗯?"她感觉到了水明居眼里的某种东西,下意识地低下头,望着杯中的那瓣茶叶。

"……你和我二哥怎么不办复婚手续呢？"

"开始没想办，到后来也就懒得办啦。"

"他经常在外面跑，你就一点儿都不担心……"

"你二哥是个有责任感的男人，挣的钱全都交到了家里。"

"你怎么知道他全都交到……"

"你什么意思？"二嫂盯着他的目光别有意味。

"唔……我可没有说我二哥坏话的意思。"水明居自我解嘲地笑笑。

"我了解你们男人，不就那么一点儿花花心思嘛。他要想变心的话，有张结婚证书就能保证他不变心啦？我不办复婚手续正好可以给他方便，也省得再离一次婚啦。"

"你真想得开。"

"想不开也不行啊，生活有时候就是碰运气。到目前为止，我觉得遇到你二哥还算我运气好吧。"

"我真想知道楚文丹是不是也是这么想的。"

"难道她会认为嫁给你算是她运气差吗？"

"说不定啊。"

"那她的要求也太过高了吧？对婚姻不能抱有太多幻想，其实就是两个人搭伙过日子呗，能过就尽量凑合过，实在过不下去了就分开。别把婚姻往永恒的童话里想，什么是永恒的？人生不也就短短的几十年嘛。"

"二嫂，你看得也太开了吧？"二嫂的一番话让水明居感到了恐惧，生命如果不是永恒的，那还有什么经历的意义？活着就是为了等死而不是为了战胜死亡，那活着不就等于是一场灾难吗？

"婚姻是很好的一门人生课程，它教会了我不少东西。"

"看来你对自己的婚姻挺满意的？"

"满意。你不满意吗？"

"我不知道。如果有来生，我不知道自己是不是还想结婚？"

"你太过悲观了点儿，追求完美的人都容易这样。"

"我就是不喜欢凑合的状态，我总想认认真真地活着。"

"认真太累人啦。"

"可我觉得凑合才累人。"

"是吗？"二嫂望着他笑了，笑得好像有些无可奈何。

第八章

沉默。水明居听见茶水从二嫂的喉咙里滚落的声音,他想继续跟踪着那声音的去向,但隔壁突然爆发出的几声尖叫粗鲁地阻断了他听觉的行进路线。

那是从一个女人身体的最深处释放出来的声音,要死要活,欲狂欲癫,不顾一切地想抓住某种永远抓不到的东西。那是极乐的声音,也是受难的声音。水明居的全身阵阵战栗,恨不能立即冲到隔壁那儿去,摧枯拉朽,推波助澜,在这个伟大女人最壮丽的乐音中毫不吝惜地融化掉自己。

然而,此刻水明居只能是做贼似地瞄了一眼二嫂。二嫂没有任何反应,似乎什么也没有听见,依旧在饮她的茶。

那个女人的声音还在向云端冲刺,墙壁和地板也开始跟着颤抖。水明居有些坐不住了,想去卫生间;正要起身,却见二嫂撩开窗帘,走到了阳台。

水明居打开浴缸的水龙头,听着"哗哗"的水响,在镜子前一件件剥去身上的衣服。赤裸的身体让他感到羞愧,苍白、臃肿、一副不堪一击的衰败样子。顿时,他再一次被恐惧征服,衰老的恐惧让他不寒而栗。水在流淌,时间在水中流淌,他在时间中流淌,白白地流淌。是的,他在眼睁睁看着自己白白地流淌。"哗哗"的水流在无比欢快地叫嚷着"来不及啦!来不及啦!来不及啦啊!……"

不行!不行!他还远远没有充分利用自己的身体,他还远远没有好好享用自己的身体,他不能就这样无所作为地望着自己的身体堕落下去。他必须马上开始着手锻炼自己的身体,他必须尽快使它恢复到年轻时的状态。他要天天去游泳,他要像海中的鲨鱼一样生机勃勃。

水明居做了一个纵身飞扑的动作,然后笨拙地将一只脚插进浴缸,倒进了水里。水龙头仍旧在"哗哗"地流,在召唤着他的二嫂,可二嫂迟迟没有进来。水漫过了浴缸,流淌到二嫂那里,二嫂也在水中漂浮起来。她的浴袍舒展成一朵雪白的睡莲,她笔直的裸体宛若花蕊,渴望着春风的吹拂以及清晨的露珠。他不是春风,也不是露珠,他只能作为一片猥琐的叶子向她漂去。二嫂,二嫂……

二嫂靠在床头看着手机,见他出来,嘟囔了一句:"这么长时间?"

"你还不睡?"

"这就睡。"说着,她抛下手机,关掉头顶上的壁灯,躺了下去。

水明居也熄火所有的灯,钻进了被窝。

隔壁一样的安静，隐约有悄悄的说笑声。水明居想听听他们在说些什么，但是一句也听不清。他俩是什么关系？夫妻？情侣？抑或是婚外的情人？反正，应该肯定不会是他跟二嫂这种关系。谁能想到像这种关系的两个人，此时此刻正同处在这样一个私密的空间？

"对啦，明居，明天上午办完事咱们就趁早回去吧。"

"好的。"他也一直在想着早点儿回去，南山湖 A 地块项目这几天就要开工，而且，再这么住下去的话，他真担心会住出问题来了。他已经开始有点儿依赖和二嫂在一起的这种时光。

明天……明天夜里就不再是这样的场景了，二嫂要做回二哥的妻子，暂时不再是他的二嫂。不知道什么时候，他们才会有下一次相见？下一次相见又会是怎样的情形？总之，再也不可能是这样的情形了吧。

时间过去了很久，隔壁已经没有任何声息，水明居还能听见二嫂在床上辗转。

"明居——"

二嫂好像在叫他，水明居的心骤然开始狂跳，"怦怦怦"的巨响震颤着他的耳鼓。她在叫我？她想干什么……？

"明居——"

千真万确，她是在叫我。

"睡着啦？"

"没有……"

"哦……"

"怎么啦？"

"我真担心你二哥会被判刑，唉……"

"这时候担心也没什么意义啦，想开点儿，有那个常律师，结果也许不会太糟。"

"谁知道呢？"

"以后再别让二哥干这种不踏实的事啦，平平安安地过日子比什么都强。"

"谁让他干的？他听我的吗？"

"……"

"再说啦，现在什么都不好干啊，他也是摸爬滚打干过好多行，才找到现在这个顺手的职业。"

"想挣大钱当然都不好干，本本分分过日子其实并不难。"

"你是站着说话不腰疼，你是高高在上的大老板，哪能体会到工薪百姓日子的不容易？现在物价有多高？尤其是你们定的那个房价。耗尽一天的时间拿到那点儿死工资，望着火箭似的往上窜的物价，你能有安全感吗？孩子要上学，要结婚，哪一样钱少了能行？"

"嘉男现在干吗呢？"水明居忽然想到了二嫂的儿子。

"……留学。"

"在哪里留学？"

"加拿大。"

"去多久啦？"

"两年啦。"

"适应得还好吧？"

"也不是太好，老想家。要不是你二哥出这事，我就到加拿大陪读去啦，签证都办好啦。"

"唔，你离我们越来越远啦。"

"……"

"这样下去，你得陪他一辈子。"

"那有啥办法？就这么一个孩子。"

"听说水晶考得不错，到北京去啦？"

"嗯。"

"女孩就是比男孩省心。"

话题让水明居觉得自己开始离二嫂愈来愈远了，他感到了无聊和困意，想睡。

"睡吧，不早啦。"二嫂道。

话音一落，水明居感觉二嫂便一下子就消失得无影无踪了，黑暗里是阵阵叹息的回声。每当他在接近一个女人的时候，正是那个女人距离他最为遥远的时候，比如田媛，比如周一虹。他同她们之间的关联着实有那么一股气味，看不见，摸不着，而一旦他想抓住那气味，那气味便随即消逝。

一夜无梦。

早餐之后，老杜及时赶到宾馆门口。上车前，二嫂结账退了房。

在常老的律师事务所里签完代理合同，时间尚早，二嫂用手机查阅了一下航班信息，正好可以赶上十一点十分的那班。

水明居向老杜辞行，老杜礼节性地挽留了一下，便开车送他们前往机场。

到了机场，水明居握着老杜的手，好一番感谢。

"杜兄，回去咱们马上就重新开始合作。"水明居说。

"不要这么现实嘛，水老弟，我最不喜欢的就是现实主义。咱们是好朋友、好兄弟，交往不能就是为了生意上的合作，不做生意咱们照样是好朋友、好兄弟嘛。"

"惭愧惭愧！还是杜兄说得对啊，今后一定要加强联系，多多联络感情。"

车子不能久停，后面已有喇叭在催促，水明居和二嫂匆匆下车。

望着老杜离去的车影，第三次被他感动的水明居不禁也感叹道："老杜真是个大好人啊！"

"这样的好人不多，值得珍惜。"二嫂说。

水明居提前掏出信用卡准备购买机票，二嫂坚决不让，水明居故意将她道："你现在是不是特有钱啊？"

"在理不在钱，"二嫂说，"你为我出了时间又出力，哪还有让你再出钱的道理？"

"这不也是为我二哥嘛。"

"话虽这么说，毕竟我们才是真正的一家人啊。"

水明居不语了，自己和二哥也曾是真正的一家人啊，可各自结了婚，就又有了各自真正的一家人，亲情最终让位给了爱情。但爱情又是靠得住的吗？离异的夫妻还是真正的一家人吗？亲情也好，爱情也罢，说到底都是临时状态，没一个是真能靠得住的。真能靠得住的只有你自己，孤独的自己，只有孤独的自己才不是临时的。

宾馆的空间是有限的，机上的空间是有限的，城市的空间却是无限的，水明居知道，一走下舷梯，他和二嫂就将又如两个水滴重新淹没在这片城市的汪洋里。

长发飘飘的周一虹一身藏青工作西装，戴着墨镜，站在一辆闪闪发光的黑色兰博基尼旁。

第八章

"哇——好派！"二嫂赞叹道。

看见水董，周一虹迎了上来："辛苦啦，水董，二嫂。"说着就要接二嫂手里的提包，二嫂执意不肯，觉得她根本就不像是个拎包的。

"先送她。"水明居吩咐道，又扭头问二嫂："你去哪儿？"

"我……"二嫂有些犹豫。

"要不去我家吧？"

"楚文丹不是还没回来吗？"

"那有什么啦？"水明居盯着二嫂，目光里充满他自以为二嫂应该能够读懂的许多信息。

二嫂眨了眨眼，没去理会他眼中的那些信息。"我还是先去我妹妹家吧。"她说。

二嫂坐到了副驾驶的座位上，指点着前行的路线。

尽管才两天不见，水明居感觉南淮市好像还是有了某些变化，至于变化在哪里，他也说不清楚。

车子停在二十世纪八十年代初建造的一幢三层红砖楼前的一个单元入口，这里是水明居上中学时每天的必经之路，他有好几个同学就住在这幢楼里。没想到它还完好无损地趴在这里，只是显得有些老旧，有些寂寥。记忆里的时光让水明居顿时觉得亲切异常。

"你妹妹就住在这里？"他问。

"嗯。你们进来坐会儿吧？"

"不啦，公司里还有很多事。"他瞟了一眼她手里的提包，又道："我送你上去吧？"

"不用。"她甩了甩那提包，表示它并不重，"再见。"

水明居目送着二嫂被黑洞洞的单元入口吞没，听见她的鞋跟在水泥台阶上撞击出阵阵清脆的声响。

直到那声响消失，水明居依旧在原地站着，茫然地望着眼前这幢楼房。

二嫂又在左边二楼的阳台上出现了："要不上来坐一会儿再走吧？"

"不啦，我们回去啦。"水明居朝二嫂摆摆手，转身钻进车里。

"您跟二嫂的关系看样子挺不错啊。"周一虹说道。

"什么意思？"

周一虹的脸颊立马红了，她从后视镜里瞄了一眼水董，急忙说："啊……

255

没什么意思,我是想说,二嫂这个人看上去挺精干的,像个大老板。"

"唔……"

他又闻到了那种熟悉的香味,在车里漫不经心地飘逸着,然而他仍然分辨不清这究竟是二嫂的味道,还是周一虹的味道。

周一虹不再说话,只顾专心开车。

水明居突然觉得这气氛似乎有点儿不对,便道:"刚才那个地方叫什么名字来着?"

"基建村。"

"唔——对。那个地方位置不赖,我看什么时候把它给开发掉,又正好属于学区房……"正说着,水明居忽然瞥见不远处一幕令他深感震惊的景象,"等等……停……"他用力拍打了一下驾驶座椅的后背。

"怎么啦?水董。"周一虹立即减速。

他指指右边,说:"往回开一点儿,在路边停下。"

路边是一处工地,隔着围挡,水明居从缝隙里望去,里面有一片尚未清理完毕的建筑垃圾。

"这是怎么回事?这是怎么回事?"他像是刚从一场噩梦里醒来,竭力想回忆起那让他恐惧的场景。

"怎么啦?水董。这里被市政府重新规划啦,原来的房子全部都拆掉啦。"

"我咋不知道?这里要规划什么?"

"据说是要建一条和高速公路接轨的城市迎宾大道,怎么啦?"

"这个小区是我建的啊,六年的时间还不到,怎么说拆就拆了呀?"

"这是新任市长的主意。每换一个市领导,城市就得跟着换副模样,这么多年不都是这样的嘛。"

"可这样换来换去的,城市到最后还能剩下些什么呢?"水明居打结的眉头似乎永远也舒展不开了。

"您这样想啊,水董,要是不这样换来换去的话,咱们还上哪儿开发去呢?"

水明居低垂着头,半天不语,面前的这片废墟就像是一座巨大的墓地,他成了一个绝望的凭吊者。

唉,他水明居不是一心想要创造永恒,创造历史吗?他以为自己在这个

第八章

城市精心打造的每一座楼盘，都会作为这个城市的历史永恒延续下去。他相信永恒，相信自己死后的灵魂还将继续生活在这个城市。他永远属于这个城市，这个城市是他永恒的家园，他所有的远行都是为了再重新回到这里来。只有在这里，他才能够感觉到自己是安全的；只有在这里，他的生命才是富有意义的。这就是家园的价值，它始终为你保留着未来。可是，仅仅五年多的时间，他所创造的这个历史便永久地消失了，在这座城市的大地上没有了任何痕迹。它还远远没有来得及成长为历史便夭折了，这还奢谈什么永恒呢？照这种速度发展下去，他所有的杰作都将比他的肉体消失得更早。

光剩下永恒的灵魂又有什么意思？永远漂泊的灵魂岂不是一种比死亡更加可怕的痛苦？这座城市不仅时时刻刻在放逐着他的身体，也在时时刻刻放逐着他的灵魂。水明居感到自己内心深处珍藏着的那个最后的安慰被谁无情地掠夺走了，这掠夺走的不只是他的命，还有他的魂。从今以后，他还敢再相信灵魂的存在和不朽吗？

在南山湖A地块举行破土仪式时，薛威告诉水明居，段老二被判处了死刑。水明居事先料想过这个结局，但等真听到这个结局时，他的心里还是不免一震，甚至在那一瞬间觉得眼前忽然一片昏暗。不管怎么说，这段氏兄弟的下场也是够不幸的。可又能怪谁呢？太不明智啦。当然，也不能完全怪他们自己，又是谁让他们如此一路畅通无阻的呢？按理说，这兄弟俩的道路本不该这么一帆风顺的呀。如果没有这么顺利，他们自然也就不会这么顺利地走向末路了。没有人提醒他们，用金钱和暴力铺出的是一条通往死亡的道路。人在自我膨胀的时候，最容易忘记的就是保护自己。

薛威打扮得越来越年轻啦，竟然还穿上了一条暗红色的紧腿裤，这应该是新任妻子为他定制的着装风格吧。不难想象，他这身行头和田媛站在一起会是什么样的效果。一定挺滑稽。现在，薛威和他碰面绝口不提家事，他们之间的关系明显疏远了许多。不过也能看得出，他的日子过得应该是挺滋润，整日容光焕发的样子。这样子让水明居看了极不舒服，但他尽量克制着这种情绪，因为他并不想嫉妒他。的确没什么好嫉妒的，找个年轻漂亮的女人对于自己难道不是一件轻而易举的事情吗？这样的女人不就是单纯的价格吗？她们的价值又有几何？他水明居所追求的永远是价值，价值。价格仅仅是他在生意场上的一种游戏，他从不需要严肃对待价格，这个时代的价格不都是泡沫吗？汹涌澎湃的泡沫掩盖了所有的价值，这是一个根本就看不见价值的时代。

此刻的薛威正叼着烟卷在一旁和周一虹兴高采烈地说着什么,而周一虹始终保持着那种礼节性的微笑,谦恭地聆听着。水明居对于周一虹的这种态度感到满意,她和他之间明显是有距离的。

一个满脸胡须的光头男子走了过来,手里握着一根鱼竿。他径直朝水明居走来。

"你是姓水吧?"那男子问道。

男子的口音让水明居听出来他是当地人,虽然只隔了一座丘陵,但他们之间的口音还是有些微差异的,只是外地人往往不大能听得出来。

"是。"水明居冲对方点点头。

"我姓丁,就住在那里。"他回头指了一下。

水明居立即明白了,眼前这位就是那家钉子户的成员。他不由得警觉起来,盯着他手中的那根鱼竿,唯恐它是一件致命的武器。

"你好,丁先生。"水明居表现出彬彬有礼的样子,并向他伸出手去。

他没打算握水明居的手,仍旧冷冷地看着他,说:"你叫我老丁就行啦。"

"好的,老丁,你找我有什么事情?"

"听说这块地现在是属于你的啦?"

"你听说的没错。"

"那我想跟你谈谈拆迁的问题。"

"好啊,你说吧。"水明居一阵窃喜,没想到对方竟主动找上门来了。他为自己的消极策略深感得意。

"我们现在同意拆迁啦,可是原来二十万的补偿款太少,必须再增加一些。"

"除了二十万,汇鑫还答应了你们什么条件?"

"在城里给我们同等面积的商品房。"

"唔,这个条件已经不低了呀。"

"别只看条件,关键是我们不想离开生活了一辈子的家,这里的地下安息着我们的祖祖辈辈。"

"社会总是要向前发展的嘛,这属于政府的统筹规划,如果都像你这么想,光知道维护自己的利益,那还怎么集体向前发展呢?"话一说完,水明居便感觉到了自己的道貌岸然。这话说得也太官方啦。

第八章

"你们的向前发展就是向金钱发展,老百姓谁不知道?你们嘴里的那个社会包括每一个老百姓吗?你们总是口口声声地说替老百姓着想,可你们知道老百姓是咋想的吗?你们尝试过听听老百姓的心声吗?"他的嗓门越来越高,把薛威和周一虹等一干人都吸引了过来。

水明居注视着他黝黑的脸膛,意识到现在的农民已经跟自己观念里的农民不太一样了。他问:"冒昧地问一下,你是什么文化程度?"

"中央党校本科。"他回答得理直气壮。

"唔,怪不得有这么高的觉悟。"

"觉悟谈不上,我们不过就是为了捍卫自己的生存权利。你以为我们都愿意到城里去呀?没有土地我们指望什么吃饭?你以为我们都愿意给你们城里人打工吗?"

"年轻人不是都愿意去城里打工吗?"

"那是年轻人,我年轻的时候也在城里干了好多年。可别忘了农村还有很多中年人和老年人,他们不喜欢城里的生活。现在不一样啦,你们城里的日子并不比俺们农村的日子过得舒服。俺们种地、养殖,搞农家乐,比你们好多城里人有钱多啦。你们到这里搞开发,明明就是抢俺们的饭碗。"

"那你们可以继续在这里干啊,我保证不会像汇鑫那样干涉你们的。"

"你看我们还能在这里继续干吗?"他的唾沫星子飞溅到水明居的脸上,水明居后退了一步,"山都快被你们给炸完啦,湖也很快就要被你们污染啦,这样的环境你还能让俺们干什么?"

薛威可能是怕两人争吵起来,上前拍了拍水明居的肩膀,示意他离开。水明居摆摆手,道:"这样吧,老丁,说说你到底想要多少补偿款?"

"不能低于这个数。"他伸出一只手掌。

"五十万?"

老丁点头。

水明居摇头:"太高啦,我接受不了。我最多给你三十万,不行就算啦。"他作出要走的样子。

"好吧,四十万,咱们都各让一步。"老丁说得斩钉截铁。

"四十万?"水明居继续摇头,"还是太高,这不可能。"他转身走开。

老丁明显沉不住气了,急忙叫住水明居:"哎——水老板,咱们再商量一下嘛。"

水明居回过头来。

"我最后报一个价,三十五万,一分也不能少啦。"老丁的尾音拐了一个湿漉漉的弯,苍凉无限。

"好吧,我再给你加两万,三十七万。"

"那就太谢谢水老板啦!"他扔掉鱼竿,拱手道谢,表情十分的庄严。

水明居看了一眼身旁的周一虹,说道:"你给他个联系方式,让他这两天就过来签合同吧。"

周一虹递给老丁一张自己的名片:"你来之前请先打个电话。"

"对啦,"水明居忽然想起了什么,"你父亲他现在……"

"他在监狱里头。"

"那你一个人说了能算数吗?"

"算数,我跟俺爸俺妈都商量过啦。"

"你是家里的老几?"

"老二。"

"你的兄弟姐妹也都同意?"

"都同意。"

"那好,咱们就这么定吧,希望合作顺利。"

快走到车子跟前时,水明居又回头看了看,丁家老二还一动不动地站在那里望着他们,心事重重的样子。

"水董太慷慨啦,三十五万已经很不少啦。"周一虹说。

"呵呵,你不知道咱们水董一贯就是菩萨心肠嘛。"薛威道。

水明居一直没说话,车子开动后,才道:"他的话打动了我,我都想给他四十万得啦。"

"你给他四十万,他还想要五十万呐,这帮刁民哪有知足的时候?"薛威说。

水明居没有吭声,心想薛威这个人最大的毛病就是缺乏同情心。也是,要不然的话,又何至于都到了这把年纪还跟田媛离婚呢?以前只觉得他是个性情稍微有些懦弱的人,看到田媛的强势,水明居还曾同情过他。现在他才认识到,懦弱的人心里其实往往也是很冷酷的。强者容易同情弱者,却不易看清他们内心的这种冷酷。

突然一阵狂风刮过,沙尘漫天,四周除了一片黄色,什么都看不见了。

第八章

周一虹只好将汽车停了下来。

车厢里弥漫着尘土的味道，水明居感觉牙齿间好像有砂粒在"咯吱"作响。

这里全都变成了建筑工地，从前是一座座绿色的丘陵，如今一律夷为了平地。还有那在山顶望去犹如一个个眸子的小小湖泊，也都消失不见了，仅剩下最大的南山湖。小时候，水明居和薛威经常在夏天翻山到这里来游泳和钓鱼。他们在所有的湖泊里都游过泳，最早的时候是在那些无名的小湖里游，后来胆大了，就开始转移到南山湖。南山的这些湖水比南淮河清澈得多，风景也比南淮河岸漂亮得多，但是因为要翻山，所以少有人来。不过，水明居和薛威以及他们的那帮同学们可从不怕翻山。在松林里打打闹闹的，冲纷纷夺路而逃的土蛇、野兔和青蛙大呼小叫着，不知不觉就来到了湖边。湖边仿佛是蜻蜓和蝴蝶的集市，伸手就能抓到一只。湖里的鱼虾也多得是，时不时地窜入半空，惊鸿一瞥似的欣赏一眼这外面的世界。

沙尘迅速聚积，严严实实地遮挡住日光，遮挡住车窗，将他们一举沉入深夜的海洋。周一虹开始剧烈地咳嗽，薛威也跟着咳嗽起来，水明居也想咳嗽，但却窒息得咳不出来。整个大地似乎也在咳嗽，嘶哑、空洞的喉音在他们的脚下阵阵回荡。水明居用尽全身的气力，终于游丝般地喊出了一声"快打开灯……"

第九章

她爱上了整容。

她深深爱上了整容。

她的生命里已经不能没有整容。

整容赋予了她崭新的人生意义，并使她从此拥有了生活的明确希冀和未来。

楚文丹感激梅艳芳，是梅艳芳为她打开了整容世界的这扇大门，带领她沿着冰山一角潜入汪洋之下，窥探到那令其叹为观止的巨大冰体。是梅艳芳解放了她，解放了她这个禁锢于家庭多年的囚徒。

楚文丹顿时就眩晕了。我的天啊！她浑身酥软，一头跌倒在这个世界的门前。我真应该早就与你相遇，免得我在那个无聊的俗世迷失这么久。她恍然记起少女时代读过的一篇鲁迅的小说《伤逝》，其中子君的一句话开始在她耳畔反复回响："我是我自己的，他们谁也没有干涉我的权利！"而楚文丹此刻想说的是：我是我自己的，我不属于老公，也不属于女儿，我是我自己的！

一把锋利无比的刀寒光闪闪，那是握在撒旦手中的刀，它主宰着这个世界。它要毁掉一切衰老和丑陋的人体，尤其是人的面部。上帝太自以为是啦，只许祂一个人永不衰老，永无过错。这样一个孤芳自赏，没有半点儿同情之心的上帝，我们干吗还要服从于祂？反啦！于是撒旦举起了这把手术刀，撒旦将通过破坏重造人类的身体，撒旦要用这把手术刀改写人类身体的历史，谱写出一曲悲壮的反抗战歌。

撒旦向楚文丹信誓旦旦地保证，你将永远像二十岁时一样年轻，你可以让时间在你的脸上从此死亡。

啊，不——诚惶诚恐的楚文丹岂敢心存如此奢望？大人呐，小女子不需要二十岁，能回到三十时的模样，小女子便已心满意足了。

第九章

也好，太年轻了其实并无必要，三十岁正是女人最富魅力的时候。不过从今往后，你倒是再也用不着考虑年龄的事情啦。

谢谢大人！大人所言甚是，甚是。

且把你三十岁时的照片拿给本官瞧瞧。

这里，请看，大人千万不要笑话小女子啊。

哦？你长得还是很好看的嘛。根本不需大动，只要拉拉皮，祛祛斑就可以啦。

谢谢大人！大人实在是高抬了小女子，小女子的相貌若是与另一个比起来，也还有不尽如人意之处啊。

哦？你说的这另一个究竟是谁呀？

这里，请看。楚文丹又递上一张相片。

哦，这不是大影星奥黛丽·赫本嘛。

正是。

她确实是很漂亮，但当年的你也很漂亮啊。

好女不提当年美，如今看来，小女子的鼻子生得的的确确不如她奥黛丽·赫本啊。说到这里，楚文丹掏出纸巾作流泪状。

女士别哭，我给你做一个她这样的鼻子就是喽，保证一模一样。

谢谢大人！楚文丹喜出望外，连连叩拜。

就这样，楚文丹成了伊尔塑形的常客。伊尔塑形的主刀医师叫欧阳伊君，是个五十多岁的男人，娘里娘气的，跟梅艳芳混得很熟。梅艳芳喜欢和他打情骂俏，动不动就掐掐他的脸或者摸摸他的屁股。楚文丹很看不下去，但这个老男人却好像挺受用，嘴里一遍遍地说着"讨厌"，又一遍遍含情脉脉地望着梅艳芳。楚文丹最受不了他那目光，看谁都是一副春波荡漾的样子。她总得躲着他的眼睛，唯恐那四溢的浪花打湿自己。

梅艳芳说："没事的，他是个同志。"

同志怎么就没事啦？楚文丹不明白。

梅艳芳说："他是个 gay。"

楚文丹还是不明白。

梅艳芳说："就是同性恋。"

楚文丹这下明白啦。但是想到同性恋，楚文丹忽然又有些害怕，在她的想法里，同性恋就是性变态，变态的家伙有什么事情干不出来？

263

梅艳芳安慰她说:"这样的同志安全,至少不会对你性骚扰。我在韩国做的时候,那个主刀是个道貌岸然的家伙,刚给我打完麻药就开始在我身上乱摸。幸亏麻药还没有来劲,我的意识还有一点儿清醒,赶紧大声呼救。要不然的话,估计我就失身啦。"

楚文丹听得目瞪口呆,而梅艳芳却一直都是笑嘻嘻的,仿佛讲的是别人的故事。

"这位同志的技术一点儿不比韩国人差,"梅艳芳强调道,"而且要价比韩国人公道得多。"

楚文丹先在他那里做了激光祛斑,接着做了面部和颈部的拉皮。效果很好,镜子前的楚文丹感觉自己确实年轻了许多。

欧阳伊君认为她的睫毛不够完美,也需要重整一下。楚文丹看了一眼梅艳芳的睫毛,当即表示同意。

武装上进口睫毛的楚文丹一下子就改变了眼部先前的贫瘠状态,盐碱地带濒临干涸的池塘摇身一变为丛林掩映的深邃湖泊。那里时刻无声诉说着风情万种,以及一个欲说还羞深藏于世外的秘密。楚文丹毫不迟疑地变成了纳喀索斯,纳喀索斯爱上了自己在水中的倒影,楚文丹爱上了自己在镜中的形象。纳喀索斯一刻也不肯离开水边,楚文丹一秒也不愿走出镜前。每分每秒,楚文丹的手头都要有一枚镜子,即便是身处梦中。

欧阳伊君说:"亲,光年轻你的脸部还不行,还要年轻你的心灵。"

"如何年轻……心灵?"楚文丹问。

"掏空你的思想,忘掉柴米油盐,亲。"

"这能做到吗?"

"少操心就是啦。你看,"欧阳伊君从白大褂的口袋里掏出一面镜子对着楚文丹,"你的眼睛现在看起来只有二十岁,可你的眼神却是四十岁女人的眼神,这合适吗?亲。"

"不合适。"

"所以嘛,亲,你要向我学习,不操心,不生气,整天只想些快乐美妙的事情。你看,"他伸出自己的一双手,"这像是一个五十四岁男人的手吗?亲。"

楚文丹微微摇了摇头:"不像。"

这双手白嫩、细腻、修长,像是摆放在展台上供人欣赏的一副象牙制品。楚文丹下意识地看了一眼自己的手，真是惭愧啊，这应该是我的手吗？如果连一个老男人的手都是那个样子的话。

手心，手背，手心，手背；展开，并拢，展开，并拢。欧阳伊君陶醉在自己这双在时间的河流之上自由奔跑跳跃的神奇之手所变幻出的种种想象情境里，一时竟忘记了楚文丹的存在。

楚文丹羡慕这双手，思维也在追随着这双手奔跑跳跃。也许是因为它常常躲在塑胶手套里的缘故吧，之前楚文丹从来没有注意过它。这样一双手触摸过好多回自己的脸部，今后，还可能会触摸自己的胸部、臀部，或者是她身体的每一个地方……楚文丹忽然让视线逃离了那双手，她不好意思再想下去了。

她看看坐在对面的欧阳伊君，欧阳伊君还在凝视自己的双手，那么专注，那么动情。这是一个多么会爱护自己的男人啊，所有的女人都应当向他学习。向欧阳伊君同志学习！

她想更近距离地观摩一下这双手，甚至是想亲手抚摸抚摸它，感受一下它的存在。她的身子在一点儿一点儿地朝前缓慢倾斜。

"亲，你知道人的哪个部位最容易衰老吗？"他突然发问，眼睛仍然紧盯着自己的那双手。

楚文丹愣了一下，道："应该是眼角吧。"

"不是，"他摇头的时候，整个身子都跟着晃动，很是妩媚。"是手。手是我们使用率最高的人体器官，最容易衰老。一个女人保养得好不好，光看脸蛋是不做数的，我只需将她的手瞧上一眼，就能让她露馅。"

楚文丹立即将自己的手握成了拳头，恨不能把它藏到家里没带来才好。

"其次是脚，只是脚一般不容易让人看到罢了。"说着，他扫了一眼她的脚。

尽管穿着半高腰的羊皮靴，楚文丹却觉得欧阳伊君的眼睛有某种透视功能，所以双脚随着他的目光慌忙向后躲闪了一下。

"亲，让我看看你的手。"

她不想给他看，却又觉得不应该不给他看。正在犹豫不决之际，他两腿一撑，将屁股下的椅子滑到她的面前，就像坐滑板一样。

"让我看看，亲。"他朝她伸出一只手。

她无法抵御那只手的魔力，本能地将左手递了过去。

他的手很大，很软，很光滑，也很凉。她的手趴在他的掌心里，显得低三下四。

　　"哎呀呀，"他连连咋舌，"一看你就没好好爱惜自己的手，亲。油渍藏满了你手上的每一条纹络。"

　　"什么油渍？"

　　"厨房里的油渍呀，你这一看就是厨娘的手，亲。"

　　"噢……"

　　"做饭最伤手啦，亲，炒菜的油渍是很难清洗干净的，时间一久，哪还有不粗糙的道理？"

　　"你难道不做饭吗？"她知道没有妻子给他做饭。

　　"我不，我的妈妈给我做。"

　　"噢，是这样啊。"

　　"下一步，我就该为你的这双手负责啦。"

　　"还能恢复吗？"

　　"相信我，亲。不过，你要答应我，好好对待它们。"

　　"嗯……"

　　"我猜，你的脚也一定没有照顾好。"

　　"……"她真担心他提出再看看自己的脚。

　　但是没有，他还在专心致志地研究着她的左手。手指在她的手上划来划去，弄得她浑身发痒。

　　他的头发乌黑，不知是否染过，他的额头和脸上不见一道皱纹，不知是否整过。如果不是他本人说自己已经五十多岁啦，她还以为他最多也就三十几岁哩。不光是他的长相，他的衣着，他的神情也都符合三十几岁的样子。他的衣着，他的神情甚至更接近二十几岁的样子。梅艳芳同他之间的打情骂俏，在她现在看来，那并不是男女之间的一种玩笑，倒更像是母子之间的一种嬉戏。的确，五十四岁的欧阳伊君依然还像一个需要在母亲面前时不时地撒一下娇的孩子。

　　此刻，她已不再惧怕与他四目相对。

　　"欧阳老师……"别人都称呼他欧阳医生，她则喜欢称呼他欧阳老师，因为觉得自己是他的学生，而非他的病人。

　　"嗯……？"他仿佛被从睡梦中叫醒。

第九章

"您的头发好黑啊。"

"哦，你是想知道我有没有焗过吧？亲。"

楚文丹笑了。

"没有，纯天然，亲。"他松开她的手，目光转移到了她的头上，"你的呢？亲。"

楚文丹摇头："没那么天然。"

"我可以给你介绍一种药物，一个疗程就能让黑发自然生长出来。"

"真的吗？"

"能是假的吗？亲。"

"嗯……"

"不过，价格可不菲，亲。"

"这个不是问题。"

"那就没有问题啦，亲，明天我就让他们把药送过来。"

"谢谢您，欧阳老师，跟您我学到了很多知识。"

"你这么说，我都不好意思啦，亲。"

他的笑声听起来总有那么一点儿神经质，但是她已经习惯了，没有了鸡皮疙瘩。

今天是星期一，除了楚文丹，一直没有人来，大厅里只有她和欧阳伊君在那里坐着。他们时而喝上一口茶，时而望望那犹如是出现在银幕里的熙攘街道。

楚文丹已成这里的常客，有事无事，几乎天天都要来这里坐上一会儿，有时甚至是一整天。一个人待在家里总有心慌的感觉，可一来到这里心就会即刻安定下来。跟欧阳伊君聊聊，跟护士聊聊，跟那些前来手术或咨询的女士们聊聊，时光很容易打发，心情也很容易舒畅。通过分享美容经验，她还在这里结识了许多新朋友。

楚文丹迷恋上了这里，这里俨然成了她的第二个家。她没把自己当成外人，遇到忙碌的时候，便义务担当起了接待或护士的角色。许多人都以为她就是伊尔塑形的一名员工，她的姣好面容也让那些慕名前来的人以为这是伊尔塑形的功绩。对此，楚文丹从不做解释。就让她们这么认为好啦，有必要去解释吗？

不过，在嫁接完睫毛之后，楚文丹一连几天都没再在伊尔塑形出现。原因是这睫毛影响了眨眼，一眨眼就要流泪。要闭眼也很困难，得用手指先将睫毛上下两边摁住。打电话询问欧阳伊君，他说适应一段时间就会好的。可是过了三天后，眼睛疼得更加厉害了，就像害了红眼病似的，而且睫毛还不时会脱落到饭碗里。楚文丹再也顾不上形象和心情了，赶紧打车来到伊尔塑形。

欧阳伊君看了看，说："亲，也许这款睫毛不适合你。"

"那怎么办？"楚文丹满眼被动的泪水。

"洗掉就是。"

"能洗掉吗？"

"我用药水，亲。"

"洗掉之后呢？"

"嫁接的方式也许不适合你，亲，干脆我给你种植吧。"

"种植的方式好吗？"

"当然啦，亲，更自然，更动人。"

"要手术吗？"

"只是一种微创性手术而已，亲。"

"那好吧。"楚文丹直接躺到了手术床上，这疼痛她一秒钟都不想再忍啦。

欧阳伊君一动不动地站在那里，端详着躺在床上的楚文丹，好像深陷在什么心事里一时难以自拔。

"怎么啦？欧阳老师。"楚文丹的声音近似呻吟。

"那好吧，亲。"

在着手处理嫁接的睫毛时，楚文丹听见欧阳尹君咕哝道："这也是要收费的，亲，价格跟嫁接一样。不过，我只收你个半价好啦。"

楚文丹在喉咙里不耐烦地"嗯嗯"两声，她不在乎价格，她只在乎疼痛。

折腾了将近三个小时，楚文丹脱胎换骨的睫毛总算完成啦。迫不及待地凑到镜前一看，楚文丹大失所望，这效果跟嫁接的睫毛比可差得远啦。此时此刻，楚文丹只想到了效果，而忘记了疼痛。

欧阳伊君安慰她道："亲，这种睫毛是能生长的，长两天就好啦。"

"两天就能长好吗？"

"差不多吧，亲，两天长不好，你就等上三天。"

楚文丹感觉这副种植的睫毛有些沉重，走到大厅去付款时，不经意地侧

第九章

头望了一眼门外，满街飘浮的都是弯弯曲曲的睫毛。

睫毛的问题解决了，但是眼睛的问题依旧没有得到解决。楚文丹只好来到医院的眼科求助。

那个中年女医生漫不经心地瞥了一眼，便下结论道："假睫毛感染，发炎啦。"

"你怎么知道？"楚文丹觉得她的结论下得过于草率和武断。

"我一看你做了睫毛就知道，你又不是第一个上这儿来的。"

楚文丹没话了，拿上她的处方，去窗口交钱换来两瓶眼药水。

廉价的眼药水很奏效，两天后眼睛就不疼也不红了。可是……眼睫毛却又再次出了问题。

种植的睫毛生长速度太快，可以说长势吓人，没几天就把她的眼睛变成了两个毛毛球，让楚文丹想起了一种哈巴狗的滑稽模样。楚文丹赶紧电询欧阳伊君。欧阳伊君说种植的睫毛本来就需要定期修剪。

"那你怎么不早说？"这声质问没等脱口便化作叹息沉没在了胸腔里。楚文丹强忍恼怒，用剪刀将睫毛小心剪去半截。

修剪后的睫毛似乎又恢复到了嫁接睫毛的那种美学效果，这让楚文丹的心情略微有一些好转。但是这种心情也仅仅维持了一天，一夜之后，睫毛又疯狂报复似的重新长了出来。再剪，再长，而且新长出的睫毛变得越来越粗，越来越硬，扎得她眼睑生疼，不堪忍受。

担心眼睛又要发炎，楚文丹戴上墨镜，匆匆来到小区门口，准备打车去找欧阳伊君。可等了二十多分钟，也没等到一辆空车，她只好返回小区去开自己的车。

一路上楚文丹使劲睁大着眼睛，尽量用转动眼球以替代眨眼，尽管这种方法十分危险，很容易看偏方向，有两次险些与后面超过来的车发生剐蹭。如果这是上下班的高峰时段，情况还真不好说。

这次看见伊尔塑形那醒目的大招牌，楚文丹没了既往的亲切感。然而一见到欧阳伊君迎上前来的笑脸，不知怎的，一腔的怨气便抛到了九霄云外。欧阳伊君平时是难得一笑的，因为怕笑出脸上的皱纹，看到他这张笑容可掬的脸，楚文丹顿时就有了受宠若惊的感觉。她仿佛看到了自己的救星，只想对他长吁一声："快救救我吧！"

那张手术床就是她的救命床，躺在上面就像牢牢抓住了汪洋中的一个救生圈。

欧阳伊君仔细观察着她的眼睛,过了好半天才很无辜地问了一句:"问题出在哪儿呢?亲。"

楚文丹睁开眼睛,同样很无辜地反问道:"欧阳老师,我怎么能知道呢?"

"哦,不用你知道,亲。"他用手指背轻轻碰了碰她的脸颊,"我会知道的,你放心吧,亲。"

听到有冰冷的器械在响,楚文丹又睁开了眼睛,担心地问道:"您要怎么做?欧阳老师。"

"只能重新做啦,亲。"

"还要动刀啊?"

"没关系的,亲,你不是已经做过了吗?有什么可怕的?要知道,美本来就是一项不厌其烦的事业,完美永无止境嘛。"

虽然还有疑问,可是楚文丹已经不想再说什么了,她愿意相信欧阳老师,她不能不相信他。他的语言有一种麻醉的功能,跟他待在一起时,她的头脑很难有自己的主意。她当然知道,自己并不是一个没有主意的女人。

第二次手术获得了成功,睫毛生长速度正常,再不用天天修剪。美中不足的是,上眼睑一直有些浮肿。欧阳伊君说过一段时间就会消去,可过了一个多月,浮肿仍然未消。欧阳伊君说再等一段时间瞧瞧。又过了一个月,浮肿还是那样。

这回,欧阳伊君说:"亲,你不觉得它使你的眼睑显得立体性感了吗?衬得你的眼睛更深情,也更忧郁啦。"

楚文丹在镜前伫立良久,反复对比从前的照片,觉得他说的不是没有道理。

欧阳伊君坐在角落里的电脑前看着什么,楚文丹凑了过去,发现屏幕上显示的是一个女人高耸的乳房。

尴尬的楚文丹正要后退,欧阳伊君叫住了她:"亲,漂亮吗?"

"啊……漂亮……"

"多么完美的乳房啊,这才是属于女神的乳房。不像球,不像包,地地道道一副玉碗的形状。真令人感动啊!我都想做女人啦。"说着,他点了几下鼠标,乳房开始变小,乳房主人的脸呈现在了屏幕上。

第九章

"是她呀？！"楚文丹惊叫道。这不是南淮电视台的头号女主播嘛。

"没错，就是她。"

"这是您给她做的？"

"我给她做的可不止这些，想见识见识这位女主播从前的样子吗？亲。"

"可以……吗？"

"不过这属于人家的隐私，绝不许外传哟，亲。"

"嗯。"

他打开另一个文件夹，里面全都是那位女主播的照片，有半身、全身，还有眼部、脸部、胸部、臀部以及腿部的裸露特写。

"她从前就是这个样子，亲。"欧阳伊君的语调里透着幸灾乐祸。

"哇——简直不敢相信，"楚文丹的心里也涌动起一阵不太厚道的快乐，"这完全就不是一个人。"照片上的这个人和当年的梅艳芳属于一个级别，但变形后的美艳效果却比梅艳芳还要惊人。或许是后来的技术更加成熟了吧。

楚文丹马上有了踏实的感觉，心想，我再也不用羡慕她啦，以前每次在电视里遇到她都会有的那种失落感也不会再有啦。天呐，我还以为她生来就这么漂亮呐。年轻时的楚文丹一直认为自己是南淮市的第一朵花，后来在电视里发现了她，才觉得遭遇了强劲的对手。若不是因为她们之间的年龄有着不小的差距，这种对手感带给她的痛苦想必会更加的强烈。

欧阳伊君又打开了一张她的侧身全裸像，披散的长发有意遮挡着脸和乳房。他说："你看，亲，她的身材原本还是相当不错的。如果没有这个做底子的话，整体效果出来得也不可能有这么好。梅艳芳就吃在身材上的亏啦，可惜目前还没有办法攻克这个难题。"他回头将楚文丹从头到脚扫了一眼，若有所思地点点头。

楚文丹明白他的意思，她庆幸并骄傲着自己的身材。论身材，自己的应该更胜一筹。她不过1米66，而自己则有1米69。此外，她的小腿明显是粗壮了些，影响了整个腿部的修长感。

"多亏了您，要不她也不会有今天吧？"楚文丹说。

"是啊，亲，想想看，她是从我这儿走出去后才被电视台选中的，当时的她还在饭店里端盘子呐。"

"那她一定很感激您。"

"你错啦，亲，她现在都不认识我啦。有一次我去电视台联系广告，正好撞见了她。我喊她原来的名字，她原来的名字叫李兰花，不叫李西西，可她竟愣愣地看着我，说我认错人啦，说她不叫李兰花，她叫李西西。我说我是伊尔塑形的，她又问我伊尔塑形是什么东西？唉，你说说，亲，这些个人怎么这么容易就能做到忘恩负义呢？"

"也可以理解吧，人家毕竟成了名人，名人都怕知根知底的人啊。"

"唉，说来说去就那两个字：势利！"

"又有几个人不是势利的呢？"

"我看你就不势利，亲。"

"呵呵……"楚文丹笑了一下，但随即又自觉止住，并用手指将两边的眼角摁拄，唯恐那里会有皱纹随着笑声冒出来。

"你也想拥有一双她这样的乳房吗？亲。"

"……嗯……"她回答得很是暧昧。

"跟我来，亲。"

楚文丹跟着他来到了手术间。

欧阳伊君在一把转椅上坐定，望着她，说："我来看看，亲。"

"看什么？欧阳老师。"

"你说看什么？亲。"

楚文丹很犹豫很迷茫，要不要给他看呢？

"在医生面前你有什么可难为情的？亲，我看得多啦。"

说的也是，不看还想做吗？也许是自己想多了吧。楚文丹说服自己打消顾虑，尽量自然地解开上衣，卸下文胸，让乳房矜持地裸露出来。

她看了一眼坐在对面的这个男人，目光随即逃开。

"形状不错，乳晕的颜色也很鲜艳……"他的声调微微有些颤抖，"就是还需要再高傲一些，再女神一些……"他伸手托起她的乳房，神情肃穆，眼睛里闪射出一道兴奋而又痛苦的光芒。

楚文丹正在想，这不过就是一个医生的例行性动作，然而这个念头尚未结束，对方便突然又有了进一步的非例行性动作，就见他一口将自己的右乳含进了嘴里。

"欧阳老师，你怎么……"她慌忙推开他的脸，背过身去，匆匆穿好衣服。

屋里的气氛霎时凝结起来，好像没有了任何声息。意识恍惚的楚文丹傻

第九章

傻地站在那里，不知该何去何从。

等她清醒过来，正要朝门口走去的时候，他突然说话了："原谅我，亲，我不是对谁都这样的。相信我……"

"我听说……你不是不喜欢女人吗？"

"我喜欢女人，也喜欢男人。"

"你……怎么会这样？"

"嗯，我就是这样。不过，我喜欢男人要多一些。对于女人，我会更挑剔一些。"

"我不明白。"

"你是万里挑一的女人，我拒绝不了对你的喜欢，亲。"

她一直没有回头，感觉他是面朝窗外站着的。她在判断他的理由到底有多大程度是可信的，但不管怎样，她没能从他的语气里听出任何虚情假意的成分来，这让她刚才受到侵犯的那种不快情绪随之得以释然。但她又并不想彻底释然，因为这样可能会使自己表现得过于轻率了。所以，她决定不再多说什么，就此离开。

就在她扭动门把手的那一刻，他又开口了："你不会再也不理我了吧？"

她感觉到他转过了身，他的声音里充满绝望。她想说"不会"，可嘴唇只是蠕动了一下，便毅然推门走了出去。

在楚文丹离开伊尔塑形后的这段时间里，平均每隔三分钟她就会收到欧阳伊君的一条短信，每条短信不是乞求她的宽恕，就是表达对她的仰慕。楚文丹并不急于回复，她需要好好想想。

听着手机不时传出的单调提示音，她抓起家中座机的话筒，拨通了梅艳芳的手机。

寒暄几句过后，楚文丹开始小心翼翼地将话题向欧阳伊君身上转移："……你觉得欧阳老师这个人怎么样……？"

"挺好……怎么啦？"

"他是你说的那种人吗？"

"哪种人呀？"

"同……"她拿不准应该说同志还是同性恋。

"噢，你是说同性恋啊。对呀，他就是的。"

"他从不碰女人吗？"

273

"应该是吧，你问这个干什么？"

"哦……我也觉得他人挺好的，想给他介绍一个女朋友。"

"千万别，你那不害了人家？"

"嗯，说的也是。"

"他想找女朋友早找啦，还用等到现在？追他的女人有的是。"

"是吗？！你是不是也追过他呀？"楚文丹故意开了个玩笑。

"我？我才看不上他那娘娘腔呐。不过，这个男人的脾气倒是没话说，很温和，也挺会体贴人的。"

楚文丹算是放了点儿心，也许他真就不是个对女人随随便便的人，也许他真的就是喜欢上了自己。楚文丹有点儿得意，不过想到他终究是个同性恋，心里还是挺不舒服的。她可以原谅他，但希望以后他不要再有这样的举动了。

楚文丹从沙发上捡起手机，已经有十六条欧阳伊君发来的未读短信。她耐心看完了这十六条短信，然后回复了一条：但愿你是一时冲动，下不为例。

欧阳伊君对楚文丹的原谅感恩戴德，继续啰嗦了一番后，问她什么时候开始做鼻子。楚文丹回复了"等等"两个字，欧阳伊君便又轰炸似的连续发过来好几条短信。这样的纠缠看不到尽头，楚文丹索性关了机。

楚文丹有意无意地低头看了一眼胸前，立刻觉得右乳隐隐发胀。她用手揉了揉，走进卫生间，打算洗个澡。

脱光上衣，她好好打量了一番镜中的自己。这张脸令她满意，二十岁时的脸也未必就比此时更加动人。想想重整后的奥黛丽·赫本那样的鼻子，这张脸的前景让她陶醉不已。视点聚焦到了胸前，被他含过的那个乳头似乎有点儿发红，再看看左乳，好像也是同样的红。这对乳房马上就将变成李西西的那对乳房，不，一定要比她的乳房还要高贵，还要诱人。想到这里，楚文丹的胸脯开始挺得不可一世。

接连三天楚文丹都没有出过家门，又开始用网购打发无聊的时光。到了第五天下午，她实在忍不住了，决定去伊尔塑形处理自己的鼻子。奥黛丽·赫本的鼻子不能再等待了。

楚文丹的突然出现让欧阳伊君既发窘又兴奋，他手忙脚乱地招呼着她，完全忘了刚做过一个棘手手术后的一身疲倦。

在大厅里的沙发上坐下后，楚文丹矜持地说道："我想……"

第九章

"嗯,"欧阳伊君点点头,"先到我办公室来。"

楚文丹大大方方地跟在欧阳伊君的身后。

欧阳伊君打开电脑,点动鼠标,奥黛丽·赫本的三维头像跳了出来。他叫楚文丹在身旁的凳子上坐下,楚文丹不坐,他也站了起来。

"你看,亲,"他用鼠标三百六十度旋转着奥黛丽·赫本的头像,"据我观察,你的头型跟她的头型比较接近,头部与身体的比例也非常接近,换成她的鼻子不存在什么问题。但是……"

见他不再往下说,她只好问道:"但是什么?"

"但是,亲,你认为她的鼻子完美无缺吗?"

她仔细研究了一下眼前的这个鼻子,摇摇头,道:"我没看出它有什么不好看的地方。"

将头像旋转了九十度,欧阳伊君用鼠标指示着鼻子的侧翼,说:"亲,你不觉得从这个角度看,她的鼻子有点儿问题吗?"

"我看不出有什么问题。"

"亲,一个漂亮的鼻子应该是这样的:水平从正面看去,要不露鼻孔;同样,从侧面看,也不能露出鼻孔。"他又向她展示了一下奥黛丽·赫本鼻子的正面和侧面。

楚文丹明白了:"你是说从侧面看,能看见她的鼻孔。"

"你真聪明,亲。"他侧过身,目光躲躲闪闪地看了她一眼,道,"其实,赫本的鼻尖也不够好看,你不觉得它勾得有点儿厉害了吗?"他用签字笔在赫本的鼻尖处比划着。

楚文丹仔细看看,不停点头。

"放心吧,亲,我保证能给你一个完美无缺的鼻子。"

"谢谢。"

"那咱们现在就开始吧。"

她没有吭声,跟着他走出办公室。想到能有一个比奥黛丽·赫本的鼻子还要无懈可击的鼻子,楚文丹心花怒放,同时又对眼前的这个男人多出了几分感激。

趁护士出去取东西的时候,欧阳伊君望着躺在手术台上的楚文丹,悄声问道:"你真的原谅我了吗?亲。"

"现在我不想谈这个。"楚文丹冷冷地说,右乳忽然又是一阵发热。

她闭着眼睛，满脑子里都是他的目光，那混合着欲望和忧伤的目光。

等她睁开眼来，首先想到的不是急于欣赏那脱胎换骨的鼻子，堵塞的鼻道阻断了通往惊奇和喜悦的思路。

她怯怯地摸了一下鼻子，鼻子上包着纱布，鼻孔也被纱布堵住了大半。

"亲，这期间一定要保护好你的鼻子，千万不能磕碰到它。"

"我有点儿喘不过气来。"她带着很重的鼻音。

"过几天就会好的，亲。"

"什么时候拆线？"

"一周后。"

这一周我就得改用嘴巴呼吸了，她想。

欧阳伊君给了她一个粉色的时髦口罩戴上，这颜色让她想起女儿小时候爱玩的芭比娃娃。

"我送你回家，亲。"欧阳伊君说。

"不用。"

欧阳伊君脱下白大褂扔给护士，拿上楚文丹的皮包，随她朝大厅走去。

外面已经黑了下来，欧阳伊君将皮包递给楚文丹，楚文丹掏出里面的车钥匙，摁开车门。

"我自己能行。"她说。

"还是我送你吧，亲。"他拿过她手里的钥匙。

她不再坚持，主动坐到了副驾驶位上。

"系好安全带，亲。"

他的确是个会关心女人的男人，温柔得胜过好多女人。女人只有到了一定年纪，才能懂得什么是好男人。相处久了，她都已经不再在意他的娘娘腔。不过，想到他的同性恋倾向，她还是有些困惑。

从车里出来，欧阳伊君把钥匙还给楚文丹。

"那你怎么回去呀？"楚文丹问道。

"打车。"

"要不你开我的车回去吧。"

"不需要的。"

走出电梯，楚文丹犹豫着说道："去我家里坐坐吧……？"

"不啦，我妈还在家里等着我呐。"

第九章

欧阳伊君仿佛换了一个人,言行举止忽然变得十分的严肃。走到一条岔路口,两人分了手。

转身走去,前面就已看见自家的窗户,黑乎乎的,水明居显然还没有回来。自从她开始请小时工来家里做一日三餐之后,水明居便又很少回来吃饭了,于是她不得不将一日三餐改成一日两餐,晚上那顿就免了,随便用杯牛奶或剩饭便对付了。

走进家门,楚文丹先在镜子前好好观察了一下被纱布和胶带粘贴得狼藉一片的鼻子。看不出什么名堂,最明显的感觉就是鼻梁突出了一些,整个面部更加立体化了。

楚文丹人生巅峰的感觉在进一步增强,人到中年收获了前所未有的骄傲和自信。她不仅在成熟,重要的是这成熟还不是以丧失青春为代价的。她成熟着,同时又年轻着。多么完美的人生啊,她坚信中年才是一个女人一生中最美好的时段。

张着嘴巴入睡还是不太习惯,快要睡着的时候,嘴巴总会自动合上,然后很快将她憋醒。如此反复折腾了多次,总算深度睡去,有了做梦的意思。但是梦刚刚开了个头,还不清楚要往哪里发展,她就被丈夫晃醒。醒来的那一刻,她意识到了自己刚才在打鼾。

楚文丹调整了一下呼吸的频率,又想调整一下睡姿,但考虑到自己的鼻子,她只能作罢。夜一定很深了,所以楚文丹觉得很困。很快,她又接着睡着了。没睡两分钟,水明居又一次把她晃醒。

"你今天怎么老打呼噜啊?"水明居抱怨道。

楚文丹也有点儿恼火,想说你没看到我的鼻子有状况啊?但她还是忍住了。

水明居抓上枕头睡到了床尾。楚文丹没有把握不继续打呼,干脆躲到女儿的房间去睡了。

虽说没有丈夫的干扰,楚文丹后来也还是醒了好几次,几次都是因为呼吸不畅而引起的。

吃早饭的时候,水明居注意到了楚文丹的鼻子,问:"你这是怎么啦?"

"一个小手术。"

"手术?"

"没什么,快吃饭吧。"她不想告诉他实情,因为知道他不会支持自己整容。

水明居也没再多问，他向来不喜欢对妻子刨根问底。

水明居走后，感到大脑依然有些昏沉的楚文丹又回到床上休息去了，剩下的都交给了小时工。

听到小时工在忙碌，楚文丹后悔自己觉悟得太晚，没早几年就请小时工。一直愚蠢地认为所有家务都应该是自己这种全职太太分内的事情，不好意思花钱找小时工来做，那样的话好像就是对在外挣钱的丈夫有失公平。他在外面辛苦，我又怎么能在家里好逸恶劳呢？如今想来，他真有那么辛苦吗？再说啦，花在小时工身上的这点儿钱不过九牛一毛，值得她如此斤斤计较吗？傻呀，真傻，都怪自己太没有经济头脑。

渴盼已久的一周后终于来临，楚文丹总算实实在在地见到了她重生后的鼻子。满意，非常的满意。中国人相貌上天生最宿命的这个严重不足今天总算得以弥补，她的五官已变得无可挑剔。即便此刻就站在偶像奥黛丽·赫本的面前，她也毫不畏惧。如果不是呼吸仍有障碍，楚文丹就要被自己的这个新鼻子感动得涕泗交流了。

"欧阳老师，我的鼻子怎么还是不通气呢？"她又叫起了他老师。

"来，我给你检查一下。"他的心情和她一样的喜悦。

"没有问题呀，一切正常，手术很成功。"欧阳伊君没发现哪里有不对劲的地方。他叫来另一位同事，这位同事检查了半天，也看不出有什么问题。

也许是术后的正常反应，过一段时间说不定就没事啦。楚文丹也开始像欧阳老师这样思考了。

过了一个月，楚文丹的新鼻子还是不能正常呼吸。这时，新鼻子带给她的那种成就感已被失眠、头痛和心慌搅和得支离破碎。她都有些讨厌这个新鼻子啦，再也不像开始时那样，想起来就要随手揽镜好好端详一番。

欧阳伊君说："亲，要不我陪你去五官科医院看看吧。"

楚文丹迟疑了一下，还是答应了。

欧阳伊君驱车来到小区门口，接上楚文丹直奔市五官科医院。

一个个窗口，一个个诊室，全是欧阳伊君一个人在殷勤地跑来跑去。

拍片诊断得出的结论是鼻窦炎。楚文丹想当然地以为自己原来就有这个毛病，只是自己一直不知道而已。

欧阳伊君自责道："对不起，亲，在给你手术之前真该建议你来医院做个

第九章

全面检查的。"

楚文丹摇摇头,她并不认为欧阳伊君有什么过错。

费用是他垫付的,楚文丹要给他钱,他却说啥都不肯。他为她破费,又为她耽误半天的时间,楚文丹很有些过意不去。但就在他为她拉开车门,并在她后背上亲昵地扶了一把时,楚文丹顿然感觉某种默契正在两个人之间微妙达成。这种突兀的感觉在瞬间便化解了她心里的那种不安。她有了久违的被人关心的幸福感,她喜欢并且依赖这样的感觉。

欧阳伊君一直将楚文丹送到家门口,她请他进屋,他说还有一个手术在等着他,他得赶紧回去。两人之间的对话开始变得轻柔而简短,无疑都是那默契使然。

在用药物治疗鼻窦炎的这段日子里,楚文丹没有再登伊尔塑形的大门,一是害怕别人看出什么风吹草动,二是担心两人的默契会加速升级。对于默契的升级,她不敢想象,也不愿意想象。就保持现状吧,挺好的。

欧阳伊君偶尔会发来一封问候短信,这让她倍觉温暖,温暖得心满意足。即便呼吸的症状丝毫没有减轻,她仍然硬是生生挺过了半个月,直到胸部也开始疼痛,叫她再也无法入睡。

她开始憎恨奥黛丽·赫本的这个鼻子啦,恨得想将它连根拔去。与此同时,她也有点儿恨那个医生啦,药水都滴完了,鼻子却未见任何的好转。

心怀不满的楚文丹再次找到那个医生。医生为她重新检查了一番后,说:"你的鼻窦炎症状已经消失啦。"

"什么意思?"

"就是说痊愈啦。"

楚文丹还是没明白医生的话,呼吸不畅和睡眠不足导致她的大脑严重缺氧,思维运转起来相当的困难。

医生看着她,嘴角的笑意充满嘲讽。楚文丹真想借用某个拳击手的拳头狠狠给他的脸一下子。

"解铃还需系铃人。"他突然又冒出这么一句。

楚文丹更加迷糊了,这该死的混蛋说的是什么呀?他真该死!

"你应该去找你的整形医生。"他接着补充道。

楚文丹瞪了他一眼,扭头就走。

她也只能去找欧阳伊君了。迎面相遇的人无不在用目光向她的美丽表示艳羡和赞叹，可惜她已无心享受这份骄傲和自豪了。

欧阳伊君和两位同事对楚文丹的鼻子进行了会诊，诊断结果使得欧阳伊君不得不承认是手术过程中的哪个环节或者是替代材料出了问题。但是，谁也没有胆量马上再对她的鼻子进行二次手术。最后，大家得出的一致意见是，让楚文丹去找欧阳伊君在首尔的老师朴正焕。

楚文丹沉默良久，也只能同意。就算是白跑一趟，又有什么别的办法呢？

说去就去，楚文丹一刻也不想等。梅艳芳去过韩国，她立即打去电话向她咨询。

梅艳芳一听说楚文丹要去韩国，当即表示愿意陪同。感动万分的楚文丹正想说"你真够朋友时"，却听对方道："我对伊尔给我弄的这个下巴越来越不满意啦，正想着什么时候去韩国重整一下，也顺便买点儿化妆品和衣服。"

梅艳芳的意外加入令楚文丹对这趟远行不再发怵，仅剩下了期待。两个人简单商议一番后，决定第二天就动身。

第二天下午，一个中年男人载着梅艳芳前来接楚文丹去机场。楚文丹以为这是梅艳芳的丈夫，正要开口问好，梅艳芳抢先介绍道："这是我们学校的司机温师傅。"

楚文丹说了声"辛苦您啦"，随即想到水明居从来就没用单位的车和司机接送过自己。

在车里，梅艳芳对楚文丹的鼻子先是表示了一通夸赞，继而便询问起内部问题的细节来。

"看来欧阳那家伙的水平还是有限。"梅艳芳总结道。

"也不全是他的责任。"

"那回来也得找他，叫他弥补你的损失，还有精神损失。"

楚文丹微微摇头，眼睛转向窗外，她不想怪罪任何人。

登机的时候突然下起了小雨，降落上海转机的时候，天也是在下着小雨，等到傍晚抵达首尔机场的时候，同样还是细雨霏霏。楚文丹感觉自己好像就没有离开过南淮市的天空，尤其是首尔的人群和车流更没有给她留下什么异国他乡的印象。

朴正焕不是他想象中的一位老者，甚至连中年人都不是，最多也就二十八九岁的样子，长得跟韩剧里的大多数男主角都差不多。他在欧阳伊君事先约好的时间里接待了楚文丹和梅艳芳。

朴正焕也能说几句简单的中文，但大多时候都要靠他的一个女助手帮助翻译。楚文丹从这个女助手的流利汉语和举手投足判断出她应该就是中国人，而且，她还惊讶地发现，前来这里咨询和手术的有一半以上都是中国女性，几乎每个年龄层次的都有，其中最小的一个是由母亲领着的小学生。

可能是朴正焕已从欧阳伊君那里了解到了楚文丹的情况，他没有再多问她什么，只是夸了夸她的美貌和他的学生所做的手术。

看得出，朴正焕先生很忙，谈话开始不到五分钟，就有六个人来找他，每个人都是火急火燎的样子，而他则始终是温文尔雅，彬彬有礼地应对着。

梅艳芳对楚文丹耳语道："我犯花痴啦，对这样的花样美男我没有免疫力。"

楚文丹嘁了下嘴，没有表示意见，心里却不以为然。她从来就没觉得有哪个韩国男人长得是好看的，所谓的花样美男简直就是无稽之谈。跟她当年心目中的偶像阿兰·德龙和费翔相比，他们不过就是些不男不女的小瘪三，都属于纸糊的劣质货。因为觉得韩剧的流行让中国人的审美观出了毛病，所以楚文丹后来便开始拒斥韩剧了。

朴正焕将楚文丹的手术安排在第三天，梅艳芳的手术被推到了下周一，同楚文丹的手术相隔有五天。

助手耐心地解释道："朴医生的日程已经排得满满的，如果不是因为欧阳伊君的关系，你们的手术最快也得在半个月后才能进行。考虑到这位女士的情况比较痛苦，"她朝楚文丹做了个手势，"所以我们已经最大限度地为她往前安插了。至于您，"她又冲着梅艳芳做了个手势，"我们也只能提前到下周一这个时间啦，希望您能谅解。"

梅艳芳瞅了一眼楚文丹，耸耸肩膀，问道："你没什么问题吧？"

"没什么问题。"

"那我也没什么问题，谢谢！"梅艳芳冲助手和朴正焕说道，临走还含情脉脉地同朴正焕握了握手。

梅艳芳带着楚文丹开始在首尔大街小巷里的商店尽情逛游，见啥买啥，不一会儿就多得拿不下了，直到楚文丹也帮她拿不了了，她才悻悻罢手，准备打车返回住地。如果不买东西，梅艳芳就没了逛店的兴致。

"你怎么啥也不买？"梅艳芳问。

"我再买还怎么拿呀？"

"你买我就少买点儿呗。"

"……"楚文丹此刻只想赶紧治好自己的鼻子，别的什么心思都没有。

"难得来一趟，所以我带了两个箱子。"

一辆出租车在她们面前停下。

第二天吃完早饭，梅艳芳要带楚文丹去几个有名的皇宫看看，楚文丹摇摇昏沉的头颅，想回房间再睡上一觉。

"那我就一个人去商业街啦。"梅艳芳说。

两人分道扬镳。

回到房间里躺下的楚文丹并没有踏踏实实地睡着，头部和胸部时断时续的疼痛使她一直处于似乎是半昏迷的状态。这样的状态也好，免得她在清醒的时候老爱胡思乱想。她住的是八楼，一想到这个高度，她便会萌生出纵身跳下的冲动。用最后一刻那或许是更为剧烈的疼痛来击碎这头部和胸部的疼痛吧，叫它们偃旗息鼓；叫它们销声匿迹；叫它们就此滚出她的身体！这个想法对于她确实很有诱惑力，令坠落有了飞翔的快感。

楚文丹等着梅艳芳回来一起吃午饭，等到下午五点多她才肩背手拎地满载而归。饿得已经有些发虚的楚文丹顾不上梅艳芳要她欣赏的那些"战利品"，拽上她直奔餐厅而去。

饱饱吃完一顿的楚文丹想出去散散步，已经在屋里闷了一整天啦。可梅艳芳说自己的脚脖子都快累断啦，要赶紧回去好好休息。于是，两人只好又暂时分道扬镳。

楚文丹在暮色中沿着街道信步向前走着，她不敢拐弯，唯恐迷了路；自己眼下的大脑不太灵光，而且一句韩语也都不会说。

天彻底黑下来的时候，楚文丹开始折返。这时，迎面走来一个男子对她说了句什么，楚文丹听不懂，警觉地瞪着他摇摇头，道："对不起，我不是……"

那人马上极其客气地对楚文丹点了点头，并在说了一句韩语之后，又用生硬的中文说了句"谢谢"，小跑着继续赶路。

他刚才可能是在问路吧，楚文丹想，我是不是也该学几句韩语的"谢谢""你好"和"对不起""不客气"之类呢？

打开房门，楚文丹跟梅艳芳打了个招呼，没有回应。走到里面，她发现

第九章

梅艳芳已经四仰八叉地躺在床上睡着了。楚文丹给她盖好被子，关掉电视机，轻手轻脚地去了卫生间。

其实，自己根本用不着轻手轻脚的，梅艳芳说她睡着就跟死了一样，再大的动静也很难吵醒她。本来，她还非常担心自己夜里的呼噜声会影响到她。看来，人和人真是不一样，她和水明居的睡功就很差，有点儿动静就会醒来。特别是水明居，一旦醒来，半天再也睡不着。

天亮了，痛苦就该结束了。楚文丹把所有的希望都寄托在了朴正焕身上，期待着见证他妙手回春的时刻。如果他做得好，干脆就把自己的乳房也交给他算啦，楚文丹这样想到。

但是，朴正焕并没有楚文丹以为的那么万能。二次手术只是解决了其中一个鼻孔的问题，另一个鼻孔的不畅程度反而变得更加严重了，而且睡着时的呼噜声继续一如既往。

焦急万分的楚文丹在次日一早就一个人跑到医院门口等着朴正焕了，半个小时后，朴正焕才驱车姗姗来迟。

那个女助手不知什么原因今天没来上班，楚文丹只能用手比划着向朴正焕演示自己鼻子遗留下的问题。

朴正焕时而做沉思状，时而做无辜状，不停地摇着头，用中文重复着说："好……好……好……"

楚文丹不明白他嘴里的"好"到底是啥意思，也不见他有任何进一步的行动。两人就这么各说各话地交流了十几分钟，好像彼此都在等待着对方来做出什么决定。最后，还是朴正焕沉不住气了，他瞥了一眼手表，伸出右手的食指和中指，说道："过……两天……好……"随即换上白大褂，准备开始工作了。

楚文丹只好暂先知趣地离开，心里一直在琢磨着这"过……两天……好……"的确切意思。是过两天就会好呢？还是过两天再说？是不是还有别的什么意思？

离梅艳芳的手术日还有好几天，她提议趁这个时间去济州岛玩一趟，也想借此帮楚文丹散散心。她发现楚文丹最近的情绪不大对劲，突然变得有些沉默寡言了。

变得沉默寡言的楚文丹同时也变得相当固执了，任梅艳芳怎么劝说，就是哪儿也不想去。无奈的梅艳芳闭了嘴，决定等自己做完手术再说，那时候楚文丹的鼻子正好也可以拆线了。

两天后，梅艳芳陪同楚文丹去找朴正焕。这回助手在，沟通容易多了。可朴正焕只露了下脸便消失得无影无踪，仅留下助手解答楚文丹的疑惑。

"朴医生说你的手术只能做到这种程度了，如果还有问题，你也只能再去相关医院进行治疗。他已经帮不了你了。"助手解释道。

"问题到底出在哪里呢？"梅艳芳问。

"朴医生说没有发现上次手术有什么失误的地方。也许是这位女士的体质比较特殊，不适应做这样的手术吧。当然，这只是我个人的猜想。"她歉然一笑，"像这样的例子不是没有，但确实罕见。很不幸，对不起。"

楚文丹一直没有说话，心里却在一句接一句地反问着："这么说，我就该自认倒霉喽？这么说，我就该自认倒霉喽？这么说，我就该自认倒霉喽？……"

回宾馆的路上，半天不语的楚文丹蓦地问道："这下半辈子我就只能用一个鼻孔喘气了吗？"

梅艳芳安慰她道："回去到网上查查，肯定有医院能治得了的。"

又是一阵沉默，过后楚文丹忽然自言自语道："手术费那么贵！"

梅艳芳不解地看了她一眼，这不像是从楚文丹口中说出的话，嫌贵应该不是她的风格。但她还是安慰了一句："回去找欧阳那家伙给你报，还有这一路的花销。"

楚文丹茫然地望着前方，不再说什么。

终于在无聊中盼到了梅艳芳手术和楚文丹拆线的日子。梅艳芳的手术非常顺利，楚文丹的拆线却令她恼火。鼻翼两侧凹出了两个约一厘米长的疤痕，像是两道深深的皱纹。楚文丹当场就流下了眼泪，我这奥黛丽·赫本的鼻子啊。泪水无所顾忌地沿着那两道疤痕滴落到楚文丹的嘴角。

朴正焕通过助手宽慰楚文丹说："不用担心，这个用激光完全可以修复。"

朴正焕从柜子里翻出几张照片给楚文丹看，都是些激光修复皮肤疤痕的前后对比照，也有鼻部的，效果看不出任何破绽。楚文丹只能半信半疑地接受这个现实，她已经没有勇气再全盘相信这些医生的承诺了。

朴正焕又通过助手对楚文丹说："我愿意为你做这个手术，欢迎你再来，费用可以考虑优惠。"

楚文丹没有表态，她不知道自己还会不会再来。

第九章

迷迷糊糊走出医院，来到马路上，正午的刺眼阳光使楚文丹恍然意识到梅艳芳还在里面。她便又转身回到了医院。

在一楼大厅等了近一个小时，梅艳芳才由一个护士搀扶着走下楼来。麻醉的药力尚未彻底消除，梅艳芳走起路来还摇摇晃晃的。楚文丹上前从护士手中接过梅艳芳，扶她在椅子上坐下。

楚文丹说："我想回去。"

"等一会儿，我很快就好。"

"我是说回南淮。"

"啊？可我还得等着拆线呀。"

楚文丹没有吭声，她戴着口罩，不想让对方看见那两道疤痕。

"你真不想去济州岛啊？啥也没买，哪儿也没玩，那你这趟韩国岂不来亏啦？"

楚文丹还是不吭声，她在想，我是不是可以一个人回去？这样子是不是不太好？她会怎么看我呢？

梅艳芳坚持要在拆线之前去一趟济州岛，如果楚文丹不去，她就自己去。楚文丹的忍耐终于到了极限，冲动地撂出一句："那我明天就一个人先回国啦。"

梅艳芳想了想，道："看样子也只能这么定啦。"似乎，她觉得这样并没有什么不好。

楚文丹自然也就可以放心离去。

于是，在同一时刻，楚文丹登上飞往上海的航班，梅艳芳踏上驶向济州岛的游轮。

说起来，楚文丹鼻翼两侧的疤痕并不算明显，起码要在半米以内的距离才有可能看得清，是她自己在镜子前的无比关注加深了那两道疤痕。并且，她的目光还在逐日往深里雕刻着那两道印迹。

现在，只要一出门，楚文丹必戴口罩。不过，回到家后的楚文丹已经极少出门了。但即便如此，只要有水明居或是小时工在家，她也仍旧要戴上口罩的。呼吸本来就不够舒畅，蒙上两层纱布便更觉发闷了。可是，美高于一切。

水明居问："你干吗老戴着口罩？"

楚文丹不答。

水明居又问："你干吗老戴着口罩？"

楚文丹还是不答。

自觉无趣的水明居一边摆弄他那些同样沉默的石头去了。最近，楚文丹的话变得越来越少，这让家里安静了许多。水明居满意这样的安静，他也不想说话，他这一天在外面说的话已经够多的啦。

水明居不知道，楚文丹的不说话只是表面的，她的心里实际上时时刻刻都在说着话，自己跟自己说着话。只要是醒着的时候，她就在自己跟自己说着话。她提醒自己要小心欧阳伊君，小心梅艳芳。欧阳伊君是个流氓，骗了她好多钱，还老想占她的便宜。梅艳芳虽然表现得对她很亲近，其实内心一直都在恶毒地嫉妒着她。她和欧阳伊君是同谋，企图借助整形手术毁掉她的美貌，也毁掉她的健康。她不再接听他俩的电话，也不再回复他俩的短信，干脆将他俩的号码列入了黑名单。

一想到在欧阳伊君那里花了那么多钱，还被他叼了乳房，楚文丹就愧疚得很，觉得对不住丈夫水明居。这辈子没做过对不起他的事，她对于他没有任何秘密可言。到如今她才有所体会，这种秘密竟是那么的重，而且会一天比一天地重，压得她都快要承受不住了。她真想索性向水明居交出这个秘密得啦，赎回自己一身的轻松。但几次面对丈夫，她都只能做到欲说无话。

就这样，楚文丹整天琢磨着如何处理掉这个秘密。后来，她想起了一部电影。电影里的那个主人公也有一个无法向人诉说的秘密，那秘密折磨得他痛苦不堪。最终，他找到了一个树洞，对着那个树洞讲出了自己的秘密，然后用泥土将树洞封死，把秘密永远留在了那里。她也想这样摆脱掉自己的秘密。

她看看自家后院的那两棵树，一棵樱桃树和一棵石榴树，可惜两棵树都没有树洞，就算一个丁点儿大的洞孔也没有。楚文丹决定出门，开车来到南山。南山脚下有一片楝树林，她仔细查遍其中的每一棵树，一个树洞也没有发现。她仍不死心，继续到别处的树林里去寻找，直到天黑得什么都看不清楚了，她还在拼命地寻找……

小时工一早上门来做早餐，发现昨天中午的饭菜原封未动。她有些奇怪，就想去问问女主人，女主人却不在卧室。这时候男主人正好起床了，她便问道："楚姐呢？"

"她在睡觉吧。"

"她没在卧室，好像不在家里，我昨天中午就没看见她。"

第九章

水明居也感到奇怪,走进女儿房间扫了一眼,床上铺得整整齐齐,不像刚刚整理过的。他回想昨晚自己十点钟回到家的时候,的确没有见到楚文丹,还以为她是睡下啦。自从她的呼噜开始吵人以后,他们便正式分床睡了。

水明居拨通楚文丹的手机,她却迟迟不接。水明居又摁了重拨键,这回她接了。

水明居问她在哪里,楚文丹吞吞吐吐地说在南山,声音细若游丝。水明居问她去那儿干嘛,她却不说话啦。水明居问她在南山的什么位置,她还是不说话,只能听见她在哆哆嗦嗦地喘息。水明居觉得她实在有些反常,心中顿生不祥之兆,顾不上洗漱,立即冲出家门,驱车朝南山方向赶去。

小区正门前的那条马路严重堵车,可能是出了交通事故,俨然变成了停车场。水明居便从辅路逆行绕到小区后门,选择一条背道而驰的小路,曲线开往南山。

他沿着南山脚下的公路一直东驶,开了大约五公里左右,便发现了楚文丹那辆停在路旁的白色奔驰。他来到跟前下车,楚文丹的车门虚掩着,人却不在里面。水明居的心跳骤然加速,第一个念头就是报警。

他环顾一下周边的环境,看见了不远处的那片楝树林。他掏出手机,忽然又改变主意,拨通了楚文丹的手机。

楚文丹不接,但他却好像隐约听见了那熟悉的彩铃声。那是楚文丹今年新换的独一无二的彩铃,是一首1970年代末的国产电影插曲:

我曾悄悄地告诉母亲
梦里也在把他找寻
我的心,我的青春
属于一颗水晶心
啦啦啦啦啦啦——
啦啦啦啦啦啦——
我的生命,我的青春
属于一颗水晶心

不用表露你的情深
莫要夸耀你的忠贞

水晶 SHUIJING

若想得到爱的温存
愿你有颗水晶心
啦啦啦啦啦啦——
啦啦啦啦啦啦——
若想得到爱的温存
愿你有颗水晶心
……

电影的名字他早已忘记，甚至连情节也基本忘光，只记住了女主人公漂亮的面孔和这首插曲。同楚文丹恋爱期间，一次听到她无意中哼唱起这首歌，水明居才知道她也看过这部电影。后来，他们有了女儿，给女儿取名时，他俩不约而同地都想到了这首歌曲。水晶。

彩铃消失了，愈发清晰的是林中的鸟鸣。水明居不知道自己刚才是不是幻听，他又重拨了妻子的号码，然后凭着一种直觉朝那片椋树林里走去。

进入到阴暗的林间，那熟悉的彩铃声一下子就有了方向，他立刻朝那一方向奔去。但是没跑两步，那声音便又一次中断了。他只好再次拨打，让彩铃重新响起。

铃声距离他似乎已经很近了，然而仍旧看不见楚文丹的人影。而且，那声音好像是来自高处。水明居昂起头来，枝桠间的一团黑影让他猛然一惊。定下神来，他终于看清了妻子的轮廓。

"阿丹——"他只是在恋爱时才这么叫过她。

她毫无反应。

"楚文丹——楚文丹——"他又换了一种叫法。

她有了反应，一条腿耷拉下来。

"小心！"他张开双臂，担心她有可能会掉下来。

"这么高，你是怎么爬上去的？"

她还是不说话。

"楚文丹——"

她垂下头来，两个人的目光有了交流。他十分的诧异，她的这副面孔怎么变得那么奇怪，像是另一个人的脸。几片被露水打湿的树叶沾在她的头上和肩膀上。

第九章

"你爬到树上去干什么?"

"我是一只鸟。"她说。

"快下来,咱们回家。"

"这里就是我的家。"

"咱们的家在山下,是座比这棵树高得多的大楼。"

"大楼?我不要大楼。"

"你还知道水晶是谁吗?"

"水晶……?我的女儿。"她那暗淡的眼神在瞬间亮了起来。

"她在等着你回家呐,快下来吧。"

她的目光开始在地面上徘徊,流露出几分胆怯。

"没关系,用手抓牢树枝,一点儿一点儿地下,我接着你。"

她犹豫着开始了行动,但显然已经没有力气,刚挪动第二步,双手便一下子滑脱。

一股超乎水明居预想的重力极其粗暴地砸向了他的上半身,不等他有任何反应,便随即将其轻而易举地撂倒在地。水明居的鼻子和腰部顿时一阵剧痛,他感觉到血像溪水似的从鼻孔里喷流出来,腰也断成了两截。但是,他仍紧紧抱着楚文丹的身体不肯松手。她的浑身冰凉,还有一股莫名其妙的松香味。

水明居的意识率先从地上爬了起来,接着他腾出一只手摸摸酸痛的鼻子,原来并没有流血。他又试着动了动腰,除了有些痛,好像也并无大碍。于是,他艰难地侧过身来,问道:"你没事吧?"

半天,她才应道:"没事。"

水明居在地上安静躺了两分钟后,挣扎着站起来。她也跟着站了起来。

他掸去她身上的草叶和尘土,搂着瑟瑟发抖的她向林外的阳光地里走去。

他问她:"你这是怎么啦?出什么事情啦?"

她不说话,始终直视着前方,目光迷离。

他不放心她开车,将她的车锁好扔在那里,自己先将她载了回去。

一路上,任水明居问她什么,楚文丹始终一言不发,就像个做错了事的孩子似的一直低头坐在副驾驶位上。见她还在发抖,水明居靠路边停下,脱下自己的夹克给她披上。

一进家门，楚文丹便问："水晶呢？"

水明居赶忙解释："唔……她很快就会回来的。"

楚文丹走到院子里，在那棵樱桃树下站定，仰起头，目不转睛地盯着满树的绿叶，像是在寻找着什么。

"文丹，快去洗漱吧。"见她不动，他又补了一句，"快点儿，文丹。"

她转过身，慢吞吞地向他这边走来。

水明居吩咐小时工小魏准备吃饭。

小魏问："楚姐这是咋啦？"

水明居支吾着不知该如何回答。

吃完饭，水明居打算先去上班。他走进厨房，告诉正在洗碗的小魏上午不要离开，等他回来。

"那你几点回来呀？"小魏问。

"我尽快。"

"我十点半还要去另一家做事呐。"

水明居看看表，离十点半也就不到二十分钟的时间了。他问："做什么事？"

"擦玻璃。"

"可不可以请个假或是下午再去？"

"……好吧，我试试。"小魏在围裙上擦了擦湿淋淋的手，拿出手机拨通了电话，"王阿姨……"

水明居离开厨房，回到客厅，刚才还坐在沙发上看电视的楚文丹已经不见了。他挨个房间找了一遍，包括两个卫生间，都没有看到她。他担心她又跑了出去，想赶紧去外面瞧瞧。正要开门，忽然发现了地板上她那双沾有泥土的鞋子。于是，他又立即回头冲向后院。

最先闯入水明居视线的是楚文丹的一双拖鞋，视线上移，随即便看见了楚文丹正在樱桃树的枝桠间摇晃。

"快下来！这树枝太细，禁不动你。"

"我是一只鸟。"她的眼睛一直盯着高处。

好在树并不高，水明居伸手就能抓住她的脚踝。"小魏，快把书房的梯子给我拿过来。"他冲屋里高喊道，"小魏……"

小魏应着，匆忙将那副红色的金属梯子搬了出来。

第九章

水明居踩上梯子，并吩咐小魏扶住。接近楚文丹后，他伸出双手试图将她抱下来，然而隐隐作痛的脆弱腰部在提醒他，这可能是一个高度危险的动作。他捶捶后腰，感到进退两难。

"你下来，水哥，我上去。"

"你行吗？"

"我行。"

水明居迟疑两秒钟，决定听从小魏的建议。

他在底下把着梯子，身材小巧的小魏像只松鼠似的一下子就蹦跳了上去，接着又是一个麻利动作，将楚文丹从树上抱了下来。水明居急忙伸手去接应。

"你行吗？"

"我行。"

"小心啊……"小魏一点儿一点儿地松开了手，"没事吧……？"

"没事……"水明居表情痛苦地借助右大腿的主要支撑力量让楚文丹回到了地面。

小魏直接从梯子上跳了下来，帮助楚文丹穿上拖鞋。"你爬树干吗呀？楚姐，瞧，袜子都划破啦。"

楚文丹仍像个做错事的孩子，低着头，不吭声，满脸羞涩。

水明居望着妻子，一只拳头捶打着腰部，痛苦尚未解除的表情里又平添了几许深深的忧虑。

"走，进屋吧。"他轻轻拍了拍妻子的肩膀。

楚文丹又回到了电视机前。

水明居用眼神问了一下小魏，小魏忙道："噢……我已经跟人家说好啦，可以下午再去。"

"那你就先替我照看她一下，我尽快赶回来。一定要看好她。"

小魏点点头，关门之前，冲门外的水明居低声问道："楚姐这是怎么回事？"

水明居叹了口气，道："……关门吧。"

别看他是丈夫，他也跟小魏一样，他也不知道楚文丹这是怎么回事。忽然之间，人就变了，不仅是相貌变了，连性格也都变了。相貌变得怪怪的，性格也变得怪怪的。这是不是一种什么可怕的疾病导致的结果？想到疾病，

291

水明居有些恐惧，这个年头的怪病实在是太多啦。

水明居决定马上就带妻子去医院看看。他匆匆走进办公室，在等在案头的几份文件上签完字后，打了三个电话，随后又匆匆离去。

还没等走出公司大楼，水明居便接到一个陌生号码的来电，一听是小魏，他的心当即就悬了起来。

"……不好啦，楚姐她又不见啦……"

"我不是要你一定要看好她嘛？！"

"我是一直在看着她的呀，就是上了趟厕所，一两分钟的事情，出来就找不到她啦……"

水明居没有听完便挂断了电话，小跑向自己的汽车。听到身后有人喊他，他也没去理会，只顾想着楚文丹会去哪里？想到南山，他忽然意识到她的车子还扔在那里。那么，这倒是件好事，不开车她就不会走得太快。

水明居一路狂奔，用了破历史纪录的时间赶到小区。从地下车库刚一冒出来，他就看见了前方的异常情况，三三两两的人都在往自家的楼后面集结，其中还有保安和警察。水明居顿觉眼前一片灰暗，被路边的石阶绊了个趔趄。他不得不在原地停留了一分钟，才飘也似的朝那个方向奔去。

就在这时，水明居又接到了小魏的电话，声音跟着了火一般："我找到楚姐啦，她跑楼顶上去啦……"

水明居即刻明白眼前这异常情况的缘由了，不让她爬树，她就开始爬楼，这下可把事情给闹大啦，他的脸丢到了整个小区……不过，爬楼还不可怕，可怕的是跳楼啊……水明居似乎听见了自己心里绝望的哭声。

站在人群中，他惊恐地望着高高在上的妻子。她并不在楼顶，而是在九层的消防通道上，眼睛呆呆地瞪着天空。水明居想喊，又担心无济于事，反而招来所有围观者的目光。他焦急地想着办法，其实是在等着别人的办法。他看见几名消防队员正忙着在地上铺放气垫，围墙外一辆消防车上的云梯也在缓缓向楚文丹靠近。

水明居发现妻子身后不远处的一扇窗户旁站着一名警察和一名消防队员，那名警察好像在对妻子不停说着什么。水明居知道自己该做什么了。

两分钟后，他也出现在了那扇窗户旁。他向警察说明了自己的身份。

"她这是怎么回事？"警察问道。

"她这几天……情绪好像不大对劲……"

第九章

"受什么刺激了吗？"

"没有，突然间就变成这样啦，老喜欢爬树……"

"爬树？"

"是的，我不让她爬树，她这又爬楼来啦……"

警察让他跟楚文丹打个招呼，水明居将头探出窗外。大概是站累了，楚文丹将身体靠在了墙上。

"楚文丹——"

她仍不理会，继续瞪着灰蒙蒙的天空。一丝云朵也没有的天空。

"我是水明居——"

她的身体似乎僵滞了一下，但随即又恢复了常态。

水明居看着那条窄窄的，没有遮拦的通道，刚一想到要迈上去，双腿便开始发软。

"这可怎么办呀？"水明居一把抓住警察的胳膊。

警察低头看着他的手，水明居立刻把手松开。

"别着急，我们有办法。"警察说。

"你们有什么办法？"

警察没有回答，同身边的消防队员耳语几句，然后开始冲窗外摆手势。

停在半空的云梯突然启动，直接伸向楚文丹。这时，水明居眼前的那名消防队员已在身上系好绳索，绳索的另一端固定在管道上。他扶着墙壁快速朝楚文丹走去。

云梯和那名消防队员几乎同时抵达楚文丹的跟前。楚文丹并没有惊慌，消防队员伸手搂住她时，她也没有反抗。

当楚文丹从窗口消失时，地面上爆发出一阵热烈的掌声。

"谢谢！谢谢！……"水明居紧紧抱住自己的妻子。

"瞧你老婆多漂亮，以后可要看好喽。"警察说道。

警察和消防队员第一次让水明居产生了亲人般的感觉。

水明居搂着妻子走到楼外，明晃晃的阳光撞得他不由自主地后退一步。

"你吓死我啦！楚姐……"小魏突然出现在他们面前，抓住楚文丹的一只手哭了起来。

"赶快回家再说……"水明居小声说着，加快了脚步，身后那些好奇的目光在追逐着他们。

他们没有在家里停留，接着就一起去了医院。

医生给出的诊断是重度抑郁。水明居以为这只是暂时性的情绪问题，后果不会有多严重。但当医生警告他这种病人有着严重的自杀倾向，需要时刻有人监护并按时服药时，水明居一下子傻了眼。他看看妻子，又看看小魏，开始思考下一步该怎么办？

他想让小魏辞去其他工作，专职在自己家看护妻子。小魏说可以，但是怎么也得从下个月开始，她需要给别的那几家重新雇人的时间。

可问题是距离下个月还有整整一星期的时间，这一星期他该怎么办？他不能不上班啊。水明居想到了二嫂，只有二嫂是最合适的人选了。自从上次和她分手后，他们便再没联系过。因为忙，他也一直没来得及过问二哥的案子到底咋样啦。

水明居给二嫂打去电话，没有接。过了片刻，他正要重打，自己的手机忽然响起。说话的正是二嫂。

"我在儿子这里，在加拿大。"她说。

一听她在加拿大，水明居后面的话也就不想说了。他顿了一下，问道："二哥的案子怎么样啦？"

"拘役六个月，罚款二十万。不过是缓期执行，现在他已经出来啦。"

"唔……"水明居的音量降到了最低，他什么话也不想说了。

这些人真没意思，他感觉自己像是受了侮辱。

沉默。水明居的沉默一个小时接一个小时地持续着，他似乎也抑郁了，他的确有抑郁的充分理由。这一瞬间，水明居俨然理解了楚文丹的抑郁。也许，她就是有着无法挣脱的抑郁的理由。

屋里一点儿声音都没有，都像他的那些石头一样沉默着。

水明居决定先带着妻子去上班。每次只在公司里待上个把小时，看看有没有需要自己处理的事情，然后便悄悄离开，回到家里。

现在，他们又睡到了一张床上。可是，坚持到第三个晚上，水明居就受不了了。连续两夜的失眠已经令他心力交瘁。凌晨，为了逃离楚文丹的鼾声，水明居去了女儿的房间。

迷迷糊糊中，水明居好像听见了开门的声音。他以为是小魏来做饭了，天不早了，再睡一会儿自己就该起床了。迷迷糊糊中，水明居又一次听见了开门的声音，这次的开门声让他心里陡然"咯噔"一下。他一骨碌从床上爬

第九章

起，回味自己刚才是不是在做梦？

他跳下床，走到客厅，听见厨房里有人在忙碌。卧室的门虚掩着，他推开探进头去，楚文丹果然不在床上。他猛地回头朝客厅门口望去，楚文丹的鞋子千真万确地不在那里了。水明居一头冲进厨房，为了确认一下那不是楚文丹。转身之际，他听见锅铲落地的声音，还有小魏的抱怨："哎呀！你吓死我啦……"

水明居草草穿上衣服，奔向户外。他首先跑到楼后看了一眼消防通道，随后又观察了一会儿楼顶，没有发现楚文丹的身影。其他几栋楼他也迅速扫视了一遍，同样没有任何相关迹象。水明居稍稍放了点儿心，然而不等喘完这口气，他的心忽然又悬了起来，这次是悬到了极限。

现在不在楼顶并不代表她刚才不在楼顶啊……水明居开始六神无主地在楼下搜寻。唉，为什么要盖这么高的楼啊？以后他再也不盖这么高的楼啦，他对大地发誓。他还发誓这次找回楚文丹后，他要尽快装修搬进别墅里去。这跳楼可比打劫让人揪心啊。

搜寻完所有的楼下，水明居依然一无所获。小区的居民或在晨练，或在遛狗，或去上班，秩序一如既往。这回，水明居可以暂时喘口气了。不过，朝地下车库没走几步，他便又快跑了起来。

楚文丹的奔驰车仍旧孤零零地停放在那里，忠实地守候着她的主人，带着几分悒郁和落寞。水明居情不自禁走过去，弯下腰，往里面看了看。他希望看见楚文丹此刻就坐在里面。

"上来，老公，我带你去兜兜风。"

"瞧瞧咱这车技，你开车简直就像个娘们儿……"

水明居擦了擦车窗上的灰尘，刚刚还在驾驶座上的楚文丹转眼间便消失了。

水明居抬头看看那片棕树林，他想起了手机。他没有带手机，可即使带了又怎样？楚文丹最近已经不摸手机了。

他向树林里走去，扑面而来的雾气让他停顿了一下，流动的雾气中仿佛弥漫着那熟悉的电话铃声：

我曾悄悄地告诉母亲
梦里也在把他找寻

水晶 SHUIJING

我的心，我的青春
属于一颗水晶心
啦啦啦啦啦啦——
啦啦啦啦啦啦——
我的生命，我的青春
属于一颗水晶心
……

但是，只有这歌声，没有楚文丹。水明居走过了每一棵树。

阳光透射进来，薄雾散去，歌声也随之消失。水明居一瘸一拐地走出树林。

他在车里留心着路上的每一个行人，随时都会发现有背影极似楚文丹的女人。唔，他蓦然意识到，整个这座城市似乎就是他的楚文丹，她已经和这座城市融为了一体。一次次惊喜，一次次失望。

水明居又赶往火车站和长途汽车站，依然一无所获。向机场方向开了五公里之后他折返回来，那里太远，她大抵是不会去的。

小区莫名其妙地安静，好像所有的人都和楚文丹一同消失了。不，前面正在走过来一个人。是隔壁的那个男保姆，推着那辆空空的轮椅。轮椅已经破败不堪，头发花白的男保姆实际上是在扶着它蹒跚前行。他的脸上遍布哀伤的皱纹，双脚像是套上了铁镣。一段时间不见，这个在水明居看来曾经无比壮实的男人竟然如此之快地就被衰老击垮了。突然间，水明居感到万分恐惧，他又想到了报警。

警察很快联系上了水明居，了解了一下情况，还拿走楚文丹的一张照片。他想提醒那名警察，自己的妻子跟照片上的有些不太一样。最近的她不仅性格大变，容貌也大变了。但是，想想，他却又不知道该怎么说才好。

"她不会真寻短见吧？"他问那名警察，其实是在问他自己。

警察没有说话，脸上的表情始终冰冷而疲惫，双眼布满血丝。

警察走后，水明居开始在客厅里来回踱步，手里掐着一支没有点着的香烟。他想让自己振作起来，然后好去上班。

她不会有事的，他想，今天晚上我早点儿回来，说不定她就已经在家里了。

第十章

听到母亲有气无力的声音，水明居的脸立即沉了下来。似乎，这声音比妻子的失踪更令他感到不安和沮丧。

"妈——"他很勉强地叫了一声。

"啊，你还记得妈呀，儿子，我以为你忙得把妈都给忘光啦。"

"……"他最讨厌她这种阴阳怪气的调子啦，咬着牙在心里骂了一句。

"最近都在忙啥呢？"

"……忙着找人。"他恶狠狠地说道。

"找人？"

"嗯……"

"找谁？你把谁弄丢啦呀？"

"楚文丹。"

"……楚文丹？她怎么能丢呢？又不是小孩子啦。"

"反正就是丢了。"

"你们是不是又吵架啦呀？"

"没有。"

"那她会去哪儿呢？"

"不知道……"

"走了几天啦？"

"好几天啦。"

"真是的，放着好日子不过，她这是胡闹啥呀？"

"你还有事吗？"他想撂电话了。

"今天是母亲节……我想起你姥姥来啦……"她哽咽了。

哽咽并不能打动他，她太容易哽咽了。"唔……"他在想要不要对她说声"节日快乐"？

"那你忙吧，快去找吧。"她先把电话撂了。

母亲节？楚文丹也是母亲。他想到了水晶，是不是应该把这个消息告诉她？

犹豫片刻，水明居拨通了女儿的手机。

"爸——"

女儿在电话里的声音听起来是那么的陌生。"……是水晶吗？"

"是我，你有事吗？"

他终于听出了几分女儿的声音，女儿在电话里的声音应该就是这个样子的吧。"唔……没什么事……你在干吗呢？"

"上班。"

"上班……？"

"哦……学习……我在看书。"

"唔……水晶啊……"

爸爸反常的语气让水晶顿时警觉起来，看来自己的事情终于被他们知道了。"……"她静静等待着爸爸的雷霆。

"你妈她……失踪啦……"

"……啊？你说什么？爸。"

"你妈失踪啦。"

"哦……你们又吵架啦？"

"……？"他叹了口气，"不是你想的那样……她最近情绪不大正常……"

"是不是更年期……？"

"更年期？唔，你说得对，我倒是忘了这个。"

"我妈啥时失踪的？到底是不是失踪啊？"

"已经快一个星期啦，我都报案啦。"

"你们到底是咋回事啊？你是不是又惹我妈生气啦？"

"……"他突然想发火，但还是强忍住了，"好啦，但愿没事，我挂啦。"

水明居把手机扔在沙发上，心想，要是我失踪了结果又会怎样？会不会有人去找我？估计不会有人去找。最多就是有人报个案而已，不是楚文丹，就是自己公司里的同事。

越想，水明居越觉得悲摧。他和他所建造的那些房子一样的孤独。所有的房子都是孤独的，住在里面的人从来就不关心房子。

第十章

想到房子，水明居就想到了自己的那栋别墅。他捡起手机，给周一虹打去电话，请她帮自己联系一家装修公司。他不想再住在这里了，除非他能在这里等到楚文丹回来。她会主动回到这里吗？他没有信心。也许，她早就想离开这里了。楚文丹不止一次地跟他抱怨过，她不喜欢这个小区，那么多的人，那么多的噪音，不是人住的地方。

他不常在家，所以，体会不到她的感受，只觉得她这是忘本。咋就不想想过去自己住在哪里？

奇怪，说不喜欢便一刻也忍受不了啦。第二天，水明居就住到了公司里。

渐渐地，水明居开始接受楚文丹失踪的事实。每一天都在增加着这个事实的重量。它不再是一个幻觉，也不再是一个噩梦。他甚至不再隐瞒，一次在和周一虹商量别墅装修方案的时候把秘密透露给了她。随后，他又想到还应该把消息通知给楚文丹的两个哥哥，尽管他们和她已经基本断了联系。

他回到家里，找到楚文丹的手机，充上电，打开，搜出他们的号码。可是，一个是空号，另一个也是空号。

最初的那几天，他曾一直让楚文丹的手机开着，希望能从来电中获得一点儿线索。然而，那熟悉的旋律从未响起，偶尔的几封短信也都是垃圾广告。此刻想来，楚文丹是不是一直也和自己一样的孤独呢？

他拨通楚文丹的手机，让那首歌在空荡荡的房间里一遍又一遍地徘徊：

我曾悄悄地告诉母亲
梦里也在把他找寻
我的心，我的青春
属于一颗水晶心
啦啦啦啦啦啦——
啦啦啦啦啦啦——
我的生命，我的青春
属于一颗水晶心

不用表露你的情深
莫要夸耀你的忠贞

水晶 SHUIJING

若想得到爱的温存
愿你有颗水晶心
啦啦啦啦啦啦——
啦啦啦啦啦啦——
若想得到爱的温存
愿你有颗水晶心
……

终于听够了,水明居拔掉插头,熄灭灯,带上妻子的手机离开家。想想,还是不愿在这里过夜。

回头望一眼那黑黢黢的窗子,水明居不能不有一种家破人亡的感觉。难道这就是他全部努力的回报吗?

水明居给派出所打过两次电话,他希望有消息,又害怕有消息。与其是不好的消息,还不如没有消息。派出所那里一直就没有消息。

一个月后,派出所有了消息,孙警官通知水明居马上来南淮河边认尸。水明居当时刚走进公司的卫生间,一下子就尿了裤子。

狼狈暂时掩盖了恐惧,水明居仓皇赶回家里换掉裤子。紧接着,他便打电话叫上周一虹,压根也没想叫上她是否合适。反正,他就是不敢一个人去。

在堤坝上看到两辆警车,水明居停了下来。他问周一虹:"你见过我爱人吗?"

周一虹摇摇头,显得十分紧张,那是一种他从未在她脸上见过的表情。

水明居重重喘了口气,试图让自己镇定下来。"你就待在车里吧,我一个人下去。"他说。

水明居看见河边站着几名警察,地上有一团用黑色塑料布包裹着的东西,看上去一点儿不像是人体。

斜坡挺陡,茫然无措的水明居跟跟跄跄地走下去。快到跟前时,一股微风吹来,恶臭逼得他不由自主地停了一下。他想吐。

"你就是……?"一个警察朝他走过来。

水明居点点头,一只手捂着胸口。

另一个戴着口罩和白手套的警察掀开黑色塑料布,一具手脚被捆绑在一

第十章

起的女尸呈现在水明居的面前。

尸体已经腐烂，水明居先是看了看衣着和鞋子，然后蜻蜓点水似的扫了一眼那可怕的面部，紧接着就背过脸去，跑到一边呕吐起来。

"是吗？"有人问道。

水明居连连摆手："……不是……"

"你能确定吗？"

"……是的。"水明居并不能确定，因为他并没有真正看清楚尸体的面部，他只是感觉那不是她，也不应该是她。

水明居气喘吁吁地爬回到堤坝上，弯腰捯气的工夫，才发现周一虹一直跟在自己身后。他想立即抽根烟，但摸遍口袋也没摸到烟盒。

"快去给我买包烟。"他冲周一虹说道。

周一虹一走，他又开始了呕吐。那股恶臭好像还停留在他的鼻孔里。刹那间，水明居忽然怨恨起楚文丹来，觉得她是在有意这样折磨自己。如果那具尸体真是她的话，那么这样的折磨也太恶毒了吧。夫妻间有什么样的深仇大恨才会导致这样的报复呢？不，不会。他和她之间即使算不上情深似海，也断不至于就走到了深仇大恨的地步吧。如此一想，水明居随即也就不再怨恨楚文丹了。无论如何，她是不幸的，我不能这么想她。当然，我也是不幸的。我们都是不幸的。

接连抽完两根香烟，水明居才回到车里。

"我开吧。"周一虹说。

水明居和周一虹换了座位。

"你看见了吗？"水明居问，他不想提"尸体"那两个字。

"看见啦。"

"……"

"我感觉那是谋杀。"

是的，他也能看出那是谋杀，问题是楚文丹好像不应该和谋杀扯上什么关系。

"嫂子是长发还是短发？"

水明居想了想，道："应该是长发吧……"

"那这个女人是短发，而且还焗了颜色。"

"唔……"水明居回忆起那尸体的头发是土黄色的，他可以肯定的是，楚文丹的头发绝不是这种颜色。他讨厌土黄色的头发。

"不要往坏里想，水董，说不准哪天嫂子自己就回来了。"

他没有往坏里想，他根本就不敢往坏里想，他所能想象的情景就只是楚文丹踽踽独行在没有终点的道路上……直到有一天，她惦念起了家。

回来吧，老婆。老婆，回来吧。

透过车窗，水明居扫视着街道上每一个和妻子身形相仿的女人。

周一虹下了车，水明居仍呆呆地坐在车里。

"你没事吧？水董。"

水明居仍在发呆。

周一虹打开车门："你没事吧？水董。"

水明居"呃"了一声，像是打了个嗝。一动身，发现安全带还系在身上。

周一虹跟着他来到办公室，给他沏了杯茶，又帮他收拾起办公桌。

水明居望着埋头整理文件的周一虹，内心蓦然涌起一股莫名的冲动，他想要拥抱她，把自己的头塞进她的怀里靠一会儿。

"还有事吗？水董。"周一虹大大的眼睛瞪着他。

"……唔……"水明居浑身一哆嗦，视线立刻逃开，以为对方看见了自己此时心里的秘密，"没事啦……你去吧。"

"有事您就叫我。"

其实，他并不想让她离开，他非常需要她。然而，他又害怕这种需要。想起刚才的那阵冲动，他更是害怕。怎么搞的？他的理性都溜到哪里去啦？

那具腐烂的女尸老是在他的脑海里浮现，还有那股子恶臭。他只有靠不停地喝茶来抑制肠胃里的翻腾。他真担心以后警察还会通知他去认尸，他再也不想去啦。

灯突然亮了，周一虹又来到他的屋里："早下班啦，水董。"

"唔……你怎么还没回去？"

"我有点儿工作，刚处理完。"

"唔……"

"你也快回去吧，天都黑了。"

"好，你先走吧。"

"咱们一块儿走吧。"

水明居不太情愿地站起身，他不想让她知道自己最近是住在公司里的。

第十章

两人没乘电梯,直接从楼梯走了下去。走出大楼,水明居看见台阶下站着一个戴眼镜的男子,手里扶着一辆自行车。

"你怎么来啦?"周一虹问。

男子只是笑笑,没说什么。

"这是我爱人。"周一虹对水明居说道。

"唔,你好,老师。"水明居伸过手去。

"叫他小张好啦。这是我们水董。"

"啊,久仰,水董。"

"儿子呢?"周一虹问。

"在家做作业呐。"

"那我们先走啦,水董。"

水明居冲他们点点头,望着两人向车棚走去,消失在夜色里。不一会儿,他们又骑着自行车出现在了大门口外的路灯下。

水明居转身回到楼内,但旋即又走了出来,走向自己的汽车。

车子开出公司大院,水明居停顿下来,想了想,朝左开去。怀思路、恨水路、追远路、望乡路……那家电影院如今已重新包装成高档的洗浴中心,生意格外红火。道路两边的建筑几乎全都已面目全非,仅剩下那枝叶繁茂的悬铃木还在吃力地挽留着昔日的记忆。

这条路,春夏秋冬,他和她曾经来来回回走过无数次。对于他们,这条路永远属于黑夜之中的那条路。

累吗?

不累。

是的,这条路从来不会令他们感到累。他们在燃烧,燃烧是不怕累的,更不怕寒冷和黑暗。不过,这条路早就定格于他们青春的回忆里了。只是,他极少回忆。他回忆过吗?他只知道自己后来再也没有在黑夜里踏上过这条道路。

他提高了车速,拐上盘山公路。望见工地通明灯火的时候,他在路边关闭引擎,打开尾灯。

山上凉风习习,飘散着植被的气息。若不是远处工地的灯火和依稀噪声,他还以为自己来到了一个与现实全然无关的世界。

看到在黑夜依旧热火朝天的工地,水明居一点儿也兴奋不起来。他忽然

303

觉得这一切的忙碌和喧嚣都没有了意义。他想回去或者停下，尽管他也不清楚应该回到哪里或是在哪里停下。反正，他就是想回去。他想安静下来，安静是他此刻最想要的生活，而似乎只有过去才可能是安静的。

骤然响起的电话铃声不知趣地将水明居逐出了安静。看到是母亲家里的电话，他犹豫片刻。然而，听到的声音却是庞叔的。他几乎没有听庞叔在说什么，大脑里便自动飘荡起"医院"和"抢救"的回声。这声音并不着急，报告的仿佛是一个无关痛痒的消息，就像是在说天气预报一样。

水明居也不着急，他在坡上钻出泥土的一块岩石上坐了下来，点着一根香烟。抽完这根烟后，他才慢悠悠地回到车里，向医院驶去。

按照惯例他来到三楼，正要挨个房间查看，忽然听见有人招呼他。站在走廊窗边的那个人原来是老二，头发比他上次见他时没长出多少。

"怎么样？"

"还好吧。"

"我是问咱妈。"

"噢，说不好。"

老二的神情有些拘谨，没了往日的那种志得意满。

水明居走进房间，庞叔和老大都在床边站着，没看见老四。他往床上瞥了一眼，首先扎入眼帘的是插进母亲喉部的一根导管。

"高烧一直不退，已经烧了好几天啦。"庞叔说。

水明居点点头。

"小楚回来了吗？"

水明居摇摇头。

"再这么烧下去，恐怕情况不妙。"

"……实在不行，就不要硬救啦，这样活着有什么意义？"水明居不假思索地把憋在心底多年的话吐了出来。虽然没吃晚饭，可他还是有想吐的感觉。

庞叔低头不语，房间里出现瞬时令人窒息的沉默。最后，老大重咳一声，打破了这沉默："哪能这么说呢？只要她活着，咱们就孬好还有个妈。要是她死了，咱们就都成了孤儿。"

水明居在心里"哼"了一声，孤儿？你以为自己还是个三岁的孩子呀？他看看老二，老二的脸上没有任何表情。

第十章

又是一阵沉默。

一个医生进来看了看，又走了出去。

时间已经不早，庞叔看看他们三个，道："你们今天谁能留下？"

老大"嗯"了一声。

"好吧，时间也不早啦。"庞叔说着，拎起窗台上的一个绿布兜，做出要走的架势。

"我送你吧。"水明居道。

庞叔没有表态，径直朝外走。

走出医院，水明居回头瞅了一眼，老二并没有跟在后面。

上了车，开出去一段距离，庞叔打了个哈欠，说："明居，说实话，你的话也不是没有道理啊……"

水明居报以一声长长的叹息。

随后两个人谁也不再说话，都是若有所思。

送完庞叔，水明居没有返回公司，因为离家更近，而且时间也已很晚。再说，他终于感到饿了，回家可以弄点儿吃的。

将钥匙插进锁孔时，水明居的心随着钥匙的转动无限沉落下去，他的腰也随之弯了下去，似乎就要跌倒在地上。他浑身乏力，拉开门都感到无比的艰难。

他感觉自己是飘进屋子里去的，没有开灯，因为他不想把冷清看得太清。他直接飘进卧室，飘落到床上，已经没有了饥饿的感觉。饥饿的是这里的每一个房间，他仅仅是一片或起或落的羽毛。

他想象过楚文丹失去他后的情景，就是没有想象过自己失去她后的情景。现在想来，他承认自己当初是过于自信了，而且是不止在这一件事情上过于自信了。相信自己其实就是相信他人。一切都需要重新想象，重新想象楚文丹失去他后的情景，重新想象自己失去她后的情景。对啦，后者并不需要重新想象，他不是正在经历这一现实吗？他以为自己同她所维系的只是一种理性的关系，现实告诉他，理性根本就没有他曾想象的那么简单。

一片羽毛没有那么重要，他不必把自己看得太过重要，谁都没有他自己以为的那么重要。水明居不想事无巨细了，他要把公司的许多事务分派给他可以信赖的人。可是，谁又是他可以信赖的人呢？信赖别人同样也是信赖自己啊，他不是已经过于信赖自己了吗？

也不是没有人可以信赖，事实上，他一直都在信赖着周一虹。问题是，这信赖没有经过考验，那种能够让他打消一切顾虑的考验。经验警示过他，地位的变化最能出卖一个人真实的灵魂。那些穷小子的嘴脸他见识得多啦，一旦翻身暴富，立马就变成了另一个人。他们之所以可以无限地降低自己，正是因为他们也可以无限地抬高自己。只要给他们机会，他们就必然要不遗余力地抬高自己，而抬高自己的唯一目的就是为了打压别人。他们最初的降低自己，既是被迫的自我打压，也是自愿的自我打压。打压是人生教给他们的唯一真理。这些身心卑微的人们啊，因为注定要不惜任何代价地往上爬，所以，也从来就不可能知晓何谓谦卑和廉耻。

当然，他也明白，周一虹并不能同他所理解的那帮穷小子相提并论。不过，他还是觉得，如果突然让她站到一个出乎意料的高位上来，这种变化对于她也未必就是件好事。无论是为公司着想，还是为她着想，或是为他自己着想。也许，可以考虑先给她一个副总的职位试试吧。

水明居不再渴望永恒，一片永恒的羽毛多么可笑。一切都是暂时的，没错，临时的人生。

晚上，水明居早早来到了医院，正赶上同一病房的那个老太太被推出去，雪白的床单将她从头到脚捂得严严实实。

"走啦。"庞叔说，语调戚然。

水明居瞅瞅那张空床，又瞅瞅母亲那张扭曲的脸，欲言又止。

"三个儿子、两个女儿，始终没一个露面的，你说这老太太的一辈子啊……"

水明居在母亲床尾的那把躺椅上坐下，看来今晚还得继续睡在这上面了，那张空床他断是不敢睡的。

"你今天怎么来这么早？"

水明居点了下头，问："烧退了吗？"

"没有，时断时续，就是烧得不那么厉害啦。"

"唔……"

"你在这里我就回去啦，我今天有点儿不大舒服。"

"好，你回吧，好好休息一下。"

庞叔动作有些迟缓，倒真像是一个病人。

"你没事吧？"水明居站起身来。

第十章

"我没事。"庞叔摆摆手,"别忘了,隔一小时给你妈量下体温,如果超过三十九度,就赶紧去找医生。"

"嗯。"

水明居觉出庞叔最近的身体状况的确有些令人担忧,衰老得十分厉害,好像马上连路都走不了了似的,总是深一脚浅一脚的。要是连他也病倒了……水明居微微摇了下头,不愿想后面的事情。他只希望庞叔不要这么早就垮下来,不单是他们的母亲需要他,他们其实比她更需要他啊。

水明居的屁股刚沾上躺椅,冷不丁地就闯进来一个满头大汗的男人。看到水明居,他皱了皱眉头,然后便站在那张空床前无所顾忌地恸哭起来。

水明居正犹豫着是不是该上前劝慰一下,一名护士走了进来,板着脸说道:"哎哎哎,请你不要在这里哭啦,免得影响其他病人。早干什么去啦?现在这么哭又有啥用啊?"

那男人哭得更厉害了,似乎充满无尽委屈:"我对不起你呀,妈,儿子对不起你……天下最痛苦的事情莫过于子欲养而亲不在……"

"你要是早想到这点不就好了吗?"护士的语气软了下来。

"……我的妈呀,孩儿不孝啊,这么长时间一次也没来看过你……请你原谅啊,妈,孩儿过得也不容易啊……老婆看病需要钱,孩子上学需要钱,我做生意又欠下一屁股的债,我得拼命去挣钱呀,妈……你也得体谅体谅你的儿子呀……"

"好啦,别哭啦,节哀顺便吧。"护士转而安慰起他来。

他一把抓住护士的手,继续哭诉道:"你不知道,大夫,我就这一个妈啦呀,我爸他早就不在啦……现在我成了孤儿啦,我再也没有妈可以叫上一声啦……"

水明居忽然感觉这个男人哪里跟他家老大有些相像,他走上前去轻声安慰道:"别太难过啦,人总有一死……"他闻到一股夹杂着汗臭的浓重酒气。

对方却哭得更厉害了,几度哽咽。

这时又走进来一名护士,不耐烦地喊道:"不许在这儿哭,要哭回家哭去!你母亲还拖欠医院三万多医药费呐,赶快去把它结啦,不然我们可就要上法院起诉啦。"

一听到"三万多医药费",那人当即止住嚎啕,松开护士的小手,惊恐地回头看着正在说话的那名护士:"……怎么这么多啊……?"

"你可以去看看明细嘛。"

"……好吧，过两天再说吧。"

"还要过多少个两天啊？催你们多少次啦？你们不知道吗？你们要是真孝顺，老太太能这么快就走吗？……"

"我这就去想办法……"说着，他低头快步朝门外走去。

"希望你是真去想办法啊……"那名护士追出去喊道。

水明居重新回到躺椅上坐下来，刚才的这段插曲好像是在提醒着他什么。他朝床上的母亲望了一眼，唤了一声"妈——"。

妈并没有理他，依旧昏睡在那个无人知晓的世界里。

病房里出奇的静，走廊里也出奇的静，水明居看看窗外，窗棂上夕阳的红色已经褪去，玻璃正浸润于慢慢洇染开来的黑色之中。夜的呻吟正愈发的清晰。

水明居侧耳谛听，却听不见来自母亲的任何一丝声息。他站起来，俯身又唤了一声："妈——"

母亲的安静越发没有生命的迹象。

水明居开始发慌，犹豫着凑到母亲跟前，盯着母亲的脸看了半天，终于发现她那稀落的睫毛在动。他放下心来，伸手摸了摸她裸露在被子外面的胳膊。还有温度。他顿时想起给她量体温的事来。

母亲的身上几乎就剩下了一层皮，因为要从头部扎针，她那本就稀疏的头发也全部剪去了。所以，水明居不敢看母亲，母亲让他想到活着的骷髅。

三十八度。

水明居打开房门，让它半掩着，然后将躺椅往这里移了移。走廊是活人的世界，自己随时可以向那里逃逸。

这一夜，水明居无数次地醒来。听听，没有听到什么，随即就想尽快睡去。其间，他只给母亲量了一次体温，发现仍然三十八度，便不想再继续量了。他将毛巾用凉水弄湿，叠成长方条搁在母亲的额头上，然后便再也没有靠近母亲。

直到早上庞叔出现，水明居才和他一起又一次凑到母亲的跟前看了看。

"现在是多少度？"庞叔问。

"应该还是三十八度吧。"

庞叔拿起床头柜上的体温计瞧了一眼，甩甩，重新塞到母亲腋下。

第十章

"我得去上班啦,庞叔。"

"你去吧。"

水明居正要离开,庞叔忽然又叫住他,随他来到走廊。

"明居,我看你妈这回是够呛能挺过去啦……"

"……"水明居等着他继续往下说。

"我的意思是……你们兄弟几个是不是商量一下,给你妈先把墓地买好……?"

水明居点点头:"好吧,我马上去办。"

昨天晚饭就没吃,现在转动方向盘都觉得没力气,水明居不得不中途停车喝了碗牛肉汤,吃了两个烧饼。

填饱肚子后,水明居坐在那里想了一下母亲。母亲真的要离开他们啦?这次会不会又是"狼来啦"?这次……好像真的是狼要来啦。然而,即便是狼真的来啦,好像他也并未觉得有什么可惊慌的。母亲似乎早就已经离开了他们,至少,他是这样的感觉。

"喂,钱还没付呐……"

水明居回过头,看见女店主那张笑盈盈的脸。"唔……对不起。"他紧忙掏出钱包。

来到办公室,见没啥需要处理的公事,水明居便给老大打去电话。

老大的第一反应就是:"那这钱由谁出呀?"

"钱……?"水明居一时没明白老大的意思。

"是呀,庞叔光说买墓地,就没提钱的事情吗?"

"他不出那就咱们出呗。"

"现在的墓地可不便宜呀,我告诉你,比房子还贵呐。"

"贵就贵吧,不行我一个人出。"

"……这钱难道不应该让他出吗?"

"算啦,就由我来出吧。"

"……那……我就和老二老四联系一下,找个时间去罗山公墓看一下吧。"

"罗山公墓在哪儿?"

"在西郊,新建的,环境很不错。"

"好吧。"

水明居的话筒还没完全放稳,老大立即又追了回来:"对啦,我突然又想起来一件事情。这风俗上说,家有孤坟可不大好啊,不能就把咱妈一个人搁在那里呀……"

"将来不是还有庞叔呐吗?"

"这怎么可能?庞叔人家肯定是要跟原来的老伴埋在一起的。"

"你怎么知道?"

"我当然知道。"

"你问过庞叔?"

"我不用问,这就是风俗。"老大说得斩钉截铁,不容质疑。

"那怎么办……?"

"我看不行就把高叔给迁过来……你说呢?"

"那咱爸呢?"

"咱爸你又不是不知道……"

水明居当然知道,他们的爸爸在狱中自杀后,就在附近的乱坟岗子里被草草掩埋了。给他平反后,他们兄弟三个曾一起去找过爸爸生前服刑的监狱。监狱里的负责人还能清晰地记得他们的爸爸,但至于他们的爸爸被埋在了哪里,他却毫不知情。因为当时参与埋葬的是几个犯人,如今那些犯人也都已出狱,不知了去向。

给水明居留下深刻印象的只是那一片芳草萋萋的山坡,密密麻麻起伏着高低不同、大小不一的土包,有许多土包已经联成一体,根本就看不出坟的形状来了。

往事不堪回首。

"不过,迁高叔也是件麻烦事……"老大咂咂嘴。

水明居当然知道事情麻烦在哪里,高叔是土葬的,要迁就得重新火化一次。但是,水明居却突然想到了一个两全其美的办法:"不如就把妈弄到高叔那儿去呗,也省了买墓地啦,正好也可以借这个机会把高叔的墓给修一修。"

"不行,那地方早开发成旅游区啦,没让你把坟迁出去就算不错啦,还能让你再往里面埋?"

这个水明居倒真是不清楚。

"那就先去买墓地,迁坟的事等以后再说吧。"

老大觉得也只能这样了。

第十章

结束和老大的通话,水明居连连打了好几个哈欠,眼泪流了一脸。他很想美美地睡上一觉,如果真能睡着的话。他来到楼上的休息室。

关掉手机,正要躺下,忽然就听见有轻轻的敲门声。开开门一看,是周一虹。

"我来……"她的眼睛里流露出某种毅然决然的神情。

"进来吧,你怎么知道我在这儿?"

"我看见你上来了。"

"唔。"水明居在床沿坐下,指指旁边的沙发,道,"坐吧。"

"段老二昨天下午被执行啦。"

水明居一愣:"你是说他被处决啦?"

周一虹点点头。

水明居用一只手的大拇指和无名指揉摁着太阳穴,说:"我真不想听见跟死亡有关的消息,不管是谁。"

"对不起……"

见水明居不再说话,周一虹站了起来。

"你来就是要告诉我这个……?"

"不是……我是想来问问你最近是不是睡得不太好?"

"还凑合吧……最近遇到这么多的事……"

"你最近的脸色很不好,身体上有没有感觉到不适的地方?"

水明居摇头,未置可否。

"嫂子还没有什么消息吗?"

"没有。"

"你要不要去医院体检一下?我陪你去。"

一听到"医院"俩字,水明居便开始不停地摇头晃脑。他厌恶医院,希望自己到死都不要同医院打什么交道。活着,然后死掉,无须经过医院这个中间环节。

"那好,你先休息,等有时间咱们还是去趟医院做个体检吧。"

轻轻合上的房门切掉了周一虹的身影,却未能切断他们之间那丝温暖的联系。这个女人俨然成了此刻这个世上唯一最关心他水明居的人,然而,她的这种关心在他那里时不时唤起的却是一股难以启齿的欲念。她不知道,他是多么的想让她再为自己按摩一次,催眠一次呀,可他的心里同时却又不得不对此进行着顽强的抵抗。善良的女人总是认识不到一个男人内心那危险的复杂性，可见，单纯也是极为危险的。周一虹是个单纯的女人吗？她不是个单纯的女人吗？

一个星期天的上午，水明居同三兄弟在罗山公墓会合。他们的母亲依然活着，并且已经出院，总算结束了持续已久的昏睡。但是，水明居认为母亲压根就没有真正醒来，因为她的双眼始终是空洞的，丧失了对于所有声音的回应能力。显然，母亲已经变成了一棵植物。这可能是一个永远也别再想改变的事实。

墓地共分为三个档次：豪华型、精品型和标准型。豪华型位置便利，紧邻墓园入口，每块占地四十平米左右，售价约六十万元，有中西两种风格。所谓中式风格，即大理石墓碑上雕刻的是汉白玉观音菩萨像，西式风格雕刻的则是十字架和天使像。这种墓地数量有限，但据水明居观察，销售出去的数量同样有限。

精品型和标准型都只有一种风格，根据位置、面积和建材的依次缩水，价格分别在二十万元和八万元左右。

老大用商量的口吻对水明居说道："老三，你看买哪一种？"

水明居正在犹豫，老四抢答道："标准型的就行啊。"

老大又问老二："你看呢？"

老二摸了一下头，说："这个……也没必要买太好的吧？"

"那就买标准型的？"老大望着水明居，好像心有不甘。

"我看……还是买精品型的吧。"水明居建议道。

老大的脸色立即柔和下来，一个劲地附和道："就是就是，我看也是买精品型的。咱不追求排场，但也不能一点儿面子都不讲啊，你们说是不是？好歹咱家老三也是南淮市有头有脸的人物啊。"

既然人家老三自己愿意出钱买更贵一些的，老二和老四还能有啥异议呢？

不过，水明居所想的倒跟他们三个都不太一样，价钱的贵贱不是他要考虑的主要理由。在他看来，豪华型墓地太过张扬，一副咄咄逼人的气势，实在有失厚道。再说，就位于墓园门口，进进出出的，也太不清静。至于那标准型墓地嘛，黑压压的一眼望不到边际，拥挤得瘆人；水明居很担心以后来扫墓时，找起来可能会有麻烦。所以，还是选择精品型的相对要合适一些。

第十章

正参观着这座墓园,水明居霍然就想到了自己的归宿。将来他可不要埋在这里,他可不要同这些陌生人为伍,谁知道这都是些什么人啊?况且,还要分成三个档次。活着不平等,死了也不让你平等。真他妈够侮辱人的!

再说啦,死后留下这样一块墓碑又有什么意义呢?就是为了等到被人遗忘的那一天吗?等到他们兄弟四个都不在这世上了,还会有谁能想到前来祭奠一下他们的母亲?水晶这一代人会记挂着她们死去的奶奶吗?不可能吧,她们能记挂着自己死去的父母就算不错啦。

那寂寥无依而又忍辱负重的墓碑啊。

水明居这趟真没有白来,他连自己的归宿都想好了。坚决不要墓地,不立墓碑,就把骨灰撒入陪伴了他整个少年时光的南淮河。即刻,他又想起了楚文丹。那个他以为永远行走在路上的楚文丹,她的归宿又在哪里呢?

选好墓地,付完定金,兄弟四人呈松散的纵队状走出公墓管理处,正好撞见一大群披麻戴孝的男女老少前来安葬骨灰。

他们抱着纸糊的别墅、轿车、液晶电视、洗衣机、电冰箱、微波炉、空调……更令水明居惊诧的是,还有手机和笔记本电脑,而且都是苹果牌的。他回头又重新仔细看了一番,发现除了别墅,别的用品都是有商标的。轿车是宝马,电视是TCL,洗衣机是西门子,冰箱是海尔;微波炉和空调由于体积偏小,没能看清是啥牌子。

"嚯,瞧人家这排场……"老大感叹道。

水明居注意到,这一大群人当中,只有走在最前面那两个手捧遗像和骨灰的男人略显得有些沮丧,其余跟在后面的人个个表现得都十分平静,而且越往后表情越见放松,到了中间已经有人在说说笑笑了,仿佛前去参加一场郊外野餐。

水明居拉开车门的工夫,身后骤然响起的鞭炮声吓了他一大跳,让他不由得猛回一下头,就见墓园的上空升腾起一股乌黑的浓烟。水明居的眼前顿时幻化出那些别墅、轿车、电视、洗衣机……在烈火中纷纷挣扎起舞的情景。

四兄弟开着各自的车来到高叔下葬的地方。水明居已经完全不认识这里,有年头没来过了。整座山被铁丝网围了起来,进去得买门票,门票还贵得出格。不过,钱仍是水明居掏的,兄弟几个聚在一起时,花钱的事一般都归老三。一是因为老三最有钱,二是因为老三相对也最大方。

进了景区,老大和老四带路,他们两个多年前曾在母亲的要求下来过一回。但是走着走着,这哥俩也迟疑起来,都快走到了尽头,还没见到任何坟地的影子。

"走错地方了吧?"老二嘟囔道。

这时,一名园艺工人拉着一车修剪下来的树枝朝他们走来。老大赶紧上前去询问。

那名工人冲地上狠狠吐了口唾沫,皱着眉头,说:"这里哪还有坟啊?早都让移走啦,没看都盖上凉亭了吗?"

"可我们怎么不知道呢?没有人通知我们呀?"老大说。

老四也来劲了:"就是,这他妈的也太过分了吧,哪能随随便便就把人家的坟给移走了呢?移到哪儿去了呀?"

"我上哪儿知道去?我又不是领导。"这名工人的脸上泛出了笑意,似乎是在庆幸自己不是领导。

"你们领导在哪儿?"

"门口的那排灰房子里,最东面那一间,千万别说是我告诉你们的啊。"

"谢谢,你放心吧。"水明居递给他一支香烟。

"这狗娘养的!找他算账去。"老四骂道。

"走,找他们领导去。"老大手一挥,腆着肚子,雄赳赳地向景区门口的那排灰房子走去。

办公室里坐着一男一女正在聊天,老大凭直觉朝那个白白胖胖的中年男人走过去:"请问你是这里的负责人吧?"

"什么事?"

"我们是来要坟的,我们埋在这里的亲人被你们弄到哪儿去啦?"老四冲上前来。

中年男人脸色突变,一时无语,无所畏惧地同老四对视着。

水明居及时上前,将老四拽到身后。"事情是这样的,他……我们父亲的墓地一直是在这里的,今天我们来扫墓突然找不见啦,听说是被你们给擅自移走了……?"说着,水明居递上一支香烟,接着又递上一张名片。

中年男人看了看水明居的名片,脸色即刻好转,和他握了下手,然后从抽屉里摸出一张自己的名片递给水明居。

"都请坐。"他招呼兄弟四个在沙发上坐下,并吩咐坐在对面的那个年轻

第十章

女子倒茶，自己随即快步走了出去。

三分钟后，中年男人怀里抱着一个档案袋重新出现。他戴上老花镜，打开档案袋，倒出一叠文件，从中翻找出一份递到水明居手里。

"不是擅自，我们都很清楚这种事不是小事，所以全是按照程序走的。你们先看看文件。"中年男人心平气和地说道。

水明居将文件传给老大，老大看完直接传给了老四。

"问题是你们没有通知到我们家属本人啊。"老大仍然不满地说道。

"这实在是没办法，你们也应该知道，仅凭一块墓碑去联系家属就好比大海捞针，况且我们要捞的针还不是一根两根的。我们登了报，在墓地周边张贴了大量通知，并且还特意等了将近两年的时间，最后仍有一半的墓无人来认领。这都过去有十来年的时间啦，你们是第一个……"

"没错，以前还真没有人来找过。"年轻女子皱着蚯蚓似的眉毛说道，似乎觉得他们的贸然造访有点儿不可思议。

"我们就想知道这些没人来认领的墓，你们后来都是怎么处理的？"水明居问道。

"……按照规定，应该是都直接铲……平掉啦。对，平掉啦。"

"规定？谁的规定？"老四问。

"当然是上级领导的规定……"

"你们的上级领导是谁？"老四不依不饶。

水明居冲老四使了个眼色，继续温和地问道："请问苏主任，还有没有什么可以补救的办法？"

"这个……我看够呛啦。据我所知，大多数坟墓都在挖地基的时候被破坏掉了。"

"那你们也得想办法，不然我们是绝对不会放过你们的！"老四说。

"要是你们真没办法，我们就只能在法庭上见啦。"老大补充道。

苏主任干笑两声，说："说句心里话，遇到这样的纠纷我也希望走司法程序。这是最合理也最简便的办法，对咱们双方都公平。"说完，他起身给四兄弟递烟，只有水明居一个人接了。

水明居看看其他兄弟三个，觉得再这样坐下去也没啥结果，便朝他们点点头，然后对苏主任说道："打搅啦，苏主任，以后我们可能还要再来打搅你，还请多理解。"

"不用客气，水董事长，有事尽管来，我一定积极配合。"

走到景区大门外，老四忽然站住，回头望了又望，一副忿忿不平而又犹豫不决的样子。

老大在他肩上拍了一下，道："走吧，回去请律师跟他们打官司，叫他们赔偿，少了不行。"

"妈的！不能便宜了他们。"老四朝大门啐了一口。

"老三，"老大叫住水明居，"我又想起一件事情来。"

"……"水明居等着听是什么事情。

"咱们也应该跟医院打场官司。"

"打什么官司？"

"他们把咱老母亲治成了个植物人，你说难道不应该告他们吗？"

"唔……"水明居瞅瞅老二。

老二没有任何表示，一个劲地看手机。

"当然应该告啦，"老四插道，"我们花钱是叫他们把病人治成正常人，可不是治成植物人。这帮混蛋医生，就只会他妈的下猛药……"他恶狠狠地骂了好几串不堪入耳的话。

水明居想了想，对于原告理由的充分性还是不太确定。

"反正我是已经下定决心要打这场官司啦，到时你们几个可都得支持我啊……"老大一直瞪着水明居，想让他表个态。

水明居只好点头，说："行，支持。"

老大又瞪了瞪老二："你……？"

老二勉强"嗯"了一声。

"大哥，你要我们怎么支持你呀？"老四问。

"我出力，找律师，你们只要负责出钱就行啦。"

"噢……"

"等官司打赢了，赔了钱，咱们四兄弟均分，我一个子儿不多拿。"

"那要是打输了呢？"老四天真地问道。

"打输就打输了呗，你们的钱就白花啦，我的腿也白跑啦。"他停顿一秒钟，又道，"不过，我已经咨询过律师，至少有百分之七十五的胜算。"

水明居看看手表，已到饭点儿，便建议道："一起吃顿饭吧？"

老二说："我已经约了别人。"

第十章

　　老四猛地想起什么，道："对啦，我还得去机场接人呐。"
　　水明居瞧瞧老大，老大好像没什么事情，但一想到就他俩在一起吃饭，水明居的眼前马上一片灰暗，于是他马上改口道："那就算啦吧，我本来也有事的。"
　　老大瞅瞅这三个弟弟，不无遗憾地咂了咂嘴巴。

水晶 | SHUIJING

第十一章

　　接到辖区派出所孙警官的电话，水明居的心脏立刻狂跳起来，耳边除了这狂跳的喧嚣之外，他什么声音都听不见了。瞅瞅手机屏上的通话计时数字在不停变换，水明居又把手机贴到另一边的耳朵上，可还是什么都听不见。他只好说了句"孙警官，信号不好，我一会儿打给你吧"。

　　把手机放到桌上，水明居等待着喧嚣的平息，喧嚣搞得他眼前的一切都在剧烈摇晃。南淮河边那具腐烂的女尸也摇摇晃晃地出现了，接着是楚文丹腐烂的尸首……恶臭的气味占据着他所有的感官。

　　水明居想去卫生间。走到门口，他又关上房门，折了回来。打开电脑，水明居用颤抖的手指玩起斗地主游戏。许久不玩啦，这游戏忽然有了某种悲怆的意味。隐隐地，从天际传来贝多芬第五交响曲的激扬旋律，这旋律渐渐驱散了他内心的喧嚣。命运感在他内心激起一股莫名邪恶的力量。

　　鼠标几乎要被他踩躏碎了，水明居终于平静下来，他可以打电话了。

　　"淡定、淡定、淡定、淡定……"在心里对自己说了有一百遍"淡定"之后，水明居才坚强地拨通了孙警官的电话。

　　孙警官的语调依旧像往常一样平静，细声细气的，告诉他他们有了一点儿楚文丹的新线索，要他抽空来派出所一趟。

　　唔——水明居现在的确可以淡定了，看来，这线索并不怎么紧急，要不怎么是"抽空"而不是"马上"呢？而且，孙警官嘴里的这新线索听起来应该是与腐烂尸首没什么关系的。于是，水明居当即表示自己马上就过去。

　　所谓新线索原来就是几段关于楚文丹的视频。尽管影像十分模糊，但水明居一眼就能辨认出来。那天清晨，楚文丹出现在了小区门口，举止看上去没有任何异常。她不慌不忙地沿着街道一路向北走去，六分钟后消失在一棵悬铃木下。接着，楚文丹又在小区附近的一个公共汽车站出现了，在那里等了有五分钟左右，一辆公共汽车驶来，她跟在两个背着书包的小女孩身后登

第十一章

了上去。

孙警官提醒说:"这是 21 路。"

"21 路?"水明居不坐公共汽车已有多年,根本不知道这 21 路是开往哪里的。

孙警官点开另一个视频文件,那辆公共汽车再次现身,就见楚文丹跟在一群戴着红领巾的孩子身后下了车,她一直跟着那群孩子,就像是他们的老师。

水明居看出来了,这是南淮一小,是他的母校,也是楚文丹的母校。对啦,他们的女儿也是在这里读的小学。她到这里来干什么?

楚文丹走进校园,便走出了学校门口监控探头的拍摄区域。望着定格在最后那一刻的画面,水明居仍是一脸的惶惑。

"我们已经去一小进行过调查,"孙警官说,"没获得什么有价值的信息。至于你爱人是什么时候离开一小的,我们也没能在学校门口的监控记录里查到。不过,那两天正好赶上一小拆换围墙栅栏,这也就是说,她不走大门也是可以离开的。"

"那她有没有可能……就没离开过学校呢?"

"你当然可以有这样的怀疑,但问题是我们已经对学校进行过详细的调查和搜寻,没有发现她的任何踪迹。"

"她就这么在校园里消失啦?"

"我们还在努力,继续调看学校周边的监控,希望能发现进一步的线索。但目前我们所能告知你的,就只有这些啦。"

"唔……谢谢你们,非常感谢,孙警官。"

"春天属于发情的季节,"孙警官忽然说道,"人和动物都很容易出问题。"

发情?孙警官的这句话说得有点儿突兀,水明居一时没能明白他到底是啥意思,但仍然点了点头。

离开派出所,水明居觉得就像是离开了楚文丹。想想,他又转身回到孙警官的办公室。

"请问,我能不能把那几段视频拷下来?"

孙警官犹豫了一下,说道:"……好吧……可以,你下次拿 U 盘来拷吧。"

"谢谢你!"

水明居回到车里,想也没想,就直接向一小开去。

一小已经完全不是他记忆中的那个一小，不仅是建筑一律变了模样，布局也已面目全非，曾给他留下过最深刻印象的那座黄土操场如今已不知去向。整座校园变得豪华气派了，却也显得拥挤压抑了。事实上，这压根就不是他曾在此就读过的那所学校，也不是楚文丹曾在此就读过的那所学校，那么，她跑到这里来究竟又是为的什么呢？迷惑之际，水明居豁然想到了水晶。水晶对于这所学校应该不至于像他这般陌生吧，所以……楚文丹应该也不会如他所想象的那般陌生。毕竟，每天她都要到这里来接送女儿。女儿的家长会、运动会、文艺表演等所有活动，她也都会一个不落地赶来参加，而日理万机的水明居始终都是无暇顾及这些的。

她是想念水晶了吗？

水明居沿着围墙在校园里漫无目的地蹓跶着，留心着每一处不引人注意的角落。恍然中，他以为楚文丹不过是在同自己藏猫猫，随时都有可能从哪里蹦出来吓他一跳，然后爆发出一阵得意的大笑。恋爱那阵子，每次约会，楚文丹都喜欢这样捉弄他。

傻傻的他一直在东张西望，伺机准备骇然冒出来的楚文丹则躲在某棵树后窃笑不已。

"嗨——呆瓜，哈哈哈……"

走出一小大门的那一瞬间，泪水从水明居的眼角滚落出来。他想，自己找到了楚文丹，或者说，楚文丹本来就没有失踪。因为，她与他之间的距离从来就没有如此接近过。没有。

老婆，要么你就还像过去那样突然冒出来，再好好吓上我一大跳；要么你就让我继续寻找你，哪怕一辈子找下去。咱们说好啦，老婆，说好啦。

坐进车里，水明居趴在方向盘上将所有的泪水都倾泻出来。生活终于感动了他，他希望回到过去，再重新开始自己的人生。他不得不承认，自己的过去其实没有好好经过泪水的洗礼。是母亲让他冷落了泪水，母亲太多的泪水迫使他的童年充满了咸涩的味道。因此，他憎恨泪水，甚至一度企图设法将母亲从泪水之中拯救出来。

然而，这并非泪水的过错，他不应轻易遗忘自己流泪的生理功能。坚强绝不是为了遗忘。他需要重新开始学习哭泣，在泪水中重新认识这个世界。一切都还来得及，因为他相信来世，来世给了他"一切只有开始，没有来不及"的承诺。来世的他一定要晚一点儿和楚文丹相遇（当然前提是楚文丹会

第十一章

一直耐心地等着他），至少是要晚一点儿结婚。还有，他们一定要晚一点儿要孩子，充分做好成为父母的心理准备。还有，他一定要换一个工作，这个工作可以挣钱不多，就是不能太过忙碌，好保证他有足够的时间陪伴在家人左右。还有，他在单位里可以是不重要的，但在家里必须是重要的。永远不能忘记，妻子最需要他，女儿最需要他。还有……还有……

流完泪水的水明居脸上荡漾开来宁静的喜悦，此时此刻，他很想听听女儿的声音。

"爸——"

"你好，孩子。"

"……你……我妈还没有消息吗？"

"有一点儿消息。"

"什么消息？"

"她只是离家出走了，应该不久就会回来。"

"我妈也真是的，都这把年纪啦，还玩什么小孩子的把戏呀？"

"你不知道，你妈她后来就是变成了小孩子。"

"爸……你没事吧？"

"我很好。都怪我，当时没有意识到她变成了小孩子，没有照顾好她。"

"爸，你说什么呢？"

"是的，我没意识到你妈后来变成了一个小孩子。"

"我妈她怎么会变成一个小孩子呢？你到底在说什么呀？爸。"

"是的，你妈真的变成了一个需要照顾的小孩子。我猜，她是想重新开始成长吧，她一定是对自己的生活现状不够满意。"

"你们老是吵架……"

"是的，这都怪我。等你妈回来了，我再也不跟她吵了，我向你发誓，晶晶。"

"也不能全怪你，有时我妈也有错。"

"不，主要还是我的错，毕竟我比她大几岁，又比她多读了几年书，应该更能理解她。可是，我没有……我没有……"

"我妈要是能听到你这么说，她肯定立刻就会回来的。"

"唉……也可能……你妈不是离家出走，她只是迷路了，小孩子都会迷路的。"

"……你别太难过啦，爸，说不定……她很快就会回来的。"

"嗯。你放心，孩子，我一定会找到你妈的，我能找到她。"

"好，有消息请马上告诉我。"

"会的。今年寒假你回来吗？"

"……回。"

"好，回来吧，到时我去车站接你。"

算算日子，离寒假尚有不短的一段时间，水明居真希望楚文丹能在寒假开始之前回到家里。否则，他和女儿该怎样共同面对这段没有楚文丹的日子？在女儿回来之前，自己还能做些什么呢？能够想到的地方他都去找过了，就是一直没有联系上她的那两个哥哥。

他甚至想到过她的山东老家，楚文丹出生在那里，可据说她三岁时就离开了，而且之后再也没有回去过。老家对于楚文丹可以说并不存在记忆上的召唤，她也从来没有向他谈起过自己的老家。他记得，她曾经总爱提起的是小时候住了十多年的那个四排房。刚认识楚文丹那阵，他同她一起去过好几回那里。

顾名思义，四排房就是四排平房，住有二十来户人家，紧依着南山。因为环境幽美，那里早在二十多年前就被市政府开发成了自己的招待所。残存的记忆仅剩下被招待所围在墙外的那座有几分像是烟囱，又有几分像是炮楼的废弃水塔。楚文丹说，小时候她常和哥哥还有邻家的小伙伴们爬到水塔顶端去俯瞰他们的家园。

一次，不顾他的反对，穿着高跟鞋的楚文丹硬是要踩着那一根根锈迹斑斑的钢筋爬上去看看。他只好也跟着爬了上去。在塔顶的红砖墙上，水明居看到了孩子们的各种涂鸦。其中，有两行字迹引起了他的注意：

楚文丹到此一游
楚文丹长命百岁

在丛丛凌乱的字迹里，水明居还发现了楚文军和楚文民的名字，那是楚文丹的两个哥哥。

"你这是用什么刻上去的？"他问。

"铁丝。"说着，她捡起地上一根已经锈透的铁丝，试图将自己的名字

第十一章

抹去。

他抓住她的手："不要……"

"现在看着真不好意思。"

"我看挺有意思的，就留着做个纪念吧。"他冲她扮了个鬼脸，"那时候你就祈祷自己长命百岁，这真叫人小志气大呀，哈哈哈……"

"讨厌，不许笑话人……"

唔，水明居的记忆开始在那座红砖水塔上萦绕，绕成了一个大大的死结。他只有亲自再去那里一趟，方能将这个死结解开。

天已经不早了，阴沉沉的，好像要下雨。水明居犹豫片刻，还是拿起车钥匙下了楼。走到门口，一阵雷鸣仿佛巨人漫不经心的轻咳在他头顶滚过。水明居又迟疑了一下，捏了捏手里的钥匙，随后坚定地朝自己的车子走去。

把车停放到市委招待所门口，水明居沿着围墙进了山。天色蓦然亮了起来，松林披挂上夕阳的红光，仿佛雨过天晴的样子，水明居甚至似乎闻到了潮湿泥土的气息。

快走到围墙最南端时，水塔的顶部出现在了水明居眼前。他紧走几步，忽然又停了下来。他意识到，这不是一次约会，但却感觉楚文丹就在那里，只是他不敢想象楚文丹是以什么样的面目待在那里的。事实上，根本就用不着想象。水明居的步履沉重起来。

一只黑猫呜咽着从水塔的底部猛冲出来，消失在灌木丛里。水明居浑身一个冷颤，迈起的右脚随着本能立即缩了回去。他立在那里等了一会儿，抽动着鼻子。此时，他能够信赖的唯有自己这并不太灵敏的嗅觉了。但是，除去淡淡的松叶香之外，他闻不出任何其他的味道。

不太可靠的嗅觉给了水明居一点儿胆量，他向水塔一步步挪去。走到跟前，看到塔里的一堆碎砖和几棵从水泥缝里顽强挣扎出来的野草，水明居稍稍放了点儿心。他用力咳嗽一声，给自己壮了壮胆，然后大义凛然地将一只脚踏了进去。

只有碎砖和野草。水明居仰头看了看，蜘蛛网和斑驳的墙壁，没有什么好怕的。他晃了晃一根用于攀登的钢筋，弄得满手都是锈迹，但依然挺牢固。于是，他伸出双手小心向上爬去。很快，他的衬衫和裤子前面都沾满了铁锈。

刚够到顶端的露天平台，水明居便紧张地左右扫视起来。只有几片新鲜的落叶，水明居长吁一口气，接着又登上几步，将身子探过去，趴在平台上歇了一会儿。等呼吸平稳下来后，水明居跪着爬到了平台上。

他开始在墙壁上寻找。记忆显然出现了差错，楚文丹的名字并不在左边，而是在右边：

楚文丹到此一游
楚文丹长命百岁

第一行的名字上还依稀可见当时楚文丹试图抹去它时留下的印迹。水明居用手抚摸着这受伤的名字，将嘴唇凑了上去。他嗅到一股清凉生涩的气味，这气味立刻引子般地召唤回了那遥远岁月里的气息。他鼻腔里所有的细胞顿时都跟着活跃开来，迎接着被主人遗忘已久的各种味道。最终，滞留不去的是那雨后悬铃木和冬青叶子散发出来的混合气味。这就是楚文丹身上的味道，他第一次与她相拥着在那条街道旁走过，闻到的就是这样的气味。那时候，几乎不用化妆品的楚文丹闻起来就是这样自然的味道。

南淮市的大街小巷遍地种植着悬铃木和冬青，悬铃木和冬青的味道便是这座城市的味道。楚文丹就是这座城市。不用寻找，这座城市从未抛弃过他，他所要寻找的其实仅仅就是他自己而已。

水明居转过身来，拭去满脸的泪滴。放眼望去，那一户户人家又在绿林掩映的大地上重现了。袅袅炊烟，盘旋的鸽子，此起彼伏的鸡鸣犬吠，风中摇曳着的刚刚浆洗过的单衣，还有孩子们尽情地欢笑……忽然，水明居听见有人在喊："楚文丹，你妈喊你回家吃饭——"嬉闹声渐渐中止，一切随即归于沉寂。

水明居正要徒劳找回那无情消失掉的景象，却猛然看见东方不知什么时候现出了一道彩虹。那童话般的彩虹，那仅在他儿时记忆里和女儿画笔下才有的彩虹。水明居又一次潸然泪下，他张开双臂，但即使他不怕摔个粉身碎骨，也无法拥抱那道彩虹，他只能冲着它一遍又一遍高呼："楚文丹——楚文丹——"

这似近犹远的彩虹是个魔法师，它让水明居看到了妻子咿呀学语时的模样。那蹒跚的步态，那迷蒙的眼神，那浑身的奶香；她需要吃喝，她需要安睡，她需要父母的关爱。等她长大了，她还会需要朋友的关爱，需要丈夫的

第十一章

关爱,需要女儿的关爱。人这一生,始终不能中断的就是自己所需要的爱。被爱和爱。遗憾的是,他水明居在婚后从来就没拥有过这样的想象力。他不知道对方曾经是个多么可爱,多么需要照顾的孩子啊,因此,他无法延续妻子所需要的爱。爱一旦中止,那便是伤害。无需自问我们伤害过谁?真正需要自问的只是我们是否时刻在爱着谁?

别了,彩虹;别了,我的魔法师。永不离去的是你带给我的所有关于儿时的记忆和想象,从此,我将与过去的每一时刻都永不分离。我是永远的婴孩,我的未来就是我的过去。我再也不说前进啊,阿丹。我只说咱们回去,亲爱的。

水明居没有回公司,而是回了好久没回的家里。他打开卧室的衣柜,翻找着妻子的衣服,想找到一件他自己熟悉的衣服。找了半天,他一无所获。他不知道妻子的这些衣服都是什么时候买的,也想不起来她穿上它们时的样子。他努力回忆着早年她所穿过的衣服,但是一样也想不起来。他以为自己至少可以想起初遇她时的衣着,那应当是他对她记忆最深刻的时候,然而,也只不过是以为,事实是他仅能大约记得她当时穿的什么季节的衣服。

一条紫色真丝连衣裙滑落到他的手上,水明居双手捧起,细细端详,脑海里仍然浮现不出这袭衣裙着在她身上的情景。他将头埋在这袭衣裙里,立刻又闻到了雨后悬铃木和冬青叶子的气味。这气味开始在房间里弥漫,有了这种气味,偌大的房间似乎已不再那么凄清。

随手整理了一遍妻子的衣服后,水明居关上衣柜,在床上呆呆地坐了一会儿。这时,他忽然想到了家里的影集,在照片上不是可以看到她穿过的那些衣服吗?

可是,他并不知道家中的影集放在哪里。水明居开始翻箱倒柜地寻找,找了足足有一个小时,才终于在水晶床下的一个蒲草筐里发现了它们。厚厚的灰尘,还有硕大的蛛网。

水明居清洗了好几次抹布,才将四册影集打理干净。他首先打开的是妻子的影集,这第一张正是她人生的第一张相片,黑白,两寸大小,扎着两条小辫子,身穿花棉袄,手里捧着一本《毛主席语录》。水明居注意到,这个时候的妻子竟然长着两个极好看的酒窝。

对于这张相片,水明居还记得妻子曾经跟他抱怨过,说她的爸妈重男轻女,两个哥哥都照过百日照,唯她第一次照相的时候都快上小学了。所以,他们的女儿水晶一出生，她就给她拍了无数张照片。

一页页翻过去，妻子在迅速成长。很快，她便出落成了一个漂亮的大姑娘。年轻时的妻子有多美啊，她喜欢奥黛丽·赫本，可在水明居眼里，那时的她比奥黛丽·赫本还要美上十倍呐。不久，这个比奥黛丽·赫本还要美上十倍的女子就要与一个名叫水明居的青年相遇了。又不久，他们两个人就要相爱了。瞧，他们一起站到了一棵悬铃木下，表面看不出亲密，但脸上那羞涩的笑容却是如此甜蜜。

水明居的心脏"怦怦怦"直跳，他不知道，自己此刻的脸上也正带着这种羞涩甜蜜的微笑。如果说高考成功是他人生中的第一大幸事，那么追求楚文丹成功就是他人生中的第二大幸事。不过，他可一度曾把后者看得比前者还要重要呐。非要二者选其一的话，他宁愿保留后者。对他来说，高考没那么艰难，追求后者的成功才使他获得过空前的成就感。

合上妻子的影集前，水明居在她的脸上轻拂了一把。自从有了水晶后，楚文丹便很少照相了，总说自己老了，不中看了。

水明居又打开女儿的影集，在这个初生小生命闪亮的瞳仁里捕捉着妻子的影子。夜深了，水明居有了倦意，他靠在床头，闭上眼睛，心想，明天我要把这几册影集都带到公司去。然而，不等他重新睁开眼睛看完女儿的相片，他就已经在灯下酣然睡去了。

坐在办公室里，水明居接着翻阅女儿的影集。当他听到动静抬起头时，不禁大吃一惊："……你……你怎么回来啦？"他又低头看看照片里的水晶，再抬头看看赫然出现在自己眼前的这个水晶，仿佛这是一个梦境。

一直笑眯眯的水晶开口了："三叔……"

"……唔……你是……"

"你不认识我啦？三叔。"

"你是……"他不停地摇头，不是想不起来她是谁，而是一时想不起来她的名字。

"我是水珊啊。"

"唉，你瞧……"水明居在自己的脑门上拍了一掌。

没错，是水珊，不是水晶，可她们俩长得怎么这么像啊？不过现在细看他才意识到，水晶是短发，而水珊是长发。再说，水晶是从不穿裙子的。水珊是他大哥的女儿。

第十一章

"水珊，我好久没见过你啦。"水明居指了指一旁的沙发。

"有十几年了吧？"

"倒不至于这么久吧？"

"我记得去上大学后就没再见过三叔啦，我现在都已经二十八啦。"

水明居眨眨眼，算了算，道："是吗？唔，还真是的哎……"

"水晶现在在做什么呢？"

"还在念大学呀。"

"在哪儿？"

"北京。"

"哇，她好厉害。"

"你现在在什么地方？"

"深圳。"

"做什么工作？"

"在一家外企做出纳。"

"你学的财会专业？"

"嗯，是的。"

"喜欢现在的工作吗？"

"不是太喜欢……"

"唔……你今天怎么突然想起看三叔来啦？"水明居打量着侄女的眉眼，她的模样和水晶的确很像，不由得就生出几分怜爱。

"三叔……"水珊有点儿吞吞吐吐。

水明居已经觉出她是有事相求。

"……三叔能不能给我介绍个工作……？"

"你不是有工作吗？不想干啦？"

水珊摇摇头："不是，我是想回南淮。"

"回南淮干嘛？深圳不是更好吗？"

"我不喜欢深圳……"她的脸霎地涨得通红，"我爸妈也想让我回来。"

"你……是不是遇到什么事情啦？"水明居将沏好的茶水放到她面前。

"谢谢三叔。"水珊低下头，神情好像有些恍惚。

"到底遇到什么事情啦？是不方便说吗？"

水珊一个劲摇头，终于将噙在眼里的泪花摇了出来："男人真不是个好

327

东西！"

"唔……你这是失恋了呀？"他想想，觉得她应该还没有结婚，这种事情老大不会不通知他一声的。

"我恨男人……"说着，泪水便无所顾忌地奔涌出来。

水明居关上房门，坐到水珊身旁，轻拍着她的后背，笑道："你说得对，男人确实不是个好东西！"

听着水珊的抽泣，水明居不禁想到了女儿，他将水珊揽住，继续安慰道："别难过啦，孩子。告诉三叔，那个男人是谁？他敢欺负我家宝贝，我就敢杀了他。""杀"字被他说得血淋淋的。

"不要……"

"看看，口口声声说人家不是好东西，可最终还是舍不得。"

"杀人犯法。"水珊停止了抽泣。

"好吧，你先喝点儿水。"水明居回到自己的座位上。他想，要是哪个男人伤害到我的水晶，我是绝不可能放过他的，哪怕犯法，"说说看，你想去哪里工作？"

"我爸想让我到你这里来。"

"你爸？他自己怎么不跟我说？"

"他可能是没有时间吧。"

"没有时间？他在忙乎啥呢？"

"在研究法律呐，说有两个官司要打。"

"唔——"水明居又在心里"哼"了两声。

水珊等待着他的答复，水明居也在考虑着自己的答复。"你了解我们公司吗？"他问。

"我爸跟我说过。"

"唔？他是怎么说的？"

"我爸说……说这里很有前途……"顿了一下，她又补充道，"我相信在三叔的公司里可以学到许多在别的单位学不到的东西。"

"你真是这么认为的吗？"

"嗯。"水珊用力点头，嘴角上露出一丝狡黠的笑意，那神情像极了她的父亲。

尽管这神情让水明居感到稍许不快，但他还是不愿让自己对于大哥的成

第十一章

见牵连到这个孩子。这个孩子和水晶太像是一对亲姐妹了。

"你爸有没有也对你说过,我是不允许任何亲属进我这个公司的?"

"没有……"水珊的声音低沉下来,显得有些飘忽。

"你爸他肯定知道……"

"……"

"不过……看在你失恋的份上,我可以破例考虑一下你的要求……"

"谢谢三叔。"水珊猛地站起身来,像要给他鞠躬似的,但腰肢仅是扭动了一下。

"不过,我可得跟你说清楚,水珊,我必须遵照公司的招聘程序录用你,这绝不是我一个人就能说了算的。你首先需要向人事部递交一份简历,简历通过后得参加一次笔试,笔试通过后还要再进行一次面试……"

水珊听着听着就噘起了小嘴。

"……有问题吗?"

"好吧。"

"好吧是什么意思?"

"没问题。"水珊试图表现出轻松自信的样子。

"那就好,人生没有捷径可走,只能依靠自己的努力一步步来……"霍然意识到自己教训人的口气,水明居即刻改换语调,说道,"中午我请你吃饭,你想吃什么?"

"不啦,谢谢三叔,中午我约了同学一起吃饭。"

"别跟三叔客气,不行就把你的同学一块儿叫上。"

"真不是跟三叔客气,改天我请三叔吧,我都工作好几年啦,还没请过三叔呐。"说着,水珊起身,从随身带来的包里掏出两个精致的蓝色小盒子递给水明居,"这是我送给三婶和水晶的小礼物。"

"唔,谢谢,我替她俩谢谢你。"

水明居一直将水珊送进电梯,看着电梯门合上,才转身回到办公室。

他没有打开那两个小盒子,拿在手里端详片刻,便搁进了抽屉里,并顺手拿出一包香烟。

走到窗前,水明居一边拆着烟盒,一边眺望着公司的院落。忽然,他发觉那辆正在往后倒的车子很眼熟。定睛细看,在车子拐弯的一瞬间,他看见了开车的大哥。

329

望着大哥的车子远去，水明居摇了摇头，又摇了摇头。

　　也许，以往的自己就是太不近人情了吧。如果那时同意让楚文丹来自己公司上班，结果又能怎么样呢？只要她开心，又有什么大不了的呢？平心而论，楚文丹这个人做事认真，而且利落，还善与人沟通，是完全可以成为他公司一名称职员工的呀。

　　此时，水明居已经想好，要是水珊能进来，就让她去公关部，先在周一虹的手下锻炼一段时间，考察考察她的能力和为人再说。对于这个侄女，他可以说没有一点儿发言权。要说她的父母，也就是自己的大哥和大嫂，他实在给不出太高的评价。倘若单从这两口子来推断，他根本就没法看好自己的这个侄女。不过，通融也仅止于通融，他绝对不会姑息。让步不代表没有原则，他水明居永远不可能轻易越过自己的底线。

　　一阵微风拂过，几片树叶纷纷飘落，眼看着天就要冷了，水明居不禁想到楚文丹出走时的那身单衣。她能在哪里落脚呢？会有人照顾她的冷暖吗？

　　想完妻子，水明居又想到母亲，那个已经完全不知道冷暖的母亲。自从上次将她从医院接回家，水明居便再也没顾上去看她，只是定期跟庞叔通个电话，问问情况。显然，没空不过是一个最表面化的理由。其实，他更没有心情。一想到母亲，他更加的没有心情。当然，水明居也从来就不是一个愿意为情绪所左右的男人，男人应该始终由理性来主导。所以，即便没有心情，这么久了，他也需要去看一趟母亲大人了。尽管母亲永远不会再有抱怨，永远不会再有召唤，但是那种抱怨和召唤早已在他的心底发芽生根，时而会以回声的方式自动显现于他的耳畔。

　　下班后，水明居去超市买了些补品来到母亲家。一进屋，他就闻到了一股刺鼻的尿臊味，若不是看见庞叔，那脏乱不堪的客厅会让他以为自己走错了门。

　　母亲房间里的尿臊味更是浓烈，简直叫他无法呼吸。他瞟了一眼窗户，一个箭步先过去将窗子敞开。

　　"妈——"水明居喊了一声，嘴巴几乎没有张开。

　　母亲一动不动地躺在床上，闭着眼睛，整个身体俨然缩小了一半，犹似一个无助的婴孩。新长出的几根头发不耐烦地打着卷，两颊深陷，满是大小斑点的面部呈现出某种怪异的几何形状。那狰狞的模样让人难以判断出她的性别。

第十一章

水明居皱紧眉头，脑子里突然冒出一个"活尸"的概念。随即，他又联想起南淮河边的那具女尸。虽然还没有呕吐的生理反应，但他仍然在强压着恶心的感觉。

"我把她的假牙拿掉了，不然喂饭很危险。"庞叔说。

隔壁那个老头吃饭被假牙卡住喉咙的场景即刻复现于他的眼前。

水明居不忍再多看一眼，走出母亲的房间，接着便急忙翻找身上的香烟。烟草的味道是个安慰。可是，这安慰依旧抚平不了他心里那种被侮辱被冒犯的莫名愤怒。这哪里还是他的母亲？这连一个人都他妈的算不上。真是对人的可耻败坏啊，真是对人的恶毒践踏。什么植物人？植物还有生命的基本回应能力呐，而不仅仅是单调的呼吸和心跳。再说啦，植物又会将自己糟蹋成如此丑陋的模样吗？

如果让我活成这个样子，那我情愿立即死去。这样的苟活简直就是罪孽。水明居想，将来得早点儿跟水晶交代清楚，如果有一天轮到我要面临这样的抢救，没什么可犹豫的，坚决放弃。这样的抢救不是人道，恰恰相反，是惨无人道。活着绝不是生命的最高价值。

一股邪恶的情感在水明居的内心里熊熊燃烧，他诅咒母亲速速死去。唯有死去，母亲才能重新恢复生命的洁净与尊严。以这种状态存在的母亲，同生命的价值没有任何关联。妻子就是在消失之后才真正存在于他的生活里的，同样，母亲也只有在死去之后方能继续融入他的世界。母亲不死，他就不可能获得安宁。

水明居不想再待下去了，甚至以后都不想再来了。打算离去之前，忽又觉得不和庞叔说上两句未免欠妥，于是便找话说道："我给你们雇个保姆吧，庞叔，帮你们做做饭，打扫打扫卫生什么的。"

庞叔没有马上表态，若有所思了片刻，点着头道："你妈现在这样倒是让我省心啦，只要管好她一日的吃喝拉撒就算完事啦。她吃得又简单，只能吃流食。以前她可没这么让我省心过。"

水明居看了看庞叔，他的精神状态好像是比前一阵子要好些。"那……你什么时候要是需要保姆的话，就跟我说一声。"说完，水明居便想快快溜之大吉。

"明居……"庞叔叫住了他。

"怎么……？"水明居刚刚抬起的屁股又落了下去。

庞叔的表情异乎寻常，眼睛里还泛着光，他沉吟道："明居，你们兄弟四个数你读书最多，最明白事理，我一直就和你最能谈得来。有什么话，我也只愿意和你说一说……你喝水不？"

水明居连忙摆手，他就是想喝，在这里也喝不下去。

"……唉——"长叹一口气后，庞叔又沉默了一会儿，似有难言之隐，"不瞒你说，明居，我这辈子的晚年生活就这么被你妈给交代掉啦。我的儿女也都因为你妈不愿再和我来往，我不知道等我老到也需要有人伺候的那一天，我该怎么办？唉，每天看到你妈这个样子，我就不能不想到自己的这一天啊……"

"……这个……庞叔你不用担心，我想我们兄弟几个不会不管你的。"

"唉……"庞叔不停地摇头。

"你放心，庞叔，别人不管你，我肯定会管，我向你保证。"

隔着茶几，庞叔猛然倾身向他伸出手来，这冷不丁的动作令水明居吃了一惊，愣怔两秒钟，他才做出回应性的动作。"有你这句话，明居，庞叔就什么都不用说啦……"他用力握紧水明居的手，晃了又晃，仿佛将所有的话都攥在了这掌心里。

"就是我的邻居，如果没人管的话，我也会管的。"水明居想到了隔壁那个转眼间就疯狂衰老下来的男保姆。

庞叔两颊一直绷紧的肌肉松弛下来，点点头，道："孩子，你是个有良心的人，庞叔没白疼你。"

"我妈让你受累啦。"

"唉，咱也是个有良心的人，你妈这一辈子过得太不容易，我得对她好些。人嘛，都有缺点，都有优点，多想想好的地方，没啥过不去的。"

一根烟抽完，水明居四下里打量了一眼。房屋败落得厉害，天花板上暴露出一大块水泥，所有的家具仿佛也都经历了一场浩劫。昔日那高朋满座的辉煌情景，水明居至今无法忘怀。

"我找人来把这屋子收拾一下吧。"

"用不着，住习惯啦。"

"就刷刷墙，把天花板修一修。"

"不用不用。"庞叔又是摇头又是摆手，好像水明居的这个想法会让他很痛苦。

第十一章

"那就还是雇个保姆吧,至少得要个小时工……"

"就我这点儿退休金,哪可能雇得起保姆啊?你知道现在雇个保姆得多少钱吗?"

"这钱我来出,多少你不用担心。"

庞叔抿了抿嘴,有些意外,有些感动的样子:"这个……文丹不会有啥想法吧?"

水明居摇摇头,心想,我要能知道她有啥想法该多好啊。

"哦……文丹还没一点儿消息吗?"

水明居继续摇头,起身走了出去。

户外的空气给了他呼吸的自由,虽然PM2.5照样严重超标,却不至于像母亲屋里的空气那样让他难以喘息。水明居今天才认识到,衰老的人身上似乎都有一股难闻的气味。就在庞叔探身同他握手的那一刻,他初次闻到了他身上那股刺鼻的味道。衰老是不是就是一种腐烂?人在尚未死去的时候,其实就已经悄悄开始腐烂了。衰老和死亡都是以气味的形式传达信息的,嗅觉是这方面最为灵敏的感官。

水明居低头像条狗似地吸了吸鼻子,企图嗅出自己身上有没有那种衰老的气味。但是一阵凉风猛地吹来,只让他闻到了一股尘土的味道。

回去得好好清洗一下,或许清洗是躲避衰老的最好方式。以后,应该常常想到清洗。

别墅已经装修完毕,那个可以眺望湖景的卫生间最令他感到满意,以后可以随时泡在浴缸里,品着绿茶,看着窗外的湖水……可是,这种让他不免陶醉的憧憬因为楚文丹而有了挥之不去的罪疚感。他无法就此陶醉下去。

简单买了几样家具,水明居就住进了别墅,他已经在公司里住够了。这个仅有一百多户的居住区最显著的特点就是宁静,宁静对于他是种全新的体验。他从来没想到,宁静竟然可以使人置身于其中的空间无限延伸。

从白天到夜晚,水明居所能听到的声音只有鸟鸣,各种鸟鸣。他尝试着辨别出究竟有多少种鸟,但是没有成功。躺在床上,还能望见月亮,满屋子的月光。你好,小鸟。你好,月亮。鸟鸣和月光给了水明居未曾经历过的居住的幸福。他羞愧难当,盖了这么多年的房子,却压根不知何谓居住的幸福。看来,楚文丹在这方面要比他内行得多。他没有忘记,买这栋别墅可完全就是楚文丹的主意啊。为这,他还同她大吵过一架。

月光下的水明居辗转反侧，黎明时分，他索性从床上坐了起来。这第一夜注定是不平静的一夜，因为他早已习惯了不平静，平静尚需要他重新慢慢去习惯。

正想着这个周末去家政公司物色个保姆或小时工，水明居忽然就接到庞叔的电话，告诉他自己已经雇到了保姆，是一个老战友介绍的，价格也比市面便宜，两千块钱一个月。

水明居说："好，我记着每月给你打两千过去。"

庞叔客气道："不用了吧，明居，我算了算，只要你妈不住院，我这点儿钱还能凑合。"

"你不用凑合，庞叔，说好啦，我出这笔钱。"

刚挂掉电话，手机接着又响起，是老大打来的，水明居猜测是为他女儿的事情，但对方首先提到的却是庞叔："庞叔雇了个保姆，你知道不？"

"知道，是我叫他雇的。"

"你？你叫他雇这玩艺干啥？"

"你没看那屋还能进去人吗？"

"……可你见过他雇的那个保姆了吗？"

"没有，听说是他战友介绍的……"

"比你还年轻，才四十出头，而且又是个离婚的。"

"那又怎么样？"

"怎么样？你想想看……"

"我没你那么多想法，想不出来……"

"电视节目里天天打这种官司，难道你不知道？"

水明居有点儿明白了，但仍坚持道："我不知道。"

"哼，现在是保姆，过些日子就该转正啦。"

"转正？"

"对，取代咱们老母亲的位置。"

"你想多了吧？咱妈还活着。"

"咱妈不在了呢？"

"那就随他便呗，你还想干涉人家婚姻自由啊？"

"那房子怎么办？"

"唔，原来你操心的是这个。"

第十一章

"咱妈给我看过房产证，上面有咱妈的名字。"

"……"

"如果老头子将来娶了这保姆，那房子指定就是她的啦。"

"是她的就是她的呗，只要庞叔愿意。"

"哎——你咋一点儿权利的意识都没有呢？那也是咱妈的房子呀，老头子愿意，咱妈还不愿意呐。"

"不愿意又能怎样？跟人家抢去？"

"犯得着去抢吗？先跟老头子好说好商量，不成咱就打官司。"

唔，你都成打官司专业户啦，水明居心想，没怎么着就已经三起官司在手啦。当年可真是干错了行啊。

"总之，都怪你多事，给他找什么保姆呀？事先也不跟我说一声。要我说呀，这事你得负责跟他说道说道，提早给他打个预防针。"

"要说你说，反正我不说，我不惦记那套房子。"

"哎——老三，你这话啥意思？你以为我在惦记那套房子呀？别搞错啦，我是要主张咱妈的权利，这是咱们应尽的孝道……"

水明居不再吭声，再说就会和对方吵起来，他已经听见自己那满腔的怒火在呼呼作响了。他不想吵架，再也不想吵架，永远不要吵架。他这一生的架都已经提前跟楚文丹吵完啦。

庞叔那套房子现在大概值个六十多万，六十多万听起来也不算少，但真要分割起来，每人又能分到多少呢？就为了这区区小利，至于把近三十年的情面都不顾了吗？就算他最后真把房子给了保姆，只要是心甘情愿，我们又有什么可说的呢？六十万换一个不太悲惨的晚年，值吗？谁说得清？把那六十万留给我们四兄弟，我们又能保证他有一个愉快的晚年吗？

水明居对庞叔的印象一直不错，觉得他待母亲的确也算仁至义尽啦，倒是母亲对庞叔多少有些亏欠。母亲一辈子太会算计。从这点看，大哥真不愧是她的儿子。水明居相信，大哥为母亲主张的所谓权利，绝对是符合母亲的想法的，假如母亲此刻还能有想法的话。只有自己的想法从来得不到母亲的青睐，大哥要是责怪他，想必母亲肯定也会对他不满的。

当然，所有这一切都只不过是一场假想的战斗，是提前制造出来的虚惊，是我们根据世俗逻辑推断获得的势利性想象。在利益面前，我们早已惯了"狼来啦！"的游戏。

不过，尽管水明居没有老大那么势利的想法，但在后来的某一天，因为路过顺便登门而终于同庞叔雇佣的那个保姆相见的时候，水明居还是于有意无意之间挑剔着她的一举一动，企图在她和庞叔的关系中嗅出些许微妙的感觉来。特别是看到庞叔那久违了的开心样子，看到他仿佛又焕发出了昔日的蓬勃生机，看到他对保姆有如当年对母亲那样的彬彬有礼，水明居似乎真的就从中看到了他们之间的未来。而再看看始终静静躺在一边的母亲，水明居的确不能不觉得母亲受到了冷落。

然而，水明居还是尽量拒斥着这种不快的感觉，为什么就不能看到庞叔高兴呢？为什么就不能看到他对保姆好呢？他怀疑是自己的阴暗心理在作怪。

保姆来自郊县，属于多年前的下岗工人。虽说四十出头，可看上去并不年轻，额头上的白发十分惹眼。若是跟楚文丹站在一起，那副外表必定会显得更惨。给水明居留下深刻印象的是保姆的笑容，一笑总流露出几分不大协调的神情。水明居琢磨了一下，认为那是种淡淡的幽怨和沧桑。也许，这又是一个命运多舛的不幸女人。水明居想在对方的相貌上识别出可能的奸诈来，但是他没有成功。拘谨、惆怅、内向，这就是她的面容所能昭示出来的一切。

临走时，水明居仪式性地在母亲房间的门口站了站。他不想上前，也不忍看母亲的脸。目光只是在窗户上游移着。

"小李可勤快啦，"庞叔说，"现在都是她伺候你妈，比我伺候得好，让你妈少遭了不少罪。"

他这是让我觉得钱没白花吗？水明居心想。他回头看看保姆，她又躲到厨房里去了。

庞叔笑笑："看见了吧？总是闲不住，非得我命令她歇一歇才行。"

她的勤快确实显现出了效果，屋里的尿臊味闻不到了，窗明几净，地板铮亮，所有家具也都在一定程度上恢复了过去的风采。就冲这些，水明居觉得这个保姆也是应当雇的。更何况，庞叔又说她让母亲少遭了不少罪呢？

等母亲不在了，庞叔要是真能跟她走到一起，这倒也不失为一个好选择。水明居很清楚，要是让母亲和大哥得知他此时的这种想法，自己保准会遭到他们狠狠一顿痛斥。他几乎已经听见了他们的咒骂声。

这不是幻觉，大哥果真骂他了，只是骂得不像母亲那样永远没有分寸

第十一章

而已。

"……瞧你干的好事！老三……老头子现在天天在度蜜月呐，跟那个保姆上街买菜，跟那个保姆散步锻炼，亲密得就像两口子一样。邻居们都开始指指点点啦，这让咱们的脸往哪儿搁呀？"

"……唉，只要他们能把妈照顾好，就随他们去吧。"

"瞧你说的！你这是啥立场？你有没有考虑过妈的感受？"

"她还有感受吗？"

"可咱们有感受呀……"

"我的感受就是如果妈少受罪，他们开心，这样没有什么不好的。"

"你……"

水明居听见了老大咬牙切齿的声音，他一动怒，表情跟母亲简直一模一样。若不是因女儿的事有求于自己，想必此刻他就该破口大骂啦。不过，水明居已经清晰地听见了他在心里的破口大骂。他无所谓，他让心思远远离开了他的声音。

感觉尚未入冬，却下起了第一场雪。拉开窗帘，水明居不觉一震，白色雪花随着他的惊愕变成黑色，清晨即刻又坠入黑夜。楚文丹在他的心头颤了几颤。

水明居伸手去抓窗帘，没抓住，跌倒在地。他的脚忽然剧烈疼痛起来。他试着重新站立，但难忍的疼痛使身体丧失了正常支撑的力量。他只好跪着爬回床去。

他按摩了一会儿脚部，又感觉到是脚踝在痛，疼痛似乎是在游走。半个小时过去，症状丝毫不见好转。他开始打电话向周一虹求救，周一虹听完他的描述，当即断定这是痛风。

痛风？这个名词水明居并不陌生，他认识的不少男人都有这个毛病，就是没想到自己也会有这个毛病。他听见周一虹说："不用担心，我马上过来。"周一虹从容淡定的语气立即打消了他的顾虑。他穿好衣服，等待着救兵的到来。

好在一切都是可以遥控的，水明居只需摁摁按钮，所有的门便都打开了。周一虹一手拎着一个拐杖来到他的面前。水明居注意到她穿上了羽绒服，还戴上了手套。

"你这是从哪儿弄来的？"

337

"从药房买的呀。"

"我需要这个吗？"

"那除非你想一直卧床不起哟。"

"好吧，我来试试。"水明居接过双拐，支撑着下了床。

"如果不行，那就只好轮椅喽。"

"还行。"水明居咬着牙说。他练习着走了几步，支点落到拐杖上，脚部的痛苦至少不再那么难忍了。

"到底行不？不行我就给你换轮椅。"

"行，没问题。"他可不想坐在轮椅里让人推着，那像个废人。

周一虹为他整理起床铺，水明居望着她的背影，脸色骤然暗淡下来。他又想起了楚文丹，因而竟忘了客气一下，便转身朝卫生间挪去。

洗漱之际，他听见周一虹在门外问道："早饭想吃点儿什么？水董。"

"不吃啦。"

"不吃怎么行？我给你做点儿吧。"

"你做不成，我这里啥吃的都没有。"

"那就只能出去再说啦。"

下楼时遇到了点儿困难，水明居控制不好重心，摇摇欲坠。楼梯又窄，周一虹想在旁边扶他都没有办法，只好站到前面看着他。其实，这样看着没有任何意义，水明居要是一头栽下，连她也不能幸免。水明居索性把双拐丢给周一虹，自己扶着一边的楼梯往下滑。木质楼梯被设计成了螺旋形，看上去挺漂亮，到行动不便的时候才知也够麻烦。

"看来最好的房子还是平层，不要这些楼梯。"水明居道。

"可惜咱们地上没有那么多的面积啊。"

水明居盘算着，要是把自己这栋别墅的总面积摊在地面上，那得占多大的一块地？确实，照这样下去，恐怕这整个小区实在是容纳不下几户的。

总算移动到了一层，水明居浑身的肌肉放松了些。

"你是不是穿得少了点儿？外面可有点儿冷啊。"周一虹说。

水明居看看自己身上的皮夹克，摇头说："没事的，我的棉衣都在汉宫呐。"汉宫是他以前居住小区的名字。

"那要不要先去一趟汉宫？"

"不要，回头再说吧。"

第十一章

一来到户外，水明居就接连打了好几个喷嚏。

"冷吧？到车里就好啦。"

"不冷，我这是鼻炎。"水明居的确没觉得外面比屋里冷多少。

汽车开出一段路后，周一虹下车给水明居买来两个烧饼和一杯豆浆。

水明居说："我一有事就想到找你，这都成习惯啦……"

"承蒙领导赏识，在下不胜荣幸啊。"周一虹笑道。

"习惯到最后就变成了依赖。"

"也许我就容易被人依赖吧，我的老公和儿子都很依赖我。"

"那是因为你把他们照顾得太好啦。"

"也许吧，不过我喜欢照顾别人。我爸说我最适合做一名护士。"

"你想过去做一名护士吗？"

"要是去做护士的话，不就没有机会认识水董了吗？"

"嗨，认识我有那么重要吗？"

"当然，我无法想象我的领导不是水董，真的。"她从后视镜里瞥了一眼正用吸管喝着豆浆的水明居。

水明居咂摸着对方这话的意思，她是说我是一个挺理想的领导吗？仅仅就是一个挺理想的领导吗？想到这里，水明居的心情不知为何又有点儿不是滋味。

"作为一个男人，我很失败。"他突然说道。

"……那是你对自己要求太高啦，水董。"

"不是这么回事。我不是个好丈夫，也不是个好父亲，只是以前自己不知道这些罢了。"

"水董……"车速陡然降了下来。

两个人顿时都陷入了沉默。直到汽车停下，水明居才恍然发现他来到了一个陌生的地方。

"这是哪里？"

"中医院。"

"到这儿来干啥？"

"那你想到哪儿去呀？"

"单位，我要上班。"

"水董，你都这样啦，还要上班？"周一虹替他拉开车门，"先检查检查身体再说吧。"

水明居将脑袋伸出车门时,她在他的耳边小声道:"一个成功的男人首先应该有一个健康的身体。"

水明居硬着头皮往台阶上攀,看到中医院里病人不多,他松了口气,这里的就医环境稍稍缓解了他对于医院的一向憎恶。水明居决定,以后要是需要看病就来中医院。

挂完号,周一虹将水明居领到一楼的一个诊室。坐诊的是一位蓄着一尺来长雪白山羊胡子的老头,这老头太像传说中的中医了,总让水明居感觉他就是一个演员。

老中医到底有多老,水明居判断不出来,六十?七十?八十?九十?皆有可能。他肯定不年轻,但说到多老,几乎没有上限可言。这便是中医的奥秘之一吧。

虽说是中医疗法,也没局限于望闻问切,透视、化验等西医的一整套常规流程一样不少。但在不到十分钟的时间里,老中医已明确诊断出水明居至少有痛风、脂肪肝、糖尿病、高血压以及腰椎间盘突出五种毛病。至于还有没有其他的毛病,得等到拍片和化验结果出来才能知道。

水明居强作镇定,可脸上却在风云变幻。他预感到自己正常的日子就要结束了,烟不能抽啦,酒不能喝啦,那些他所钟爱的味道也必须告别啦。老中医说,他已经将自己一生所需要的营养能量都透支殆尽啦。

眨眼间,水明居就来到了生命的尽头,他有了万念俱灰的理由。周一虹说得对,一个成功的男人首先应该有一个健康的身体。他真是失败到家啦,他远比自己所以为的还要失败得惨烈,失败得不能再失败啦。假如你意识不到自己有一个完好的身体,那你便必将会意识到自己有一个糟糕的身体。

医生建议他不妨住几天院,有单人病房,可水明居坚决不肯,他宁愿选择待在家里。

周一虹安慰他道:"没啥大不了的,您不要想是自己的身体出问题啦,您就想是自己的生活方式出问题啦,换一种健康的生活方式,身体还会恢复到从前的……"嘴上虽这么说着,她的脸上还照样一直忧戚着,景象没比水明居的好到哪里去。

"需不需要去别的医院再查查?"输完液离开医院的时候,半天没吭气的水明居突然问道。

第十一章

"你是不相信这家医院?"

看到周一虹那失望的眼神,水明居忙说:"不是,那就算啦吧……"

"既然你不放心,那咱们就去三院再看看。"三院是南淮市所谓最权威的一家医院。

"不去,我宁愿相信自己有这些毛病。"

"嗯,反正这对你也没啥坏处。"

"你这是往哪儿开?我得去单位一趟,有些事情还要处理。"

"医生不是建议你在家静养嘛。"

"先去把手头上的事情处理完再说吧。"

"好吧……那你趁现在把这些药吃掉,我这里有水。"

在周一虹的提议下,水明居把小魏又请了回来。

周一虹制定出一份为期一周的三餐食谱交给小魏,让她以后严格按照食谱限量给水董做饭。周一虹则每天下班后都要过来看一看。她给水明居取回的片子和化验报告不仅证实了他的那几种病情,而且还又多出来一种毛病:胆结石。

水明居一直以为是自己的胃不太好,吃多了肉常感觉腹部胀痛,现在才明白,原来是胆结石在作怪。

这天傍晚,小魏说:"水哥,你这个手下是干什么的?怎么对你这么好?"

水明居道:"唔,她是我们公关部的经理,人非常能干。"

"哦,公关部好像就是搞关系的吧,难怪她这么会来事。"

水明居笑笑,心想,她这是在搞关系吗?不过,就是因为这种上下级关系,水明居觉得它成了自己认识周一虹的顽固障碍。这么长时间了,他对于这个女人所有的欣赏和满意都依然掺杂着疑惑。

两人正说着话,周一虹又来了。小魏开开门后,赶紧溜进厨房,好像害怕她似的。

"今天感觉怎么样?水董。"

"很好。"水明居从沙发上站起来,在地上走了几步,脚部的痛感基本消失了,"你又是骑自行车过来的?"他问。

"是的。"

水明居想说你怎么不开公司的车过来,但话到嘴边又咽了回去,这应该不符合公司的规定。于是他道："这么远，你以后不用来啦，有小魏呐。"

周一虹"嗯"了一声，说："同事们都很想来看望您。"说着，她将自己的手机递到水明居手里。

水明居的目光还没等接触到屏幕上，就听见有人一起在喊："销售部全体成员祝水董早日康复！"然后是"项目部全体成员希望水董学会保重身体！"、"办公室全体成员请水董安心养病，放心我们的工作！"、"水董，人事部的全体成员想念您！"录像中，同事们纷纷在表达着对水明居的关心和祝福。

"谢谢！谢谢！……"水明居把手机还给周一虹，他在竭力克制着自己的情感。

"大家都来也不可能，我就建议他们用这样的方式表示啦。你的员工们可爱吧？"

"可爱极啦！"

"好吧，没什么事，我就回去啦，水董。"

水明居加了件外套，要送送周一虹。周一虹不肯，但水明居执意要送。"我也需要出去走走。"他说。

走到湖边时，水明居道："现在我每天早晚都围着它跑上几圈。"

"那你可得悠着点儿啊，锻炼不是件恶补的事情。"

"呵呵，我知道。"

"烟戒得怎么样啦？"

"一直在坚持。烟瘾一犯的时候，我就去球场打篮球。我买了一个篮球。"

水明居陪着周一虹走出小区，一直走到五百米开外喧嚣的大马路上。分手时，他忽然想起来问周一虹："你想买的房子买了吗？"

"不可能了……"周一虹一只手拍了下车把。

"怎么？"

"我婆婆得了肺癌，花了不少钱，房子的事情只能以后再考虑啦。"

"唔，是这样啊……"

"再见，水董。"

"小周，"水明居叫住她，"你……现在有什么困难吗？"

周一虹摇摇头，面色忽然变得有些凝重："我只希望婆婆的病情能有所

第十一章

好转……"

"给她找最好的医生，用最好的药。如果需要钱的话，请不必客气，尽管跟我说……能够给你……你们帮上一点儿忙，我会非常非常高兴的。"

"谢谢……我知道……"

水明居一直望着周一虹的背影消失在路灯下苍茫的暮色里。

回过头来，水明居霍然意识到，周一虹的存在已然多少改变了他。他从来就不愿混淆单位与家庭的界限，一向刻意把同事和亲友的关系拎得很清。在他看来，同事之间的关系永远只是单纯的利益关系，这种关系里压根就不可能产生出什么真正的友情。即便是所谓的友情，又有几多能够禁受得住变故的考验呢？自己的父亲，还有庞叔，当年不都是朋友遍天下吗？可是，当父亲身陷囹圄的时候，他的那些朋友又都跑到哪里去啦？庞叔任副矿长的时候，家中每天登门探访的友人络绎不绝，而一等他退休，屋前便立刻变得门可罗雀啦。

水明居不能不对友情很挑剔，为的是免得自己在无助的时候太感寒心。他可以承受敌人的任何伤害，但是再突遭冷漠友人的夹击，那他还能对人性怀有起码的信心和希望吗？他毫不怀疑，身陷囹圄的父亲就是仅能得到一个人友情的温存，他也不至于绝望弃世了。父亲太寒冷了，过错就在于寒冷之前的他又太温暖了。那虚假的温暖啊。

可是此刻，水明居却愿意说服自己在同事那里获得的温暖是真实的。周一虹是真实的，她一直在用时间告诉自己，在这种工作关系当中俨然也可以有着某种难以割舍的东西。这种东西大概就是可以被叫作信任的东西吧。他得感谢周一虹，不是周一虹赢得了他的信任，而是周一虹为他重建了信任。其实，他信不信任周一虹，这并不重要，真正重要的是他还有没有信任的能力。毁灭他这种能力的不是眼下这个没有诚信的世界，乃是他自我内心深处那种根深蒂固的怀疑，是这种怀疑最终导致的不可救药的虚无。

他不停地在反问自己：我还怀疑过什么？我怀疑过天空；我怀疑过大地；我怀疑过人类，我就是没有怀疑过我自己的怀疑。不，我已经开始怀疑啦……

猛一在家里闲下来，水明居还极不习惯，动不动就想往单位打电话。一个星期下来，当他想到第二天要去上班的时候，忽又觉得这整天蹲在家里的日子真挺不错。喝喝茶，看看书，听听音乐，摆弄摆弄那些石头，再锻炼锻炼身体……优哉游哉！望着偌大阳光充足的书房，水明居甚至萌生了想练书法的冲动，打算哪天去买一张大大的书桌回来。

门禁骤然响起，水明居以为是物业的人有什么事。凑到门禁视频前一看，竟是周一虹，后面好像还跟着一个什么人。

"水珊要来看你，不知道你住在什么地方，我就陪她来啦。"视频里的周一虹说。

进到屋里，周一虹将手上的果篮放到地板上，说："这是水珊买的。"

看得出那果篮挺沉，水明居故作嗔怪地说道："珊珊，你干吗不自己拎着呀？这孩子……"

"她拎了，我们俩轮换着拎的。"周一虹忙替水珊解释。

"不知道我住在什么地方，还不能给我打电话问吗？周经理好不容易休息一个礼拜天……"

"没关系的，我今天也没什么事情。"周一虹打断了水明居的话。

"培训结束了吗？"水明居问水珊。

"结束了，我已经去周经理那儿报到啦。"

"以后一定要跟周经理多学着点儿。"他又转向周一虹，"周经理，对水珊你可千万不能客气哟，别让她太舒服啦。现在的年轻人都太顺利，需要挫折教育。"

"水珊挺好的，一点儿不娇气。我喜欢她。"周一虹摸了摸水珊的长发。

水明居看看水珊，摇摇头，不是不认同周一虹的话，而是觉得对于这个侄女他还需要观察和了解。

三个人正聊着，门禁忽然又响了。水明居不禁"咦"了一声："今天是怎么回事？"

水珊眼尖，望着门禁视频说道："是薛董。"

水明居颇有些诧异。

来的不止薛威一个人，还带上了年轻的妻子，妻子怀里又抱着一个婴儿。水明居不知道，他们竟然都有了孩子。

"啊，快给我瞧瞧。"周一虹将婴儿抱了过去，"真漂亮，男孩女孩？"

"男孩。"孩子的妈妈答道。

周一虹又将婴儿递到水明居面前，水明居小心翼翼地把孩子捧在手里，唯恐他会掉下来。

第十一章

"一看水董就不会抱孩子。"周一虹笑着说道。

"都忘啦。"水明居讪讪地说。

"忘啦？关键是你抱过孩子没有？"薛威嘲讽道。

"抱是抱过的。"水明居自己也在想，我应该抱过水晶吧？"多大啦？"他问。

"五个月啦。"薛威说。

这孩子的眼睛好亮，静静地望着水明居，仿佛认识他似的，还不时地冲他会心一笑。

看着看着，水明居就在孩子的瞳仁里看出了两个大大的问号。在问号的背后，他看到的是田媛那充满忧伤的眼神。

如今，田媛已经从他的生活里彻底消失了，她换了手机号，也再没主动跟他联系过。他理解，她是想同过去的生活一刀两断。但问题是，人们不可能斩断生活，人们所能斩断的只是自己而已。

其实，生活不是不可以再换一副面貌的，他在这孩子的眼睛里，在薛威的脸上，在他年轻妻子的脸上，看到了生活另一副同样可被称之为幸福的面孔。田媛固然很美好，但眼前的这个女孩不一样很美好吗？为何自己一度会把她想象得那么恶俗？生活有开始就有结束，我们也许没有理由把所有人为的结束都武断地当成不可饶恕的过错吧。倘若那开始是因为美好呢？美好对于所有美好的人都是一种难以拒绝的诱惑，不是吗？有时，我们不理解对方，那首先是因为我们不理解自己。

"你是谁呀？"水明居摇晃着脑袋问怀抱里的孩子。

孩子突然嚎啕大哭，妈妈急忙跑过来接过孩子，一遍遍安慰道："喔，宝贝不哭，妈妈知道宝贝饿啦……喔，宝贝不哭，妈妈这就喂宝贝啦……"

阳光里，孩子的哭泣和妈妈的细语仿佛是从遥远的天边传来，涤荡着水明居的柔情。他直视着坐在对面的薛威，他有好久没正眼瞧过这个多年的挚友和同事啦。对方脸上显示出的仍是他最初记忆里的那副模样，丝毫未曾改变。蓦然间，水明居站起身来，用力地朝对方伸出手去，朝少年时代的那个薛威伸出手去。

薛威愣了一刹那，旋即也起身果断伸出双手，词不达意地说了一句："你好……"

水明居不知道，自己过去对于薛威的那种深深不满是否多少也藏有嫉妒的成分？现在他承认，他也想像薛威这样重新做一回丈夫和父亲。不过，那个妻子不是别人，还是楚文丹；那个孩子也不是别人，还是水晶。只是，他想向生活索要的，生活肯给予他吗？他依然无法知道。

水明居又把目光转向了水珊，一开口，却叫成了"水晶……"。

周一虹道："水董是想女儿了吧？"

水明居望望窗外，水晶果然就出现在了院子里。算算时间，学校也真该放假了。

然而，水晶真正回来，却已是除夕的前一天。

女儿似乎又长高了，水明居感觉比自己都高了。现在再看她，觉得她长得又跟水珊不太一样了。

水明居很想和女儿说话，但真要说起来却又发现有些吃力，他不知道该和女儿说些什么。他提到了水珊，她仅仅是"嗯"了一声，便坐在车里再不吭声。他只好硬着头皮把话题接着讲完。

沉默中，他明白他们有一个共同的话题，可是谁也不去主动碰触这个话题。

进了家门，撂下行李，水晶站在门口却不肯往里迈步。

"进来呀，这就是咱们的新家。来看看你的房间，喜不喜欢？看看还需要再添置点儿什么？"

水晶打量着这个陌生的家，显得无动于衷，半天才说："我想回汉宫。"

"好吧。"水明居没有多问，提上女儿的箱子就走。

重新发动汽车时，水明居的大脑中闪过的是冰箱里那些他新近采购的年货。

回到汉宫，水晶挨个房间仔细看了一遍，像是要找到她的妈妈。在后院伫立很长一段时间后，她又返回客厅，打开落了一层厚厚灰尘的钢琴。

那曲调水明居有点儿熟悉，也有点儿陌生。但最打动他的，是女儿弹琴时的背影，那酷似楚文丹的背影。满屋子的乐声，满屋子的背影。

从琴凳上站起来，水晶忽然冲他说道："咱们走吧？"

"去哪儿？"

"新家。"

"唔……你不需要带点儿什么吗？"

水晶摇头。

第十一章

走到外面时,水明居发现她怀里多了一个毛绒玩具,一个穿着花上衣的大大的咖啡色兔子。

小魏回老家过年去了,晚饭只能由水明居亲自动手。令他惊讶的是,水晶也进了厨房,帮他洗菜切菜,并将所有的素菜都炒了。水明居负责荤菜,当然不能没有女儿最爱吃的水煮鱼。

父女俩在厨房里只顾热火朝天地忙,谁也不说话。少了一个楚文丹,感觉少了不少人。水晶离家去上大学那会儿,水明居也没觉得家里有这么的冷清。也许是房子太大的缘故吧。

房子的确是太大了,往餐桌上搁碗筷的时候都有阵阵回声。

"有没有啤酒?"水晶问。

"我戒烟戒酒啦。"他道。

"我想喝。"水晶说。

"那我出去买,很快。"

"我去吧。"

"你不知道地方,小区里有个便利店。"

的确比水晶想象的快,爸爸抱着一箱青岛啤酒回来了。"是青岛本地产的。"他说。

她点点头,别的地方产的都没有正宗的味道。

"你也少喝点儿吧。"水晶给爸爸倒了半杯。

"好吧,就喝这么多。"其实,他特别想喝,只是担心控制不住情绪。他不想在女儿面前难过。

水晶一仰脖子,杯子差不多就见了底。

"慢点儿,这酒太凉。"见女儿这么喝,水明居有些着急,年轻人太不知道爱惜身体。

水晶并不理会,照旧按照自己的节奏喝。

"今年夏天就该毕业啦,真快。"他说。

女儿仍没有要说话的意思,他以为她这是因为妈妈的事情还在生他的气。"你妈还希望你将来能读个博士呐。"他又道。

"我已经找到工作啦。"缄默良久,她忽然说道。

"唔……是什么工作?"

"在一个文化公司写剧本。"

"公家还是私人的？"

"私人。"

"唔……"他迟疑了一下，"最好能找个稳定一点儿的工作，挣钱多少不重要。"

"挺稳定的。"

他知道女儿并没领会自己的意思，但又怕说多了会引起她的反感。跟女儿说话就像是在走雷区。

喝完吃完，水晶表示要刷碗，水明居也就没客气，躲到一边看起了电视。

水晶忙完从厨房出来，径直上了二楼。

水明居关掉电视，也跟着上了二楼。走到水晶的房间，见门关着便停下脚步。他听见里面传出敲击键盘的声音，还闻到一股浓重的烟味。这烟味让他有些不悦，他摇摇头，望着门把手犹豫了一下，最后决定还是不声不响地退回去。她怎么会抽这么冲的烟？他有点儿奇怪。

性急的人已经开始放起了鞭炮和烟花，有一搭没一搭的，显得好不寂寥。水明居披上外衣，戴上手套，换好鞋子，来到院里，想把石径上的积雪铲一铲。正在想铁锹被自己搁在了哪里，忽听院门"咯吱"一声。他抬头一看，一个小小的黑影走了进来。

"谁？"

"我——"

水明居一惊，怎么这么像他母亲的声音？他哆嗦着两腿勉强朝前走了两步。路灯下，他看见的那张模糊的脸庞就是他的母亲。

"妈……？你怎么来啦？"

"我来看看你，儿子，好久不见你啦。"

"快进屋吧。"他看到母亲衣着单薄。

"不啦，一会儿我还得去看看明远。我刚去过你大哥二哥那里，就你这儿让我好找。你啥时候搬到这里来的呀？"

"搬来没多久。"

"这里真不错，这么清静。还是我三儿子有福气，能住上这么好的房子。"母亲四下里打量着，屈指可数的那几根白发在寒风中颤颤巍巍。

"外面冷，妈。"水明居向母亲伸过手去。

第十一章

母亲甩了一下手,似乎想把他的手推开。"见到你就行啦,我还得赶紧去看我四儿子,时间不早啦。"说完,她转过身去,做出要快跑的样子。

"妈——"他又听见院门"咯吱"一声,"妈——"他过去推了推院门,院门锁得好好的。

"爸——"水晶从二楼的一扇窗户探出头来,"你的手机响了。"

水明居如梦方醒般地"唔"了一声,一朵烟花在空中绚烂绽放,借助这亮光,他透过围墙栅栏的缝隙凝视着那空空的路的尽头。他企图听到脚步声,但听到的只有屋里那一遍遍的电话铃声。

回到屋里,他的手机突然就安静了下来。水明居停下脱鞋的动作,想重新返回院子里再看个究竟。正要转身时,手机又响了。

水明居一怔,屏幕上闪烁着的恰恰是"母亲"两个字。惶惑中,他摁下绿键,听见的是庞叔的声音:"明居啊,你妈她走了……"

尾 声

　　时不时地，她会想起妈妈，而且频率越来越高。妈妈在她的心里始终是个问号，一个焦灼的问号，而不是一个悲伤的问号。只要没有坏消息，她就没有理由为此悲伤。她不喜欢悲伤。她以为妈妈的出走想必是因为同爸爸赌气，或者是她有了另一个自己所喜欢的人。只是，她以为妈妈不该消失得这么久，甚而一次也不和自己联系。想到这点，她又难免不心生疑惑，但疑惑总是很快就会迷失于她紧张的写作思路里。写作时持续的那种强劲思索席卷一切，摧枯拉朽。

　　在崔子道的帮助下，她的《克丽斯特尔》终于在一家小剧场上演了。这次她找到几个音乐学院的学生合作，把它改编成了一部音乐剧，演出效果完全可以用"轰动"二字来形容。慕名赶来的不只是大学生，还有不少由家长陪着的中小学生。

　　更出乎她意料的是，自己的名字还出现在了几家报纸和网站的新闻版面上。她有些惴惴不安，成功来得如此之易超乎了她的想象。她担心这过早到来的荣誉会毁掉自己的未来，她还只有这么一部《克丽斯特尔》，并且又不是她的原创。她一心只想创作出属于自己的剧本，关于这个世界，她有太多的想法需要表达。她必须对这个世界发表出自己的意见。

　　有家娱乐小报的记者找到崔子道，表示想要采访她，她想了想，最后还是谢绝了。

　　崔子道对她的这种做法颇不以为然，但仍坚持说，她不一样，她将来是注定要成大器的。她知道，他这不是在讽刺她。他挺看重自己。他不仅提拔了自己，而且让她在自己改编的剧本上独立署名了。

　　相比于职位，她更看重的是自己的署名权。可是他说，如果你没有高出他们的位子，他们肯定会妒忌你的。他们就是那帮和她一样年轻的同事。

　　崔子道处处保护自己，这让她既心存感激，又心生戒备。两年多的时

尾声

间里，他们相处得一直都挺愉快。可是，她无法确知他为什么要对自己这么好。

也许是看出了自己的心思，那天两人在一起吃饭时，他吞吞吐吐地说道，如果有更适合你的去处，你就走吧。

她一愣，这是什么意思？

我爱才，希望你走得更远，你也完全有能力走得更远。我在你身上看到了我自己当年的影子，可惜我没能够坚持下来。活到四十岁我才算是明白啦，人们最终拼的根本就不是才华……

那又是什么？

是毅力，坚定的意志才是梦想成功的保证。

呵呵，我倒不认为自己是一个有毅力的人，我只是爱我所爱而已，容不得任何人的干涉。

你的爱就是毅力，可能是因为我没有你那样的爱，所以就没法坚持到底。

谁知道呢？说不定哪天我也会打退堂鼓的。

至少我现在还没看出来，我希望我不会看错，好好努力吧，将来成为中国最出色的编剧。干杯。

干杯。为了不辜负你的厚望，看来我必须得坚持下去喽。

等你成名的时候不要忘啦，你是从这里走出去的，是我发现的你。哈哈……

别再提走不走的事啦，好吗？我哪儿也不想去，我就待在这里，除非你想辞退我。不是说千里马常有而伯乐不常有吗？哈哈……她的头开始有点儿犯晕，今天没少喝。

你不走我当然高兴，但是千里马需要更广阔的天地，我这里可不是你能自由驰骋的地方啊。看到你奔向自由的远方，我同样很高兴，不，是更高兴，因为你实现的还有我年轻时候的梦想。

她被他感动了，这个在她看来一直只知唯利是图的男人竟然也有些许高尚的情怀。是不是所有的青春都是高尚的？是不是所有的成熟都必须以丧失这种青春作为代价？自己对于社会那种根深蒂固的矜持，是不是就是因为她始终无法忍受它那副庸俗的面孔？成长必须以不断地妥协作为代价吗？

她注视着崔子道那张臃肿的脸，目光穿过岁月的重重迷尘，洞见到的是又一个意气风发的少年。他赢得了这个社会,却失去了那个纯真的少年。问题是,她看得出,他十分怀念那个少年。她真想说,滚你的,社会!

也不必那么排斥社会,他说,社会什么都不是,一切都取决于你的眼光,你看它是什么,它就是什么。其实,可以影响我们的并不是社会,而是一个个具体的人。把整个社会当成假想敌,这不是种明智的做法。不要忘记,你本身就是社会的一分子,你永远不可能拒绝社会。拒绝社会就是拒绝你自己。

她瞪大了眼睛,这个男人竟然还有如此智慧的一面。然而,他所做的许多事情却让她看不出他有这样的智慧。难道,这正是他的一种智慧?

同崔子道的这次谈话改变了她对于他的一贯看法,也在某种程度上改变了她对于社会的看法。以往,她认为他太社会化,此刻,她顿悟到,原来自己并不怎么了解社会。

不了解是缘于陌生,但有时熟悉也未必就等于了解。她曾以为自己跟崔子道挺熟悉,就像自己跟薛忠泽一样。而渐渐地,她就会认识到,自己对于他们其实远没有那么了解。总在某个时刻,他们的言行会令她感到讶异或者费解。比如薛忠泽,来北京工作了半年,他们却一次面也没有见过。

那天,好久不联系的他忽然出现在了电话里,说自己在一家会计师事务所找到了工作,问她现在的想法有没有改变?

想法?什么想法?她不明白他到底想说的是什么。

我在你那里挂的号还有效吗?他问。

挂号?噢……她突然想起来了,可她又能说些什么呢?

你还是一个人吗?他又问。

没有两个人。她说。

那我再等你一年好啦,他说,到时如果你的想法还不改变的话,我就离开北京。我忍受不了这里的脏空气。

他就是这样追女孩子的吗?简直像是买菜,太不浪漫啦。

偶尔,她会感到寂寞。寂寞时的她现在偶尔会想起他,以前更多的时候是想起谭老师。他算是她在北京唯一的熟人啦,可是,自打那次电话以后,他便再也没有主动联系过她。她不知道他是不是在赌气,有时她倒很想主动同他联系一下,却又担心这是一种暧昧的举动。

对于忠泽,她并不讨厌,回忆起儿时的光景甚至还有些温馨的感伤。然

尾声

而，他们之间的关系似乎已经永远停留在了这一记忆里，再也无法生长。更何况，两人的生活轨道也明显已在不同的方向渐行渐远。

她无法想象自己未来的另一半竟是一名整天埋头于精打细算的会计，就像她一直无法想象自己会跟某个理工男很谈得来一样。在她看来，他们彼此的思维有着基因性的差异。一种太过复杂，一种太过简单。

半年后，薛忠泽终于主动同他联系了。

我得走啦，他突然说道，我没法再等上半年。这里的空气太可怕，吃的也很不习惯，工作也不太适应⋯⋯

他说出了一连串不留下来的理由，就是没有一个为她留下来的理由。可是转念一想，这个理由本应是由她来给予的。但是⋯⋯爱必须要有一个承诺吗？克丽斯特尔又给了霍伦什么承诺呢？

你决定啦？沉默半晌后，她问道。

决定啦，除非你改变了想法。

我不能。她回答得极为坚决。

他还真想向她要一个承诺，这让她不免有些失望。随即，她又意识到，自己难道是期待着那个不让她感到失望的结果吗？显然不是。所以，她马上便摆脱了这种失望。

此后，他们又断了联系。寂寞的时候，她也不再想起他。

又是半年过去，薛忠泽忽然再次出现在电话里。他说他又回到了澳门，并且已和当地的一个女孩订了婚。

祝福你。除了这个，她还能对他说什么呢？其实，她很想问问他，干吗要这么早订婚？是因为遇到了真爱？还是⋯⋯？总之，她无法理解他的行为。

挂断电话，她删去了一直保存着的那个旧号，新号她没有保存。她估计他不会再跟自己有什么联系了，她也没有什么必要再跟他联系了吧？每段交往都有一个终点站，即便再次相遇也只能是彼此的匆匆过客了。会忆起，会提及，就是不会重续。

就在这天，汪昭给她发了条短信，说他接到了剑桥大学的录取通知书。于是，她立即意识到，这应该也是自己大学毕业的日子。她自然不需要毕业，但她的退学手续还一直拖着没办呐，学校也没再催过她，好像早把这事给忘啦。

353

她已不在乎学校是否会告知自己的父母,她只是不想再次踏进那个校门,那个学校已和自己没有了任何关系。这就是毕业与退学的区别,她永远不愿意回想起那个学校,所有的记忆都集中在戏剧社里了。好像戏剧社和学校压根就是互不粘连的两码事。

纠结了许久,她觉得还是得去学校一趟,把自己的关系拿走。关系?老师们都将那些材料称作关系。关系一拿走,她同这所学校自然也就没有了关系。

远远望见校门旁的那块牌子,她立刻低下头来。走进校园,她仍旧低着头,她不想看到熟悉的面孔,也不想让熟悉的面孔看到她。

走到一个十字路口,她踌躇了一下,朝哲学系的教学办公楼走去。

这栋楼已经重新装修一新,课表移到了二楼。她很容易就在课表上找到了谭老师的名字,她掏出手机,拍下谭老师上课的时间和地点。接着,她又在走廊里徘徊了一阵,浏览着橱窗上的各种信息和通知,然后似乎有所不舍地下了楼。

在一楼的楼梯口,她忽然听见那正在说话的声音是那么的熟悉,抬头一看,正是谭老师在同一个男生聊着什么。她一阵心悸,想随即躲开,但是谭老师已经走到了她的面前。就在这进退两难之际,她发现谭老师瞟了她一眼,并无什么反应,只是侧了侧身,让她先行通过。她本想回头,却加快了逃开的脚步。

那么幸福,又那么无助,深入骨髓的孤寂无边绽放。蓦然,她感到浑身一阵乏力,于是在楼前花坛旁的长椅上坐了下去。

谭老师接触的学生太多太多,他是不可能记得自己的,自己跟他不就说过那一次话吗?仅仅几分钟而已。

抽完一根烟,她看了看腕表,已过十一点半,学生们正纷纷朝餐饮楼走去。现在去中文系恐怕有点儿晚了,她想,还是先去吃饭再说吧。

餐饮楼前好不热闹,像是临时凑成的跳蚤集市。走到近前,才发现那里正在举行的是罢餐日活动,餐饮楼的两个入口都有人把守着,试图将前去就餐的人一一劝离。但是,依然有个别人并不理会他们的慷慨陈词。

餐饮楼的墙壁上张贴着巨幅标语:"转还是非转?让我们自己选择""安全第一,科学第二""抵制工业暴力,捍卫农业纯洁"等等。下面还配有许多手法夸张的漫画,让她看了忍俊不禁,同时也对学生们的艺术表现才能开始

尾声

刮目相看。

纸板的对面则是一排长条桌，桌上放着十几个笔记本电脑，正在播放着国外拍摄的各种披露食品污染的纪录片。

那些表面看去并无异常的食物仿佛都隐藏着可怕的阴谋，她不寒而栗，现在还有什么是可以放心下咽的？科学在她的印象里愈来愈像个邪恶的妖魔啦。

人群里突然发生了骚动，她回头看去，三名保安和学生们正在相互推搡。保安企图将挡在餐饮楼门口的人驱散。几名男生的反应异常激烈，冲保安挥舞起拳脚。看到这山雨欲来的阵势，她有些害怕，本能地往后退却。

一张传单伸到她的面前，她抬头一看，是你？

是你？他也说。

这小子变帅了，手里拿着一摞传单。他的身旁还站着一个小女生，挽着他的胳膊。小女生好奇地打量着她。

他显得十分慌张，好像在做一件极不光彩的事情，正好被她看个正着。他紧忙挣脱那个小女生的手，问道，你怎么来啦？

办点儿事情。她说。

噢……他扭头冲小女生使了个眼色，将那摞传单交给她。小女生又看了看她，走开了。

今天中午你们都不吃饭吗？她问。

我准备回宿舍泡两碗方便面。

方便面？那又能比转基因食品好到哪里去？

他尴尬地笑笑，道，就是为了配合今天的活动，有个反转基因食品的公益组织和我们联合起来搞的这场活动。说着，他回头瞅了一眼，那面的冲突已经平息。既然你来啦，我就不吃方便面啦，我请你到外面去吃吧。他说。

你以为饭店里没有转基因食品吗？

那又有什么办法？总不能不吃饭吧。我们搞这样的活动也不过就是为了一种启蒙的作用，先让更多的人能够知道自己吃的是什么，以引起他们的重视。走吧？

她摇摇头。不用客气，你先去忙吧。她说。

他并无要走的意思。水晶……他扭扭捏捏的，脸上的表情有些复杂。你挺好吧？

挺好的。

我去看过你的音乐剧。

哦。

你怎么没演克丽斯特尔呢？

我没那么好的唱功啊。

克丽斯特尔现在成了咱们学校的经典保留剧目，已经去好几所大学巡回演出过啦。

哦，还是你演霍伦吗？

我只演过两次，后来就换人啦。

她在想，谁会饰演克丽斯特尔呢？

他往那个小女生消失的方向瞅瞅，用手一指，说，她演过克丽斯特尔。

你女朋友？

他只是笑笑。

她在想，她演克丽斯特尔气质合适吗？

水晶……

嗯？

我考上戏剧学院的研究生啦。

哦，祝贺你。

所以……以后咱们还会有合作的机会。

好啊。

水晶……他仍是扭扭捏捏，一副欲说还休的样子。

你想说什么？她不得不直截了当啦。

……你的手机号没有变吧？

没有。

我的也没有变。

那个小女生拿着剩下不多的几张传单返了回来，看到他们还在聊，显得有些不知所措。

好吧，她道，我要走啦，再见。

水晶……他叫住她。

……？

对不起啊，再见。他朝她深深鞠了一个躬，拉上他的小女生淹没在人

尾声

群里。

对不起？这是什么话啊？她真想追上去问问他这究竟是什么意思？这话让她听了好不舒服，至于为何好不舒服，她一时也难以说清。

看到他有今天的变化，她还是挺为他欣慰的。她曾担心自己的离开会使他重回到老路上去，所以她一再叮嘱汪昭，一定要把他留在戏剧社里。后来他不再跟她联系，他的一些情况她都是从汪昭那里获知的。她感觉自己对于他的母亲负有不可推卸的承诺，他的母亲一直在以手机短信的方式同她保持着联络。

对不起？这便是他对自己一份情感的总结吗？是对不起她还是对不起这份情感？想来她不免有些失望，这时她只好承认，薛忠泽也的确让她有些失望。这些男孩子对于感情怎么都那么缺乏霍伦那样的坚定呢？当然，她并不需要他们的坚定，她只是觉得，这种坚定应该属于一个优秀男子不可或缺的品质。

她喜爱霍伦的坚定，她始终坚信霍伦是值得克丽斯特尔去爱的。霍伦的爱在小说里没有结果，她决定自己给他一个结果。她要续写克丽斯特尔，让他们在风烛残年之时走到一起。她想起了叶芝的那首诗——

等你老了，形容黯然且睡意沉沉地
在炉火旁打盹，取下这本书，
细细阅读，梦想着你双目
曾有的温柔眼神，以及难以捉摸的幽深，
多少人曾爱你欢乐优雅的时光，
爱你的美貌，带着真假莫辨的爱意；
却有一人曾爱你朝圣者的灵魂，
爱你脸上那衰变中的哀伤；
躬身于火红的炉栅旁，
喃喃着些许的忧戚，那爱如何逃离
向头顶的山峦间走去，
并将他的面孔隐匿在群星闪耀中央。

白发，皱纹，大海，黄昏，啤酒，香烟，诗歌，还有玫瑰……这才是爱情，这才是真正的浪漫。所有与坚持无关的爱情都不是爱情，所有与坚持无关的浪漫都是虚假的放纵。

不知不觉，她来到了图书馆后面的那片柿树林里。她在这里的石桌上看过书，在这里的鹅卵石径上徜徉过，一遍遍背诵着克丽斯特尔的台词，陪伴她的始终是头上喜鹊那叽叽喳喳的叫声。她不得不承认，所有这些记忆是不可能一笔勾销的，无论自己有多么不喜欢这所学校。

她又来到了操场，操场上空空荡荡，她即刻回想起那一个个在夜晚中奔跑的日子。自从离开这座校园，她便再也没有奔跑过了。不是所有的地方都能有这样的跑道的。尽管天气有点儿闷热，阳光咄咄逼人，可她还是毫不犹豫地奔跑了起来。跑着跑着，她就忽然听见后面有人跟了上来，但却始终同她保持着不远不近的距离。

是房小桐吗？不，此刻她应该正和自己的女友一起待在宿舍里吃方便面呐。是霍伦？对，一定是他，一定是的。霍伦，霍伦。

顿时，一股崭新的力量在她体内喷薄而出，潮水一般，裹挟着阵阵凉意。她没有回头，听着身后那执着而有力的脚步声，她只是稍稍慢了下来，轻轻哼唱起上次回家时学会的那首歌——

> 我曾悄悄地告诉母亲
> 梦里也在把他找寻
> 我的心，我的青春
> 属于一颗水晶心
> 啦啦啦啦啦啦——
> 啦啦啦啦啦啦——
> 我的生命，我的青春
> 属于一颗水晶心
>
> 不用表露你的情深
> 莫要夸耀你的忠贞
> 若想得到爱的温存
> 愿你有颗水晶心
> 啦啦啦啦啦啦——

尾声

啦啦啦啦啦啦——
若想得到爱的温存
愿你有颗水晶心
……

2013.3.1—2014.6.27 北京格尔斋